El hermano pequeño

J. M. Guelbenzu

El hermano pequeño

J. M. Guelbenzu

Ediciones Destino
Colección Áncora y Delfín
Volumen 1208

DEPUTACION DA CORUÑA
www.dicoruna.es

Esta obra obtuvo por unanimidad el XXII Premio de narrativa Torrente Ballester, convocado por la Diputación de A Coruña, y concedido por el siguiente jurado: Salvador Fernández Moreda, presidente de la Diputación, Ángel Basanta, Rosario Canal, Milagros Frías, Amalia Iglesias, José Antonio Ponte Far, José Mª Pozuelo Yvancos y Mercedes de la Torre-Monmany.

Diagonal, 662-664. 08034 Barcelona
www.edestino.es

Primera edición: mayo de 2011
Segunda impresión: junio de 2011

ISBN: 978-84-233-4475-8
Depósito legal: B. 24.102-2011
Impreso por Industria Gráfica Cayfosa, S.A.
Impreso en España—*Printed in Spain*

El papel utilizado para la impresión de este libro es cien por cien libre de cloro y está calificado como **papel ecológico**.

«She made a face at me and put her glass where she thought the table was. She was eight inches wrong.»

DASHIELL HAMMETT

Primera parte

El inspector Quintero de la Policía Judicial apartó bruscamente la tupida masa de ramas de helecho y la juez De Marco se encontró de golpe con el cuerpo sin vida de una mujer joven tendido sobre la hierba inculta. El cadáver aparecía descoyuntado, como si lo hubieran arrojado desde la cuneta por encima del helechal, para lo cual —pensó, dando prioridad a esta observación sin saber por qué— serían necesarias dos personas. Pero lo que fijó su mirada fue el hecho de que la muchacha tuviera las manos cortadas. De inmediato apartó la vista, como si deseara borrar la imagen, y luego volvió a mirar, atraída por el horror. La evidencia de los muñones ensangrentados le sugirió maldad y dolor. Concentró toda su pena en los muñones y dejó de escuchar lo que el inspector Quintero le estaba diciendo con los labios a un centímetro de su cara. Sintió asco, un asco general, y se apartó del inspector y del cuerpo tendido. Entonces vio su cara. La cara de la muchacha. A pesar del hilo de sangre que bajaba desde la sien y la cabellera sucia y revuelta, se percató de que era muy bella. La relación entre muerte y belleza le pareció un lazo abominable; luego sintió tristeza, y dolor de nuevo, y un malestar que lo revolvía todo. El cuadro expresaba pura desolación. Hizo una seña al forense y éste se adelantó hacia el cadáver. El agente Rico soltó las ramas de helecho y la juez volvió la cara hacia la carretera, donde estaban aparcados el coche de atestados, su propio coche y el de la policía judicial. La luz estaba cayendo aprisa. Era una tarde de Octubre un tanto desapacible que enviaba viento y amenazaba lluvia para la noche. Estaban a las afueras de G..., en los dominios de una pedanía que respondía al nombre de Hontanar de Vieda. Una ambulancia llegaba en aquel momento precedida por un agente de la Guardia Civil de Tráfico. El agente se adelantó para aparcar su moto delante de los otros coches y su compañero, que venía tras la ambulancia, se quedó a la zaga para señalizar el lugar y ralentizar el tráfico, muy constante a aquella hora de la tarde.

—¿Y esos dos?

—Han tenido que abrir paso a la ambulancia; hay un atasco de campeonato a la salida de G...

En un momento se habían juntado la ley y el orden cubriendo un buen tramo de carretera. Los automóviles que circulaban por ella aminoraban la velocidad a las indicaciones de la Guardia Civil y sus ocupantes miraban con curiosidad los vehículos aparcados en el arcén mientras los sobrepasaban. La juez apartó de nuevo un grupo de helechos con la mano y observó al forense inclinado sobre el cadáver. Éste sintió su mirada y volvió la cara.

—La muerte se produjo la noche pasada —dijo—. Debe de llevar unas quince horas muerta, quizá más. La han golpeado con un objeto grande y ancho en la cabeza, por detrás, y luego varias veces, con ensañamiento. Yo diría que la golpearon después de muerta, quizá el que lo hiciera no se apercibió de que el primer golpe le destrozó el cráneo. Tuvo que ser un golpe brutal. Y luego —añadió con un gesto de los ojos hacia los muñones—, lo de las manos. Qué barbaridad —dijo mientras se ponía en pie.

—No se ve sangre y la que asoma es poca y está seca. No la mataron aquí.

—No —repuso el forense—, se desangró en otra parte. Tiene erosiones en los brazos. Se defendió —dijo alzando los hombros con un movimiento nervioso.

La juez lo interrogó con la mirada y el forense se inclinó de nuevo sobre el cadáver mientras ella retrocedía hacia la cuneta.

—En mi opinión —dijo el inspector Quintero— la debieron de arrojar a la hondonada aprovechando la oscuridad. Quienquiera que fuese vino a tiro hecho al lugar, no lo improvisó; no hay huellas de frenada brusca, por ejemplo. A lo mejor alguien ha visto algo, otro coche al pasar, no sé...

—Tenía espacio para sacar el coche de la carretera —comentó la juez mirando el ensanchamiento del arcén donde se hallaban—, así que es muy probable que conociera el lugar. No deja de ser un contrasentido: un ataque tan salvaje seguido de la calma necesaria para venir al lugar adecuado para arrojar el cadáver. ¿Quién sería?

—Alguien de aquí. Vamos a ver si descubrimos quién es ella. Con las manos cortadas...

—Perdone, inspector. —El número de la Guardia Civil que aparcó delante de la caravana de vehículos retrocedió desde el helechal, donde había estado observando el cadáver, y avanzó unos pasos—. Yo conozco a esa mujer. Es de aquí, vamos, que vive aquí. Es la mujer de un paisano de Hontanar de Vieda que se llama Jacinto Meres. A quien yo conozco en realidad es a los padres, pero el matrimonio vive en la misma finca.

Quintero cruzó una mirada con la juez, que negó con la cabeza.

—Vaya papelón —dijo resignado— tener que comunicar la muerte. En fin —se dirigió al motorista—, me va a indicar usted dónde encontrarlos.

—En cuanto despejen ustedes lo acompañamos.

El forense regresó al arcén, donde estaban los demás, mientras se desprendía de los guantes de látex.

—El arma del crimen podría ser una pala o algo semejante —comentó.

—Agente... —la juez requirió al motorista mientras hacía también una seña al forense y al inspector Quintero—. Escuchen ustedes. Les voy a pedir el favor de que no comenten con nadie que el cadáver tiene las manos cortadas. Eso va también para sus subordinados, aquí presentes, que lo hayan examinado. Ya sé que será difícil contener las ganas de hablar de ello, pero haría el caso muy notorio y, de momento, no quiero que trascienda nada que pueda producir escándalo o atención especial de los medios de comunicación. En consecuencia, quede claro que, a partir de este momento, todo cuanto se refiere al caso pertenece al secreto del sumario.

Todos los presentes asintieron y la juez dio la orden de levantar el cadáver.

A pesar de la amenaza de lluvia, del tiempo desapacible y de la hora tardía, Mariana de Marco decidió bajar a la playa; así, de vuelta a casa, una vez terminadas las diligencias, se vistió una camiseta y unos *leggins* negros y echó a correr desde el portal para no coger frío y también en parte para justificar su escasa y ajustada vestimenta, que no era la más propia para una juez circulando por las calles de la ciudad; por lo general iba en su coche, lo aparcaba en el mismo Paseo Marítimo y de allí saltaba a la playa de una carrera; pero eso solía ser por la mañana temprano y ahora estaba cayendo la tarde. Cuando alcanzó el Paseo, bajó a la arena por la historiada escalera de piedra y echó a correr a buen ritmo. La bajamar reciente había dejado la arena humedecida y firme y sintió deseos de correr descalza, pero no estaba dispuesta a cargar con las zapatillas, anudadas por los cordones, colgando alrededor del cuello; todo lo más, andando, porque corriendo la golpearían en el pecho.

Desde el regreso del lugar donde hallaron a la mujer muerta, una imagen recurrente se había instalado entre el vagar de sus pensamientos como un *leitmotiv*: las manos cortadas. Era un detalle que le resultaba particularmente repugnante, pero por encima de ello flotaban una serie de preguntas inquietantes. Por ejemplo, ¿con qué instrumento le amputaron las manos? ¿Con un hacha? Parecía lo más probable, a juzgar por lo visto: los tajos sugerían unos pocos golpes firmes. Pero, entonces, ¿quería eso decir que el asesino acudió al encuentro de su víctima provisto de una pala y un hacha? ¿Qué asesino busca a su víctima con diversas herramientas de muerte bajo el brazo? ¿Cómo se compadecía esa meticulosidad con el arrebato que sugería el golpe en la cabeza?

En segundo lugar, las manos mismas. Su desaparición sugería el deseo de dificultar la identificación de la víctima. Salvo que las encontrasen dentro del perímetro establecido por el agente Rico en torno al helechal junto a la carretera, o quién sabe en qué descampado o vertedero o cubo de basura, lo primero que sugería era la clara intención de ocultar las huellas dactilares de la víctima. Sin embargo, su identificación no sólo había resultado facilísima gracias al agente motorizado, sino que lo hubiese sido en cualquier caso al tratarse de una persona avecindada en la zona; así que el asunto de las manos cortadas no tenía finalidad alguna aparente.

Cayeron las primeras gotas y Mariana, sin dejar de correr, miró hacia arriba por precaución. Las luces que bordeaban el Paseo encarando a la playa se habían encendido y su luminosidad ocultaba a la mirada el estado del cielo que, de todos modos, se mostraba ceñudo y borrascoso. Calculó cuánto trecho le faltaba por recorrer de ida, más la vuelta hasta la escalera por la que había bajado a la arena, y decidió que no le daría tiempo a completar su ejercicio, por lo que dio media vuelta sobre la marcha y apretó el paso esperando ganar la salida antes de que el chaparrón se hiciera notar. No le apetecía nada acabar callejeando bajo la lluvia con aquella ropa tan ligera y ceñida. Aunque las gotas cayeran aisladas, ella sabía que el cielo se abriría en cuestión de minutos.

Pero aún no llovía en serio y apretó aún más el paso. Cuando alcanzó el pavimento del Paseo, corrió hacia el semáforo más cercano y allí hubo de entretenerse saltando sobre ambas piernas aguardando el disco verde. Otras tres personas, dos hombres y una mujer, la observaron saltar; la mujer, con gesto de reprobación, la miró de arriba abajo; los hombres hicieron lo mismo, pero su gesto era bien distinto. Mariana llevaba de nuevo la melena corta, recogida por detrás de las orejas, y estaba más delgada, no sólo de cuerpo —que, de todos modos, era una poderosa estructura de 1,75 metros de altura especialmente acentuada por su atuendo deportivo— sino también de cara, con los pómulos marcados, lo que le alargaba y estilizaba el rostro. Lo único invariable eran sus grandes y expresivos ojos negros.

Entonces... ¿qué diablos pintaban en el cuadro del horror aquellas dos manos cortadas? ¿Acaso la rabia del atacante al sentir la defensa desesperada de su víctima? En tal caso se habría visto obligado a cargar con ambas extremidades hasta el lugar donde eligiera deshacerse de ellas. Nadie va por ahí con unas manos cortadas entre las suyas, o escondidas en sabe Dios qué envoltura, en busca de un recipiente donde arrojarlas o... ¿O quizá las enterró en alguna parte, lejos de allí? En realidad —rectificó mientras corría ya por las calles—, lo suyo sería que las hubiera cortado donde se llevó a cabo el crimen; lo cual tampoco tiene sentido porque: ¿se deshace primero de las manos y luego regresa por el cuerpo, lo carga en un vehículo y lo traslada hasta el punto donde lo encontraron? Algo faltaba en todos los razonamientos y no lograba dar con ello.

Lo primero que haría nada más llegar a casa sería telefonear a Julia. Julia Cruz era una mujer que le recordaba en varios detalles a Carmen Sánchez, su secretaria de juzgado en su primer destino como juez. Como ella, era directa y sin rodeos, emotiva, cariñosa y leal; en cambio, se diferenciaba de Carmen en que, mientras que ésta tenía un último fondo retirado, que sólo sacaba afuera en casos excepcionales, Julia era una persona animosa y extrovertida hasta el punto de dejarte pasar hasta el último cuarto recóndito de su alma en cuanto se fiaba de ti. Julia era arquitecto y, por tanto, de formación universitaria, lo que también la diferenciaba de Carmen, y aunque tenía su estudio en G... junto con otros dos colegas, había firmado ya numerosos proyectos fuera del territorio que le era propio, sobre todo en el resto de España, pero también en Oriente Medio y uno en Latinoamérica. Era una mujer grácil, de cuerpo fino, con aspecto de muchacho, pelo castaño cortado a lo *garçon*, el cutis lleno de pecas y casi tan alta como Mariana. En realidad, ambas pensaban que las había unido la altura. Tenía unos ojos verdes pequeños y vivarachos, unos bonitos labios y una sonrisa acogedora. Entre sus amistades las llamaban «las largas». En el par de años que Mariana llevaba en G... había entrado en contacto con un grupo de gente al que también pertenecía Julia, pero sólo con esta última podía presumir de verdadera amistad. Y se entendían tan bien que por eso iba a telefonearla, para poder compartir con ella los interrogantes que la perseguían en torno al caso.

A dos manzanas de su casa se puso a diluviar. En principio, decidió jugarse el todo por el todo y atravesar la cortina de agua que la separaba de su portal; sin embargo, aquélla se espesó de tal modo que prefirió refugiarse bajo una marquesina junto con otros viandantes atrapados como ella, confiando en que, si tanto apretaba a llover, escamparía pronto. Entonces se dio cuenta de que, a pesar de todo, tan distraída había debido de estar con sus pensamientos mientras arreciaba que hasta ese momento no se apercibió de que estaba empapada y la ropa se le pegaba al cuerpo como una segunda piel.

—Aún no me acostumbro a la idea de que ha acabado Septiembre —se dijo, furiosa y avergonzada a la vez.

Septiembre era el mes más lento, suave y bello del norte cantábrico, el más despejado y acogedor; y el de las más vivas y grandes mareas.

El juez Eliseo Carbajo, el de mayor antigüedad en G..., pasó por delante de Mariana de Marco al entrar en el edificio de los juzgados y después se detuvo a esperarla. Mariana, que antes lo había saludado en la puerta, pasó de largo sin decir palabra y el juez se la quedó mirando mientras ella se encaminaba a su despacho.

—¿Alguna vez ha visto alguien a un juez moverse así en esta casa? —comentó en voz alta, repartiendo una maliciosa sonrisa de suficiencia por todo el vestíbulo aunque sin dirigirse a nadie en particular. Como no obtuvo respuesta, guiñó un ojo cómplice a la persona que lo acompañaba, echó un último vistazo con estudiado gesto melancólico al pasillo por el que había desaparecido la juez y se dirigió al ascensor.

El juez Carbajo tenía fama de ser receptivo a toda sugerencia que le llegase desde el Poder económico y de poseer una formación jurídica de primer orden, cualidades ambas que le habían permitido convertirse en un encumbrado personaje de la judicatura local. Se había mantenido en su puesto durante años y escalado posiciones en la jerarquía judicial de G... y ahora la veteranía, y su astucia y habilidad en el manejo de los asuntos internos, le garantizaba una posición de dominio y una consideración de fuerza viva en la ciudad de la que se jactaba sin recato alguno; posición que no tenía la menor intención de abandonar, como tampoco de abandonar su feudo en una ciudad que se había acostumbrado a él.

Mariana y el juez Carbajo no habían dudado en manifestarse una mutua antipatía desde la llegada de esta última a la ciudad; más directa en el caso de ella, más sibilina en el del decano. En ella, la antipatía estaba matizada por su educación, que no era correspondida por el juez, un hombre tosco, autoritario y, en opinión de Mariana, acomplejado por su rechoncha figura y su calvicie prematura que, por más que intentara disimularlas con toda clase de trucos más propios de otra época, contrastaban elocuentemente con la clase de gallo que pretendía ser. Sin embargo, era hombre dicharachero e incluso ruidoso, acostumbrado a imponer su presencia y a hacerse obedecer.

—Otra vez he tenido que cruzarme en la puerta con el gilipollas ese —dijo Mariana a media voz mientras caminaba por el pasillo. El secretario de su juzgado, Pelayo Arenas, que se encontraba a la puerta de su despacho en aquel momento, le dirigió un gesto cómplice de resignación. Cuando ella llegó a la puerta de su despacho, devolvió la sonrisa a su subordinado componiendo a su vez con los ojos un claro gesto de desprecio y ambos pasaron adentro.

Pelayo Arenas se había incorporado al Juzgado de Instrucción ese mismo año, justo cuando en la ciudad de G... se separaron los Juzgados de Primera Instancia de los de Instrucción. Mariana de Marco había optado a la plaza de uno de los dos de Instrucción que se crearon y le fue adjudicado el número 2. En varias ocasiones había comentado con sus amigas que su destino final sería un Juzgado de lo Penal, pero, tras recapacitar acerca de su futuro y a pesar de haber ejercido con verdadera vocación como abogado penalista, la experiencia de los últimos años en los Juzgados de Primera Instancia e Instrucción le había mostrado que la instrucción de un caso la apasionaba tanto como su dedicación anterior a lo penal y, además, había dado en pensar que le convenía más a su carácter. En cierto modo, consideraba la instrucción una actividad casi detectivesca y, en consecuencia, más dinámica, más entretenida también. Aunque el Derecho Penal fue y seguía siendo su asignatura favorita, reconocía que le resultaba apetecible probar a cumplir al menos un curso más dinámico del que la aguardaría en un Juzgado de lo Penal; al fin y al cabo, un concurso podía esperar. Como amante del Derecho prefería esta segunda opción, como amante de la vida agitada prefería la primera. Lo cierto era que una Instrucción no tenía que ser necesariamente divertida o emocionante, pero en bastantes ocasiones lo era, o lo había sido para ella, y, sobre todo, satisfacía su curiosidad por asomarse al otro lado de las apariencias, de un lado, y del otro le parecía que era la aplicación más activa del Derecho a la realidad de las gentes, a la realidad social. Indecisa, la separación de los juzgados en G... le pareció que era una señal maliciosa que le enviaba el Destino para elegir Juzgado de Instrucción y no lo dudó. Al fin y al cabo, la otra vía no quedaba necesariamente cerrada.

Pelayo Arenas era un hombre joven, bienhumorado y animoso, un debutante lleno de buenas intenciones contento de emprender su propio camino. Esa actitud divertía a Mariana. En cierto modo, lo había prohijado con la intención de preservar su inocencia inicial de los embates de la realidad, pero en seguida descubrió que tras la buena disposición del secretario se escondía una inteligencia tenaz y una notable capacidad de trabajo. Desde los tiempos de San Pedro del Mar, con Carmen Sánchez como secretaria, no había vuelto a sentirse tan bien apoyada como lo estaba ahora por su nuevo colaborador.

—¡Menuda suerte! —le había comentado a Carmen cuando la telefoneó para comunicarle su satisfacción.

—Eres una extravagante —le respondió Carmen—. Lo tuyo es el Penal. Lo ha sido toda tu vida profesional y ahora te apeas en la primera estación que te cae simpática. Perderás el tren como sigas haciendo frivolidades. En fin, tendré que conformarme y esperar a disfrutar de tus sentencias como juez de lo Penal para otra ocasión, que espero que no tarde...

Esa mañana Mariana de Marco tenía dos vistas de asuntos menores que se resolvieron con rapidez. De hecho, agradeció el buen curso de ambas porque, desde que despertó, no pensaba en otra cosa que en el crimen cuya instrucción tenía entre manos. El inspector Quintero, entretanto, había trabajado a plena dedicación y disponía ya de información suficiente para echar a andar el caso. La víctima fue identificada como Elena Sánchez Vega, esposa de Jacinto Meres. El matrimonio residía en la finca ganadera de los padres de este último, en una casa levantada en un extremo de la finca, junto a la carretera y distante de la casa principal, que se hallaba en el extremo opuesto. Los padres tenían estabulado cerca de un centenar de vacas de leche y un pequeño lote de raza tudanca destinada al consumo de carne. Jacinto y su mujer, por su parte, se dedicaban a la explotación de un vivero de plantas de jardín. Según el inspector, ambos eran una especie de pacifistas vegetarianos que vendían sus productos a diversos clientes, tanto a particulares como a constructores, jardineros y paisajistas. La finca, que era propiedad de los padres, previsiblemente pasaría en su día a manos de Jacinto como único hijo habido del matrimonio. En cuanto a Elena, originaria de Palencia, donde residían sus padres, era la mayor de tres hermanos. Según parece, se independizó de su familia al cumplir los dieciocho años. Contrajo matrimonio con Jacinto tan sólo dos años atrás, por lo que se estaba investigando el tiempo en blanco entre una y otra fecha. Un hermano venía de camino desde Palencia, pues los padres habían delegado en él la penosa función de reconocerla.

—¿Y eso por qué? —preguntó Mariana.

—No lo sabemos. Aquí tampoco quieren decir nada, pero es evidente que hay algo oculto en la historia de esta mujer —contestó el inspector—. Si habla usted con los suegros o con el marido verá que son muy reticentes, aunque salta a la vista una diferencia entre ellos: al marido se lo ve bastante afectado; en cambio, los suegros ni se conmueven, como dos piedras.

—Pobre chica. Un final tan atroz y toda esta indiferencia; o rechazo más bien, ¿no?, por lo que usted me cuenta. Qué cosa más siniestra, acabar así.

—Y que lo diga.

—Pues va usted a seguir indagando en la vida de la víctima porque esto podría tener que ver con esos años en blanco.

—Si la familia de la mujer es como la del hombre nos va a costar sacar algo en limpio.

—Déjelo usted de mi cuenta. Usted hurgue por ahí, por los alrededores de la muchacha: amigas, gente que la conociera, aquí o en Palencia. Vaya tirando del hilo, que yo me encargaré de los interrogatorios.

—Como quiera, pero de verdad que por las buenas no les va a sacar nada a los Meres. Ya me conozco yo el paño.

—Pues tendrá que ser por las malas.

—Vaya con cuidado, señoría, que esta gente de campo tiene mucha retranca y pueden salir por mal sitio.

—No voy a amenazarlos, sólo a meterles el dedo en la boca; justo hasta que suelten lo que llevan dentro.

—Le advierto, inspector —intervino de pronto el jovial Pelayo Arenas—, que su señoría tampoco es manca.

—Tranquilo, chaval; yo sólo aviso. Yo he visto aquí casos de gente que cuando se le ha anunciado la visita de un inspector de Hacienda, han contestado que tenían la escopeta en casa. «¿Una inspección de Hacienda a mí? No hay cojones», dijo un paisano de aquí al lado, de Villacastillo. Y no los hubo. A ver de qué se va a jugar la vida un administrativo por una inspección.

—Pues para eso están ustedes —dijo la juez.

—Yo —contestó el inspector— cuando me llamen. Eso es asunto de la Guardia Civil.

—En el caso que nos ocupa —dijo la juez—. Hontanar de Vieda es una pedanía de G... y el caso nos compete a nosotros.

Jacinto Meres era un muchacho que, además de guapo, resultaba atractivo no por su finura de rasgos, que no la tenía, sino por una conmovedora armonía física que sugería sencillez y dulzura. Lo cierto es que no parecía un trabajador del campo sino un guapo tosco que unía a su juventud una buena planta. De buena estatura y rubianco, de ojos claros, dejaba suponer una ascendencia de corte céltico, no infrecuente en la zona. Mariana de Marco concertó una cita con él en su casa porque tenía curiosidad por conocer la finca de la familia Meres. Se trataba de una extensión de, al parecer, unas tres hectáreas de prado pegada a la carretera y que lindaba por el frente contrario con un boscaje de castaños, acacias y algún tejo. El acceso a la finca se efectuaba a través de una puerta de madera de doble hoja coronada por un tejadillo que conducía directamente a una casa vulgar de dos plantas levantada con el estilo impersonal y rácano de los años cincuenta, las paredes pintadas de un ocre ya sucio, ventanas convencionales y una puerta claveteada. A la derecha podía verse un galpón gigantesco que evidentemente era el establo de las vacas de leche. Un segundo camino de tierra se desviaba a la izquierda y conducía a una segunda casa, de una sola planta y de construcción reciente, más alegre, con geranios y lantanas en los alféizares. Junto a ella se levantaba un amplio cobertizo que semejaba un almacén y dejaba ver que hacía las veces de zona de trabajo e invernadero cuando uno se aproximaba a ella. Por detrás del cobertizo se abría el vivero en ordenadas hileras de plantas y árboles jóvenes, que se extendía a lo largo de una línea de tela metálica que marcaba la linde y llegaba hasta el pie de una loma alineada con el boscaje de castaños y acacias que cerraba la finca al fondo. A la altura del cobertizo, Mariana reconoció una segunda entrada que se correspondía con la casa del vivero y que debía de ser la que utilizaban para recepción de clientes y servicio de transporte de la mercancía.

Mariana encontró al joven Meres sentado a la puerta de su casa, en un banco de piedra, con la cabeza entre las manos y aspecto abatido. Cuando los oyó llegar, a ella y al agente Rico, enderezó el tronco y esperó a que se aproximaran. Entonces se puso en pie desganadamente.

—Me veo obligada a tener una charla con usted que intentaré que sea lo menos dolorosa posible —dijo Mariana a modo de saludo al acercarse. Luego se dieron la mano y le presentó al agente Rico—. Le agradezco su buena disposición y le aseguro que le devolveremos el cuerpo de su esposa en cuanto nos sea posible. Créame que lo acompaño en el sentimiento.

Jacinto murmuró algo parecido a un confuso agradecimiento y la invitó a pasar. Parecía aturdido y torpe en sus modales; por un momento pensó que no estaba allí, que tenía la cabeza en otra parte.

—El agente Rico —dijo ella antes de entrar en la casa, señalando a su acompañante— va a inspeccionar otra vez el perímetro del vivero y la casa. Sólo esta parte.

—La policía ha estado hoy toda la mañana —acertó a decir Jacinto de manera que pareció una débil protesta.

—No se preocupe. Es una simple comprobación. La extensión de terreno es muy grande y a veces no sabemos muy bien lo que buscamos; se trata de ver si se nos ha pasado algo por alto. —Mariana entró en la casa arrastrando consigo al conturbado Jacinto.

Le sorprendió el aire austero de la decoración, que sólo aliviaban los colores vivos de las telas y las flores. Evidenciaba un gusto sencillo y primario. No había cuadros en las paredes, ni objetos o bibelots aparte de una cesta de mimbre con frutos secos en la mesita de centro de un tresillo convencional tapizado con una especie de estampado geométrico. Mariana tomó asiento mientras Jacinto permanecía de pie a su lado. Ella lo miró fijamente y luego le indicó la butaquita contigua con un decidido gesto de la cabeza.

—Tengo entendido que ustedes dos contrajeron matrimonio hace apenas dos años —Jacinto asintió—, pero me gustaría saber cómo y cuándo se conocieron.

—Elena... —empezó a decir Jacinto—. Elena y yo... En realidad, nosotros... —De pronto emitió un leve gemido y Mariana comprendió que estaba haciendo un verdadero esfuerzo por no dejar escapar las lágrimas—. Perdóneme. Estoy muy afectado. Perdón.

—Tómese el tiempo que necesite, no se preocupe por mí —lo alentó ella.

—Gracias. —Hizo una pausa—. Es que... se ha roto todo, no sé qué hacer. No tengo fuerzas para seguir...

—Es la primera impresión. Se recuperará, Jacinto. Es un momento terrible para usted, lo sé, pero tiene que reponerse, por usted, por ella misma también.

—No sé si podré. Elena y yo... Usted no lo va a entender.

Mariana comprendió que en aquellas condiciones no sacaría nada en limpio. Había llegado a destiempo, aún no era el momento de interrogar a Jacinto y reconoció en la actitud del otro el estrago de la pérdida. El hombre parecía estar muy afectado, privado de una parte de su existencia.

—Sé que hace apenas dos años que se casaron...

—Oh, Dios mío —acertó a decir, gimiendo, el hombre.

Mariana se preguntó qué era lo que verdaderamente sentía aquel desdichado. Era evidente que se hallaba bajo un impacto emocional muy fuerte, pero por un momento tuvo la sensación de que el deceso lo afectaba incluso más allá de la pérdida de la esposa, de que algo de mayor envergadura que la propia relación entre ellos se venía abajo, pero no supo intuir qué era aquello, quizá todo un plan de vida, tronchado por la tragedia.

—Veo que usted la quería mucho —acertó a decir Mariana, algo desconcertada por sus propias sensaciones.

—Yo... —dijo el hombre—. Usted no puede imaginar...

Mariana de Marco decidió posponer el interrogatorio.

El inspector Quintero, que venía de la casa grande, confirmó que en la finca no había indicio alguno de que allí se hubiera cometido el crimen. El agente Rico coincidió con él respecto de la casa del vivero.

—Tampoco había sangre en la hondonada donde la hallamos, ni en el arcén. Nada, ni rastro —concluyó.

—Pero en alguna parte se tuvo que desangrar.

—No hay indicio alguno. En ninguna de las dos casas, en los prados, entre los árboles...

—En el vivero tampoco, se lo hice examinar al agente Rico otra vez este mediodía —comentó Mariana—. No podemos peinar el concejo entero... ¿Los de la científica tampoco encuentran nada? ¿Rastros de tierra....?

—Esta zona es uniforme, pudo ocurrir en cualquier parte.

—El forense —comentó Mariana— se inclina a creer que la golpearon con una pala. El primer golpe fue mortal. Pero antes hubo pelea o conato de pelea, lo demuestran las marcas de los brazos. Debieron de tirarla al suelo en la pelea y allí la remataron. Y luego, lo de las manos...

—Sí, eso es lo más incomprensible.

—Elena Sánchez Vega... ¿La ha reconocido su hermano?

—Sí. El pobre chico estaba hecho polvo. Es ella. En la familia ni sabían que se había casado. Para mí que no tenían trato frecuente.

—¿Está aquí ahora? —dijo súbitamente interesada Mariana—. Quiero verlo.

Cuando el muchacho llegó al despacho de la juez, ésta le preguntó si quería o renunciaba a asistencia letrada y, después de dudar, desconcertado, optó por lo segundo. Parecía un buen chico, un tanto intimidado, y Mariana optó por hacerle la cosa fácil.

—Así que tú eres el hermano de Elena. ¿Qué número haces?

—Soy el segundo. Voy después de ella. —Era un chico joven, de unos dieciocho años, aunque aparentaba ser más adolescente; a primera vista, tenía un aspecto rudo y llano. Vestía pantalones y cazadora vaqueros, camisa negra sin cuello y zapatillas de cordones.

—¿Cómo es eso de que no sabías que se había casado?

—No lo sabíamos. Ella nos escribió alguna vez, bueno, a mí y a mi hermano, y por eso sabíamos que estaba por aquí.

—¿Os escribía? ¿Qué os contaba?

—Nada. Que estaba muy bien. Que trabajaba en un vivero y que se había retirado para siempre.

—¿Retirado? ¿Retirado de qué?

—Pues —el chico enrojeció— de lo que hacía.

Mariana lo miró fijamente, pero con gesto amable.

—¿Me puedes explicar qué es lo que hacía?

—Es que, bueno, ella era... hacía fotos. —Esas últimas palabras las pronunció con voz apenas audible y la cabeza baja. Mariana acentuó la presión.

—¿Fotos? ¿Qué clase de fotos? Háblame con claridad.

—Fotos... sucias. —El chico bajó aún más la cabeza. Por un instante, Mariana sintió pena. Luego redobló la exigencia.

—Defíneme sucias.

—Hacía desnudos —confesó al fin.

—Bien, tranquilo. No te avergüences. Quieres decir que era modelo erótica, ¿no?

—Sí.

Mariana dudó antes de preguntar.

—¿Sólo modelo?

—¿Quiere usted decir que si era puta? —El chico respiró.

—¿Lo era?

—No lo sé. Mi padre dice de todo, pero yo creo que sólo hacía fotos. Eso es lo que dijo ella cuando la echaron de casa.

—¿Cuántos años tenías tú entonces?

—Doce.

—¿Y ella?

—No sé, dieciséis, sería.

—¿La echaron de casa sin ser mayor de edad?

El chico hizo un gesto como si le dolieran los ojos.

—Le cerraron la puerta una noche y no volvió.

Mariana recapituló.

—De manera que tienes una hermana a la que echan de casa porque se hacía fotografiar desnuda a los dieciséis años. Dime, ¿quién la fotografiaba desnuda?

—Su novio.

—¿Su novio?

—Salió en una revista, lo dijo la gente. Nos daba vergüenza.

—¿Tú has visto esas revistas?

—No.

—Oye, no me vengas con tonterías.

—Bueno... sí, las he visto... Me las enseñaron...

—Vale. Déjalo ahí. Me vas a decir qué revistas son. Me vas a decir también si aparece en alguna página web. Y me vas a decir quién era el novio.

—Pero lo había dejado. Por eso se vino aquí y se casó y...

—¿Había dejado al novio?

—No, no. Las fotos.

—Dime una cosa: ¿qué piensas tú de ella?

—No sé. A mi hermano y a mí nos escribía y nos hacía regalos. A mí no me gusta lo que hacía, pero ya lo dejó. —Mariana sonrió conmovida ante la insistencia del hermano por subrayar el hecho de que ya había dejado su profesión, que, evidentemente, era de *stripper*.

—¿Os escribía, dices? ¿Lo sabían tus padres?

—No, ellos no saben nada, no han visto las cartas. No se lo diga, por favor. Escribía a una amiga que nos daba las cartas y los regalos.

—¿Y tus padres no sospecharon de los regalos?

—Sssí. —El muchacho arrastró la respuesta.

—¿Y...? —preguntó Mariana después de un silencio. El chico bajó la cabeza.

—Los tiraban —dijo al fin, en un susurro. Se avergonzaba, pero al mismo tiempo Mariana creía advertir una suerte de liberación en sus respuestas.

—Alguno se os habrá quedado entre las manos —apuntó Mariana, cómplice.

Al chico se le escapó una media sonrisa de asentimiento.

Un poco más tarde Mariana se reunió de nuevo con el inspector Quintero.

—Así que hasta ahora no nos habíamos enterado de quién era, o fue, en realidad, la víctima.

—Oiga, ¿qué quiere? ¿Como lo íbamos a saber? Si no llega a ser por el agente de tráfico ni siquiera habríamos dado con la familia Meres a estas alturas.

—Pues conviene que se espabilen o esto se va a convertir en el paraíso del delincuente.

—Escuche, señoría —Mariana comprendió por el tono que «señoría» no era la palabra que el inspector habría usado en ese momento—, hemos estado desde la primera hora de la mañana barriendo la finca y el trayecto hasta el lugar del crimen. He tenido a mi gente escrutando cada palmo de terreno, las casas, todo. Sólo nos ha faltado cachear al ganado. La información sobre la mujer sólo hablaba de su familia política y de su marido. ¿De dónde íbamos a sacar que era una actriz porno?

—Modelo, inspector. Por lo visto era modelo erótica.

—Oiga, me parece que usted no ha visto las fotos.

—Pues no, no las he visto, pero me parece que eso era lo único que hacía, fotografías obscenas, no consta otra actividad pornográfica. Si acaso, actuaciones como *stripper*. —Mariana se dio un respiro—. Si además vendía su cuerpo, sólo podríamos atrevernos a deducir que lo hacía ocasionalmente, pero los informes de los que hasta ahora disponemos ni siquiera dan a entender eso.

—Espere a que terminemos de buscar.

—Usted mismo. Quiero un rastreo exhaustivo. Y sobre todo, me interesa saber por qué abandona repentinamente el negocio de la fotografía erótica y desaparece sin dejar rastro. Indague en esas revistas, en las páginas web donde aparece, vea el origen de las fotos, los fotógrafos, su representante, su novio y, en fin, lo que haya sido de su vida desde los dieciséis a los veinticinco años. Y rápido porque a cada minuto que pasa perdemos contacto con la verdad de los hechos.

Tras los primeros momentos de incomprensión, la corriente de sucesos empezó a adquirir velocidad. Elena Sánchez Vega fue reconocida como Jessica Vega, una modelo erótica que posaba para toda clase de publicaciones de ese jaez y cuyos posados, descaradamente obscenos, podían encontrarse fácilmente en la red sólo con teclear su nombre en un buscador. El porno había empezado a proliferar en Internet y ya no resultaba insólito conectarse en busca de imágenes que hasta hacía bien poco sólo podían hallarse en revistas especializadas. Los desnudos de Jessica Vega no ocultaban ninguna parte de su bien conformada anatomía, unas veces en actitudes decididamente incitantes y desvergonzadas donde exhibía su sexo sin ningún pudor; otras, las menos, buscando un toque artístico en la composición. En general, si no fuera por la constante exhibición del sexo femenino, podrían entrar en lo que se denomina «desnudo artístico». La incorporación a páginas web era tan reciente como las propias páginas web y posiblemente, en muchos casos, posterior a su retirada porque, en buena parte, se trataba de las mismas fotografías de las revistas. En una web dedicada a comentar los hallazgos eróticos en la red, se encontró una información que hablaba de una crisis religiosa que Jessica había sufrido recientemente, a raíz de la cual abandonaba por completo su actividad y se retiraba al campo donde, según palabras que se le atribuían, pensaba vivir en contacto con la naturaleza, y en su deseado cuerpo sólo pondría ya los ojos el hombre con quien contrajera matrimonio. También pedía perdón por el daño que pudiera haber causado; esto último daba pie a toda clase de lamentaciones y comentarios jocosos de los usuarios en la citada página. A todo esto, los de la policía judicial estaban entusiasmados con la investigación, revisando páginas y páginas, rebosantes de lujuria, con el mayor descaro. Mariana de Marco hubo de usar de su mayor flema para soportar el aluvión de pruebas que depositaba sobre su mesa el inspector Quintero con malsana intención. El inspector se empeñaba en comentarlas con ella forzando el fingimiento hasta rozar el morbo puro y duro, y ella se preguntó si se correría mientras repasaban las fotos, en vista de lo cual, decidió dejarle cumplir esta rijosa venganza sin inmutarse ni manifestar la menor emoción a la espera de que el cerebro del inspector asimilara su impotencia y estableciera así una barrera insalvable con la que dar por muerta su intención.

—No sé si se ha dado usted cuenta —comentó de improviso— de que en ninguna de las fotografías aparece con un hombre en actitud coital —lo dijo levantando los ojos hacia él desde las páginas que tenía delante y con una mirada llena de intención—, que no hay elemento masculino alguno en ellas —reiteró—. O sea —añadió Mariana con verdadera saña—, que no hay escena alguna con hombre u hombres penetrando por sus diversos orificios, ni deleitándose con el miembro, ni nada por el estilo. La suya es una pura exhibición de su cuerpo, pero nada más. —El inspector, que estaba convenientemente inclinado sobre ella, se irguió con inocultable brusquedad—. Tome usted nota, pues —siguió diciendo ella, por darle tiempo a recuperar su dignidad—, de que todavía hay clases. Ella posaba para rijosos, no para frustrados ni pornógrafos virtuales. ¿Sabe? Me cae bien esa chica. Nadie se merece un final tan horrible.

—¿Considera usted la posibilidad —preguntó circunspecto el inspector— de que esto sea obra de un admirador demente?

—No —respondió ella, lacónica—. No. No lo creo. No creo que nadie supiera su paradero, inspector, y usted tampoco lo cree. Lo que no podemos descartar es que se encontrara con alguien que quisiera forzarla, ella se defendiera y acabara muerta; no es una interpretación muy original, pero es la más lógica. —Se hizo un silencio y, luego, ella continuó hablando—. En lo que estoy pensando, no sé qué opinará usted, es en extender la búsqueda de indicios a las fincas colindantes. ¿Sabemos quién hay ahí?

—La finca colindante es una extensión enorme, propiedad de un empresario de transportes, Santiago Montclair, no sé si habrá oído usted hablar de él. Un hombre de mucha importancia aquí en G... Del lado contrario no hay más que prados y un almacén de maderas al lado de la carretera.

Mariana asintió con la cabeza.

—¿A qué se dedica esa finca?

—Es terreno ganadero, pero la dedicación principal es el cultivo de semen de toro.

—¿De qué? —preguntó Mariana arrugando el ceño.

—Eso es lo que se dice. Yo no la he pisado y, además, está muy guardada. Si hacemos caso a lo que dice la gente de por aquí, es un recinto misterioso que oculta algo; imagino que piensan en contrabando, drogas o algo semejante, pero todo eso viene a cuento de que la finca está muy guardada y en cuanto alguien se acerca lo echan con cajas destempladas. Todo el mundo piensa que ahí se oculta algo, pero ya sabe usted cómo es la gente de por aquí; todo el día pendientes de lo que hace el vecino. Y, claro, eso del semen de toro les suena a engañifa.

—A mí también —dijo Mariana—. No me diga usted que tiene sentido dedicar toda una finca como ésa a extraer semen de un toro.

—No sé si es uno o son ciento.
—¿Usted sabe cuál es el precio de un buen semental?
—Sí.
—Pues saque conclusiones.

Caía la tarde cuando Mariana de Marco salió del edificio de los juzgados con todo el cansancio del mundo metido en el cuerpo. Tenía pensado ir a correr a última hora, pero desistió en cuanto hubo llegado a casa. La idea de vestir la ropa de deporte, llegar hasta la playa, regresar, ducharse, preparar la cena... se le hizo un mundo y sólo mantuvo la intención de ducharse, que tampoco cumplió porque al entrar en el cuarto de baño y contemplar la bañera comprendió que lo único que la seducía en aquel momento era llenarla de agua, diluir sales y sumergirse en ella. Allí se quedó dormida hasta que el timbre de la puerta la despertó. Entonces salió apresuradamente del baño, se envolvió en su albornoz y corrió a la entrada.

—¿Julia? —preguntó antes de abrir.

—La misma —contestaron del otro lado.

Un gin tonic más tarde, Mariana le relató, hasta donde podía contarle, el caso de la muchacha asesinada.

—Es la historia más abracadabrante que he oído —reconoció Julia—. La conversión espiritual de una modelo erótica que acaba asesinada de mala manera. De verdad que hay gente que parece destinada a la extravagancia.

—Pobre chica. ¿Te imaginas? Una vida tan airada en tan poco tiempo: padres feroces, niña respondona, un novio que se aprovecha de ella, luego se convierte en una estrella del porno estático, lo abandona por una crisis religiosa, se casa con un sencillo campesino y la apiolan y la dejan tirada a los perros en mitad del campo.

—¿Porno estático? —preguntó Julia sorprendida.

—Quiero decir de fotos, no de películas. Se dedicaba a posar y, pienso yo por pura lógica, a actuar en locales de *striptease*. En todas las fotografías que hemos encontrado siempre posa sola; en plan muy procaz, pero sola. Y no te cuento más porque no puedo, pero hay más.

—¡Cáscaras! No sé cómo te las arreglas, pero no hay caso criminal enredado que no caiga en tus manos. Yo creo que los asesinos te buscan, que quieren que los descubras tú. Claro, con el buen tipo que tienes...

—Julia, no seas frívola. ¿Y eso de «cáscaras» de dónde viene?

—Pues no se me ocurre otra explicación... ¡Ah, lo de cáscaras! Sí. Es una exclamación. Lo decía mi padre, al que no le gustaba soltar tacos delante de nosotras.

—A quien echo de menos es al inspector Alameda. Quintero está hecho un borde, no sé si es que no le gusta que lo hayan trasladado a G... El *capo di tutti capi*, el comisario Saludes, es un duro; buen profesional, pero duro y altivo. El juez decano, Carbajo, es un corrupto y un rijoso. Menos mal que mi nuevo secretario es un chaval estupendo y que Andrade sigue de fiscal porque, si no, era para tomar el portante. Pero me parece que no voy a seguir aquí mucho tiempo.

—Ésa es la otra característica tuya, la de ser un culo inquieto.

—¿Lo busco yo, acaso? ¿Tú crees?

—Bueno, no sé, no creo. Yo creo que es tu carácter, que no te amoldas.

—¿No querrás que me dedique a bailarle el agua a estos prepotentes? Yo no me he metido a juez para agradar a nadie sino para hacer cumplir la ley. Lo que pasa es que la gente en seguida empieza a establecer complicidades, a relajarse, a ver las cosas de manera más relativa y a sentirse importantes, y por ahí se cuela la ambigüedad, el mirar para otro lado en ciertos momentos, el favor al amigo... Sí, vale, yo soy una rígida, no hace falta que me lo digas.

—¿Rígida? No, mi vida, tú eres lo que se llama un corazón de oro, por eso te tienes miedo. Entonces lo compensas siendo muy exigente. Tendrías que relajarte, tomarte las cosas con más pragmatismo, con más tranquilidad. No digo manga ancha, digo una cierta relatividad, una cierta relajación.

—Sí, te entiendo, pero tú no tienes encima el día a día de esta gente, y son como la gota que horada. Hay un momento en que prefieres ser muy seca y cortante a ceder terreno y luego tener que recuperarlo. En lo que se refiere a los hombres y las mujeres, por ejemplo, las recuperaciones del terreno perdido son el doble de costosas; y muy desagradables.

—Puede ser, pero tú también eres demasiado apriorística. A lo mejor un día te llevas una sorpresa.

—Hum. Lo dudo. Estoy ya muy mayor para sorpresas.

—Por cierto, ¿te sorprendería que te invitase a cenar? —dijo Julia inclinando graciosamente su cabeza a un lado, un gesto muy suyo.

Al día siguiente la prensa dio la noticia del crimen. De momento ningún periódico local relacionaba a Elena Sánchez con Jessica Vega, pero Mariana sabía que sólo era cuestión de tiempo y empezó a recibir a las personas del entorno de la víctima. Los primeros interrogados fueron sus suegros, los padres de Jacinto Meres. Estos dos eran un matrimonio campesino tradicional; él, un hombre recio de mediana estatura y pocas palabras; la madre, una mujer gruesa y ruin, como llamaban allí a las personas de pequeño tamaño, más expansiva que su marido, pero recelosa y más lista, o atravesada, que él. Ninguno de los dos había notado nada anormal la noche del crimen. Mariana se interesó en saber si su hijo les había comunicado la desaparición de la mujer, que no fue hallada hasta la tarde siguiente, y ambos contestaron que no supieron nada del hijo hasta que la policía, el inspector Quintero, se personó en la finca para comunicarles la trágica noticia. ¿Y dónde se encontraba Jacinto en aquel momento? Según los padres, estaba en el vivero, trabajando. ¿Tan tarde? Precisaron que el padre, Graciano, lo vio en algún momento en el cobertizo, recogiendo y ordenando el material de trabajo. ¿No les extrañó que a lo largo del día no diese señales de vida ni les comunicara la extraña ausencia de su esposa desde la noche anterior? Al parecer, Jacinto recibió una visita después del mediodía, de alguien llegado de fuera porque registraron la presencia de un coche aparcado a la puerta del vivero con matrícula extranjera. ¿No pudo ser el de algún cliente? No, nunca habían tenido clientes extranjeros y el coche estuvo allí aparcado desde la hora del almuerzo hasta media tarde; un cliente no emplea tanto tiempo en proveerse. Además, el coche ya había estado allí la tarde anterior. ¿Y cómo lo sabían ellos? Porque en todo momento tenían la casa de su hijo a la vista. ¿Cómo reaccionó Jacinto a la noticia? Se quedó aplastado, dijeron, hubo que acompañarlo al depósito para que reconociese el cadáver; el padre lo acompañó hasta la misma sala donde estaba depositado porque no se tenía en pie.

Al término del interrogatorio, la juez se preguntó si no debería haberlos citado por separado. El silencio y la inactividad de Jacinto le parecían cosa extraordinaria. El misterioso coche indicaba una visita igualmente extraordinaria. Y el hecho de que ellos no dieran importancia al espacio de tiempo que Elena estuvo desaparecida sin que nadie lo considerase extraño o preocupante le decía que el interrogatorio no había sido correcto. Lo cierto es que cada vez que avanzaba un paso el asunto, en vez de aclarar algo, éste ofrecía una nueva sorpresa que lo embrollaba más. Pero la actitud verdaderamente insólita era la de Jacinto Meres. ¿O acaso la ausencia de Elena era algo que sucedía con alguna frecuencia, de ahí que no les llamara la atención? En cualquier caso, eso significaba que en la relación entre la víctima y la familia Meres había algo oculto. El silencio del uno y la complicidad de los otros dos denotaban que tras su escasa disposición a colaborar se escondía un misterio por resolver.

El interrogatorio al peón que trabajaba para Graciano y Remedios Meres, en cambio, empezó a aportar alguna débil luz. Según sus declaraciones, el coche que llegó de visita el día anterior al descubrimiento del cadáver era de un hombre relativamente joven que, a juzgar por su comportamiento al encontrarse con Jacinto, tenía bastante familiaridad con él. De hecho, el peón creía haberlo visto en alguna otra ocasión en la misma semana. Jacinto se ausentó más de una vez dejando sola a su mujer durante la noche, no podía precisar si fue toda la noche, aunque esto último era más una conclusión del peón que una certeza; pero, sabiendo cómo las gastaban en los lugares pequeños y cerrados, Mariana tendió a darle credibilidad a esta información. Si eso era cierto, los Meres no le habían dicho toda la verdad. En todo caso, el desconocido visitante tuvo trato frecuente con su hijo en esos días y estuvo allí durante los dos días cruciales. Esto último era lo más llamativo. Supuso que, en cuanto a las ausencias de Jacinto, serían desplazamientos relacionados con el trabajo, probablemente fuera de G..., pero la inobjetable relación en el tiempo de todos estos movimientos y la repentina intensidad de ambos sucesos, las visitas del desconocido y las ausencias de Jacinto Meres, se parecían más a una coincidencia que a una casualidad. —O yo empiezo ya a fantasear, como me ocurre a veces —se dijo Mariana.

Necesitaba reconstruir con la mayor precisión posible los pasos de Elena aquellos dos días con su noche entre medias. En lo que a ella se refería mostraban un vacío que por momentos le producía un desasosiego cada vez más acentuado. Había dormido mal la noche pasada. Después de cenar, de vuelta a casa, estuvo despierta hasta bastante tarde con la sola compañía de un par de whiskies, y ahora, por la mañana, notaba la falta de sueño. Sentía una molesta incomodidad consigo misma; era un estado de nervios y un malestar de cuerpo reunidos y deudores del caso que la ocupaba. Hacía tiempo que no experimentaba esa clase de disgusto por lo que, a su vez, tendría que descubrir de qué elemento de los que constituían el problema que tenía entre manos era vicaria su afección. Reconocía esa emoción por experiencia y la detestaba porque temía descubrir zonas de sí misma de las que no fuera consciente, que incluso pudiesen estar interfiriendo en su trabajo y, lo peor de todo, que removieran aguas escondidas. Mariana no siempre encontraba explicación a muchas de sus actitudes. Eso era normal, le ocurría a todo el mundo. Sin embargo, no podía evitar un súbito golpe de pánico cuando lo detectaba, golpe que desaparecía y reaparecía a ratos hasta que lograba olvidarlo, pero que le decía que algo en su interior estaba gobernando sus emociones sin su consentimiento, el maldito subconsciente o algo por el estilo. La idea de que una parte de sí misma pudiera actuar con independencia de su voluntad le producía escalofríos.

El peón dio a entender también que la víctima no era muy del agrado de sus suegros, aunque creía que Jacinto y ella se llevaban bien. Mariana se preguntó si los suegros conocerían la anterior dedicación de la muchacha y dedujo que no. Sin embargo, con semejante pasado, nunca estaba libre de que alguien que hubiese hojeado cualquiera de las revistas cuyas fotocopias tenía sobre la mesa de su despacho, la reconociera y corriera la voz. No parecía razonable considerar esa posibilidad porque, conociendo a la gente del lugar, la información se habría extendido como una mancha de aceite. El peón, o era un ladino o no tenía la menor idea.

Mariana se sentía medio perdida ante un caso del que no acaba de fijar la imagen. No es que no hubiera hilos de los que tirar, que los había y, si no eran muchos, de momento parecían claros, sino que era el conjunto lo que se le aparecía borroso, desenfocado, como alguien que se siente indispuesto y busca tentativamente un banco o una cama donde hallar una referencia estable para recuperar la tranquilidad y pasar de agobios.

Cuando terminó con el peón decidió darse un respiro para reflexionar y ordenar las ideas e intuiciones que bullían en su mente. Salió a la calle y en la puerta del edificio se encontró con el inspector Quintero, que llegaba en ese momento.

—Qué oportuno, inspector. Lo invito a un aperitivo.

El inspector Quintero se la quedó mirando de hito en hito.

Acodados en la esquina de la barra de un bar cercano, el inspector ante una caña de cerveza y la juez ante un capuchino, repasaron sus datos.

—Supongo que ya se ha dado usted cuenta del lapso de tiempo que transcurre entre la tarde en que la víctima desaparece y el momento en que la encontramos nosotros —dijo Mariana—. Son unas veinticuatro horas más o menos. Veinticuatro horas en las cuales los Meres, padres e hijo, no hablan. Tampoco parece que mostraran preocupación alguna por su desaparición durante ese tiempo. Los padres me van a decir que eso es cosa de su hijo, que viven cada uno en su casa, que ellos no supieron nada hasta que les llegó la noticia de la muerte ayer tarde... No lo creo, pero al hijo lo he citado de urgencia aquí en el juzgado. Ayer estaba tan terriblemente afectado que preferí darle una tregua.

—Tiene razón. La denuncia por desaparición le corresponde a él. Si mi mujer no duerme en casa ni aparece a la mañana siguiente...

—Él estaba muy afligido, le costaba hablar, no parecía muy centrado, para mí que se sentía culpable. En fin, espero que ya haya tomado tierra.

—Sea lo que sea, es el primer sospechoso. En cuanto a la mujer, tenemos todos los datos. Hemos hablado ya con redactores de las revistas en las que nos consta que ha aparecido y también hemos contactado con el antiguo novio, el que la fotografió primero. Él vendió sus primeras fotos, las tengo en mi mesa, y la verdad es que dan pena: una niña de dieciséis años posando en una habitación vulgar y de una manera verdaderamente indecente. El novio dice que ella accedió, pero ya se puede usted imaginar cómo se la camelaría. El caso es que vendió las fotos con autorización de la chica, haciendo entender que ya había cumplido los dieciocho. Era una adolescente muy formada, daba el pego. Ésa fue toda la relación porque la revista que compró las fotos se ocupó de ella después, se ocuparon como agentes artísticos, como dicen ellos; luego se buscó un agente de verdad, un profesional que se encargó de representarla. Lo tenemos localizado por si quiere hablar con él; y al novio también.

—¿Y de su espantada sabemos algo?

—Parece que es verdad, aunque resulte increíble. El agente me lo ha confirmado. Fue por causa de una crisis religiosa, se arrepintió y de la noche a la mañana abandonó el negocio y al representante, anunció que se retiraba al campo y desapareció, una cosa muy idílica.

—Ya. Pues vaya idilio. ¿El representante la dejó ir así, por las buenas? Supongo que tendrían un contrato.

—Según cuenta él, al principio se cabreó y la amenazó incluso con obligarla a cumplirlo, pero ella se plantó de tal modo que hubo de renunciar. No le afectaban las amenazas y él lo comprendió y la dejó ir. Gajes del oficio, dice. Supongo que un contrato así tampoco se puede defender fácilmente si la otra parte está tan decidida a romperlo que no teme las consecuencias. Total, que desapareció y no ha vuelto a saber de ella. No le he dicho nada del crimen, no vaya a ser que lo filtre a la prensa. Hay que reconocer que es un bocado bueno como noticia.

—O sea, que nadie sabe quién era verdaderamente ella salvo nosotros.

—Exacto.

—Bien. Que siga así. Ahora hay que llenar los dos últimos años. En cuanto al representante, sí quiero verlo, pero vamos a esperar por lo que usted dice, para no levantar la liebre antes de tiempo. El novio, en cambio, no me interesa.

—Estaba con la mosca detrás de la oreja. Los dos tipos residen en Barcelona y la información la hemos conseguido por medio de unos compañeros de la policía judicial; pero, claro, le entró la inquietud. Oiga, usted cree que ha sido el marido, ¿no es cierto?

—Digamos que está el primero en la lista; cuestión de costumbre. Pero tengo que reconocer que su aspecto no es el de un asesino; ni su aspecto —reflexionó— ni su reacción ante la muerte.

—Los asesinos no suelen tener aspecto de asesinos. Vea usted la prensa: cada vez que atrapan a uno por algún crimen atroz, todo el vecindario se cae del guindo porque lo consideraban un tipo intachable, un hombre educado y servicial... ya sabe usted; incluso hay vecinos del barrio que se niegan a creerlo.

—A mí me lo va usted a decir. Pero a mi vez le diré que la intuición me ayuda a menudo y, en este caso, mi intuición me dice que hay algo distinto en su turbación. No digo que no sea el asesino, digo que además hay una zona turbia en todo este suceso que tendremos que aclarar. ¿Sabemos algo del visitante misterioso con coche de matrícula extranjera?

—Eso se lo dejo a usted, ya que va a interrogar al marido. Nadie mejor que él para despejar esa incógnita. De momento es un coche fantasma, pero si no se lo saca usted se lo sacaré yo, no se apure por eso.

—Muchas coincidencias, ¿no?

—Quién sabe. Puede que, efectivamente, fuera un cliente, después de todo.

—Conviene descubrir cuánto tiempo estuvo allí, tanto la tarde del crimen como el día anterior. Y otra cosa: tendríamos que intentar saber si, cuando el visitante marchó con el marido, Elena Sánchez continuaba en su casa y si en algún momento la vieron salir. En la casa pude ver un par de bicicletas.

—El peón no la vio esa tarde.

—El peón estaría a sus ocupaciones.

—Sí, pero ya sabe usted que por esos lugares cerrados y estas aldeas no se mueve nadie sin que lo sepa todo el mundo. Lo que el peón viene a decir es que, mientras él estuvo allí, ninguna mujer salió de la casa. Y él se fue tarde, se fue cuando ya caía la luz. O la tal Elena no estaba en la casa o salió ya de muy atardecido en busca de su asesino.

—Qué dramático suena eso; está usted poniendo el toque literario al asunto. Por cierto, ¿qué hay de la finca colindante, de eso que me dijo de que se dedican a cultivar semen de toro?

—Lo que oye usted. Ni más ni menos.

—Pero es una finca ganadera. Sí, y muy grande. Me atrevería a decir que el señor Montclair la tiene como inversión sin más... o que ahí hay gato encerrado. Lo suyo es el transporte, según tengo entendido, decenas de camiones, varias gasolineras y qué sé yo cuántas cosas más me han contado. Por lo visto es una auténtica fuerza viva aquí en G... Ahora que, a juzgar por la reserva con que llevan el asunto, lo del semen de toro debe de ser un negocio tan bueno como para necesitar protección. ¿No le llama la atención tanto misterio?

—¿Reserva, dice usted? ¿Qué reserva? Lo sabe todo el mundo.

—Bueno, se sabe, se dice... pero nadie sabe de cierto nada ni ha visto nada; lo que sí sé es que algunos paisanos han protestado porque se acercaron a la finca y les recibió un guarda armado con escopeta que les cerró el paso de malos modos. La gente de aquí es muy cotilla y enseguida se interesan por lo que hace el vecino, es natural que pretendan fisgar; tampoco es para ponerse así, por las malas. No me parece mal que uno proteja sus inversiones, pero con cortesía. Lo de tener un guarda armado a la puerta, la verdad...

—Eso es todo lo que sé.

—Pues creo que iré a echar un vistazo a esa finca.

—Yo le aconsejo que pida antes permiso al señor Montclair porque el guarda ese es un verdadero perro de presa. O a Graciano Meres, que también trabaja para el señor Montclair.

—Ah, ¿Graciano Meres trabaja para el señor Montclair?

—Sí. ¿No la han informado?

En su despacho, mientras esperaba a Jacinto Meres, Mariana se entretuvo ojeando las copias de las imágenes de Jessica Vega. Las había ordenado por orden cronológico, deduciéndolo de la apariencia de la chica, es decir, de su maduración física y de su progresiva sofisticación. La primera serie mostraba a una adolescente plenamente desarrollada desprendiéndose foto a foto de su vestido, primero, un sencillo vestido blanco, y a continuación de una ropa interior de mercadillo ambulante que descubría una carne inocente y una pizca maliciosa; en las poses había un aire de espontaneidad, mezcla de timidez e impudor, realmente encantador a pesar de la crudeza de la exposición. No iba maquillada, parecía una jovencita pillada en su cuarto a la hora de desnudarse en actitud muy desvergonzada: también provocativa, pero la provocación tenía un aire intimista; era evidente que la estaba fotografiando alguien en quien ella confiaba y con quien debía de tener una relación sexual clara.

En la siguiente serie, la desvergüenza aumentaba por el maquillaje, la actitud deliberada (ya no se exponía a su novio sino a un público adulto) y la ropa interior con la que jugaba en sus poses antes de desprenderse de ella, que era lencería fina: un asesor de imagen profesional había entrado en escena; sin embargo, el efecto era el de una muchacha fresca y joven posando de putilla. Luego venía una serie en la que aparecía ya una mujer de formas rotundas, absolutamente desinhibida, ofreciendo su cuerpo en posiciones estudiadas para un *voyeur* de zonas íntimas, usando la ropa como acicate para descubrirlas o enteramente desnuda y descubierta. Tenía un cuerpo espectacular: pechos firmes y abundantes, un trasero contundente, caderas poderosas, piernas bien torneadas y un rostro que seguía manteniendo el encanto de la sinceridad física que emanaba de ella. Todas las fotografías eran poses personales, no había ninguna de corte pornográfico con hombres; sólo en alguna aparecía con otra mujer, pero no sugerían ningún asomo de lascivia entre ellas sino una actitud insinuante, aunque estática, una composición. Esto era lo que había llamado su atención: la ausencia de actividad sexual en las fotografías, salvo aquella en las que insinuaba o mostraba a las claras una actitud onanista destinada no a sí misma, a su propio placer, sino también a seducir al *voyeur*. En varias de las fotos parecía divertida, como si en realidad estuviera jugando a enseñar su sexo. Excepto en la primera serie, donde mostraba un vello púbico bastante ligero, en las demás exhibía el pubis depilado, evidentemente para poder ofrecer el sexo sin veladura alguna. Le llamó la atención esa ausencia de vello, si bien no la cogió por sorpresa, ya que, por lo que había oído, estaba de moda afeitarlo y no sólo en el cine porno. La verdad es que nunca le había prestado atención hasta ahora en que lo veía por primera vez. El pubis rasurado y el sexo a la vista en su entera desnudez le causaban una cierta turbación, le parecía morboso a la vez que impúber, pero quizá por eso mismo, al verlo lucir con tal descaro por una mujer adulta y, de añadidura, muy bella, reconocía su poder de excitación. Aquel alegre impudor la atraía y le daba vergüenza a la vez. Luego, contempló el conjunto de los desnudos de la joven con verdadera admiración por aquella transformación extraordinaria de crisálida trémula a mariposa de lujo. La imagen de ese cuerpo espléndido exponiendo sin recato alguno su belleza, belleza que la modelo también parecía estar disfrutando, se le cruzó en la mente con la del cuerpo herido y descoyuntado que encontraron entre los helechos al borde de la carretera y no pudo evitar una profunda sensación de pena.

Pena y rabia porque, finalmente, la imagen de la mujer que surgía radiante de aquellas páginas había sido destrozada por alguien que no amaba la belleza. Trató de imaginar el momento y lo desechó en seguida. Pensó en la muchacha bajando de su pedestal de estrella del desnudo, de *stripper* glamurosa, para retirarse al campo y sintió ternura y piedad. Tenía que haber sido una mujer valiente, tanto para alejarse de su casa y abrirse camino hacia la fama, como para abandonarlo todo y entregarse a una vida pacífica, lejos del mundanal ruido. —Creo que he empezado a admirarla —se reconoció, contenta y triste a la vez; y por ello se prometió que haría lo imposible por dar con el culpable. —Al final —se dijo— siempre me acabo involucrando en los casos más de lo que debiera, pero ¿cómo se puede evitar eso? Por muy objetiva que pretenda ser aplicando la ley no puedo dejar pasar la vida con indiferencia por delante de mí; y eso es lo que transcurre diariamente por el despacho de un juez: la vida; la vida llena de gente.

—Siéntese, señor Meres.

Jacinto Meres retiró una de las sillas que se encontraban al otro lado de la mesa de la juez, tomó asiento sin decir palabra y se quedó mirando al suelo, como abstraído. El letrado que lo acompañaba a indicación de la juez se sentó a su lado. Jacinto vestía esa mañana una chaqueta de mezclilla y parecía estar contemplando los bajos de su pantalón de dril de color crudo y las botas de cuero con suela gruesa de goma. Su aire ausente le pareció a Mariana más propio de un rústico que de un ineducado y pensó que era una pena esa dejadez en un muchacho con tan buena planta, por muy afectado que estuviera. Pero, más que afectado, la sensación que producía era la de estar perdido en otros pensamientos ajenos a su citación en ese despacho, se dijo; y de inmediato entendió que justo lo que le interesaba a ella no era su estado de ánimo sino, posiblemente, aquello que lo tenía tan concentrado.

—Señor Meres, si es tan amable de atenderme... —empezó a decir ella; Jacinto levantó la cabeza como si lo hubieran despertado bruscamente—. Gracias. Verá usted: nos encontramos con un pequeño problema a la hora de fijar el orden de los hechos. Si no recuerdo mal, anteayer, lunes, usted estuvo en su casa hasta la noche, durmió allí, a la mañana siguiente se levantó y estuvo atendiendo a su trabajo en el vivero hasta que el comisario Quintero apareció por su casa al caer la tarde para comunicarle la triste noticia de la muerte de su esposa.

Mariana hizo un alto y Jacinto, tras un momento de incertidumbre, asintió.

—Bien —continuó la juez—. El caso es que no acabamos de saber a qué hora desaparece su esposa y no entendemos que veinticuatro horas más tarde, o quizá más, cuando el inspector Quintero llega a su casa, lo encuentre a usted allí sin tener noticia de ella y sin haber denunciado su desaparición. ¿Puede usted explicármelo?

Jacinto Meres alzó los hombros acompañando a un profundo suspiro, como si fuera a librarse de una opresión en el pecho, juntó las manos apretándolas con fuerza y luego miró directamente a los ojos de la juez.

—No —dijo—, no puedo explicarlo.

Mariana lo miró a su vez, con gesto de incomprensión. Se tomó unos segundos de respiro y volvió a dirigirse a él.

—Señor Meres, creo que no se da usted cuenta cabal de la situación en la que se encuentra.

Jacinto Meres bajó la cabeza y se mantuvo en silencio. Mariana hizo acopio de paciencia.

—Señor Meres, desconozco la razón por la que se obstina en no contestar a mi pregunta, pero es mi deber advertirle de que si no puede o no quiere darme una explicación satisfactoria se convierte usted en el principal sospechoso del asesinato de su esposa o en cómplice activo del mismo y deberá atenerse a las consecuencias de su actitud.

Jacinto Meres dirigió a la juez una mirada implorante y después se cubrió la cara con las manos. Al cabo de unos segundos, como si le costara un terrible esfuerzo, se decidió a hablar.

—No sé dónde estaba mi mujer y no sé por qué no he dado parte de su desaparición. Pensé... pensé que volvería... No podía suponer otra cosa. Yo... esperé, sólo esperé a que volviera.

—Pero eso es absurdo...

—Lo sé... Lo sé... Lo siento mucho. —Se lo veía tan abrumado que Mariana estuvo a punto de sentir pena por él.

—Señor Meres: su silencio ha podido costarle la vida a su esposa. Desde el momento en que ella desaparece queda desprotegida ante quienquiera que fuera su asesino. Una llamada suya habría alertado a la policía. ¿Es que no lo comprende?

—Yo... señora... —Estaba a punto de echarse a llorar; apenas podía articular palabra. Tuvo que hacer un acto de violencia consigo mismo para continuar hablando—. Yo no estaba en casa —acertó a decir—. No estaba en casa. No me enteré de que había desaparecido.

Mariana se lo quedó mirando estupefacta. Dejó pasar un tiempo de silencio mientras recapacitaba y aliviaba también el estado de tensión del interrogado.

—¿Quiere usted decir —preguntó al cabo de unos momentos— que no pasó la noche en su casa? ¿Y quiere usted decir que a la mañana siguiente, o cuando regresara, no se dio cuenta de que ella no había dormido allí? —Mariana miró al secretario y vio en su mirada la misma perplejidad que sentía ella.

—Sí, así fue —dijo Jacinto.

—Creo, señor Meres, que conviene establecer la cronología de los hechos. Vamos a ver: ¿a qué hora sale usted de su casa el lunes?

—A eso de las seis, o quizá antes, no recuerdo con exactitud.

—¿Estaba su mujer en casa?

—No. Había salido a hacer algo, no recuerdo qué.

—¿Tampoco sabe adónde?

—No. Ella salió; si dijo algo, no la escuché.

—¿Cogió la bicicleta u otro medio de transporte? ¿Se fue andando?

—No, la bicicleta, no. —Entonces ella advirtió que la tensión volvía.

—¿Y usted?

—Yo... me fui andando también, luego después.

—¿Andando hasta G...?

—Sí, lo hago a veces, necesito caminar.

—Según mis informes, señor Meres, la tarde del lunes apareció un coche de matrícula extranjera en el vivero y estuvo un buen rato aparcado. ¿No se iría usted en él a G... en vez de ir caminando?

—No... el coche... sí, estuvo allí, era un cliente... En realidad no me fui andando porque él se ofreció a llevarme, pero otras veces voy andando hasta G... Es un paseo corto.

—¿Puede darme el nombre de ese cliente?

—No. No se lo pregunté ni lo conocía. Vino sólo a pedir precios y se fue.

—¿Todo ese tiempo?

—Sí. Estuvo viendo las instalaciones.

Mariana se pasó la mano por la frente. Pelayo Arenas hizo un gesto de incredulidad.

—Y debió de quedar insatisfecho porque volvió al día siguiente.

—Sí. —Parecía aturdido.

—Volvió al día siguiente —insistió la juez— y se marchó a media tarde, antes de que apareciera el inspector Quintero a comunicarle la noticia de la defunción de su esposa.

—Sí, eso es, sí.

—¿Dónde pasó usted la noche del lunes al martes?

—Me quedé hasta tarde, con unos amigos, tomando unas copas. Luego me sentí mal y me quedé en un hotel.

—¿Qué hotel?

—En el hotel Panamá, detrás del Paseo...

—Lo comprobaremos y también nos ha de dar los nombres de sus amigos. Bien, ¿cuándo regresó a su casa?

—Al mediodía.

—¿Andando? ¿Lo llevó el cliente del día anterior?

—No, tomé un taxi.

—También lo comprobaremos. Eso quiere decir que el cliente llegó después de comer, por su cuenta. Bien. Una vez en su casa, dice que no advirtió la ausencia de su esposa, ¿no es así?

—Ella no estaba.

—No es eso lo que le he preguntado. ¿Había rastro de que hubiera pasado allí la noche?

—No.

—¿Y eso no le causó preocupación?

—Me extrañó.

—Entonces recibió de nuevo al cliente misterioso y estuvo con él buena parte de la tarde sin saber siquiera su nombre. —El hombre no pareció advertir el punto de ironía de la pregunta y permaneció en silencio.

—Y a última hora —continuó Mariana—, como ya hemos dicho antes, recibió usted la visita del inspector Quintero, de la policía judicial, para notificarle el hallazgo del cadáver.

El hombre continuó en silencio. Mariana esperó unos instantes antes de seguir hablando.

—Señor Meres, considero su actitud muy negativa. No voy a detenerlo, pero me entregará usted el pasaporte para evitar cualquier posible tentación de salir del país y le prohíbo abandonar esta pedanía hasta nueva orden. Si necesita desplazarse por razón de su trabajo, deberá comunicármelo previamente y contar con mi autorización. El secretario le dará un recibo justificativo por sus documentos. ¿Entiende que queda usted a mi disposición en todo momento?

Jacinto Meres asintió con la cabeza.

—Y así será hasta que pongamos un poco de lógica en este asunto. Puede usted retirarse —dijo Mariana evidentemente disgustada.

Mariana salió del juzgado en compañía de su secretario. Se resistía a pensar que Jacinto Meres fuera tan necio y lo atribuía a su estado general de aturdimiento y, quizá, a una debilidad de carácter. Pelayo, por el contrario, se mostraba convencido de la culpabilidad de Jacinto. Mariana arguyó que, por lo visto hasta el momento, no se le conocían disensiones serias al matrimonio, ni serias ni leves, pues todo el mundo concordaba en que ellos dos se llevaban bien y trabajaban unidos en el vivero con buen espíritu. Pelayo, que era hombre prudente, reconocía que el argumento tenía sentido, pero se resistía a aplicarlo a la pareja.

—Es que es tan evidente —decía—. Eso que usted dice es correcto, sí, lo que pasa es que nunca se sabe lo que hay detrás de las apariencias. A este hombre le importa un rábano su mujer o no estaría tan frío como está, que parece poco menos que se tratasen a distancia. Yo intuyo que lo que lo abruma es el desorden que este asunto introduce en su vida, no la pérdida de su mujer, ¿me explico? Yo creo que la mató y ahora está descubriendo el vacío que se abre en su vida, por eso está como atontado. A lo mejor la mató en un rapto de enloquecimiento.

—A ver, Pelayo, ¿usted se imagina a este hombre destrozando la cara a su mujer con una pala y luego cortándole las manos? Porque lo de las manos no es para evitar la identificación del cadáver sino que parece un acto de venganza o de rabia. Y más aún: ¿se lo imagina usted yendo por ella con una pala y un hacha? ¿Tan bien pertrechado? ¿Con tal premeditación? Porque las manos están cortadas *post mortem* y a golpe de hacha u objeto similar. No —concluyó—, salvo que un psicólogo dictamine que Jacinto es un sádico emboscado, no casa con el criminal que estamos buscando. ¿Ha visto cómo reaccionaba al hecho de que yo casi le imputara el crimen, que lo tratara de sospechoso principal? Eso a él no lo afecta. Lo afecta la pérdida de su esposa. La quería y la necesitaba. No ha podido ser él. No encaja.

—Pero, entonces, es un enfermo; de otra clase, pero enfermo.

—Por ahí estoy más de acuerdo —dijo Mariana—, pero le diré algo más: lo que usted llama frialdad, que no es tal porque yo creo que está muy dolido, se puede deber a otra cosa: se puede deber a que sabe más de lo que dice, a que sabe algo que le impresiona tanto como la muerte de su esposa; y eso lo tiene noqueado.

Dos calles más allá se separaron y cada uno se fue por su lado. Mariana se desvió al mercado justo antes de que empezaran a echar las puertas. El pescadero la recibió mirando la hora.

—Buenas tardes, Amable. Siento llegar tan apurada. El trabajo, que se acumula.

—Si es que ustedes no saben vivir. Todo el día corriendo de aquí p'allá. Hay que dar tiempo al tiempo, que se va usted a morir del corazón como siga así.

—Qué más quisiera yo, Amable, que tener una criada para todo, pero estoy sola.

—Será porque quiere —dijo Amable con voz de castigador.

—Será por lo que sea. Lo que quiero ahora es algún pescadito.

—Hoy, lubina de ración. Del mar, ¿eh? No de piscifactoría. Del mar de aquí mismo.

—¿Y qué hago yo con una lubina?

—Pues se la lleva usted a casa y me espera sentada que ya voy y se la frío yo.

—Vaya manera de decir las cosas; ni que fuera usted madrileño, Amable.

—Es que soy madrileño.

—No me diga.

—De Chueca; o sea, para que se haga una idea.

—Ya me parecía a mí.

Mariana llegó a su casa, dejó caer cartera y bolso a la entrada, arrojó el abrigo sobre una silla con un golpe de hombro y pasó a la cocina con las bolsas con la compra. En el contestador había una llamada de su madre, la llamada frecuente para hablar sobre nada, para sentir una voz al otro lado del teléfono como un lazo tendido de una ciudad a otra. Su madre estaba tan sola como ella, y aunque podía valerse y vivía recogida en su casa de toda la vida con sus cosas de toda la vida, en cualquier momento empezarían los problemas y no quería pensar en ello. Si al menos su hermano se hubiera quedado en Madrid... De todos modos, a ella no la telefoneaba, ni Mariana a él, pero, por lo oído, de cuando en cuando se acercaba a ver a su madre, lo que servía para que ésta, a su vez, la telefoneara a ella rogando que hicieran las paces. ¿Qué paces? Aparte de que siempre estuvieron como el perro y el gato, el que andaba corriendo mundo era él y nunca se había vuelto a poner en contacto con ella. Y encima era un cerebro volátil.

Se entretuvo ordenando las cosas, contempló la lubina con simpatía, pero sin ganas, y se preparó un whisky con hielo y soda antes de dejarse caer en el sofá. Últimamente se había aficionado a la soda. A punto de instalarse en el descanso feliz y dispuesta a hacerlo definitivamente feliz, se levantó de un empujón, extrajo de una torre archivador de discos compactos diseñada sobre el modelo del Empire State Building un cedé hiperromántico de Chet Baker titulado *Chet* y volvió a tumbarse con los ojos cerrados; el amoroso solo de trompeta que iniciaba *Alone together* la envolvió voluptuosamente y el primer sorbo de whisky coincidió con la entrada de Pepper Adams y por ahí detrás hacía acordes Bill Evans y todo era tan armónico que el retorno de Chet con su trompeta la convenció de que, a pesar de todo lo malo, el mundo no estaba tan mal hecho.

Cada vez alternaba más el jazz con la música clásica gracias al viejo y fiel López Mansur, que le envió una caja llena de discos, prometida desde un año antes, porque era un tanto descuidado con el tiempo, que no con sus promesas.

—¿Y por qué no habré ligado yo con él? —se dijo de repente, sabiendo que su relación con Cari de la Riva era la única razón de que Mansur no hubiera acabado alcoholizado y viviendo debajo de un puente—. Al fin y al cabo es más o menos del estilo que a mí me va, pero con algo dentro de la cabeza. No —se dijo—, habríamos sido lo más parecido a una pareja feroz; pero —siguió pensando— quizá una aventurilla...

Se sacó los zapatos y se extendió por el sofá estirándose cuan larga era con una pereza deliciosa. A pesar de la soledad, esta vuelta a casa de cada día después de las sesiones de trabajo a las que se sometía por su prurito cumplidor, le parecían un regalo, un pellizco de paraíso. Aunque le gustaba salir por las noches, su punto fuerte era el regreso diario a casa y las salidas procuraba relegarlas al fin de semana, cuando podía dormir más.

Estaban a miércoles y el caso de Jessica Vega había arrancado el lunes para la víctima y el martes para ella. Sabía que la esperaba una tarea complicada y pensó cuánto le agradaba estar sola en casa haciendo el vago. Y justamente entonces sonó el timbre de la puerta.

En un primer momento creyó haber oído mal o que el sonido venía del piso de al lado, pero la llamada se repitió y ya no le cupo duda. Era muy extraña una llamada a esas horas, salvo que, quizá, se tratase de Julia. Lo cual también sería raro porque nunca se presentaba de improviso. En todo caso, abandonó el sofá sin ganas y con el encanto del momento roto y se dirigió a la puerta mientras sonaba el tercer timbrazo.

Abrió y durante unos segundos se quedó clavada al suelo, mirando al intruso sin articular palabra.

—Antonio... —murmuró al fin con voz entrecortada—. ¿Eres tú?

Antonio de Marco, el hermano pequeño, todo sonrisas, se adelantó unos pasos, abrazó a su hermana, le dio sendos besos en las mejillas y se coló en la casa con naturalidad. Mariana seguía en la puerta, ahora de espaldas, como quien ha perdido la noción del espacio e intenta orientarse.

Antonio de Marco era digno hermano de su hermana: alto, moreno, el pelo ligeramente rizado y peinado hacia atrás, rostro firme de líneas rectas, sin el redondeo que le daba el toque femenino a Mariana, pero con la misma fisonomía enérgica que ella. Al verlos juntos ahora se podía apreciar que, con los años, ella había ganado belleza, una belleza madura muy bien conservada y que él, que debía de estar entrando en la cuarentena, la hacía más joven por su incipiente calvicie y las patillas encanecidas. Pero, en todo caso, Antonio tenía una presencia jovial y, sobre todo, despreocupada y ahí sí se diferenciaba de su hermana mayor.

—Bonita sorpresa, ¿eh, niña? —Seguía llamándola niña—. El hermano díscolo regresa por sorpresa.

—Pero tú... —acertó a articular Mariana—. ¿De dónde sales? Tú qué haces aquí, así de repente, sin avisar siquiera. ¿Te parece que es manera de presentarse después de tanto tiempo? Sigues siendo un locoide y un irresponsable, Antonio, no tienes remedio.

—Buen recibimiento —dijo él, sin perder la sonrisa—. No hago más que atravesar la puerta y empieza la reprimenda. Pues tú has cambiado pero mucho, niña, estás guapa de verdad, quién lo iba a decir de la bohemia aquella.

—Tú sí que has cambiado; tú, que no has debido de ver un bohemio en tu vida, por cierto. Aunque ya te tenía casi olvidado, aún puedo recordar, haciendo un esfuerzo, claro, a aquel jovencito presuntuoso y reaccionario que me echaba en cara mi ecologismo. Fuiste una de mis pesadillas favoritas.

—Es que eras un caso. No digo que yo no fuera un pijo de concurso, como se les llama ahora, pero a ti había que verte con tus atuendos de colores hindúes y el jodido pachulí. En fin, ¿quieres que volvamos a pelearnos? Te he traído algo de cenar, niña —dijo sacando de la mano que llevaba a la espalda una bolsa por la que asomaba una botella de *champagne*—, Bollinger y caviar iraní. ¿Me quedo o me voy?

Mariana lo observó con severidad. Sí, era su hermano, pero de eso hacía quince años. Por encima de su excitación se elevaba el tiempo de ausencia como una realidad incontrovertible. Ahora que lo tenía frente a ella, un nudo de sentimientos se enredaba en su interior y sentía que ese nudo apretaba su corazón.

—Te quedas —dijo Mariana conteniendo un gesto de contrariedad. Tuvo que hacer un esfuerzo para mostrarse receptiva—. Por lo menos hasta que nos acabemos el *champagne* y el caviar —añadió manifestando una esforzada desenvoltura; luego pareció quedarse meditando y a continuación volvió a la rudeza—: ¿Y cómo es que apareces por aquí, así, de pronto, sin avisar, sin...?

—Ya ves. Estaba viajando por el norte, camino de Asturias, y al llegar a G... me dije: ¿por qué no vas a visitar a tu hermana y luego, si todo va bien, te acercas también a Madrid a darle una alegría a mamá? Y dicho y hecho.

—¿Mamá te dio mi dirección? —dijo Marina, recelosa.

—Claro. ¿Quieres que la llamemos ahora? Se va a llevar un alegrón. Incluso debe de estar sentada junto al teléfono esperando noticia del acontecimiento.

—Llámala tú. Yo todavía no me he repuesto de tu puñetera aparición —dijo Mariana mientras recogía la botella y la lata de caviar y se dirigía a la cocina.

Antonio llamó y habló con su madre y luego Mariana, que ya había dispuesto el tentempié, se puso al teléfono y por sus gestos se adivinaba que la madre lloraba al otro lado del hilo y que aquél era un día que se volvía inolvidable por momentos para ella. Cuando logró colgar, se quedó mirando con el gesto de reproche suavizado por la conversación con la madre. Sobre todo, estaba perpleja. Esta súbita aparición era absurda, estaba fuera de lugar y, además, no lograba despejar la situación de desconcierto en que se encontraba.

—¿Sabes que tienes unas piernas fantásticas? —dijo Antonio, tendido en el sofá.

Mariana, sentada en el borde de una de las butacas, se estiró mecánicamente la falda hacia las rodillas y luego se puso en pie.

—Ahora eres también un castigador, ¿no? Pues ándate con cuidado que soy tu hermana.

—Oye, que yo sólo me limito a hacer constar un hecho. Es que son unas piernas sensacionales, te lo digo de verdad.

—Vale. Deja en paz mis piernas y vamos a disfrutar de tu aperitivo mientras se me pasa el sobresalto. Luego pensamos en la cena. Porque, claro, tú dabas por hecho que te plantabas aquí y te quedabas a cenar. ¿Te das cuenta de que llevamos unos quince años casi sin dirigirnos la palabra? —De inmediato, se reprochó interiormente la invitación a cenar. ¿Puro sentimentalismo? ¿Torpeza? ¿Debilidad?

—Caviar, *champagne*; caviar, *champagne*; caviar, *champagne*... —canturreó Antonio mientras se dirigía con paso alegre a la cocina—. Con la emoción del reencuentro te has olvidado de las copas —gritó desde allí—. ¿Dónde las guardas?

—Están aquí, en el aparador. ¿Dónde tienes los ojos?

—Puestos en ti, mi vida, siempre puestos en ti.

—Eres el peor adulador y el más descarado. ¡Maldita sea, Antonio! —Mariana reconocía ahora el sentimiento que verdaderamente la embargaba: ansiedad, una ansiedad sin dirección—. ¿Cómo se te ocurre presentarte así, por las buenas? ¿Es que no tienes corazón?

—Y entonces se quedó hasta las tantas, se pimpló media botella de wkisky aparte del champán y yo estoy hoy con resaca y tengo una lubina en la nevera —le estaba diciendo Mariana por teléfono a Julia Cruz—. No, por supuesto que lo mandé a su hotel, sólo faltaba que se hubiera quedado a dormir en casa... sí, un hotel que ni había oído hablar de él, que está por detrás del Paseo Marítimo... bueno, da igual, ya me acordaré; el caso es que tengo un día de locos con el caso del asesinato de Jess... de Elena Sánchez no-sé-qué y no creo que levante cabeza hasta la noche. Sí, podemos salir, pero a ver adónde porque yo de lo único que tengo ganas es de tomarme un par de aspirinas y cogerme una trompa de agua mineral.

La mañana, como sucede siempre cuando uno está con la mente turbia, empezó pronto a llenarse de informaciones significativas que se sucedían una a otra exigiendo acción y resoluciones rápidas. En primer lugar, el asunto de la conversión de Jessica Vega. Se iba confirmando que lo suyo había sido una crisis religiosa auténtica, una iluminación que descorrió el velo que la hacía inmune al pecado obligándola a mirarse a sí misma tal cual era: una hetaira entregada a fomentar la salacidad de los hombres, como diría un bienpensante. ¿Era ésa una explicación? Aún no se había bebido Mariana su segundo café en ayunas cuando el inspector Quintero se personó en su despacho con un cura que resultó ser el director espiritual de Elena.

—Yo no lo definiría exactamente así —objetó el padre Grandes— puesto que, salvo alguna que otra charla, no nos veíamos con regularidad. He de decir que sólo se explayó largo y tendido conmigo al principio de su crisis religiosa; luego acudió a mí de tarde en tarde y su actitud me pareció siempre ejemplar. Yo oficié su boda con Jacinto, una boda íntima, dadas las circunstancias.

—Perdone, padre —interrumpió Mariana—, ¿sabe usted cómo se conocieron?

—Por el vivero. Ella quería a toda costa seguir en el mundo rural, alejada de todo lo anterior, y Jacinto necesitaba alguien que lo ayudara. Yo tengo trato con la familia Meres de toda la vida y la feliz casualidad los unió al poco de estar ella trabajando en el vivero. Dios escribe derecho con renglones torcidos —sentenció el cura con evidente satisfacción.

—¿Jacinto estaba informado de la historia anterior de su mujer?

—Sí. Ella se lo confesó antes de la boda. Quería estar en paz consigo misma.

—¿Y no le parece extraño que un rústico, es decir, un hombre de formación netamente tradicional y de clan, se lo tomase con tanta tranquilidad?

—Los caminos del Señor...

—Son inescrutables, sí; pero inescrutables, no disparatados.

—A Jacinto no le importó. Es todo lo que puedo decirle, porque me consta.

A pesar de su confusión, Mariana seguía encontrando oscuridades tanto en la repentina crisis de Elena-Jessica como en su matrimonio.

—Vamos a hacer un poco de repaso, si me lo permite. —El cura asintió con la cabeza—. De manera que Elena deja Barcelona y viene hasta aquí a hablar con usted...

—No. No. No se confunda usted. Ella viene aquí y se encuentra conmigo por indicación del padre Rovira, el sacerdote a quien primero se confía en Barcelona, y yo le consigo aquí una residencia en una casa de acogida regentada por las Hermanas de la Caridad. Trabaja con ellas, lo que la sosiega enormemente en medio de su tribulación, y estando allí, ya mucho más centrada, es cuando traba relación con Jacinto, por su amor a las plantas, y acaba casándose con él.

—¿Acaso es usted un experto en conversiones?

—Como cualquier otro sacerdote. Lo que ocurre es que el padre Rovira y yo fuimos compañeros de Seminario y mantenemos la amistad y a él le pareció conveniente alejarla de Barcelona cuanto antes.

—¿Elena trabajó con las hermanas por necesidad o de manera altruista?

—De manera altruista. Hasta donde se me alcanza, ella estaba bien de dinero. Incluso hizo donaciones a la Iglesia y a las Hermanas de la Caridad, en especial al contraer matrimonio. Y luego, me consta, invirtió una parte de su capital en remozar las instalaciones del vivero. El vivero era su vida, es decir, además de su marido, usted ya me entiende. En fin, si me permite la expresión, eso es lo que llamaríamos santificar el dinero. El dinero que ella había obtenido con la venta de su cuerpo, ciertamente. ¿No ve usted en ello la mano de Dios?

—Supongo que no se le ocurre ninguna explicación a su desgraciada muerte —dijo la juez eludiendo la respuesta y pasó a exponer al cura, sucintamente, alejándose de los detalles que deseaba mantener en secreto, los hechos acaecidos la tarde en que se descubrió el cadáver.

—Aún no puedo creerlo. Y esa brutalidad que me cuenta usted, pobre criatura. Todo iba bien, ella estaba tranquila, disfrutaba de una vida sencilla, casi angelical. Y de repente esta agresión bestial, sin sentido. Algún enfermo en este mundo de enfermos del sexo, no se me ocurre otra explicación.

—No la vejaron sexualmente —apuntó Mariana.

—No entiendo nada, nada —exclamó el cura—. Estaría de Dios... —dijo al fin vagamente, como ensoñando.

Mariana se guardó la respuesta con un indisimulado gesto de disgusto.

La segunda información significativa partió de un vecino de Hontanar de Vieda, que pasó en su *scooter* de madrugada y vio un coche aparcado exactamente en el arcén junto al que se encontró el cadáver. El hombre no se fijó en la matrícula sino sólo en el coche porque le llamó la atención. Era un viejo Volkswagen Golf de color rojo medio despintado y estaba vacío, que fue lo que extrañó al vecino en aquel paraje y a aquellas horas. No vio nada más y siguió camino, pero en cuanto el inspector Quintero lo puso ante el Volkswagen Golf rojo de Graciano Meres no dudó en reconocerlo.

—¿Graciano Meres? —dijo una muy sorprendida Mariana de Marco.

—Graciano Meres —certificó el inspector.

—Así que esto va a ser un drama de familia —comentó ella—. Lo que no entiendo es la formidable torpeza de esta gente. Le cortan las manos al cadáver para que no se lo reconozca y lo averiguamos al instante. Luego lo dejan a la intemperie en lugar de enterrarlo, con lo que hubiera sido muy difícil de localizar, al menos en poco tiempo, y el asesino se va tan tranquilo. Luego Graciano aparca el coche en el arcén para que lo vea bien cualquiera que pase por allí; lo que ha sucedido, como vemos. Y encima todas sus declaraciones son cada vez más sospechosas: no los encubren sino que los delatan. En fin —concluyó—, vamos a sentarnos con el tal Graciano a ver qué nos dice y esta vez no los quiero juntos a los Meres sino por separado.

Graciano Meres empezó por decir que no fue él quien condujo el coche aquella noche. Según sus palabras, alguien lo tomó prestado, sin que él lo advirtiera, del cobertizo donde se guardaba, pegado a la entrada de la finca, y lo debió de devolver a alguna hora de la madrugada, antes de las seis, que es cuando él se levantaba diariamente. La cosa pudo ser, según él, porque siempre dejaba las llaves puestas, ya que allí en Hontanar era impensable que nadie cogiese nada que no fuera suyo.

—Pero su finca está en las afueras y pegada a la carretera. No es lo mismo —arguyó la juez.

Graciano insistió en su afirmación. Si alguien tomó su coche, era alguien de fuera. Mariana trató de hacerle ver que coger un coche para una escapada no es lo mismo que cogerlo para trasladar un cadáver; sin embargo, el hombre se mantuvo en sus trece. El coche había pasado a manos de la policía judicial, pero no ofreció pista alguna que probara la presencia del cadáver en el mismo; además, éste parecía un basurero por dentro, así que no era nada fácil sacar algo en claro. Si trasladaron el cadáver en él lo hicieron, por contraste, con extrema limpieza. El inspector Quintero estaba perplejo.

—Estamos avanzando muy aprisa y, sin embargo, no sabemos nada. Esto parece cosa de magia —dijo. Estaba enfadado consigo mismo. Mariana se exasperaba.

—¿Cómo es posible que no tengamos nada? Prácticamente, sabemos cómo y quiénes han cocido este crimen y, sin embargo, no hay modo de demostrarlo. Es un crimen de brutos, pero a la hora de buscar pistas cualquiera diría que lo ha cometido un asesino exquisitamente profesional. En mi vida me he visto en otra igual.

A primera hora de la tarde el inspector Quintero había interpelado a casi todos los habitantes de la pedanía, sin resultados. El Golf que transportaba el cadáver debió de estar aparcado en el arcén el tiempo justo de sacar el cadáver y arrojarlo tras las matas de helecho. A excepción del motorista nadie del pueblo se desplazó por carretera a esa hora. Quizá hubo algún otro automovilista coincidiendo con el momento, pero ni se fijaría, ni lo iban a localizar, ni les serviría de nada si no identificaba además al ocupante del coche. En cuanto al cadáver, lo tuvieron que envolver muy bien, en plástico probablemente, para transportarlo. En los helechos, por su propia estructura, no quedó prendido nada, un retal del envoltorio o algo así. Tampoco había sangre, lo que les hizo pensar que el cadáver ya se había desangrado antes y que, tras dejarlo abandonado, recogieron el envoltorio con todo cuidado y, probablemente, lo incinerarían. La científica encontró algún minúsculo resto de materia plástica de uso común entre la gravilla del arcén. No hallaron huellas de pisadas y, salvo algunos tallos de helecho, tronchados sin duda por el peso del bulto, nada hacía recordar al día siguiente del hallazgo lo sucedido la noche anterior. Pero al menos sabían la hora en que arrojaron el cuerpo.

—El forense supone que la debieron de matar al anochecer. Eso nos permite calcular —informó el inspector— que pudieron pasar no menos de cuatro horas desde el momento del asesinato hasta que la abandonaron en aquella depresión del terreno. Y allí estuvo expuesta sin que nadie reparase en ella hasta que nos avisaron de que había un cadáver. En esa zona no hay camino cerca de la carretera; es decir: o se pasa en vehículo o no se pasa.

—Jacinto Meres dice que él ha ido caminando a G... más de una vez.

—Sí, pero eso es una extravagancia. Sólo podría haber visto el cadáver alguien que pasara con un tractor, o quizá desde la cabina de un tráiler, es decir, vehículos donde el puesto del conductor está en alto, pero se ve que no...

La tercera información significativa llegó a media tarde. Un vecino de Hontanar que regresaba en tractor de recoger hierba había avistado en la cuneta de la carretera general el mango desnudo de una pala. Se bajó y lo recogió, y al llegar a su casa su mujer recordó la información del periódico, en la que se hacía referencia a «una pala u objeto contundente similar», y avisó a la policía. La científica la analizó, como había hecho con todo el material de casa de los Meres, y no encontró huella alguna, pero sí rastros de sangre. La habían limpiado y apenas se apreciaban a simple vista. De inmediato se pusieron a rastrear todo el largo de la carretera que bordeaba ambas fincas hasta el lugar donde se halló el cadáver en busca de la pala. No hubo suerte. En todo caso, era el arma del crimen, un arma que tenía poco que decir. Graciano negó que fuera suya, lo mismo que Jacinto. El peón, alarmado, se ofreció a mostrar todas sus herramientas. Volvieron a rebuscar tras un hacha con que posiblemente habían cortado las manos a la muchacha. Nada. Cada vez que estaban a punto de dar con algo la esperanza se disolvía en el aire. Al final de la tarde los ánimos estaban bajos. Era jueves y a medida que pasaba el tiempo las posibilidades de dar con pruebas consistentes se desvanecían a ojos vista.

El fiscal Andrade llamó a última hora a Mariana y ésta hubo de comunicarle que disponían de una hipotética estimación de los hechos que probablemente se ajustara a la verdad, pero sin eficacia probatoria. Se lo explicó con detalle, para tranquilizar su conciencia. El fiscal escuchó atentamente.

—¿Sabes si han inspeccionado la finca colindante? Al fin y al cabo, el mango ha aparecido entre ella y el lugar del cadáver.

Mariana reconoció que no habían efectuado ese rastreo. El inspector informó de que estaba vallado todo el perímetro de la finca, pero que bien lo pudieron haber arrojado por encima de la alambrada o lo perdieron por el camino, aunque lo primero le parecía un acto sin sentido y lo segundo era incomprensible.

—Quién sabe —dijo Mariana—, se lo pudieron dejar

en la baca del coche, olvidado, y se desprendió durante el trayecto.

Quintero se limitó a encogerse de hombros al escucharla.

—Inspector —preguntó Mariana tras colgar el teléfono—, ¿sabemos algo del cliente fantasma de Jacinto Meres? Él estuvo la tarde del crimen en la casa, con Jacinto, y al día siguiente también por la tarde un rato. Por cierto, no estaba allí cuando usted fue a comunicar la noticia al marido, supongo.

—¿Cree usted que estaríamos haciendo ahora cábalas sobre quién es si yo lo hubiera encontrado allí? —contestó con ostensible acritud el inspector—. ¡Pues claro que no estaba! A mí se me iba a escapar...

—Muy bien. Tranquilidad. No nos ofusquemos —contemporizó Mariana—. Tal como van las cosas, el mundo de los Meres es una pared insalvable, así que vamos a trabajar por otro lado. Busquemos a ese cliente e interroguemos de nuevo al peón, que ha tenido que ver algo más, incluso aunque no se haya dado cuenta de que lo ha visto. Y al cliente supongo que podríamos llegar por el coche.

—A saber —dijo el inspector aún molesto—. Lo mismo se ha vuelto ya a su país. Usted lo ha dicho: estamos a jueves. Y ni siquiera tenemos la matrícula.

—Estoy segura de que, si está por aquí, usted dará con él —afirmó Mariana halagadoramente—. Por cierto —añadió, como si se le hubiera ocurrido de repente—, creo que deberíamos hacer una visita a esa finca tan protegida que hay al lado, ¿no le parece? No es sólo porque lo haya dicho el fiscal, es que tengo curiosidad.

—Lo mejor sería que solicitase usted personalmente permiso al señor Montclair. O sea, no que emita una orden de registro, sino que hable con él y le pida que la reciba. Luego, en la entrevista, puede usted sugerirle que quizá sea necesario hacer una inspección en la finca, que si queremos comprobar unos detalles por donde colinda con los Meres... Si no, tendremos que ir por las malas y, créame, con el señor Montclair es mejor no ir por las malas.

Mariana miró socarronamente al inspector Quintero; luego dijo:

—Para que no diga que no lo tomo en cuenta, haré lo que me dice. Gracias por la advertencia.

Apenas quedó libre de sus ocupaciones inmediatas, Mariana volvió a pensar en la sorprendente aparición de su hermano. Era cierto que hacía casi quince años que no sabía de él, salvo por las referencias de su madre y, hasta donde llegaba su recuerdo, dos o tres encuentros casuales, siempre en la casa paterna, nunca a solas. Sus vidas —pensó— eran tan divergentes como sus caracteres. Antonio no había salido del entorno familiar como ella, para casarse, sino que nada más terminar sus estudios en la Facultad de Económicas de Madrid, marchó a Estados Unidos para hacer un máster y ya no volvió a aparecer por el hogar más que una vez al año, dos a lo sumo, siempre de paso y por vacaciones. Había desarrollado toda su carrera de ejecutivo en el extranjero: Estados Unidos, América Latina y Europa; seguía soltero y, al parecer, se daba a la buena vida. En el recuerdo de Mariana se diferenciaban bien la infancia de la adolescencia; en la primera fueron auténticos hermanos piratas: uña y carne para todos los juegos, se cubrían en todo el uno al otro. La adolescencia, en cambio, los convirtió en enemigos irreconciliables o, como decía su madre, desesperada, en el perro y el gato. No había día en que no disputasen, se hacían pequeñas canalladas recíprocas, fingían maldades para herir al otro, no se soportaban. Mariana se deshizo de aquel estrés por la vía del matrimonio y dejaron totalmente de verse en cuanto él se marchó a

América; antes, tan sólo coincidían ocasionalmente en algún almuerzo familiar de domingo en casa de los padres. Mariana sólo volvió a echarlo de menos cuando la separación matrimonial la dejó a la intemperie; no fue algo intencionado o producto de una reflexión sino un acto reflejo puro y duro, más propio de la hermandad de la costa. Antonio se llevó muy bien con su padre desde la adolescencia, lo que ella atribuía a complicidad masculina aunque el padre fuera siempre severo con ambos. A su padre, Mariana lo quiso y lo detestó con la misma intensidad hasta que se decantó por detestarlo estando cerca y añorarlo culpablemente estando lejos. La relación de Antonio con su madre siempre fue cariñosa, incluso desde el otro lado del Atlántico. El padre fue un hombre autoritario y de una pieza a lo largo de toda su vida con ellos, difícil de tratar y cariñoso a su manera, es decir: siempre que no se le llevara la contraria. Pero así como el enfrentamiento de Mariana con su padre fue constante ya desde los últimos años del colegio, su hermano y él simpatizaban mucho más porque, en realidad, era un adulador interesado donde ella era una rebelde que iba de frente y por directo, con las fatales consecuencias que suele traer esa clase de actitud en la vida. Al encanto de Antonio, con sus padres primero y con la gente en general después, su madre lo llamaba don de gentes, y Mariana vivió la experiencia clara de ser preterida en favor de su hermano, la vivió con dolor y rabia; y una vez que Antonio salió de España, dejó que los lazos fraternos se aflojaran del todo sin hacer nada por evitarlo. En su fuero interno, lo que le reclamaba era la fraternidad de los hermanos de la costa, a pesar de llevarse mal, y lo que encontró fue el abandono interesado del hijo mimado y no lo perdonó. Quizá fuera ahí donde se incubó el sentimiento de soledad que nunca había dejado de acompañarla por la vida. Para entonces ella vivía con su marido, empezaba a asentar su prestigio como abogada penalista en el bufete que compartía junto con otros dos socios y sus intereses estaban bien lejos del ámbito familiar. No por eso dejó de mantener una relación filial, pero siempre desde su propia independencia, la cual no le consiguió el respeto del padre, que se iba volviendo más intratable a medida que envejecía y por nada del mundo hubiera reconocido la personalidad de su hija aunque, paradójicamente, esa sinrazón acabó por ayudarlo a considerar las razones por las que se autoincapacitaba para reconocerla; y por esa vía él fue destensando la cuerda con la que pretendía castigarla hasta que la tirantez se atenuó un tanto para respiro y alivio de la madre, que era la única que lo soportaba a todas horas del día y de la noche.

¿Por qué volvía Antonio, así, de golpe, a su vida? ¿Por qué en G...? En medio de la preocupación por la instrucción del caso de Elena Sánchez Vega se estaban colando multitud de recuerdos de familia de su vida anterior creando un *totum revolutum* en su interior que se le hacía muy incómodo. Estaba convencida de que Antonio buscaba algo de ella, pero no lograba imaginar qué. ¿Qué podría querer de ella si nunca antes la necesitó para nada? Resultaba tan bruscamente inesperada su llegada que todavía estaba por asimilarla, pero además le creaba desconfianza. Pensó en lo singular de la evolución de las personas. Aquella joven que era ella, defensora de la vida natural y espontánea, sin reglas ni limitaciones, ansiosa de la libertad y del dejar vivir, y aquel hermano menor triunfante, engreído, tradicional, bienpensante y clasista habían dado la vuelta por completo: ella empezó a cuidarse y vestirse como una niña bien a partir del momento en que se dedicó al ejercicio de la abogacía y así se había mantenido hasta ahora, salvo los años de la depresión tras el divorcio y la salida del bufete. Hoy, su altiva expresión exterior, muy sensual en las formas y sobria en el vestir (estaba volcada al traje sastre de tonos casi siempre oscuros como su pelo y sus ojos), definía muy bien el contraste del que emanaba su atractivo, el cual había afinado buscando deliberadamente una elegancia y un estilo propios de la burguesía, salpicado con divertidos detalles de vitalidad y de color. Él, Antonio de Marco, no se quitó los buenos modales ni la corbata, pero entró en un ritmo de vida alegre con tendencia al egotismo, a la ligereza de pensamiento (o así lo aparentaba) y al disfrute exclusivo del presente que lo aproximaba también más a la figura también clásica del hermano tarambana.

A pesar de la distancia establecida tácitamente, pues nunca hubo un rechazo definitivo sino un dejar poco a poco en el limbo la relación fraterna, la repentina aparición de su hermano la había conmovido aunque aún no estuviera del todo dispuesta a reconocerlo. En realidad, y eso no podía negarlo racionalmente, su presencia había abierto una fisura en su soledad o, para ser más exactos, porque continuaba estando igual de sola, en su sentimiento de soledad.

Pero seguía en pie la intrigante pregunta de por qué reaparecía su hermano en su vida, ahora y en G...

Santiago Montclair la había citado, cuidando bien de hacer notar que se trataba de una excepción en su agenda en atención a ella, en el Club La Bruja, que tan malos recuerdos le traía, pero que debió aceptar porque la cita era para esa misma tarde y se trataba, evidentemente, de un favor.

Mariana había cambiado su atuendo de trabajo por un traje sastre negro con la falda por encima de la rodilla y un escote acentuado al no llevar camisa bajo la chaqueta. Los zapatos de tacón acentuaban la esbeltez de su alta figura y su delgadez actual le afilaba la cara y resaltaba sus mandíbulas, proporcionando mejor su estructura facial. Cuando llegó, el que supuso que era Montclair estaba junto a la barra hablando con el juez Carbajo, lo que no agradó a Mariana, pero se dirigió a ellos con paso decidido. El traje ajustado y su caminar firme sobre unos elegantes y sobrios zapatos de tacón negros que aumentaban su metro setenta y cinco de estatura provocaron miradas de aprecio en la concurrencia eminentemente masculina.

—A esto es a lo que nos referimos —dijo el juez Carbajo humedeciendo los labios— cuando hablamos de la excelencia del cuerpo jurídico.

—No sea usted chabacano, señoría —dijo Mariana antes de dirigir su mejor sonrisa a Santiago Montclair—. El señor Montclair, supongo.

—Usted ha de ser Mariana Stanley —bromeó—. Encantado de conocerla. —Se despidió del juez y se encaminaron a una mesa apartada en una esquina. El Club seguía teniendo el mismo aire de celebración de la masculinidad, sofocada entre terciopelos y medias luces, del año anterior. El paso de siglo no había modificado aquel puerto de partida hacia la noche concupiscente.

Montclair, que evidentemente no esperaba encontrarse con la clase de mujer que se sentaba a su lado, dedicó los primeros minutos del encuentro a halagarla. Parecía impresionado por la presencia física de Mariana y pronto comprendió, además, que se hallaba ante una persona con criterio y con pensamiento, por lo que redobló su atención. Mariana juzgó que había ganado el primer asalto y no se apresuró a manifestar el motivo de la cita solicitada. Montclair era un hombre de unos cincuenta años y pico, cuidadoso de su aspecto aunque no refinado, sin duda un *self made man* acostumbrado a tomar la palabra y el mando, un par de centímetros más bajo que ella, diferencia que aumentaban los tacones. Por un momento Mariana pensó que había errado el calzado, pero en seguida se dio cuenta de que los zapatos habían sido esenciales para redondear el aprecio que Montclair, de manera indirecta, manifestaba por su físico. Permitió que en varios instantes, durante la charla, Montclair posara como al descuido su mano sobre las piernas cruzadas, vestidas con medias negras transparentes, y esperó su momento.

—Este encuentro, y lamento decirlo —comentó ella con cierta coquetería—, tiene una finalidad también, aparte de la de tener la oportunidad de conocernos.

—Tú dirás. —Habían pasado al tuteo con naturalidad.

—No sé si te habrás enterado del desgraciado asunto que tengo entre manos, la muerte de una vecina tuya.

—Ah, sí, la mujer de Jacinto Meres, ¿no? Qué desgracia. ¿Y dices que te ocupas tú del caso?

—De la instrucción del caso. En ello estoy. Y precisamente quería inspeccionar la parte de tu finca que linda con la de los Meres, porque del lado de Hontanar, en la cuneta de la carretera, se ha encontrado una pieza que quizá sea parte del arma homicida. Pensamos que quizá, al estar tan cerca, podría ser que en tu misma finca hubiera pistas, en fin, que nos ayudasen en la investigación.

—No faltaba más, no tienes más que decirme cuándo la quieres visitar. Yo mismo te acompaño si es necesario. Entiendo que solamente se inspeccionará el terreno colindante, no la casa ni las instalaciones ni los almacenes porque, por razones que ya te explicaré si es necesario, no quiero intrusos en esas dependencias. Aparte de que la finca está dividida en dos partes de uso distinto y esas edificaciones se encuentran alejadas de la carretera general y por eso mismo no veo yo que afecten al caso del que estamos hablando.

—En principio, estoy de acuerdo, aunque lo que afecte o no afecte al caso lo decido yo. —No insistió más, para no romper el buen clima creado—. No conocía esa división de la finca. La policía judicial se personará allí mañana por la mañana a primera hora.

—Ah, vaya, ¿tú no?

—No sé; a lo mejor me acerco.

—Yo te acompañaría encantado. O en otro momento si te viene mejor. Estoy a tus órdenes.

—Mil gracias. Ojalá todo el mundo fuese tan cooperador.

—Yo lo sería siempre, pero es que, además, a ti no se te puede decir que no. Menuda fama tienes.

—¿Fama yo? ¿De qué?

—De persona enérgica a la que no se le pone nadie por delante. Y de otras cosas —añadió con intención.

—¿Sí? ¿De qué otras cosas?

—De ser una mujer muy atractiva, por ejemplo.

—Gracias por el comentario. Esperaba que se dijeran cosas más groseras por ahí.

—Se dicen —afirmó cautelosamente Montclair—. Pero no soy yo quien las dice.

—Eso es un tanto a tu favor.

Quedaron en abrir la finca a la policía a la mañana siguiente a primera hora y pidieron una segunda copa. La conversación derivó hacia la estancia de Mariana en G... y, por parte de Mariana, hacia los negocios de Santiago Montclair. No pudo evitar interesarse por la explotación de semen de toro ni de preguntar por el feroz guarda de la finca.

—Todo el mundo —dijo Montclair— se queda muerto de curiosidad con lo del semen de toro, que les parece una fantasía, cuando aquí el semen de toro está a la orden del día en la cabaña vacuna; y no sólo aquí —añadió—, también exportamos. Tienes que venir a ver las instalaciones: son un prodigio de la técnica más avanzada. Es, aunque exótico, un negocio muy interesante y muy lucrativo y, desde luego, no irás a comparar a cualquiera de mis dos hermosos sementales con esos toros aburridos y obesos que se apalancan por estos prados. Y luego están los caballos. Yo les tengo afición a los caballos. ¿Tú montas?

—No, la verdad es que no, nunca me enseñaron.

—Pues todo es empezar y yo estoy dispuesto a darte unas cuantas lecciones. No es difícil y cuando se le coge afición ya no puedes dejarlo. Yo suelo pasear a caballo a campo abierto y es una bendición. Cuando el trabajo ocupa demasiado tiempo, una cabalgada te deja como nuevo.

—Algún día —comentó Mariana cambiando de conversación—. ¿Y el guarda feroz?

—Sí, el hombre se lo toma muy en serio. Lo que pasa es que alguna vez se han colado visitantes inoportunos en la finca y no quiero que, por estupidez o por malicia, me organicen un desaguisado. La curiosidad de los aldeanos no tiene límites y su imprudencia tampoco cuando se trata de cotillear al vecino. Mercurio es muy bruto, pero a ti no creo que te dispare, aunque es muy suyo. De noche suelta los perros, que son peores que él. —Rió al decir esto—. No es verdad, los perros quedan del lado de la instalación dedicada a los caballos.

—¿Se llama Mercurio?

—Sí. Un nombre bien raro, ¿verdad? En estos pueblos no acaba uno de llevarse sorpresas.

—Ya veo que tendré que ir contigo si quiero ver toda la finca —dijo Mariana con un toque de coquetería en la voz.

—Es lo que estaba esperando oír —repuso Montclair sonriente. Mariana pensó que, a pesar de su falta de pulimiento, tenía encanto.

El inspector Quintero se encontró con Mariana para informarle de que la prensa ya había dado con la identidad pública de Elena Sánchez y que la noticia saldría el viernes en las ediciones matutinas, lo mismo que en la televisión y las radios locales.

—Aunque las radios locales la darán ya en los informativos de la noche —avisó—. Esto nos va a traer problemas porque a partir de ahora será mucho más que la noticia de un crimen. Va a ser la comidilla de toda la ciudad... y lo que venga después, con el morbo que tiene la noticia.

—A lo mejor ayuda a que aparezcan hilos de los que tirar.

—Mas bien lo contrario. Ya verá como lo que tendremos será un exceso de trabajo comprobando las fantasías de la gente.

—Sí, es puro morbo. Me temo que llegará a la prensa nacional —dijo Mariana pensando en su experiencia con el asesinato del magistrado Medina— porque desborda sensacionalismo por los cuatro costados. En fin, una incomodidad más y todo el mundo mirándonos, lo cual me hace muy poca gracia, la verdad.

—Deberíamos echar un vistazo a la finca del señor Montclair cuanto antes. ¿Puede usted preparar una orden?

—No es necesaria: los esperan mañana a primera

hora de la mañana porque hoy se nos está yendo la luz del día. Ahora iba a decírselo.

—¿Sin una orden?

—Sin una orden.

—¿Cómo lo ha conseguido?

—Armas de mujer.

El inspector Quintero se la quedó mirando de hito en hito, como si la estuviera viendo por primera vez.

Antonio esperaba a Mariana en el portal de su casa. Ella lo reconoció mientras avanzaba por la acera. Se había adelantado a la hora de la cita y aguardaba de pie, apoyado en el quicio de la puerta, con una pierna cruzada delante de la otra, las manos en los bolsillos y gesto de despreocupación. A medida que se acercaba a él, apreció la elegante caída del pantalón, el buen corte de la chaqueta Harris Tweed, el pañuelo que asomaba alegremente alborotado por el bolsillo superior, la camisa blanca con el cuello desabotonado y, *last but not least*, los zapatos Alden de piel vuelta. Le encantaban los hombres bien vestidos.

—Tienes una pinta estupenda, lo reconozco —dijo cuando llegó a su altura.

—No soportaría defraudarte —admitió él.

—Si no te importa —propuso ella—, voy a cambiarme. Sube conmigo y me esperas. ¿Te parece bien?

Subieron al piso de Mariana y ella lo dejó en el salón preparando unas copas mientras se duchaba y se cambiaba de ropa. La llegada de su hermano seguía teniéndola sumida en el desconcierto. En realidad, no sabía cómo tratarlo; tan pronto sentía un arrebato de cariño por el que se reprendía severamente como se colocaba a suficiente distancia para observarlo, al acecho de cualquier detalle que revelara sus verdaderas intenciones. En definitiva, su actitud nacía no sólo del recelo sino también de alguna especie de indecisión. La confluencia del caso que tenía entre manos con la aparición de su hermano le provocaba una extraña sensación de desubicación, como si el hecho perteneciera insidiosamente al destino más que a la casualidad. Nada había que relacionase ambos acontecimientos, salvo la coincidencia en el tiempo; sin embargo, esa coincidencia le estorbaba.

—He conseguido improvisar dos dry martinis con un resto de ginebra nacional, un resto de martini seco, la cáscara de medio limón a punto de echarse a perder y el vaso de la minipimer como coctelera. Reconoce mi mérito.

Mariana bebió con gesto de aprobación y, con la copa en la mano, se exhibió ante él. Se había puesto un vestido negro cerrado al cuello, sin mangas y ajustado hasta la rodilla.

—Estás estupenda, qué quieres que te diga.

Fueron a cenar al restaurante del puerto, donde se respiraba tranquilidad y comodidad y a ella le hacía sentirse felizmente rodeada por el mar oscuro en cuya superficie se reflejaban las luces de las farolas. El restaurante se internaba en las aguas del puerto, las cuales venían a golpear rítmicamente la base del muelle sobre el que se asentaba. Hablaron mucho, sin parar, a veces quitándose la palabra, y ella se fue encontrando cada vez más a gusto. Pero, por más que insistía en ello, no lograba una respuesta clara al porqué de la presencia de su hermano en G... ni la abandonaba el run-run de la desconfianza y las heridas no cerradas. En un momento dado la conversación tropezó con el caso de Elena Sánchez y Mariana acabó por explicarle someramente la situación. Antonio se interesó de inmediato y ya no quiso cambiar de tema; y la sorpresa de Mariana fue mayúscula cuando, al mencionar la ubicación de la finca, salió a relucir el nombre de Santiago Montclair y resultó que Antonio lo conocía perfectamente.

—Hemos hecho algunos negocios juntos —explicó—. Esta vez con un socio suyo, un tal Murciano.

—¿Montclair y tú? —Mariana no salía de su asombro—. Y ¿qué es eso de «esta vez»? ¿Has venido por negocios? ¿Qué clase de negocios?

—Eso no se pregunta. Negocios. Punto. Les hacía falta un conseguidor. Eso es todo.

—¿Un conseguidor? ¿A qué llamas tú un conseguidor?

—Conseguidor, niña, es un... un conseguidor, lo dice la palabra.

—Ya. ¿Se puede saber qué es lo que consigue?

—Relacionar dinero e ideas. Soy un hacha para eso. Una especie de relaciones públicas muy sofisticado, para que te hagas una idea.

—No suena nada bien.

—Naturalmente. No es de tu negociado. Tú perteneces a uno de los poderes del Estado. Montclair y Murciano son poderes intangibles en el mundo de los negocios.

—Turbios —aventuró Mariana.

—En el caso de Santos Murciano, no sé qué decirte. Es lo que se llama un *boss* y ya sabes que los prepotentes tienen gustos variados. Éste es un prepotente hecho a sí mismo y, por lo tanto, avasallador. Un insaciable obsesivo incluso, pero no turbio. Y en cuanto a su dinero... no pregunto.

—Ya. Capitalismo en estado puro. Inversiones, el consumo, la globalización y el sexo. En definitiva: que maneja el dinero de los demás y una parte se le queda entre los dedos. Bueno, si también es un follador insistente a lo mejor es el asesino que estamos buscando.

—El beneficio, mi niña, es el aceite que engrana la maquinaria. Y respecto a lo segundo, una cosa es ser un picha brava, con perdón y como se dice popularmente, y otra un asesino. No te entusiasmes y sigue buscando.

—¿No era la corrupción el aceite que engrana la maquinaria?

Mariana se detuvo a observar de nuevo a su hermano. De pronto, una oleada de frivolidad que se confundía con los gestos y la voz de Antonio la inundó atravesándola como una corriente de aire frío. Se preguntó en qué clase de negocios estaría metido y si esa frivolidad percibida no sería la imagen brillante tras la que se ocultase una helada y medida falta de escrúpulos.

—No me digas —preguntó al descuido— que te dedicas a la busca de lo que ahora se llama «el pelotazo».

—¿Por qué no? Es dinero legal que circula libremente y que está diciendo «cogedme».

Mariana arrugó el ceño y lo miró con una pantomima no inocente de enfado y advertencia en el rostro.

—No olvides que el dinero obtenido así se va como se viene y que muchos pelotazos han acabado en juicio y condena —le advirtió.

—Ya me aconsejarás tú, cariño. ¿Para qué tengo una hermana juez, si no? Aparte de que todo depende de si lo que tú llamas «el pelotazo» es lo suficientemente importante para cubrir cualquier minuta del mejor bufete de abogados.

—Me desagrada oírte decir eso. Hablo en serio.

—Eres tú misma la que te lo has dicho todo. Yo sólo hago negocios. *That's my job*. Escucha: ¿por qué no te organizo una cena con Montclair? No, mejor aún: está aquí ese tipo del que estamos hablando, Santos Murciano. Es un invitado de Montclair. Entre los dos te pueden abrir los ojos sobre un mundo al que no estás acostumbrada. Como juez, te interesa estar al día.

—No sabes lo acostumbrado que está un juez en este país al mundo de los negocios oscuros y todo lo que arrastran consigo. ¿Qué te crees, que sólo persigo a carteristas y timadores?

—No me digas que no te tienta.

—No concibo una cena menos apetitosa.

—Está bien, miss Dignidad; tú te lo pierdes. Las influencias son buenas en todas partes y Montclair te puede ayudar mucho aquí en G...

—No pienso estar mucho tiempo en G... Aquí se me están apagando las luces.

—Como quieras. Yo sé que te apreciarían. No digo que te recomiende a Murciano, que debe de ser un poco basto para tu gusto; pero Montclair es un fino admirador de las mujeres guapas. No —dijo levantando una mano ante el gesto inequívoco de Mariana—, no te apresures a sacar conclusiones. Me refiero a que una mujer inteligente y, además, atractiva causa admiración por donde pasa y esa admiración es positiva. ¿Es que nunca has usado de tu encanto para conseguir cosas que, de otro modo, o quedan fuera de tu alcance o te obligan a dar demasiados rodeos hasta que te acercas a lo que necesitas? Me refiero a conseguir limpiamente, con buen fin, sin segundas.

Mariana se mordió los labios pensando en su conversación de aquella misma tarde con Montclair y Antonio se apercibió del gesto.

—Seguro. Seguro que sí. No puedes evitarlo. Lo harás con tu mejor intención, pero lo harás. Es la vida.

—Antonio, no me desanimes más —dijo Mariana velando la mirada—. No me gusta lo que me cuentas. No te hago reproches, tu vida es tuya; pero no me gusta.

—Eso es porque vives encajonada en un mundo rígido y jerarquizado donde cada cosa está en su sitio, como los escalones de una escalera. ¿Cómo va tu vida sentimental?

Mariana le dirigió una torcida mirada de reproche.

—Ya sé, ya sé, no te metas en mis asuntos. Bien, pero sólo en los asuntos internos, no en los externos. Volvamos, pues, a los externos. Al caso de la mujer asesinada. ¿De quién se sospecha?

—Sabes perfectamente que no puedo contarte nada.

—Del primero que se sospecha es del marido, ¿a que sí? ¿Qué tal se llevaban? ¿Él la quería o la engañaba? Lo que te pasa a ti es que tienes una conciencia de la vida muy estricta.

—¿Estricta? No me hagas reír. Mi vida sentimental es ya bastante disparatada para que vengas tú ahora a tildarme de estrecha.

—Me refería al Derecho, mi niña. ¿Así que has vuelto a la vida disipada?

—¿Quién te ha dicho eso? Tú no sabes nada de mí desde hace años.

—Sé lo que hiciste tras el divorcio. Estaba en boca de todo el mundillo. Hasta a mí me llegaron las noticias. Eras carne de cañón, querida.

—A todos los hombres lo que os gusta es pensar en las mujeres como incapaces de contenerse y, a la vez, desamparadas. Eso o la frustración consentida. ¿Y tú me dices a mí que estoy fuera del mundo? Hice lo que me pareció y dejé de hacerlo cuando me pareció.

—Ja.

—Ni ja, ni jo. Si yo quiero meterme en un fangal es cosa mía. Si quiero abandonarlo, también. Si quiero ser juez, lo soy. ¿No te parece suficiente ejercicio de voluntad? De veras, Antonio, me empieza a espantar tu frivolidad.

—*Casus belli*, querida mía; la frivolidad, que no falte. Oye, y con respecto al marido...

—Anda, déjame en paz con el marido.

Después de cenar se fueron a tomar una copa a un *pub* que acababan de inaugurar y allí se encontraron con Julia Cruz. Julia, tan fina y esbelta, tan larguirucha con su pelo de chico y sus pecas, atrajo inmediatamente la atención de Antonio, que comenzó a festejarla sin la menor vacilación. Al parecer le iba el tipo andrógino de Julia, con sus estrechas caderas y su pecho pequeño. Mariana se dedicó a mirarlo con sorna.

El registro de la parte colindante de la finca de Montclair no dio resultado alguno. Mariana le planteó a Quintero la posibilidad de hacer un registro concienzudo de toda la finca y sus instalaciones, pero éste empezó a remolonear. Mariana, como juez instructor del caso, podía dictar una orden de registro, pero algo le dijo que convenía ser cautelosa y se contuvo. No había un motivo suficiente que justificara el registro total de la finca. Sin embargo, la reticencia de Quintero le parecía sospechosa, pues no veía razón alguna que justificara su actitud salvo que estuviese recibiendo presiones de algún tipo. ¿Quién podía presionarlo? Hizo recuento y sólo se le ocurrieron tres nombres: Montclair, el juez decano y el comisario Saludes, el jefe de policía de G... Si sus suposiciones eran acertadas, haría mejor en esperar y ver para no gastar la pólvora en salvas. Echaba de menos a Alameda, con quien se entendía tan bien, y lamentó una vez más que hubiera solicitado el traslado a Santander.

Pero Quintero era un buen profesional, tenía a sus hombres trabajando a fondo y a media mañana apareció por el despacho de la juez con gesto de triunfo.

—Señoría, tenemos otro testigo para la tarde y la noche del lunes.

Toñín Cañada era un muchacho del pueblo que hacía trabajos ocasionales para todo el que lo quisiera emplear. Andaba a salto de mata por la vida y de resultas conocía a medio mundo. Aquella tarde del lunes venía andando por la carretera camino de Hontanar cuando, a la vista de la finca de los Meres, pensó en acercarse a ver si pescaba alguna chapuza. No entró por la puerta principal sino por la del vivero, pero apenas hubo avanzado unos pasos, se detuvo al escuchar voces procedentes de la nave que hacía de invernadero y almacén de materiales. Según su declaración, las voces correspondían a una mujer y un hombre, previsiblemente Elena Sánchez y Jacinto. No llegó a escuchar lo que decían ni a entender el motivo de la discusión, porque era una discusión, y no se atrevió a seguir adelante. Entonces fue cuando se apercibió de la presencia de un coche con matrícula extranjera a un lado del almacén. Cautelosamente, dio media vuelta y se fue por donde había venido, pero en vez de continuar camino carretera adelante, retrocedió unos metros hasta la puerta principal de la finca. El motivo no era otro que el de hablar con el peón de Graciano Meres con la misma intención que lo llevó a la puerta del vivero.

—Pero el peón no nos dijo que este Cañada hubiera estado con él aquella tarde —comentó Mariana disgustada.

—Bueno —contemporizó Quintero—, la verdad es que nosotros le preguntamos si había visto a alguien en la parte de Jacinto y eso es cierto, él no vio a Cañada en esa parte; sólo vio que éste aparecía por la puerta y se quedaba a charlar con él.

—Sí, son muy precisos para lo que les interesa y muy poco imaginativos para lo que les huela a comprometerse —murmuró Mariana.

—Es el recelo natural del medio. Se protegen entre ellos de la gente de fuera.

Según Toñín, ambos estuvieron charlando un buen rato y luego cada uno volvió a lo suyo. Toñín tuvo la suerte de que en ese momento apareciese un automóvil que se detuvo a recogerlo al hacerle señal de auto-stop, por lo visto era un vecino o conocido, y mientras subía a bordo vio salir de la puerta del vivero al coche de matrícula extranjera conducido por un hombre desconocido a cuyo lado, sentado en el asiento del copiloto, reconoció a Jacinto Meres. El coche dobló rápidamente para tomar el carril contrario en dirección a G... Y enseguida, al ponerse en marcha y pasar ante la puerta del vivero, miró por curiosidad y pudo ver a Elena Sánchez de pie ante la mesa de trabajo que tienen junto a la entrada del almacén, hablando por teléfono.

—¡Dios mío! —exclamó Mariana—. ¿Cómo puede ser tan preciso?

—Tenga usted en cuenta que el automóvil acababa de arrancar, debía de ir a diez por hora y le dio tiempo sobrado a mirar. En cuanto a lo del teléfono, ya le pregunté yo; al parecer, la postura de ella era inequívoca, pero, claro, en puridad no podría jurarlo.

—Bien —dijo Mariana—. Esto requiere actividad inmediata. De momento, vamos a localizar esa llamada. Vamos a volver a citar a Jacinto y esta vez, si se niega a contestar, le metemos un cargo por obstrucción. Y ya que estamos, me pregunto si no sería bueno registrar la casa principal, la de Graciano, por si aparece allí una plancha de pala sin su mango.

—Me temo que ya le hayan encajado otro mango, aparte de que, de todos modos, no será nada fácil reconocerlo.

—Teniendo la plancha es posible que sí se pueda. No cuesta nada probar. Aparte de eso —dijo como para sí misma—, habría que entrar de algún modo en las intimidades de la familia Meres. Ellos tienen que saber. Esa discusión, por ejemplo, ¿era un caso aislado o estaba a la orden del día? ¿Tenía algo que ver con el visitante misterioso? La casa de los Meres está en alto sobre la de Jacinto: no me diga usted que la madre, o el padre, o los dos, no lanzaban frecuentemente su mirada sobre el espacio vital del hijo. Para mí que debían de conocer al detalle la vida del matrimonio.

La investigación había empezado de nuevo a moverse. Jacinto Meres acudió al despacho de la juez con el mismo estado de aturdimiento de las veces anteriores, pero en esta ocasión Mariana detectó que se trataba de un fingimiento. Había decidido escudarse en aquella actitud y ella había decidido no dejar pasar la ocasión de descubrir el porqué de semejante escondimiento. Esta vez, Jacinto Meres llevó las de perder.

—Señor Meres, con su negativa a contestar está usted entorpeciendo la labor de la justicia y no se lo voy a consentir. El pasado lunes, día en cuya madrugada murió presumiblemente su esposa, usted tuvo una discusión con ella por la tarde en el almacén contiguo a la casa. ¿Es cierto o no?

Jacinto abrió los ojos con gesto de sorpresa y balbució un sí apenas audible.

—¿Cuál fue el motivo de la discusión?

—Yo... yo le dije que esa noche iba a salir y ella me pidió que me quedase.

—Eso no es motivo. ¿Tenían ustedes discusiones frecuentes? ¿Enfrentamientos?

—No... nosotros... nos llevábamos bien. Fue una casualidad.

—¿Se llevaban tan bien como para gritarse de modo que los oyera alguien desde la carretera?

Jacinto Meres se puso repentinamente pálido.

—Eso... —dijo sobresaltado—. Eso no pudo ser.

—Lo fue. ¿Quiere usted explicarme con toda claridad por qué discutían?

Jacinto se mantuvo unos segundos en silencio. Su rostro traslucía una lucha interna que a Mariana le produjo un sentimiento de piedad que procuró atenuar inmediatamente.

—Yo le dije —habló al fin— que pasaría la noche fuera. No quería que ella lo supiese, pensaba haberla telefoneado desde G... y decírselo entonces, pero me pilló de improviso y se lo dije allí mismo. Entonces se enfadó mucho conmigo y me exigió que me quedara en casa con ella. Yo... yo no podía, tenía un asunto entre manos, tenía que salir a toda costa...

—¿Un asunto de carácter sexual? —trató de ayudarlo.

—Hum... sí —confesó avergonzado—. Sí, pero...

—¿Y se lo explicó a ella, que iba detrás de un asunto sexual?

—No, ella... ella lo sospechaba.

—Lo notaría en algo, ¿no?

—Ella lo sospechaba —insistió Jacinto.

Mariana le dio un respiro antes de continuar.

—Señor Meres, algo avanzamos, pero demasiado despacio. ¿Tiene usted interés en que descubramos al asesino de su esposa?

—¡Por supuesto que sí! —A ella le sorprendió la viveza y la energía de su respuesta.

—Entonces ayúdenos. Mire, vamos a hacer un aparte porque ya veo que está usted muy incómodo con el asunto de la discusión, aunque volveremos a ello —le advirtió—. Dígame: usted conocía el pasado de su esposa, ¿no es verdad?

Jacinto asintió.

—Que había sido modelo erótica y que circulan aún por ahí gran cantidad de fotografías de ella muy... —buscó la palabra menos hiriente— desinhibidas.

—Sí. Ella me lo contó todo antes de nuestra boda.

—¿Ha visto usted las fotografías?

—Sí... —dudó primero y se sonrojó después— algunas.

—No se las mostró ella, ¿verdad? —adivinó Mariana.

—No —contestó Jacinto.

—¿Las buscó usted? ¿Se las mostró algún conocido?

Jacinto mantuvo un silencio obstinado. Mariana prefirió continuar por otro camino.

—¿Sabe si el pasado de su mujer era conocido por gente de aquí?

—No me consta, pero es posible. —Mariana dudó en creerle.

—Y no le importó para casarse con ella.

—Ella lo había dejado. —Insuficiente, pensó Mariana.

—Señor Meres, ¿es usted religioso?

—Sí, señoría.

—¿Le explicó su esposa por qué había dejado su oficio?

—Tuvo una crisis religiosa, comprendió que se estaba haciendo daño ella y haciéndolo a los demás. Ella quería empezar una nueva vida.

—Pero no estaba arrepentida, ¿verdad? —Mariana apostó por un golpe de intuición.

Él la miró sorprendido.

—No, es cierto. Ella, déjeme explicárselo, era una chica sana. Sólo se equivocó, se metió por el mal camino, era muy joven; pero no estaba arrepentida sino que no quería seguir haciéndolo porque había descubierto que aquello estaba mal, muy mal.

Mariana lo miró atentamente. Ahora se hallaba ante un hombre que sí parecía querer a su mujer, que la comprendía y la respetaba; y ella aparecía de pronto como una chica espontánea, sincera, auténtica, carente del sentido del pecado, pero sensible al conocimiento de las cosas. ¿Era ésa su verdadera cara o lo que Jacinto quería que fuese? Parece imposible mantener una inocencia esencial, no superficial, en un mundo tan corrupto como el de la pornografía o pseudopornografía y, sin embargo, la versión de Jacinto mostraba ribetes de veracidad. Así pues, ¿no sólo había interés o malicia en los desnudos de Elena, sino también pura vitalidad, pura animalidad paradisíaca? Mariana recordó las fotografías de Jessica y que en muchas de ellas parecía una mujer natural, sin complejos, desinhibida, que disfrutaba de su cuerpo sin malicia, sin turbiedad, sobre todo en las que se mostraba ya como más adulta y no tanto en las de adolescente pintada de mujer. Sin embargo, no se trataba más que de una pose a fin de cuentas y saber posar es un arte. Estaba realmente confundida entre la información que recibía y sus propias impresiones. Entonces decidió atacar de frente y por sorpresa.

—Bien. Usted la dejó sola en el almacén, subió al coche de su cliente y se marchó a pasar la noche fuera de casa.

Jacinto la miró con ojos asustados.

—Yo no he dicho...

—Se fue, ¿adónde y con quién? —le preguntó tajante, cerrando el cerco.

—No puedo decirlo.

—Señor Meres, no se lo preguntaré otra vez.

—Por favor, usted no comprende...

El letrado le advirtió que no tenía obligación de contestar a esa pregunta y Jacinto escondió la cabeza entre las manos. Estaba sufriendo, y su rostro y sus ademanes lo traslucían. Mariana se inclinó sobre él, amenazadora, apoyando ambas manos en la mesa. Entonces él habló:

—Pasé la noche con un hombre —dijo en un tono de voz casi inaudible.

Al salir de su despacho la oscuridad ya había caído sobre la ciudad. Otro día sin correr —pensó decepcionada. Daba mucha importancia a su sesión de *footing*, porque era el único ejercicio que practicaba. Solía correr por las mañanas, pero esa semana no había logrado salir más que una vez.

—Como siga así mucho tiempo me convertiré en una dejada —comentó con fastidio a su amiga Julia.

Se había reunido con ella en el café Noriega, en un rincón apartado que pudieron encontrar porque a esa hora el público estaba ya de retirada. No tenía intención de comentarle los acontecimientos que se sucedían en torno al caso de la modelo asesinada, pero era inevitable que a la mañana siguiente la información, en su vertiente sensacionalista, estuviera en todas las portadas. Con el secreto del sumario protegía la parte más morbosa, las manos cortadas, que hubieran sido la guinda de la noticia, y aun así no las tenía todas consigo. Tampoco era propio comentarlo con persona ajena estando *sub iudice* el caso, pero necesitaba contrastar con alguien al menos los aspectos menos comprometidos. Cuando su colaborador era el inspector Alameda, el intercambio de opiniones e información fluía con la naturalidad que se establece entre dos personas empeñadas en la misma causa, pero ahora él no estaba y bien que lo sentía. Con el inspector Quintero no ocurría lo mismo; entre ellos había un lazo profesional y un respeto mutuo, mas no la clase de complicidad que mantuvo con el otro. Por eso quería hablar con Julia.

No le contó mucho, pero le contó. Sobre todo necesitaba confrontar sus ideas sobre el matrimonio de Jacinto y Elena porque la confesión del primero la había dejado helada.

—Es, evidentemente, un matrimonio blanco —dijo su amiga.

—No estoy segura —replicó ella—. Puede ser también un matrimonio con consentimiento... de las características de cada uno, pero también con contacto sexual, aunque fuera ocasional. Lo que de veras resulta extraordinario es la boda entre un homosexual y una ex reina del desnudo que se despide de sus admiradores anunciando que, a partir del momento en que lo abandonaba todo por la crisis religiosa que había aflorado en su conciencia más íntima, su cuerpo sólo sería para su marido. —Aparte de la inocencia o cortedad que sugería el comentario, Mariana trataba de imaginar sin conseguirlo cómo habría sido el encuentro entre ambos cónyuges, de dónde saldría el acuerdo, por qué había dado con Jacinto y no con cualquier otro. ¿Creía ella, Julia, que la homosexualidad del hombre habría sido un factor decisivo? ¿Renunciaba Elena a todo trato carnal o, por el contrario, había también amor físico entre los dos? La verdad es que Jacinto parecía muy conmocionado por la muerte de su mujer, lo había sentido mucho. En cierto modo Mariana se sentía como una verdadera chismosa haciéndose tales preguntas. Pero también las consideraba necesarias. Tenía que comprender algo más de todo aquel despropósito para tratar de entender el crimen porque estaba segura de que la relación matrimonial, de un modo u otro, por causa de ellos o de terceras personas, estaba ligada al caso.

—Déjate de fantasías —dijo Julia—. En mi opinión éste es uno de esos matrimonios que se llevan a cabo por empuje de ella y debilidad de él, ella buscando un hogar y él buscando salir del gueto y al final ninguna de las dos expectativas se cumple. Ella le pondría los cuernos, con toda lógica, y como él, tras convivir con ella, comprendió que era gay y sólo gay con todas sus consecuencias, pues lo uno, unido a lo otro...

—Quieres decir que lo consideras el autor del crimen.

—¡Cáscaras! Pues claro.

—No lo veo tan claro —replicó Mariana—. Aparte del hecho de que entre ellos habría un pacto, que cada uno sabía quién era cada uno, no lo veo claro porque este crimen es un acto de furia y no acabo de ver a Jacinto tan descontrolado como para llegar a esa clase de violencia, no va con su carácter. —Mariana no le había contado a Julia el detalle de las manos cortadas, que quería reservar a toda costa, pero pensó que, de saberlo, ella se aferraría aún más a la idea de la venganza. Las manos cortadas la tenían obsesionada porque no conseguía hacerlas encajar con las características del crimen.

—¿Sabes que me ha llamado tu hermano? —dijo de pronto Julia.

—Qué velocidad de crucero; si lo conociste apenas ayer mismo...

—Pues aparte de que está muy bueno, ya me perdonarás, parece que es de los de aquí te pillo, aquí te mato.

—Te perdono de todo corazón, pero te advierto que yo no lo veía desde hace unos quince años y no acepto la menor responsabilidad sobre sus actividades, tanto profesionales como seductoras.

—No parece mala persona. Un poco zascandil, muy simpático...

—Guapo... —añadió Mariana.

—De casta le viene al galgo.

—Sí, anda, tú dame jabón que no te va a servir de nada. Para mí es casi un desconocido, ésa es la verdad. Así que... tú misma.

Luego las dos volvieron a enzarzarse con el asunto de la modelo asesinada. A Julia le fascinaba la conversión de una muchacha de barrio en una ciudad de provincia en una sofisticada mujer de lujo. Mariana le explicó el hecho curioso de que en los reportajes jamás apareciese con hombres no ya en pleno ejercicio erótico, como era habitual, sino que ni siquiera como adorno estático. Tan sólo las heladas y deliberadamente fingidas posturas junto a otra mujer la apartaban de sus solitarios y provocadores desnudos.

—O sea, que tú crees que era lesbiana —concluyó Julia.

—Eso es lo misterioso, que yo creo que no. ¿Sabes por qué? Porque si tú ves las fotografías tienes la seguridad de que está posando para hombres, no para mujeres.

—Eso sí que es una interpretación imaginativa.

—Puede que lo sea, pero yo me fío de mis intuiciones... Bueno —rectificó—, para todo excepto para mi propio provecho, que no doy una.

—¿Y eso?

—En lo que a los hombres se refiere.

—Lo mismo que nos pasa a todas —dijo Julia zanjando el asunto.

Quintero volvió a telefonear a Mariana. El forense no tenía duda de que una pala fue el arma del crimen, y la científica confiaba en el mango encontrado con restos de sangre, que resultó ser del mismo tipo que la de la víctima. El primer golpe había sido mortal y los restantes golpes en la cabeza y hombros eran *post mortem*, así como la sección de las manos. Las lesiones en los brazos eran defensivas y, supuestamente, debía de haberlas también en las manos. Tuvo que desangrarse en un lugar distinto de aquel en el que la encontraron y, con el previsible margen de error, confirmaba también la hora de la muerte. No había laceraciones que sugiriesen que la habían arrastrado, por lo que creía que la envolvieron cuidadosamente en un plástico del que la policía encontró diminutos restos en el arcén, único momento en que, al sacarla del coche, debió de tocar el suelo. Hubo lucha, pero no agresión sexual, quizá porque no hubo ocasión: probablemente, tras la lucha, la arrojaron a tierra y allí recibió el golpe mortal y los siguientes.

—O sea, que el asesino es un hombre fuerte, puesto que cargó con el cadáver en vez de arrastrarlo.

—Quizá tuviera un cómplice —apuntó Quintero.

No se le había ocurrido esa idea, pero la consideró muy interesante. Un cómplice. ¿El propio Graciano? ¿Jacinto? El coche identificado era el de Graciano. ¿Sería un asunto resuelto entre padre e hijo? ¿Odiaba Graciano a su nuera hasta ese punto? La relaciones familiares de los Meres tomaban un nuevo cariz.

—En la finca de los Meres no hemos hallado ningún rastro de sangre. No la mataron allí, lo cual nos dificulta mucho la investigación porque hasta que encontremos el escenario no podremos establecer el camino que siguió el asesino. Sabemos dónde acaba el rastro, pero no dónde empieza. La verdad es que vamos a ciegas —confesó el inspector Quintero malhumorado.

—Si en la finca de los Meres no hay evidencias habrá que buscarlas en otra parte. La única manera de dar con el escenario del crimen, aparte de un golpe de fortuna, es reconstruir los movimientos de Elena Sánchez desde el momento en que Jacinto Meres abandona su casa en compañía del hombre del coche de matrícula extranjera con quien acaba pasando la noche. Parece factible suponer que Elena es consciente de alguna manera de la relación sexual entre ambos, lo que se deduce de la discusión en el almacén con el tercero en discordia presente. Los dos hombres se van a pesar del enfrentamiento entre la pareja Elena-Jacinto y ella... ¿qué hace ella? Estamos hablando de las horas previas a su muerte.

—Ella se queda en la casa —opinó el inspector.

—Entonces las huellas del crimen deberían estar en la casa.

—No. Imposible. La hemos revisado palmo a palmo. Allí no la mataron.

—Luego hay que deducir que abandonó la casa en algún momento para ir a alguna parte.

—El automóvil de Jacinto lo encontramos aparcado en la casa. No debieron de moverlo en toda la noche. Las bicicletas de ambos se hallaban en el almacén. Había llaves en el interior de la casa, en el cestillo que hay en una pequeña consola del vestíbulo. Allí las dejaban siempre. Pero la casa estaba cerrada.

—La víctima no llevaba consigo llaves cuando la encontramos, ¿no es cierto?

—¡Cierto! —exclamó Quintero—. No había caído.

—Eso quiere decir que se las dejó dentro de la casa. Muy alterada debía de estar para olvidarlas —dijo Mariana.

—Volvemos a la discusión en el almacén.

—Bien. Sigamos deduciendo. Ella tuvo que abandonar la casa para poder ser asesinada. —Una mueca de disgusto acompañó sus palabras—. La cerró al partir y salió andando hacia alguna parte. Lo lógico sería que siguiera el curso de la carretera, bien en dirección a G..., bien en dirección a Hontanar de Vieda.

—Rumbo a G... alguien tendría que haberla visto en algún momento. Podemos preguntar, son tiros al azar, pero quizá demos con algo. Rumbo a Hontanar sólo pudo verla algún automovilista imposible de localizar o... O algún trabajador de la finca del señor Montclair, que está en el camino.

—El guarda. ¿No dicen que siempre anda con su escopeta al hombro rondando la puerta?

—Del vivero a la desviación a Hontanar sólo está por medio la finca. Es posible que alguien la viera pasar, alguien de dentro. Podemos probar con el guarda.

—Esa finca me interesa cada vez más. Lo cierto es que sólo hemos registrado una parte.

—Montclair no la autorizará sin una orden y, la verdad, no veo que haya razón suficiente para emitir esa orden. Sólo es una conjetura sin base alguna. Y lo peor es que a estas alturas, si allí había algo, ya lo habrá hecho desaparecer el asesino, quienquiera que sea.

—No importa. Le sacaré la autorización por las buenas —dijo Mariana confiada—, salvo que prefiera que lo haga por las malas —añadió a continuación—. No seré yo la que se eche atrás por ninguna clase de presión.

Y si me excedo —pensó para sí misma—, ya se ocuparán de lanzarme a los perros y yo de no dejarme morder.

—La decisión de si hay base o no para una orden de registro —puntualizó en voz alta, para que lo oyera Quintero— la tomo yo.

Cuando Julia y Mariana salieron del café Noriega empezó a llover. Al principio se refugiaron bajo los aleros de los edificios mientras caminaban la una detrás de la otra en fila india, pero en seguida dejó de orballar y el agua se hizo más espesa, por lo que apretaron el paso para evitar que al escurrir desde los aleros las empapase. En la Plaza de los Juegos se separaron y cada una corrió en su dirección. Mariana, a los pocos momentos, tuvo que refugiarse en un portal porque en unos segundos se abrieron los cielos, y las gotas, repiqueteando furiosas contra la calzada y las aceras, empezaron a formar regatos de agua que corrían descontrolados hacia los sumideros de las alcantarillas. Mariana maldijo su imprevisión, pues todo el día había estado amenazando lluvia. Estaba tan concentrada en el caso principal que tenía entre manos que olvidó una de las precauciones elementales de la vida diaria en G...

A cubierto en el portal había otras dos personas, una mujer de edad y un chico joven con una camiseta ajustada de manga corta, vaqueros y cadena de oro al cuello. Tenía el cabello empapado y, al percatarse de que Mariana lo miraba con curiosidad, le dedicó una sonrisa encantadora por encima de la mujer de edad.

—Buena mojadura lleva encima —dijo Mariana por contestar del algún modo a la sonrisa del otro.

—Y que lo diga.

—¿Usted cree que escampará pronto? —preguntó Mariana a la mujer de edad.

—Escampar, escampará —contestó ella filosóficamente.

Mariana se encogió de hombros tras cambiar una mirada regocijada con el chico de la camiseta. La verdad era que el cielo no parecía dar tregua. Aunque no se hallaba lejos de su casa, aún le quedaba un trecho para llegar a ella, del todo imposible de cubrir bajo semejante lluvia; a pesar de ello, Mariana oteaba la calle con alguna impaciencia, buscando una señal de cobijo más acogedora que el portal en el que se encontraba. El chico se dio cuenta de lo que ella buscaba.

—Hay un hotel ahí delante, que es adonde voy yo, y tiene un bar. A lo mejor le apetece llegar hasta allí para esperar más cómoda. Es una carrera corta. ¿Lo intentamos?

Mariana se preguntó por las intenciones del chico, pero lo cierto es que no parecía tener otras que la de ayudarla y en un momento se decidió. A una señal del otro, corrió tras él cubriéndose la cabeza con la cartera, corriendo en la medida de lo posible bajo los aleros de los tejados, pegada a las fachadas; aunque sintió el agua, alcanzó el hotel sin excesivo perjuicio; una vez allí los dos cambiaron una sonrisa cómplice; el chico le indicó dónde se encontraba el bar y luego se dirigió al único ascensor que había en el *hall*.

Era un hotel discreto y recogido. El *hall* apenas albergaba más que la recepción, atendida por una sola persona que la miró con un casi imperceptible gesto de extrañeza; a su espalda, colgada de la pared, una gran esfera de reloj marcaba la hora. A la derecha de la recepción había un ascensor. Las alfombras estaban desgastadas, pero no sucias, y la escalera que arrancaba al lado del ascensor era estrecha y aparecía como embutida en un hueco de la pared, hueco que allí mismo lindaba, haciendo ángulo, con el muro de carga. Enfrente había un tresillo, en el encuentro del muro con el ventanal que daba a la calle y al otro de la puerta de entrada, un vano en la pared daba paso a un pequeño bar, al que se dirigió después de la primera ojeada. Todo ello quedaba agrupado en el reducido espacio del *hall*. El hotel parecía limpio, carente de ostentación, una mezcla de hotel de paso y, al mismo tiempo, refugio habitual de viajantes y veteranos clientes de la provincia. El bar, sorprendentemente, era de tipo inglés, con una barra corta acolchada y unas pequeñas butacas de brazos ordenadas en torno a unas pocas mesas. Todo ello, el conjunto del *hall* y el bar, se apiñaba en un espacio reducido pero bien aprovechado y acogedor, aunque el acogimiento quizá lo sintiera empujada por el destemplado ambiente del exterior. También le recordaba algún decorado de película americana de serie B.

Antes de pasar al bar, echó una ojeada a la calle a través de la puerta de cristal y comprobó que seguía lloviendo a mares. Sonrió al recepcionista y con gesto de resignación se adentró en el bar y tomó asiento en una de las mesas junto a la cristalera. El camarero, un tipo chupado, en mangas de camisa, con un chaleco escocés y un pantalón de cintura alta como de bailarín, se acercó a colocar un cenicero limpio en la mesa y a tomar la comanda.

—Un whisky escocés con hielo y soda, por favor. En un vaso bajo, si puede ser —explicó mientras el hombre asentía con la cabeza.

El agua escurría por el ventanal, que quedaba a la altura de la calle, y se entretuvo viendo las caprichosas formas de las gotas de agua al correr por la superficie.

El mundo exterior parecía un espacio deforme y oscuro, atravesado por las ráfagas de luz de los faros de los automóviles al pasar; todo él tenía un aire irreal y frío, dislocado por los colores de las luces deformadas de los comercios cercanos. Mariana advirtió una luz roja constante por encima del ventanal especialmente intensa y al buscar el origen se dio cuenta de que era el letrero luminoso del hotel. Entonces recordó que no sabía su nombre y puso toda su atención, puesto que no tenía nada mejor que hacer que esperar, en descifrarlo. Estaba escrito en vertical y el agua, como al resto de las luces exteriores, lo deformaba y dificultaba su lectura. El ruido de la lluvia al estrellarse contra el suelo debía de ser tan escandaloso como el golpe de las gotas salpicando al chocar con la acera, aunque apenas se oía desde el interior del local. Al imaginarlo sintió un escalofrío de humedad retorciéndose por su cuerpo y se alegró infinito de estar a cubierto delante de su copa. Había perdido el sentido del tiempo y de la prisa y se encontraba muy a gusto, sola y en silencio en un espacio vacío y mal iluminado, decorado con un gusto presuntamente inglés-nostálgico, donde un camarero aburrido hojeaba un periódico apoyado en la barra. De repente, por una de esas extrañas figuras que crean las escurriduras del agua, se abrió un espacio transparente ante sus ojos y pudo leer el cartel luminoso vertical. Las letras rojas rezaban, hasta donde le alcanzaba la vista: ... tel Panamá.

Estaba en una calle aneja a su camino habitual, pero no la frecuentaba y, desde luego, nunca se había fijado en la existencia del hotel. Un poco ensoñadoramente, empezó a pensar que quizá acababa de dar con un lugar apartado de la circulación festiva habitual, un pequeño oasis de copas donde recogerse cuando una quiere tener un encuentro tranquilo y, pensó divertida, alguna cita secreta. El bar del hotel Panamá.

¿Dónde había oído antes ese nombre? Tardó unos segundos en recordarlo y cuando lo hizo no pudo evitar un sobresalto.

Al inspector Quintero le dio en la nariz que aquel coche de matrícula francesa aparcado al pie del Barrio de Pescadores bien podría ser el coche que estaban buscando. Dio una vuelta alrededor mirando el aspecto general del vehículo y también a través de las ventanillas; completada la vuelta, comprobó discretamente que estaba cerrado. En el asiento trasero reposaba el periódico local doblado, como si no lo hubieran abierto aún, un ejemplar de *Herald Tribune* en idénticas condiciones y un jersey de color claro hecho un rebuño. Fuera o no extranjero el dueño, hablaba español y debía de ser un tipo vigoroso para andar en mangas de camisa en un día húmedo y frío como aquél. Quintero miró al cielo y lo que vio no le gustó nada: estaba sin paraguas ni gabardina y amenazaba lluvia. Se le ocurrió que quizá el conductor estuviera de regreso al coche en previsión del más que probable aguacero y decidió esperar al amparo de un portal sombrío escondido entre dos farolas del alumbrado.

A poco empezó a llover; primero orvallo, luego con fuerza y, finalmente, descargó la tormenta. En cinco minutos vio cómo se le empapaban los zapatos y los bajos del pantalón debido a las salpicaduras del agua restallando en la acera. Lamentó haber escogido un portal cerrado porque por más que pegara el trasero a la puerta no conseguía ponerse a salvo. La luces de las farolas eliminaban los haces de agua que se desplomaban en cascada, Quintero maldijo la ciudad y el tiempo. No hacía ocho meses que había abandonado un puesto en una capital levantina para venir destinado a G... y aún no se acostumbraba a los días grises y lluviosos, las brumas e incluso los prados verdes y el exceso de arbolado. Él era mediterráneo, hombre de pinsapos y palmeras y no de robles y castaños, de sol frecuente y días despejados. Encima tenía que lidiar con una gente que se le hacía extraña por la diferencia de carácter y, por si fuera poco, ahora, en este momento, estaba a las órdenes de una juez que era un pedazo de mujer, pero con un genio y un mando que le desagradaban notablemente. No podía por menos de reconocer, en los dos casos en los que coincidió con ella, que parecía una persona concienzuda y avispada y no mala profesional. En varias ocasiones se entretuvo en imaginar cómo sería el tipo que se la beneficiaba, pues aunque no sabía nada de su vida privada, salvo algunos comentarios ocasionales, tenía que haberlo; una hembra como aquélla no se queda para vestir santos y, a su edad, si no tenía pareja, tenía otra cosa, pero la tenía. Quién sabe hasta dónde se podría llegar con ella. Por el momento, la cautela era lo más conveniente en espera de algún indicio, de algún momento de debilidad. Luego, una vez metida la cuña, el paso queda abierto.

Estaba tan entretenido en la deriva medio lasciva que habían tomado sus pensamientos que no se percató al pronto de que el automóvil humeaba por el tubo de escape. La cortina de agua era tan densa que casi impedía la visión, por lo que no pudo avistar el rostro del conductor sino tan sólo su brazo a la luz de la farola bajo la que se encontraba el coche. El brazo, el reloj en la muñeca, la mano al volante y la cabeza en sombra fue todo lo que alcanzó a ver. Pero lo peor fue que, tratando de vislumbrar algo más del hombre que conducía, sin atreverse a llegar hasta el coche porque era una locura exponerse al terrible aguacero y porque no encontraba excusa que lo justificara salvo la de identificarse como policía y exigirle el carnet de conducir, cosa que en aquellas condiciones atmosféricas casi resultaba risible, no se percató de la aparición de otro hombre que, en unos segundos, llegó corriendo por el lado contrario, abrió la portezuela del copiloto y se introdujo en el automóvil como un rayo, acuciado por la mojadura que lo empujaba. No se percató sino tarde y, cuando quiso reaccionar, el coche ya se separaba de la acera para internarse en la espesa y negra cortina de agua que se abría por delante como la boca de un túnel. Sin embargo, algo positivo sí había obtenido. En una fracción de segundo, gracias a la benéfica luz de la farola, pudo identificar al segundo hombre. Era un dato importante, y por eso y a pesar del descuido inicial, se sintió más que satisfecho: había reconocido en el acompañante a Jacinto Meres y, además, tenía un número y una letra de la matrícula del vehículo. La juez De Marco se iba a quedar de una pieza cuando le comunicara el hallazgo.

Julia Cruz, según entró en su domicilio y cerró la puerta a sus espaldas, se descalzó en la entrada misma pensando que allí morían sus zapatos, se desnudó, avanzó por el corto pasillo, llevó el pantalón y la camisa a la cocina y los dejó sobre el respaldo de una silla, echó al cesto de la ropa sucia la suya interior, colocó la chaqueta en una percha que colgó del pomo de la puerta del dormitorio y se metió bajo la ducha. En cuanto el vaho se apoderó del cuarto de baño empezó a sentirse en casa. Cuando lo abandonó envuelta en un albornoz blanco, fuera seguía lloviendo a mares. Por un momento pensó en llamar a Mariana para ver si había salido con bien del aguacero, pero prefirió esperar; entonces se percató de que la señal de contestador parpadeaba y pulsó el botón de escucha.

—Julia, querida, soy Maribel Montclair. Tengo una idea fenomenal para cubrir el porche que quiero contarte. Llámame, por favor. Cuanto antes. Tengo muchas ganas de contártelo. Un beso. Chao.

Julia suspiró. El problema de Maribel Montclair era que se aburría y que había desarrollado el mal de la piedra, vale decir que apenas terminaba una obra o una reforma ya estaba pensando en la siguiente. Maribel era lo que se llama una mujer florero, un florero muy erótico al parecer, pero florero. Adornaba la figura de su marido de manera esplendorosa y ésa era su principal ocupación. Julia había proyectado su casa en la Colonia del Molino hacía menos de tres años y desde entonces no paraba de hacerle añadidos o de rediseñar el jardín o de construir un cenador o de... Para eso tenía a Julia como quien tiene un peluquero y, a pesar de todo, Julia no dejaba de sentir compasión por ella porque era una mujer tan llamativa como insegura y misteriosamente consciente de que todo cuanto poseía se lo debía a su planta. En los momentos difíciles, que eran frecuentes, acudía a Julia para encargarle cualquier cosa que se le viniera a la cabeza porque el mero hecho de planear una obra la relajaba y la ayudaba a olvidar sus preocupaciones, la primera de las cuales, y casi única, era el miedo a que su marido le pusiera los cuernos con una amante, que era el modo en que ella lo había conseguido a él desplazando a su primera mujer. Cada vez que Santiago Montclair le regalaba una valiosa joya ella sabía que la había engañado con otra mujer.

Julia, que era una mujer con experiencia, pensaba con alegre cinismo que a ella no le importaría que la engañasen de vez en cuando a cambio de alguna de aquellas piezas, pero consolaba a Maribel porque en realidad le daba pena su fragilidad.

Sonriendo se acercó a la ventana. El agua continuaba cayendo con la misma intensidad y pensó en Mariana. Era extraña aquella contumacia del cielo vaciándose sobre la ciudad, pues una lluvia de tal intensidad solía remitir a los pocos minutos para dar paso a formas más benignas aunque constantes. Sin duda estaban metidos en una borrasca cuyo efecto inmediato, gracias a la oscuridad final de la tarde, era una gradual desolación del ánimo y, paradójicamente para ella, una redoblada sensación de confort al encontrarse al abrigo de su casa y envuelta en el tacto delicioso del albornoz.

Había aprendido a defenderse del frío y las lluvias con baños calientes que la dejaban perfectamente relajada, práctica sugerida con vehemente convicción por Mariana de Marco que —pensaba Julia—, pese a su aspecto de seria juez, era realmente de condición voluptuosa.

Pensando en ello, tomó el teléfono y marcó el número de su amiga. Al cabo de dos o tres intentos sin contestación (¿estaría ella ahora en el baño?) se le ocurrió pensar que quizá aún no había llegado a casa y, automáticamente, volvió a la ventana. La noche había caído y casi podía palpar la humedad del ambiente sin necesidad de abrirla, pero la abrió y el estruendo del agua golpeando contra tejados y calles invadió la habitación. Miró a la calle y pensó si Mariana habría conseguido ya llegar a su casa o estaría refugiada en algún portal. Los coches trazaban líneas de luz iluminando por unos instantes al detalle la cortina de lluvia que caía sobre la calzada. El agua corría alocadamente en forma de regatos a lo largo de los bordillos. En las aceras no se veía un alma. El cielo estaba negro como boca de lobo.

El viernes la noticia del crimen apareció en primera plana en todos los periódicos de la región y, con menor relieve, en periódicos del resto de España. Como se temía, el gancho de la noticia de la muerte de una ex modelo erótica retirada del oficio a causa de una crisis religiosa era tan jugoso que incluso se incluyó alguna fotografía, aunque no de las más obscenas, junto con la información; pero éstas no tardarían en aflorar, quizá no en la prensa diaria, pero seguro que sí en los semanarios que saldrían el lunes a la calle. El asunto organizó un gran revuelo en toda la ciudad y también en el edificio de los juzgados, donde la expectación flotaba en el ambiente. El mismo juez Carbajo quiso hablar en privado con Mariana para solicitar tanto discreción como información inmediata del curso de los acontecimientos, lo que a ella le molestó. A su vez, el inspector Quintero y sus hombres recibieron un aviso semejante por parte del jefe de policía Saludes y Mariana lo interpretó todo como un toque de atención movido por el deseo de empezar a asomar ellos la cabeza en el circo mediático y para dejar claro quiénes eran las figuras visibles.

—Los jefes, por lo general, sólo te prestan atención cuando hay algo que ganar de por medio —comentó ella al inspector Quintero, que la escuchó con veterana displicencia.

A primera hora de la mañana siguiente, viernes, cuarto día tras el descubrimiento del cadáver de Elena Sánchez Vega, comparecieron ante la juez De Marco Remedios Meres, madre de Jacinto, y, en segundo lugar, su esposo, Graciano Meres. La juez les tomó declaración por separado. A ambos los acompañaba el mismo letrado de oficio.

Remedios Meres era una mujer de aspecto campesino; baja y gruesa, de ruda presencia y con el descuido y el desgaste de los años bien asentado en su figura. Toda traza de femineidad había desaparecido de su porte, pero esa ausencia parecía resultarle confortable, como si la librase de todo compromiso que no fuera cumplir con su rutina regodeándose en ella. Pero, en cuanto empezó a hablar, Mariana reconoció de inmediato esa mezcla de astucia y taimada modestia con que a menudo el campesino recela y se defiende del ciudadano sabiendo que, en su territorio, el otro ni se establecerá ni descansará por mucho tiempo.

Ella no admitió que estuviera pendiente de lo que sucedía en la casa de su hijo aduciendo que no se metía en la vida de nadie, lo mismo que no dejaba que nadie se metiera en la suya. Pese a la cercanía, el hijo y la nuera subían a su casa de tarde en tarde para almorzar juntos. Otra cosa era cuando el hijo acudía solo a estar con ella un rato, siempre encuentros breves, charlas insustanciales sobre esto y aquello, el vivero y la clientela. De su esposa, en cambio, nunca le decía nada, como si no existiera. Ella pensaba que Elena era amable, trabajaba duro codo con codo con su hijo y no se metía en nada que no la incumbiera. A Mariana no dejaba de extrañarle la frialdad, o sequedad, con que los Meres hablaban unos de otros, pero aceptó que eran gente de pocas palabras, más inclinadas sobre la tierra que sobre los humanos. Ella sí vio el coche de matrícula extranjera, que no sabía que era de matrícula extranjera hasta que se lo comentó su marido. Viviendo tan cerca era difícil no estar al tanto de los movimientos que se producían en el vivero. En cambio, del lunes, sobre todo de la tarde-noche del lunes, el día en que se cometió el crimen, ella no recordaba nada digno de atención. Se había acostado pronto y durmió de un tirón. No recordaba si había luz en la casa de abajo cuando se retiró a dormir.

—¿Usted sabe, Remedios —trató de preguntar con la mayor delicadeza posible—, algo de la vida anterior de Elena, de dónde era, quiénes eran sus padres, cual era su ocupación...?

No obtuvo respuesta, tan sólo una mirada honda, larga, una mirada de aquellos ojos pequeños y desconfiados que sólo expresaban algo parecido a un mudo reproche por la inconveniencia de la pregunta. En todo caso, una actitud indefinible de la que no se podía extraer conclusión alguna salvo la evidencia de un rechazo expresado como si la pregunta no hubiera sido hecha.

Cuando Remedios Meres salió del despacho, Mariana hizo pasar a su esposo.

—Yo, a la noche, siempre me fumo un pito a la puerta, echo un ojo alrededor y cierro la casa —dijo Graciano—. El lunes por la noche no había luz en la casa de mi hijo.

—Y usted supuso que habían salido.

—Yo no supongo nada. Habrían salido o se habrían dormido. No es asunto mío.

—No digo que lo sea, solamente le pregunto por si podemos poner algo de luz en los sucesos de esa noche —contestó pacientemente Mariana—. Usted me dijo que vio el coche de matrícula extranjera la tarde del lunes ante la casa de su hijo.

—A la puerta del vivero —precisó Graciano—. Sí. Lo vi y se lo comenté a mi señora. Pero luego el coche desapareció.

—¿Cuándo desapareció?

—Ah, eso no lo sé yo. Desapareció. En una de éstas miré y ya no estaba.

—¿Había alguien en la casa?

—Quién sabe. Yo no entré en ella.

—Quiero decir si presentaba trazas de estar cerrada o no.

—No vi a nadie, si es eso lo que pregunta.

Mariana sabía que en el campo, aunque todo parezca vacío y en paz, nadie quita ojo de encima a todo lo que se mueve y a lo que no se mueve, pero comprendió que no lograría sonsacarle a Graciano nada que no fuera una evidencia previa. Sin embargo, insistió.

—¿Su hijo tiene acceso a su coche?

—Él tiene su propio coche.

—No le he preguntado eso. Le he preguntado —Mariana endureció el tono de voz— si su hijo tiene acceso a su coche.

—El coche está a la puerta y las llaves a la entrada de la casa. Cualquiera puede cogerlo.

—Pero nadie lo coge más que ustedes.

—Eso es.

—¿Oyó o notó algo extraño la noche del lunes?

—Nada. Estaba durmiendo desde temprano.

—Sin embargo, alguien cogió su coche, salió a la carretera y volvió al cabo del rato. Ayer la policía judicial tomó huellas y las suyas aparecen claras, pero ninguna otra.

—Es mi coche, así que tendrá mis huellas.

—Creo que no me entiende: si sólo están sus huellas tengo que pensar que sólo pudo ser usted quien lo sacó esa noche, ¿me comprende?

Graciano quedó en silencio, meditando.

—Sería otro —dijo al fin.

—Muy bien, ¿dónde están sus huellas?

—Y yo qué sé. Las borraría.

—No me diga. En ese caso habría borrado también las suyas, sobre todo al volante.

Graciano volvió a quedar en silencio.

—Oiga, Graciano —empezó a decir con expresa calma Mariana—. Ya es hora de que deje de jugar a esconderse y tratar de despistarme. En su coche se trasladó el cadáver de su nuera; es decir: alguien vino por él, lo condujo hasta el lugar donde se produjo el crimen, cargó con el cadáver, lo arrojó a un lado de la carretera y volvió a dejar el coche a su puerta tal como estaba. Ni me creo que usted no oyera todo ese trajín, tampoco a los perros, por cierto, ni me creo que usted o su mujer no vieran salir a Elena de su casa después de que su hijo la dejara allí para ir no se sabe adónde, ni me creo que a la mañana siguiente no viera usted movimiento alguno en la casa de su hijo y no se acercara a echar un vistazo. Le voy a dar la oportunidad de que empiece a aclararme estos asuntos y, si no quiere hacerlo, lo haré detener como sospechoso o encubridor del asesinato de su nuera.

Graciano levantó la cabeza, miró a la juez con una mirada neutra que encubría un fondo retador y dijo:

—Yo no he hecho nada ni he matado a nadie.

Lo que más sorprendió a Mariana fue que después de entregar al sospechoso a la policía, su mujer, que aguardaba en la sala de espera, se limitara a encogerse de hombros, tomar el asunto como un acontecimiento cotidiano más y se fuera sin decir palabra.

¿Qué demonios pintaba Jessica Vega en aquella familia? ¿Cómo había dado con ellos, es decir, con Jacinto? ¿Cómo era el paso de su oficio de modelo erótica a mujer de campo? ¿Era realmente tan bucólico todo o se ocultaba algo, presumiblemente terrible, detrás de aquella extrañísima relación? Recordaba las palabras del padre Grandes y toda la historia le parecía razonable hasta el encuentro de Elena y Jacinto en el vivero, pero a partir de ahí se volvía abracadabrante. ¿Cómo es que Jacinto la había aceptado por esposa con semejante pasado? Para una mentalidad más o menos rústica la figura de Elena-Jessica era una figura imposible. Por otra parte, ella no dudaba de que los padres también supieran la procedencia de Elena. ¿La odiaban por eso? ¿Se la había impuesto Jacinto en un acto de afirmación personal? No lograba aceptar que los padres hubieran pasado por ello como si nada hubiese sucedido antes. Es más, estaba convencida de que los padres, provistos de la tradicional sabiduría cazurra, esperaban que pronto o tarde se desencadenaría la tragedia. Bien, había sucedido y ellos lo contemplaban ahora como algo ajeno e ineludible y, a la vez, necesario para que sus vidas y la de su hijo se recompusieran con arreglo al orden natural de las cosas. ¿Qué diablos les importaba a ellos quién fuera el asesino? Había sucedido lo que tenía que suceder; si es que no lo habían provocado ellos mismos, se dijo Mariana.

No confiaba en que la detención de Graciano quebrantara su actitud, pero pensó que le vendría bien meditar el asunto desde fuera de su guarida natural. La mujer se limitó a llevarle comida y una muda y Jacinto ni apareció. Mariana estaba cada vez más desconcertada, hasta el punto de que decidió citar de nuevo a Jacinto como medio de presionar progresivamente a la familia. Entonces fue cuando el inspector Quintero le contó su encuentro de la noche anterior con el coche misterioso.

—De manera que ese cliente tan misterioso como su automóvil está en contacto permanente con Jacinto —concluyó Mariana satisfecha.

—Mis hombres están buscando el coche —precisó Quintero—, pero yo creo que sería buena cosa tener unas palabras con Jacinto.

—Eso pensaba hacer, justamente —reconoció Mariana—, antes de que usted me trajera esta información. ¡Vaya con el amigo Jacinto! Y yo le voy a decir algo más para corresponderle. ¿Conoce usted el hotel Panamá?

—Tiene fama —contestó Quintero, socarrón.

—Pues allí es donde pasó la noche del lunes nuestro amigo. —Quintero no pudo reprimir un gesto de asombro—. Sí, ya ve usted lo que son las cosas. Lo cual me dice también bastante acerca de las características del matrimonio Jacinto-Elena. Al menos para mí, algunos velos empiezan a descorrerse.

—Tiene todo el sentido. Tendríamos que haberlo sospechado porque, en efecto, eso aclara muchas cosas.

—Dígame, Quintero, ¿no le parece a usted que esto va teniendo cada vez más un aire de familia? ¿Que la historia de este crimen nace y muere dentro de la familia Meres?

El inspector Quintero se apuntó, aunque renuente, a la idea. El problema era, en su opinión, que no le parecía nada fácil conseguir romper el muro de silencio de los tres miembros de la familia para saber quién fue el autor material del asesinato y el grado de complicidad de los otros dos. Mariana ni siquiera descartaba a la madre, de pequeña estatura, pero de fuerte complexión. En el hipotético móvil coincidía el rechazo de los padres a Elena Sánchez, aunque la gradación se matizase según el carácter de cada uno de ellos. Por parte de Jacinto no parecía haber rencor alguno, antes al contrario, él estaba sinceramente dolido por la muerte de su esposa. Claro que todo ello podría no ser otra cosa que un fingimiento bien preparado, pero no era ésa la impresión de la juez. El matrimonio de Jacinto y Elena se asemejaba más a una especie de tapadera mutua, un acuerdo de conveniencia al que, sin embargo, se podría haber llegado por similitud de caracteres.

—El de Jacinto es más discutible. No se entiende que la rechazase a menos de dos años de un matrimonio en el que todo debía de estar pactado. Por otra parte, jamás ha existido ninguna clase de rumor de infidelidad sobre ella, en eso coinciden todos los testigos y conocidos interrogados. Así pues —concluyó Mariana—, no se entiende bien que él tuviera razones para matarla, fuera de una conspiración del clan, una conspiración en la que la fuerza de los lazos de sangre estaría por encima de sus propias emociones.

—Se hartaría. La vería como un estorbo —apuntó Quintero.

—Sí, es posible —meditó Mariana—, pero no probable. Todo lo cual nos lleva a traer aquí a Jacinto ya mismo si dan ustedes con él en su casa y, si no, se lo localiza como sea. ¿Sabe que no vino a ver a su padre a calabozos, que vino la madre sola?

—No me extraña —dijo Quintero poniéndose en pie para cumplir la orden de traer a Jacinto Meres—. En esa familia, por lo que estamos viendo, son todos más raros que un perro verde. A propósito: el señor Montclair ha llamado al comisario Saludes para interesarse por Graciano Meres.

Apenas dos horas después de la detención de Graciano Meres, Montclair telefoneó a la juez para interesarse por la situación de su empleado. A Mariana le llamó la atención lo inmediato de la llamada y el modo en que daba por hecho que el caso, en lo referente a Graciano y a él mismo, le pertenecía tanto como a ella. Como primera medida, Mariana hubo de recordarle que no podía hablar con él ni con nadie sobre el asunto porque el caso estaba *sub iudice*, pero Montclair continuó preguntando como si no tomara en cuenta sus palabras de advertencia y Mariana se vio obligada a insistir con firmeza, dejando entrever cautelosamente su desagrado. Lo que no deseaba, sin embargo, era llegar al extremo de una discusión porque confiaba en encauzar por el buen camino el permiso que la dejara entrar a inspeccionar los edificios de la finca colindante a la de los Meres, aquellos tan secretos, pues no dejaba de pensar que podrían esconder información sobre Elena Sánchez. Tenía la intuición de que en ellos quizá podía hallarse una respuesta al espacio de tiempo vacío de las horas precedentes al crimen, pero no quería forzar la inspección con una orden que, en cierto modo, podría parecer que comprometía a Montclair. Por ahí convenía andarse con pies de plomo porque el único motivo para extender la orden era su propia intuición. Sólo si lograba alguna evidencia, por mínima que fuera, de que Elena había entrado en la finca, tendría sentido un registro. Su intuición estaba ligada a la evidencia de que la tarde del lunes, cuando Elena salió de su casa y echó a andar por la carretera en dirección contraria a G..., tuvo que pasar necesariamente por delante de la entrada que vigilaba el famoso guarda armado que tanto excitaba la curiosidad de los vecinos y al hecho de que justamente por allí se perdía su pista. Ése era el origen de su perplejidad: que la desaparición de Elena parecía cosa de magia, como si se hubiera desvanecido en el aire, lo que la llevó a pensar si no habría entrado en la finca de Montclair. También envió esa misma tarde una citación para el hombre que guardaba la entrada con la escopeta al hombro. En cualquier caso —pensaba ella, resignada—, si hay algo en la finca relacionado con el crimen, quienquiera que sea ha tenido tiempo sobrado para eliminar cualquier pista. Cuando al fin logró cerrar la conversación con Montclair en buenos términos, e incluso con una vaga referencia a la visita que pareció ser bien acogida, era ya mediodía y tenía un almuerzo concertado con Julia, su único alivio previsible en todo el día. Habían quedado en un local muy tradicional conocido con el nombre de La Zamorana donde solían acercarse a tomar pescado de vez en cuando. Al llegar al restaurante, la encontró sentada a la mesa con Maribel Montclair, a la que conocía sólo de vista. Julia hizo las presentaciones.

—Ay, perdona que me haya colado —dijo Maribel con envidiable soltura—, pero es que Julia me ha dicho que venías a almorzar y me he apuntado porque tenía muchas ganas de conocerte. No te importa, ¿verdad?

Mariana dijo que no con la boca pequeña. Su plan de almuerzo era otro, pero supuso que a Julia no le había quedado más remedio que incorporar a Maribel e hizo un esfuerzo por poner al mal tiempo buena cara.

—La verdad es que Julia tiene siempre unas amigas tan interesantes... —siguió diciendo Maribel.

—Ayer tarde enterraron a Elena Sánchez en la más absoluta intimidad familiar —anunció Mariana nada más tomar asiento—. Pobre chica, qué mala suerte.

—Ay, sí, es la de los periódicos, ¿verdad? Qué cosa tan horrible. ¿Quién es capaz de hacer algo así? —se apresuró a decir Maribel.

—La gente menos pensada —sentenció Julia—. Cada dos por tres tenemos una noticia de éstas en el periódico. Es como una infección que se extiende por todo el cuerpo social, la matanza de mujeres.

—En este caso —dijo Mariana—, aún no se ha demostrado que se trata de violencia doméstica. Todavía estamos investigando.

—Es de lo más emocionante, tu trabajo, ¿no? —aventuró Maribel dirigiéndose a Mariana—. Yo estaría, no sé, sobre ascuas todo el rato.

—Pues no está mal visto —comentó Mariana— porque es un verdadero misterio.

—Cambiemos de tema —anunció Julia—. ¿Qué sabemos de tu hermano? —preguntó a Mariana.

—Por cierto que es adorable —dijo Maribel—. Estuvo almorzando ayer con nosotros y es adorable. No como ese Santos Murciano que tenemos de invitado en casa por culpa de mi marido y que tiene muy poca educación.

—He oído hablar de él —dijo Mariana—. Uno de esos triunfadores vertiginosos.

—Ja, ja —rió Maribel—. Eso es lo que es, lo has descrito perfectamente. A mí me cae fatal, pero Santiago se ha empeñado en invitarlo y se nos va a quedar en casa todo el fin de semana. Menos mal que yo me voy a Madrid hasta el lunes. Es de esos que te desnudan cada vez que te miran. Y tan calvo que da grima. Aunque —añadió— dicen que los calvos...

—Leyendas urbanas —atajó Mariana.

—No te creas —comentó Julia—, parece que cuando das con uno auténtico son unas fieras en la cama. Claro que a quién se le ocurre meter a una fiera en su cama; las fieras están bien en la selva o, como mucho, en el zoo.

—Esta mañana he estado hablando con tu marido —dijo Mariana a Maribel— porque quiero visitar la finca que tiene cerca de Hontanar de Vieda, ya sabes, esa donde al parecer se dedican a la producción de semen de toro y que tiene intrigado a todo el vecindario.

—Uy, cuando quieras. Yo nunca voy por allí porque eso del semen de toro me da un poco de repelús y además no hay nada que hacer, pero si te interesa yo se lo digo a él para que hable con el guarda y te enseñe la finca.

—Ese guarda es una institución.

—Pues no te lo tomes a broma porque es más bruto que un arado. Santiago ya ha tenido algún problema a cuenta de su manera de tratar a la gente. La verdad, qué le costaría ser más amable. Yo no me atrevo a ir sola.

—¿Y para qué queréis a semejante perro de presa? —intervino Julia.

—Ay, no sé, pregúntaselo a Santiago.

—Para mí —anunció Julia— que oculta algo. Un asunto de película: contrabando, mercancías ilegales, yo qué sé; porque eso del semen de toro...

—Eso le digo yo a Santiago: ¿para qué quieres tanto semen? ¿Dónde lo vas a meter?

—¡Cáscaras! Lo mismo que donde lo meten todos esos hombres arrolladores que se hacen ricos en tres años y no le hacen ascos a ningún agujero —dijo Julia y las tres rieron a carcajadas.

—No hay vacas en el territorio para tanto toro —dijo Mariana—. Será un negocio de exportación también. Yo ya no me sorprendo de nada.

—¿Así que te vas a Madrid? —preguntó Julia.

—Sí, chica, me voy de compras. ¿Te quieres venir?

—Me pasaré el fin de semana estudiando tu porche.

—¿A que es una idea estupenda? Yo creo que puede quedar ideal.

—¿Vas a añadir un porche a tu casa? —preguntó Mariana sin interés.

—No, al revés, lo voy a cerrar porque con el tiempo que hace aquí es la única manera de aprovecharlo.

—Santiago me ha invitado a vuestra casa. A lo mejor

voy después del fin de semana, porque necesito ver antes la finca y me temo que con el caso este vamos a andar de cabeza.

—Pues quedáis en casa, que así la conoces, y luego vais a la finca. O no —dijo frunciendo los labios—, mejor que esté yo porque un hombre no sabe enseñar una casa. La verdad es que no me hace gracia dejarlo solo.

—Maribel, hija, que Santiago ya es mayor —le reprochó Julia.

—Pues por eso mismo, porque es un pinta.

—Nada. Se irá de copas por ahí.

—Sí, con el triunfador vertiginoso, como dice ésta, ¿no? —Se refería a Mariana, que la miró con cierta causticidad—. Menudo es.

—Yo creo que Santiago ya no está para esos trotes; tiene todo el aire de ser un hombre que ha sentado la cabeza —afirmó Julia.

—¿Que no está...? —saltó Maribel—. Me lo vas a decir a mí, que soy a la que trota; porque no le dejo acercarse a otras, que si no...

—Y eso ¿cómo lo sabes? —protestó Julia.

—Por las mismas razones por las que lo he pescado —respondió Maribel—. A ver si no.

—Curso práctico de lucidez, Julia —comentó Mariana con retintín—. En cuanto a armas de mujer, me parece que Maribel nos da sopas con honda.

—A mí me la van a pegar —dijo Maribel, ufana.

El hombre que cuidaba la finca de Montclair se presentó a declarar a primera hora de la tarde. Rechazó, huraño y desconfiado, la oferta de asistencia letrada que se le hizo. Era un hombre de mentalidad agrícola a la antigua; cerrado, silencioso, monosilábico y apariencia de ser corto de mente, pero dejaba traslucir la astucia del campesino en el modo de eludir las respuestas a las preguntas, ante las que reculaba con la tozuda insistencia de un animal resabiado. Confirmó haber estado el lunes por la tarde de ronda por la finca aunque siempre con un ojo puesto en la puerta de entrada y no, no había visto en ningún momento a la víctima, ni en la puerta ni en la finca. En su negativa, Mariana creyó percibir la mentira mas no logró pillarlo en ella, por lo que su declaración, repetitiva y obcecada, resultó infructuosa. El hombre nunca miraba a la cara sino que se mantenía con la vista baja, en actitud defensiva. Era un tipo ancho y fornido, lleno de arrugas que parecían grietas tostadas por el sol. Desde luego —pensó ella—, es el guardián perfecto porque es incapaz de entablar contacto con la especie humana para cualquier otra cosa que no sea el alejamiento. Su actitud, sin llegar a ser amenazante, porque en el juzgado no podía serlo, insinuaba un factor de rechazo de consecuencias imprevisibles.

Tras él volvió a declarar Remedios Meres, a la que Mariana había citado de nuevo esa misma mañana, y esta vez la conversación transcurrió de manera bien distinta, como si se tratara de otra mujer. ¿Quizá por la lejanía, esta vez, de su marido? Cuando se disponía a comenzar el interrogatorio, el agente Rico le pasó el aviso de que Jacinto Meres estaba ya en el juzgado, esperando. Mariana le devolvió el papel en el que el agente había escrito la información y al volver a mirar a Remedios comprendió que ella, por alguna misteriosa forma de empatía, lo había adivinado. Agudeza de madre, pensó.

—Como usted sabe, Remedios —empezó a decir Mariana—, su marido está detenido como principal sospechoso del asesinato de su nuera Elena Sánchez Vega. —La mujer asintió con la cabeza y Mariana volvió a asombrarse de la aparente indiferencia con que se tomaba las cosas—. Sin embargo, necesito que usted me aclare un asunto de extrema importancia para dirimir la culpabilidad o inocencia de su marido. Es un asunto que los compete a ustedes tres, a usted y a su hijo también, y créame que decir la verdad puede ser beneficioso para todos.

Remedios la observó con una chispa de retranca en sus ojos.

—Dígame usted cómo era el matrimonio entre Elena y su hijo.

Remedios se encogió levemente de hombros.

—Pues cómo iba a ser, como todos los matrimonios. Una veces mejor y otras veces peor, pero nada especial.

—Usted sabe bien por lo que le estoy preguntando, Remedios. O me lo cuenta usted o se lo saco yo.

—Cómo se entendían ellos, yo no lo sé porque no era de mi incumbencia. Yo le digo lo que veía y lo que veía era que se llevaban bien.

—Yo comprendo que en un lugar tan pequeño y tan cerrado como éste —dijo Mariana haciendo caso omiso de la respuesta de la mujer—, sea un motivo de vergüenza la condición de su hijo y que ustedes hagan lo imposible por ocultarlo, así que voy a aventurar un par de conjeturas; la primera: que usted estuvo de acuerdo en la boda de su hijo aun sabiendo la clase de matrimonio que hacía; y la segunda, que aceptó a Elena porque sabía que, en sus condiciones, sería una candidata única a cubrir un puesto mùy comprometido. Elena, por sus propias condiciones, tenía tanto que callar como Jacinto. Lo que me pregunto es por qué se rompe el lazo. ¿Acaso su marido averigua alguna relación extramatrimonial y pierde la cabeza? ¿O las relaciones entre los dos cónyuges estaban ya en una fase de deterioro inevitable? ¿A quién protege usted, a su hijo o a su marido?

Remedios, sentada en la silla al otro lado de la mesa del despacho, recibió la andanada con frialdad, sin mover un músculo de la cara, como si estuviera esperando las palabras de la juez.

—Le recuerdo —dijo Mariana con calma— que está usted obligada a contestar a mis preguntas o deberá atenerse a las consecuencias que se deriven de su silencio.

Remedios dirigió una mirada de entendimiento a la juez y, después de unos segundos, como si deseara dar tiempo a que Mariana asimilase el gesto, echó el cuerpo adelante y se decidió a hablar.

—A mi hijo lo he defendido ante su padre desde que descubrió que era como era. El padre estaba tan furioso que yo le dije a mi hijo que marchara a otro lugar, pero ¿adónde iba a ir el pobre, si nunca ha salido de aquí? El padre es un hombre que no comprende estas cosas, pero no es malo, hay que entenderlo, en un pueblo como éste. Con el tiempo se fue calmando aunque de tarde en tarde le daban arrebatos que sufría mi hijo.

—¿Llegó a pegarle? —interrumpió Mariana.

—Sí, pobre hijo, le pegaba y él lo aguantaba por no devolver el golpe, porque Jacinto es fuerte aunque le falta genio. Hasta que un día sí que se enfrentaron de verdad y él juró que si volvía a ponerle la mano encima se las pagaría. Entonces fue cuando dividimos la finca y él se quedó con la parte de abajo, la más pequeña, con el vivero.

—¿Y fue un buen arreglo?

—Sí. Lo fue. Se trataban de lejos, como vecinos.

—Pero Jacinto los visitaba en su casa.

—Eso fue después de la boda. Tiene usted razón en que yo vi con buenos ojos la boda porque era la solución. La muchacha buscaba refugio, él necesitaba una apariencia y el padre empezó a calmarse; él vio lo que vio y le pareció que ya estaba todo arreglado, que mi hijo había vuelto a la normalidad. No quiso saber más. Así lo dejó.

Mariana observaba a Remedios con una creciente admiración. En aquella mujer había más que astucia, había verdadera inteligencia práctica.

—La tarde del lunes —dijo Mariana— se los vio discutir. Luego él se marchó en un coche con un cliente y ella salió a caminar en dirección a Hontanar. ¿Discutían a menudo?

—No. Yo le he dicho que se llevaban bien y eso es verdad. Si discutirían, tendrían sus razones, pero ha de haber sido por el trabajo.

—No deja de ser una coincidencia que la discusión se produjera ante el hombre que fue a recoger a su hijo.

—Oiga, ¿qué es lo que quiere usted decir?

—Le hablaré con franqueza. Es muy posible que Elena no estuviera de acuerdo con un encuentro tan descarado y se lo reprochara a Jacinto, pero, en todo caso, en cuanto demos con el hombre en cuestión verificaremos la certeza o falsedad de mi opinión, así que no tiene por qué contestarme si no quiere. Yo lo averiguaré.

—Haga usted lo que quiera. Lo que yo sé, se lo he dicho ya.

Mariana comprendió que éste era el límite de confianza que por ahora podía obtener y decidió concluir el interrogatorio. Entre el anterior y éste mediaba un progreso considerable y la imagen de Remedios se había transformado de manera convincente.

Cuando Jacinto entró en el despacho con el letrado seguía teniendo el aspecto propio de alguien verdaderamente falto de sueño. El agotamiento había hecho presa en él y se movía con desmayo, hasta el punto de que al tomar asiento en la silla parecía tan aliviado que Mariana temió que se le durmiera allí mismo.

—Sé que enterró ayer a su mujer y créame que lo acompaño en su dolor, así que voy a ser muy breve.

Jacinto esbozó un gesto de agradecimiento con la cabeza.

—Bien, Jacinto, ahora que la verdad está presente en lo que a usted y Elena se refiere sólo quiero saber alguna cosa más respecto de su relación, que espero que usted pueda explicarme. —Esperó al asentimiento de Jacinto antes de proseguir—. Verá usted, lo único que yo quiero saber es... cómo decírselo... si usted y su mujer se entendían bien; en lo físico, en primer lugar, y en lo personal también.

—Ella y yo no... teníamos relaciones físicas, como usted dice, pero le aseguro que yo la quería de verdad y ella también a mí. Lo que pasa es que, a veces, las cosas se hacían difíciles porque ella no quería... no quería...

—Tener otras relaciones —ayudó Mariana.

—Sí. Otras relaciones físicas. Y, vaya, usted sabe, todo el mundo tiene necesidad... des... así que... —hizo un esfuerzo— los dos sufríamos, sí, los dos sufríamos.

—¿Sabe usted si...?

—No. No lo sé. Ni quise ni quiero saberlo. Es tan difícil, perdóneme...

Mariana se compadeció. Aquel hombre sangraba por varias heridas.

—No quiero importunarlo. Vamos al grano. La tarde del lunes usted y su mujer discutieron en presencia de una tercera persona, la que usted llama su cliente —de pronto se percató de la inconveniencia del comentario—, quiero decir, del hombre que llegó en un coche de matrícula extranjera a su casa. Dígame, ¿por qué discutieron?

—No... no lo recuerdo, sería por algún asunto de la casa...

—No. Por favor, confíe en mí, no sienta vergüenza. ¿Discutieron por causa de aquel hombre?

—Ella no quería que yo me fuera, eso fue todo.

—¿Sabía ella que usted iba a pernoctar en G...?

Jacinto echó la cabeza atrás, abrumado.

—Es usted implacable —dijo. Mariana se lo quedó mirando, expectante, manteniendo el silencio. En la mirada de él, sin embargo, advirtió un destello de incredulidad que la desconcertó. ¿Incredulidad? ¿De qué? ¿Sobre qué? ¿Algo que ver con ella?—. Le dije que pasaría la noche fuera.

—¿Tan importante era para usted? —De nuevo volvió a advertir en él la misma mirada: incredulidad, sorpresa.

—Ahora ya no lo sé. Entonces lo fue.

—Ella salió a caminar después de que ustedes se fueron. ¿Sabe hacia dónde pensaba ir?

—No.

—En fin; supongo que no me facilitará usted las cosas, pero se lo preguntaré una vez más: ¿quién era su acompañante?

—No se lo puedo decir. ¿De verdad es tan importante? Él no ha podido tener nada que ver con el asesinato de mi mujer.

—Aprecio su lealtad, de veras, pero lo voy a saber de todos modos. El coche ha sido localizado. —Habló de farol aunque segura de que el hallazgo estaba al caer si no lo habían encontrado ya.

—¿De verdad? —dijo inesperadamente Jacinto. La miró y en sus ojos había una mezcla de tristeza y compasión. Lo que descolocó a Mariana fue comprender instantáneamente, por pura intuición sin base alguna, que ese destello de compasión en la mirada de Jacinto no se refería a quien habría sido su compañero de cama de aquella noche.

El comisario Saludes, jefe de policía de la ciudad de G..., un veterano entrado en años de aspecto imponente, se cruzó con el juez Carbajo en el vestíbulo de los juzgados.

—Buenas tardes, decano. ¿Cómo usted por aquí? Lo hacía en su casa a estas horas.

—Ya ve usted, amigo Saludes. El servicio, que no tiene horas. —Saludes aceptó la explicación con una sonrisa cínica—. Y a usted, ¿qué lo trae por mi territorio?

—El asunto de la modelo esa que han asesinado —dijo el comisario—. Tengo a todos los medios de comunicación detrás de alguna noticia; están hinchando el globo y, hablando en plata, no quiero que me explote en la cara. El inspector Quintero, de la policía judicial, me dice que no están progresando mucho. Oiga, tengo entendido que la juez que se encarga del caso ha llegado a citar hasta tres veces a una misma persona. Parece como si estuviera desorientada. ¿Usted cree que es persona competente?

—Cómo le diría yo a usted... en la medida que estas generaciones jóvenes se van incorporando, el valor se les supone, como a los militares; pero los jueces de ahora no tienen la preparación que teníamos nosotros y ella, además, procede del tercer turno. Tengo entendido que como abogado no era mala y tiene fama de ser muy minuciosa en la instrucción, así que no sé qué decirle. Desde luego, no entiende de prisas.

—No sé si deberíamos retirarle el caso. Entorpece a mis hombres y parece que va dando palos de ciego. Este caso tiene que avanzar rápido o se nos va a escapar de las manos. Todos estos periodistas son unos tocacojones. Y por si faltaba algo, la juez está empezando a meter el dedo en la boca al señor Montclair.

—No se la puede retirar del caso, usted lo sabe tan bien como yo; ella es la juez de Instrucción. Lo que sí puede hacer es abstenerse, pero ha de haber una razón.

—¿Razón? Yo le buscaré una razón. —El comisario habló con altivez—. Quintero está frito. Yo creo que esta mujer no tiene sangre en las venas.

—Ja, ja —rió el juez—. Por el contrario, yo creo que de eso le sobra. ¿Se ha fijado usted qué pedazo de mujer es? No, mi querido comisario, puede que ella no sea muy competente, pero decisión no le falta. Es mujer, téngalo en cuenta, y las mujeres son sentimentales para todo; estoy seguro de que piensa más en la condición femenina de la víctima que en el proceso de instrucción, por ejemplo; pero lo llevará a cabo, porque es tenaz. Precisamente su defecto es ser demasiado temperamental.

—No hay caso, decano. Una mujer como esa Elena, con la vida que tenía detrás, lo normal es que se le haya echado encima un fantasma del pasado. Eso si no estaba teniendo líos bajo cuerda. ¿Usted se cree que una tipa que anda abriendo las piernas y exhibiéndose en revistas de sexo se va a convertir de la noche a la mañana en una santa? ¡Quiá! Ésa tenía un lío con algún delincuente y ha acabado como tenía que acabar. Quintero piensa que ejercía el oficio a escondidas del marido, y es natural. Yo creo que la juez De Marco ha equivocado la investigación porque le ha cogido simpatía a la víctima y ha acabado perdiendo el norte. Ha tenido encerrado al hombre de confianza del señor Montclair, ¿qué le parece a usted?

—Por poco tiempo, si no lo procesa.

Mariana hubo de reconocer que Santiago Montclair era un modelo muy acabado de mujeriego, no tanto en su aspecto físico como en las formas. Se lo comentó a Julia Cruz cuando fue a verla a su estudio al término de sus ocupaciones en el despacho. Antes había hablado con el inspector Quintero, al que se lo llevaban los demonios porque aún no conseguía dar con el automóvil de matrícula extranjera que buscaban. Si no lo hubiera tenido la noche anterior ante sus ojos se encontraría en otro estado de ánimo, pero habiéndolo visto a unos metros de distancia del portal en que se refugiaba, hallarlo se había convertido en una suerte de obsesión personal. Seguía lloviendo, todo el día llovió de manera constante y uniforme a diferencia del aguacero nocturno que había empapado la ciudad, y la sensación de humedad la tenían todos metida en el cuerpo como si aún no hubieran conseguido secarse desde entonces. Seguía lloviendo y lo tomaban como una burla del destino, una trastada que el tiempo les hacía para mostrarles la miserable realidad de sus vidas encalladas en una rutina impotente que los desquiciaba. Era como un juego de niños emperrados en dar vueltas y más vueltas en el territorio de sus juegos en busca de un juguete desaparecido sin dejar rastro.

—A Montclair no lo acompaña el tipo —comentó Julia.

—Eso es lo que te digo, pero tiene encanto y tampoco está tan mal —respondió Mariana—. Soy sensible a ese encanto, lo reconozco; ésa es mi perdición.

—No me digas que ya te ha echado el anzuelo.

—No voy a picar, si es a eso a lo que te refieres.

—No digas nunca de esta agua no beberé. En fin, tú misma. ¿Habéis quedado?

—Quería que fuera esta noche. Le he dicho que no. Necesito reposo. Quiere hablar sobre el caso. Creo que trata de proteger a su hombre, a Graciano Meres.

—Ah, ¿sí? ¿Y eso por qué?

—Es una especie de hombre de confianza.

—Es natural.

—Mañana ceno con él. Quiero que me abra las puertas de la finca.

—¿Qué finca? ¿La del semen de toro? —rió Julia.

—Sí. A todas nos hace mucha gracia. He de reconocer que tengo curiosidad.

—¿Aún sigues creyendo que oculta algo?

—¿Él? No lo sé, tengo mis planes para sacarle información. En la cena, ya te contaré. Tengo la corazonada de que Elena pasó por la puerta de la finca en su caminata. Yo creo que llegó a entrar en ella y mi sospecha es que desaparece a partir de ese momento. No encuentro otra explicación, salvo la de aceptar que se desvaneció en el aire. La lógica dice que entró en la finca, por propia voluntad u obligada, y que la finca puede ser el escenario del crimen o, simplemente, el lugar de arranque de la tragedia.

—Porque la sacaran de allí rumbo a alguna parte.

—Tanto da. La finca es clave.

—¿Has podido saber quién estaba en la finca esa tarde, aparte del guarda feroz?

—Buena pregunta. También tengo que resolver eso.

—Deberías dedicarte a detective privado.

—La agencia Continental esa que cuentas no tiene sucursal en G...

—Pues sí que necesitas tú mucho a la Continental. Además, a mí el que me gusta es el agente de la Continental. ¿Qué tal te va con Quintero?

—Bien, sin alharacas. Echo de menos a Alameda.

—Unos y otros: policías.

—Ya. Supongo que todo es acostumbrarse.

—En fin, te quiero. El día menos pensado me hago lesbiana.

—Es una experiencia.

—¿Y si llamo a tu hermano para salir mañana?

—No sé dónde está. Mi hermano es un misterio. Siempre lo ha sido.

—¿Te molesta?

—Me molesta que aparezca y luego desaparezca sin mediar palabra. Me cabrea. Pero no —rectificó enseguida—, no es eso lo que me cabrea, sino que siempre haya sido así desde que se fue de casa, frívolo, un malqueda, un egoísta atroz, en definitiva.

—Vale. En ese caso nos vamos de copas. Para olvidar.

Cuando despertó el sábado eran ya las doce de la mañana. La noche anterior salieron Julia y ella de copas por la zona del Barrio de Pescadores y al abrir los ojos lo sintió en la bruma que le empañaba el cerebro y en la sequedad de la boca, que aún seguía evaporando alcohol. Pensó en seguir durmiendo, pero un duendecillo puritano le susurró al oído lo improcedente de estar en la cama a esas horas. —¿Y por qué no? —se dijo en un placentero acto de rebeldía—. Hoy es sábado y no tengo nada que hacer en todo el día, ¿quién va a pedirme cuentas si no soy yo? ¿Tengo ganas de pedirme cuentas? —se preguntó a continuación—. Ninguna. Hoy me siento tan irresponsable y perezosa como mi hermano pequeño y además necesito recuperarme de anoche.

Se dio la vuelta sobre la almohada y cerró los ojos. En el semisueño empezaron a desfilar imágenes por su cabeza. Se vio corriendo por la playa del Paseo sin esfuerzo aparente, feliz de volver a correr sin preocupaciones y sin tiempo medido; la playa no tenía fin y estaba sola, tampoco había nadie en el paseo, la arena estaba húmeda y de repente corría con los pies descalzos; sentía un calor grato y reconfortante bajo la ropa de cama y un vigorizante frescor en los pies al contacto con la humedad; no llevaba más ropa que el pantalón corto y la camiseta, lo que le producía una sensación de ligereza y libertad de cuerpo tan deliciosa como la pereza en la que se hallaba sumida. El mar estaba en calma, el agua llegaba a la orilla mansamente, la almohada acogía su cabeza somnolienta con la misma generosidad con que el sol iluminaba la mañana. De pronto se volvió en redondo y empezó a correr en sentido inverso. Se negaba a abrir los ojos, pensó si podría quedarse tendida y arropada en la cama eternamente, corriendo. El mismo tamaño de su deseo le hizo abrir los ojos, preocupada. Entonces protestó débilmente por haberse dejado embaucar por su sentido de la responsabilidad, pero ya era tarde para retroceder ante la realidad. Abrió los ojos, contempló desalentada la grisura del día a través de la ventana y se arrebujó de nuevo bajo las sábanas. Estaba definitivamente despierta. Para retrasar el momento de saltar de la cama imaginó todos y cada uno de los pasos que debería dar cuando lo hiciese: el paso obligado por el baño, el lavado de dientes, envolverse en un albornoz, llegar a la cocina, hacer el café, calentar la leche, preparar las tostadas, elegir la fruta, poner el servicio y sentarse a la mesa de la cocina. La soledad especial de los días de asueto.

Una hora más tarde se encontraba en la mesa del comedor estudiando un detallado mapa de carreteras local que reproducía con minuciosa exactitud la antigua carretera general de G..., la desviación a Hontanar de Vieda y el lugar donde se encontró el cadáver de Elena Sánchez. Tanto las fincas como el lugar del crimen estaban alineados a lo largo de la carretera, de manera que el traslado del cuerpo, viniera de donde viniese, se habría hecho en coche saliendo a la carretera y siguiendo por ella hasta detenerse en el hondón donde hallaron el cadáver, justo en una curva donde al arcén se ensanchaba. El trazado avalaba la opinión de Mariana sobre el traslado: alguien toma el coche de Graciano, probablemente él mismo, recoge el cadáver del lugar donde estuviere, probablemente la finca de Montclair, y avanza cerca de quinientos metros para detenerse y arrojarlo al hondón tras la curva, bien protegido de la vista de la gente por la formación de helechos. No hubo pensamiento de alejar el cadáver del lugar del crimen más de lo justo para encontrar un lugar donde deshacerse rápidamente de él. Es decir, daban por hecho que lo encontrarían pronto o tarde y lo único que, por lo visto, les preocupaba, era sacarlo cuanto antes de donde fue muerta. ¿No habría sido más lógico llevarlo lejos, máxime si le habían cortado ambas manos para dificultar su reconocimiento? Mariana trató por unos momentos de introducirse en la cabeza de quien llevó a cabo esa acción, pero no encontró asidero donde colgar los motivos de tan extraño comportamiento.

Entonces, mientras interrogaba por enésima vez al mapa, descubrió algo que atrajo su atención. Las dos fincas, en su parte más alta, es decir, el extremo opuesto al de la carretera, daban vista al mar; pero, en tanto la finca de los Meres se cortaba y lindaba con un bosquecillo comunal, la de Montclair remontaba el alto, descendía por una ladera suave y avanzaba hasta una carretera local que corría en paralelo a la costa y que terminaba convirtiéndose en un camino que venía a morir en la desembocadura del río Vieda al mar. La finca de Montclair era, pues, mucho más grande de lo que ella había supuesto, pero además tenía acceso directo a la costa por ese camino y entonces recordó que algo había oído acerca de misteriosos desembarcos nocturnos que le hicieron pensar en las viejas historias de contrabandistas relatadas en las novelas de aventuras como *Moonfleet*, de J. Meade Falkner, que era uno de los libros que más fascinación le produjeron en su infancia. ¿Qué significaba aquel descubrimiento? En principio, nada; pero al menos a su imaginación le abría una vía de investigación que no iba a desdeñar. Ahora más que nunca ansiaba visitar la finca de Montclair y echar un detenido vistazo no sólo a las construcciones donde se guardaba con tanto celo a la pareja de sementales tan valiosos que allí se alojaban, sino al conjunto de la finca, a su organización y ocupación, pues era evidente que, dada su extensión, no podía dedicarse exclusivamente a la obtención de semen de toro. Si no recordaba mal las explicaciones que le habían dado, no sólo se levantaba allí la casa principal con sus almacenes y establos sino que más allá del alto, por el lado que se volcaba al mar, se alzaba al menos otra construcción. De nuevo en la linde con la carretera general recordó que, a un costado de la casa principal, con salida independiente, se hallaba la gigantesca nave donde a menudo podían verse entrar y salir los camiones de la flota de Montclair. ¿Estaría conectada esa edificación con un camino de tierra que condujera a la carretera de la costa? Su imaginación calenturienta, la relación entre costa, flota automóvil y carretera general formaban una combinación demasiado atractiva para pasarla por alto sin hacerse unas cuantas preguntas.

Esa noche tenía cita con Montclair, una cena que sólo se decidió a aceptar desde que comprendió que necesitaba convencerlo de que le permitiera recorrer libremente la propiedad. Pero quizá hubiese aceptado de todos modos porque, como toda la gente dudosamente bien situada y acostumbrada a moverse en aguas turbulentas, Montclair tenía ese punto de atractivo que se adereza con una pizca de morbo, lo que nunca dejaba de llamarle la atención. Además quería respuesta a otra pregunta: ¿por qué se tomaba Montclair tanto interés en la situación de Graciano Meres?

Poco antes de la hora del almuerzo, desanimada ante la idea de comer sola en casa, decidió salir a correr a la playa para airearse un poco. El día seguía siendo tan gris y amenazando lluvia como al principio, pero la temperatura invitaba a escapar de casa y no se lo pensó dos veces. Se calzó unas mallas, los pantalones cortos, la camiseta y las deportivas y empezó a correr desde el mismo portal de su casa. Las calles empezaban a estar concurridas como correspondía a un sábado: familias con niños, paseantes de la tercera edad, adolescentes alborotados y gente de toda condición yendo de bar en bar para cumplir con el rito del aperitivo. Una vez más pensó que debería haber tomado el coche hasta el Paseo Marítimo y empezar a correr desde allí. A pesar de su innegable aspecto deportivo, le intimidaba un poco correr de aquella guisa entre gente vestida con el pundonor de la clase burguesa de un medio provinciano en fin de semana. La prevención le duró lo que tardó en desembocar en el Paseo Marítimo, donde el público informal se mezclaba con el tradicional de manera espontánea.

Descendió con premura los escalones y echó a correr en serio nada más pisar la arena. La amenaza de lluvia no la arredraba ni tampoco a unas cuantas personas animosas que corrían dispersas por la playa o paseaban tranquilamente con sus perros.

Mariana se desplazaba tan concentrada en sus pensamientos, porque era en esos momentos cuando más a gusto se dedicaba a divagar sobre toda clase de asuntos que la concernieran en lo personal, que apenas se percató ni del hombre al que superó en carrera ni del azote que recibió en la nalga tras sobrepasarlo; aún continuó unos pasos antes de volverse, ahora ya consciente y airada, por ver quién había sido el descarado que se tomaba tal libertad. El descarado reía abiertamente, plantado en la arena a un par de metros de ella con los brazos en jarras.

—¡Antonio! —exclamó furiosa—. Tenías que ser tú. Desapareces, no dejas ni un mal teléfono, te olvidas de mí y, de repente, vienes a la playa a tocarme el culo. ¿Alguna vez te vas a comportar como una persona adulta?

—*Soy* una persona adulta —afirmó con énfasis—. Lo que pasa es que tú eres una juez muy seria y muy formal y todo lo mides por tu rasero. No por tu trasero, sino por tu rasero. Ja, ja. Mejor sería lo del trasero. ¿Sabes que tienes un culo muy alegre?

—Mira que eres ganso. Cada vez peor. Yo creo que tú estás retrocediendo y conseguirás llegar a la infancia. Lo malo es que no vas a encontrar niñera cuando llegues a ese estado.

—Tú me cuidarás, como hermana responsable que eres. ¿Te acuerdas de lo bien que nos llevábamos de niños?

—Ja, ja. Ahora soy yo la que me río. Te meto en la inclusa, no te digo más. Un hermano de la costa no deja a un compañero tirado como tú me dejaste a mí.

—O tú a mí. ¿Qué es eso de los hermanos de la costa?

—Lee a Conrad.

—¿Conrad? ¿Quién es Conrad?

—Ignorante.

Mariana le dio un cachete a su hermano en la mejilla y echó a correr, invitándolo a que la siguiera. Antonio se incorporó a su paso.

—De manera que ya te cuidas —comentó Mariana—. *Footing* y todo eso. ¿Qué más? ¿Pádel? ¿Tenis? ¿Gimnasia para ejecutivos?

—Menú variado. ¿Qué tal va tu caso?

—¿El de la modelo? Bien. Vamos avanzando.

—¿Tenéis ya sospechoso?

—Tenemos de todo. Lo nuestro es un lujo.

Se produjo un silencio. Ambos seguían corriendo.

—Por lo visto, a ese tal Jacinto Meres lo habéis interrogado varias veces y a su padre lo tienen detenido.

—En calabozos. Mucho sabes tú, por lo que veo. ¿Quién es tu fuente?

—Lo que se dice por ahí.

—Ya lo dudo. Oye, no es que sea nada curiosa, pero ¿por qué te interesas tanto por esa familia?

—Me intereso por ti y por tu caso. Eres mi hermana.

—Valiente argumento. He sido tu hermana durante todos estos años pasados y ni te has acordado de mí.

—Me he acordado. Y mucho. Lo que no he hecho es dar señales de vida.

—Pues me vas a explicar la diferencia.

—La diferencia es eso: que no te he olvidado.

—Menudo caradura estás hecho. Tú debes de creer que con un par de apariciones en plan simpático y dicharachero se arregla todo. Es lo malo que tenéis los simpáticos: que sois unos irresponsables acostumbrados a que se os perdone todo por vuestra cara bonita. El nombre técnico es egoístas.

—Y el tal Jacinto, ¿qué clase de persona es?

Mariana se detuvo y miró directamente a los ojos a su hermano pequeño.

—¿Se puede saber qué te ha dado a ti con Jacinto Meres?

—Pero mira que eres suspicaz. Ya te lo he dicho hace un momento: me intereso por tus cosas. De acuerdo, cambiemos de conversación.

—Eso no te lo crees ni tú. ¿A que voy a tener que pensar que tienes alguna conexión con el caso? Porque tú eres amigo de Santiago Montclair, ¿no? Y de ese tal Santos Murciano.

—Me ofrecí a presentártelos, no sé si recuerdas. ¿Qué pasa, que están metidos en el asunto ellos dos también?

—Te recuerdo que no puedo hablar sobre un caso *sub iudice* y menos con alguien tan poco confiable como tú. Así que vamos a olvidar el tema, si no te importa.

—¿Sabes lo que te digo? Que ya me he cansado de correr contigo. Te dejo.

—Déjame también un teléfono, si no te importa.

Se habían detenido los dos frente a frente mientras Antonio rebuscaba en el bolsillo de su sudadera.

—Míralo, corriendo con su billetera —dijo ella sarcástica—. ¿Llevas el pasaporte también, por si acaso te pasas y llegas a la frontera, don Zatopek?

—Muy bueno, sí señor. ¿Ves como es más refrescante ser graciosa? Aquí tienes mi tarjeta, déjame que te anote el teléfono.

—Hala, también con bolígrafo. ¿Por qué no llevas ya la casa a cuestas?

—Estás cogiendo velocidad. Cuidado no te estampes contra un chiste malo. Los hay que son muy duros.

—Gracias. Puedo llamarte en cualquier momento, ¿no?

—Lo estoy deseando.

—Cínico, más que cínico. Dame un beso y lárgate con viento fresco.

—Por cierto, no te quedes fría. Este viento viene del oeste.

—Sí, es el gallego y apuesto a que trae lluvia; pero me dará tiempo a recorrer la playa entera, ya tengo costumbre. Aquí, si quieres correr, tienes que mojarte.

—¿El culo, quizá? —dijo Antonio alejándose y riendo su propia gracia.

La lluvia acabó por pillarla a medio camino entre la playa y su casa, de modo que nada más entrar por la puerta se precipitó a la ducha. Estuvo bajo el agua ardiente tanto tiempo para sacarse el frío del cuerpo que el vaho empañó el espejo, el cristal de la ventana y la mampara de la ducha, obligándola a salir a tientas a ventilar el baño. Se envolvió en el albornoz y usó la toalla de manos para abrir una brecha de claridad en el espejo. La temperatura de la casa era agradable, por lo que siguió envuelta en el albornoz mientras preparaba un almuerzo frugal. Luego se sentó a la mesa y continuó dando vueltas al caso mientras comía. Era sábado y no tenía nada que hacer salvo esperar alguna noticia que no llegaría y esperar a que se acercara la hora de su cita con Santiago Montclair. En el periódico, que tenía abierto sobre la mesa, aún se hablaba de la provocación de Ariel Sharon presentándose con mil hombres armados en el Monte del Templo en Jerusalén y de la ira palestina que lo siguió. Por unos momentos se distrajo pensando que, aunque el encono pareciera insuperable entre unos y otros, la presencia de un militar como jefe de gobierno aún podía llevarlo más allá.

Más tarde, deambulando por la casa, aún sin vestir, echó una ojeada a la librería, acabó dando con una vieja edición de *Fortunata y Jacinta* y se echó a leer en el sofá hasta que la oscuridad exterior le avisó de que era hora de arreglarse. Con algo de fastidio al principio, debido a la pereza, remoloneó unos minutos, pero luego recordó que habían quedado citados en uno de sus restaurantes favoritos y que, al fin y al cabo, Montclair era hombre de trato gentil, y que allí preparaban además unos dry martinis notables, y que necesitaba seducir a Montclair para tener paso franco a la finca de la manera más agradable posible, y que... en fin, que tenía que ponerse en marcha porque ella misma se lo había preparado y no era cuestión de echarse atrás ahora.

Eligió un vestido negro sin mangas, cerrado por delante, abrochado al cuello y abierto por la espalda; lo ceñía con un cinturón sencillo y ancho de hebilla grande, redonda, de color dorado; los dos únicos adornos eran un broche del mismo color y reflejos irisados que representaba una mariposa, prendido en el lado izquierdo, por encima del pecho, y unos pendientes de perlas en forma de lágrima delicadamente engastadas en oro. Se miró en el fondo de sus grandes ojos como interrogándose acerca de lo que la esperaba. Había elegido unas medias negras transparentes que realzaban sus piernas y después de contemplarse por última vez, satisfecha de su aspecto, retrocedió en busca de los zapatos de tacón que reposaban al pie de la cama. Era consciente de que con ellos sobrepasaría en altura a Montclair y se regocijó pensando que quizá lo estaba haciendo a propósito.

La lluvia seguía cayendo incansable y se decantó por la gabardina, poco dispuesta a echar a perder el traje; al fin y al cabo no tenía tantos como para permitirse ese lujo. Afortunadamente el coche estaba aparcado cerca del portal, por lo que sólo tendría que correr unos metros; el bolso era demasiado pequeño para cubrirle la cabeza y dudó si coger el paraguas.

—Si Montclair es un verdadero caballero, como pretende, debería aportarlo él —se dijo renunciando al suyo—. Un estorbo menos. Recordó los dry martinis para terminar de darse ánimos y enfiló la puerta con el vago presentimiento de que algo no acababa de ir como debiera. Pero al menos su atuendo le parecía impecable.

—Me parece que estoy ante una buena bebedora —dijo Montclair cuando ambos pidieron su segundo martini. La miraba beber con una mezcla de fruición y reconocimiento—. Las mujeres en general, o bien hacen remilgos a cualquier bebida fuerte, o bien pierden la cabeza en seguida. Pero usted...

—De tú —dijo ella, como si se tratara de una invitación informal.

—... parece que tienes el aguante de los buenos. Se te nota incluso en la manera de posar los labios en el borde de tu copa.

—¿De veras? Eso es mucho afinar —comentó ella con una graciosa inclinación de cabeza.

—Me gusta observar a la gente. Es un ejercicio apasionante. A veces, en la vida tienes que aprender a controlar una situación en cuestión de segundos. Saber leer los gestos del otro es muy importante para conseguir ventaja.

—¿Y para qué quieres conseguir ventaja?

En la cara de Montclair se pintó por un segundo el estupor.

—¿Para qué? En eso consiste todo: en adquirir ventaja sobre el contrario, en adelantarte a él.

—En vez de un contrario parece que estás hablando de un adversario.

—Y así es. A ti te sucederá lo mismo en una instrucción. ¿Quién es el sospechoso? Tu adversario. Si él consigue adivinar lo que te propones, o lo que le ocultas con la intención de sorprenderlo y hacerle caer en la trampa, él, antes de que tú ataques, tendrá una ventaja sobre ti que le dará el dominio de la situación. Está claro, ¿no? Así es como funcionan las cosas.

—Eso será si yo trato de culparlo a toda costa; pero si busco la verdad, tendré que hilar más fino. Yo no creo que al sospechoso de cometer cualquier delito, sea de sangre o sea el robo de unas manzanas, haya que derribarlo o anularlo sino extraerle lo que quieres saber de él. Por mucho que adivine lo que yo pretendo, él siempre pensará que trato de culparlo, el interrogatorio seguirá adelante por los caminos que yo marque, tenga él la perspicacia que tenga respecto de mis intenciones; y mis intenciones se reducen a una sola: esclarecer la verdad.

—La verdad. Ya. Veo que eres de las compasivas. Pobre delincuente, víctima de una vida desdichada y todo eso.

—Si un día tengo que encerrarte —dijo Mariana con cierta coquetería en los ojos—, ya veremos si te gusta o no mi método.

—¿Encerrarme tú a mí? No hay cojones. —Montclair lo dijo con ímpetu, excitado también, como si venteara una pelea; pero se rehízo en seguida—. En fin, lo siento, no son palabras apropiadas para dirigírselas a una juez.

—Ni a una mujer educada —precisó Mariana—. De todos modos no me importa nada. Cada uno tiene su manera de hablar, ¿no es así?

—Así es y pido disculpas. Pero ¿de verdad crees que podrías conmigo? Hay que reconocer que, aparte de guapa, que lo eres un rato largo, tienes empuje. O como dice el juez Carbajo, temperamento.

—¿Eso dice el juez Carbajo? —preguntó Mariana haciéndose la incrédula.

—Buen gesto. ¿Ves?, bajo la apariencia de una pregunta inocente has tirado con bala. Eso es lo que te decía yo antes. Entender el gesto es parar el golpe.

—No pretendía golpear a nadie. Pero sí, me estaba haciendo la tonta. No me gusta el juez Carbajo y yo tampoco le gusto a él, así que estamos a la par. ¿Sois muy amigos?

—Otra. No pierdes comba. Sí, somos buenos amigos. Él es una persona importante en G... y yo también. Cosas de la vida.

—¿De qué clase de vida?

—¿Esto es una exhibición? Porque me estás acorralando.

—No, es simple curiosidad. Hemos venido a cenar y a pasarlo bien, ¿no es así? Yo, por lo menos, tengo ganas de pasarlo bien. A eso he venido.

—Y eso es lo que yo quería oír —contestó Montclair halagado—. Hablando de pasarlo bien, ¿qué te parece si encargamos ya la cena? La noche es larga, pero no hay que desaprovecharla.

—Y tan larga —comentó Mariana con su sonrisa más seductora.

—Ah, esto es sólo el comienzo —dijo Montclair aceptando el envite.

Se repartieron los vinos porque Mariana prefería un blanco que se apresuró a elegir, pues tenía serias dudas acerca de la capacidad selectiva de Montclair en lo tocante a vinos blancos, y se decidió por un Palacio de Bornos vendimia seleccionada. Montclair arguyó que el vino blanco no es vino, que el vino de verdad es el tinto (de hecho —se dijo Mariana—, sólo le ha faltado añadir que el vino tinto es cosa de hombres) y pidió un Ribera del Duero sin especificar, lo que confirmó las sospechas de Mariana; no por la denominación elegida sino porque lo pidiera así: *un* Ribera, uno cualquiera. Ella encargó unas ostras y un besugo a la plancha y él cigalas de tronco y un entrecot especial de la casa.

—Todo materia prima —dijo Montclair satisfecho—. Es lo mejor, dejarse de sofisticaciones e ir a lo bueno del lugar hecho a lo sencillo; la cocina de siempre.

—Yo no soy cocinera y me resuelvo la vida de la manera más simple, pero he probado platos admirables, sofisticados y admirables.

—Yo también, hasta que me cansé. Al final, todo son tonterías para esconder el sabor natural de cada cosa.

—Yo no estaría muy de acuerdo con eso. La cocina española no es simple, es una cocina muy elaborada en muchos de sus platos; no digamos la francesa. Eso no es enmascarar sabores, es mezclar y realzar. Al final, yo creo que lo más rico proviene siempre de la mezcla. Pero —añadió— hay que saber hacerla.

—Bah, salsas y más salsas.

—No sólo salsas.

Durante un rato siguieron hablando de comida hasta que Mariana propuso, ya que la comida la tenían en el plato, cambiar de tema. Hablaban animadamente los dos, con las lenguas sueltas por el vino y los martinis. Primero sobre G...

—Veo que tienes muy buena relación con los poderes institucionales de la ciudad —comentó Mariana con desparpajo—, el juez decano, el jefe de policía... ¿también con la Comunidad?

—Todo es lo mismo, en realidad. Hay gente que manda, que toma las decisiones, y gente que circula amparada por ellos. Yo me llevo bien con todos, es parte de mi trabajo.

—Todo está bajo control —resumió Mariana.

—No sé si detecto una segunda intención en ese comentario —sugirió Montclair.

—Quiero decir que, como en todas partes, sois un grupo de gente que os lo coméis y os lo guisáis todo.

—Tienes la audacia que acompaña al alcohol. No te aconsejo que vayas haciendo este tipo de comentarios por ahí.

—Eso suena a amenaza, pero los dos hemos bebido lo mismo.

—Eso suena a preocupación por ti y para que no te busques enemigos donde no los tienes.

—¿Estás seguro de que no los tengo?

—Bueno, no sé qué decirte. Es posible que con ese carácter...

Aún pidieron un par de copas de vino porque las botellas estaban vacías y renunciaron a los postres. Para entonces ya estaban hablando de sí mismos.

—Veo que te ocupas mucho de Graciano Meres —dijo ella—. Ni que fuera parte de tu familia.

—Yo lo concibo así, el trabajo, como un lazo de sangre, por eso me ocupo de los míos y Graciano es un fiel,

¿sabes? Una de esas personas a las que les puedes confiar tu vida.

—Que ha debido de ser una vida muy activa para haber conseguido todo lo que has conseguido.

—¿Qué sabes tú de lo que yo he conseguido? ¿Te gusta meterte en la vida de los demás? Me estás resultando demasiado chismosa para ser juez.

—Me gusta saber cosas de la gente que me interesa.

Montclair cambió con ella un gesto de entendimiento con los ojos brillantes. Ella le respondió simulando una mirada pérfida.

—Creo que tú y yo nos entendemos a pesar de todo —dijo Montclair—. A lo mejor estamos hechos de la misma pasta... aunque para funciones bien distintas —concluyó riendo.

—Eso es bueno, nos hace cómplices —dijo ella—. Con mi marido ocurría lo contrario, era un fingidor y yo me di cuenta cuando tuvo que elegir entre su carrera y yo. Y lo malo es que quizá fui yo la que lo empujó a tomar esa decisión.

—Seguro que era un imbécil, desperdiciar a una mujer así.

—No, no creas; yo pienso ahora que nunca me apreció; o sea, desde que se le pasó la calentura, que coincidió con que empezamos a triunfar como abogados. El tío cabrón se quedó con el bufete y el resto de los socios. Así sois los hombres —dijo Mariana con una franca sonrisa—. Pero no tenemos más remedio que perdonaros. Bueno, a mi ex, no. Ése era un cabrón de marca; o lo fue conmigo —dijo tras reflexionar un segundo—, que para el caso es lo mismo.

—¿Sabes dónde está mi primera mujer ahora? —dijo Montclair—. ¿Lo sabes? No, ¿verdad? Pues está dándose la gran vida a mi costa con un maromo que se le ha pegado y al que le voy a meter un tiro el día que me harte.

Mariana rió alegremente y dijo:

—¿No sería mejor que le retiraras la pasta?

—Ja, ja, ya veo que lo entiendes. Retirarles la pasta, sí, no sería una mala idea si los jueces me lo permitiérais.

—Vaya, volvemos al ataque personal. Dime, ¿qué te he hecho yo para que me metas en el saco de tus enemigos?

—¿Enemiga, tú? ¡Eso nunca! —dijo Montclair posando afectuosamente su mano en el brazo desnudo de ella—. Después de esta noche he visto que eres de la pasta de los míos y eso es un punto a tu favor, sí, un punto muy importante. Verás: yo voy a comprarle su finca a Graciano al mejor precio y lo dejaré allí hasta que se muera de viejo. Es como un seguro, ¿sabes? Y a ti te digo lo mismo: si tienes problemas, aquí está Montclair para solucionarlos.

El ruido había aumentado considerablemente con el local lleno. En dos o tres ocasiones, algunas personas se acercaron a saludar a Montclair y éste les fue presentando a Mariana. Al principio le resultó incómodo que se refiriese a ella como la juez Mariana de Marco, pero al final dejó de importarle y siempre respondió a todas las presentaciones con una sonrisa cordial.

—En este momento soy el hombre más envidiado de todo el restaurante —confesó Montclair a Mariana inclinándose hacia ella—, y todo por tu culpa.

—¿Mi culpa? ¿Qué he hecho yo ahora?

—Ser tan atractiva —dijo él con sincera galantería.

—Ah, eso —comentó Mariana despectivamente—. No es tan difícil salir conmigo, tampoco soy tan inasequible.

—Una juez siempre impone —explicó él.

—No a ti, por lo que veo.

—Yo reconozco que tiene su morbo, ser juez y estar tan... —meditó la palabra a seguir al ver asomar el reproche en los ojos de Mariana— tan bien —dijo por fin— no es algo que se vea todos los días.

—Mira que eres falso. Ibas a decir «y estar tan buena» y te has echado atrás. El señor Montclair tan seguro de sí mismo se achanta. Empiezas a descubrir tus puntos débiles.

—Y tú los tuyos.

—¿Yo? No lo creo.

—En la confianza está el peligro, querida.

Pidieron unos cafés, un whisky para él y un oporto para ella.

—Por cierto, que casi se me olvida —dijo Mariana—. Tenía pensado pedirte permiso para conocer tu finca, esa que produce —rió sin poder contenerse— semen de toro. O sea, si es que es verdad lo que he oído.

—Ya vas a ver tú qué pedazo de sementales tenemos ahí. No habrás visto algo más impresionante en tu vida.

—Sementales he visto unos cuantos —confesó ella, entre divertida y maliciosa.

—Caramba, cómo sube la temperatura por su causa, señoría. No conocía yo ese pasado tan ardiente.

—Tampoco yo conozco el tuyo, así que estamos igual. Es la vida, ¿no? De verdad que tienes que invitarme a ver la finca. ¿Mañana? —propuso.

—Hum, qué prisas —murmuró él—. ¿Seguro que no escondes segundas intenciones?

—¿Yo, dices? Claro que sí. Estoy segura de que en alguna parte tienes escondido al asesino de la mujer de Jacinto Meres y quiero ser la primera en descubrirlo, para joder al comisario Saludes, al inspector Quintero y a toda la panda esa.

Montclair lanzó una carcajada estruendosa y varias miradas convergieron sobre ellos. Durante un rato, rió y se atragantó sucesivamente, hasta el punto de que ella hubo de palmearle la espalda, lo que hizo con brío hasta que él le sujetó la mano con la suya. Aún continuó riendo en tono bajo y Mariana, contagiada, también. Cuando se calmó, ambos cambiaron una mirada de simpatía y reconocimiento.

—¿Me devuelves mi mano, por favor? —dijo entonces ella, con una sonrisa.

Cuando Mariana aparcó su coche, Montclair la esperaba junto al suyo. Habían venido siguiéndose desde el restaurante para que ella no se perdiera y estaban ante la casa de la Colonia del Molino. La noche era fresca y el cielo aparecía cuajado de estrellas que titilaban como si un ser fantasmagórico hubiera arrojado un gigantesco puñado de diamantes contra el cielo.

Mientras cenaban, el viento había alejado las nubes hacia el Este concediendo una tregua momentánea. Mariana se detuvo en mitad de la calzada mirando hacia arriba, maravillada, y Montclair tuvo que acudir a su lado y tirar de ella hasta la acera. A esa hora apenas pasaban coches por las calles de la Colonia, pero no era improbable. Los dos se quedaron mirando el espectáculo estelar como en éxtasis, y luego él la tomó de la mano y la condujo, tras atravesar la cancela, por el caminillo de grava hasta la entrada principal de la casa. La grava no era el mejor suelo para unos zapatos de tacón y Mariana trastabilló un par de veces. Montclair tampoco pisaba con seguridad.

—Esta gravilla es un coñazo —murmuró—. Hace tiempo que quiero cambiarla por unas losetas de piedra.

Entraron, Montclair la ayudó a despojarse de la gabardina y pasaron adentro. Él se dirigió a la cocina después de dejar a Mariana en el espacioso salón, sentada en uno de los dos enormes sofás enfrentados y separados por una gran mesa de centro, un grueso cristal rectangular montado sobre un sencillo armazón de metal.

—Lo prometido es deuda —anunció él mientras se alejaba—: *champagne* Cristal, de Louis Roederer. El mejor del mundo. El Rolls-Royce de los *champagnes*.

Cuando reapareció, con la botella en la champanera y dos copas flauta en la otra mano, Mariana se había descalzado y acomodado en uno de los extremos del sofá con las piernas recogidas. Montclair posó la champanera en la mesa y se esforzó en descorchar la botella.

—Estoy segura de que se te va a escapar el corcho y romperás algo, déjame a mí —dijo ella, extendiendo el brazo, pero sin moverse del sitio. Montclair empezó a reír y ella lo acompañó—. Si te sigues riendo no podrás sujetar el corcho. ¡Oh! —exclamó cuando el taponazo resonó en toda la habitación. Montclair, triunfante, alzó el corcho en una mano y la botella en la otra y llenó las dos copas hasta desbordarlas.

—¡Buena suerte! —dijo él recogiendo unas gotas del líquido que resbalaba por la superficie exterior del cristal y mojando la frente de Mariana. Estuvo a punto de volcar una de las copas en su vestido al ofrecérsela. Luego se dejó caer junto a ella y el tintineo del brindis sonó alegremente entre los dos. Bebieron casi con fervor, deseándolo, y por un momento se suspendió el juicio mientras ambos disfrutaban con placer del lujo de una bebida perfecta. Ella dijo, después de que lo apuraran:

—Maravilloso, sencillamente maravilloso.

Montclair escuchó complacido el comentario, volvió a servir las copas y volvieron a beber. Estaban la una junto al otro, ella reclinada en la esquina, él abrazando el respaldo del sofá, a una discreta distancia y manteniendo sus copas en la mano. Hablaban de sabores, de sentidos, de cosas placenteras animadamente, a veces quitándose la palabra de la boca, muy cercanos, y otras retrocediendo, como si quisieran observarse.

—Puedes preguntarme lo que quieras, me coges en un momento perfecto, en plena felicidad.

—Seguro que me engañarás.

—No. Te lo juro. Voy a contestar a todas tus preguntas.

—Puedo hacerte preguntas terriblemente comprometedoras.

—¿Tengo que preocuparme? Bien, cuando yo digo que voy a contestar a todo es que voy a contestar a todo. No tienes más que preguntar.

—Tú a mí también. Puedes preguntarme lo que quieras. No esconderé nada.

—¿Seguro que no vas a esconder nada?

—Ése es el trato. Ninguno de los dos esconderá nada. Si quieres, empieza tú.

—De ninguna manera: las damas primero.

Montclair volvió a llenar las copas y volvieron a beber. El sabor del *champagne* se transparentaba en sus rostros como una euforizante sensación de felicidad. Mariana levantó la mano izquierda y dijo:

—Vale. Yo empiezo. —Tenía la bebida en la otra; se inclinó hacia él, le dedicó una burlona mueca de amenaza y colocó su copa en el lugar donde le pareció que estaba el cristal de la mesa. Erró por unos centímetros.

Segunda parte

Abre los ojos, su mirada se empaña y los cierra con desagrado. Vuelve a abrirlos y la mirada sigue turbia. Entonces tuerce la cabeza sobre la almohada y siente un clavo en la nuca. El dolor le produce asombro y acto seguido se lleva la mano atrás, como buscando reconocerlo, localizarlo. El dolor se traslada de pronto a la frente y la lastima. Al darse la vuelta de cuerpo entero el dolor de la nuca se convierte en un ariete que le perfora el cráneo. Mueve los brazos, se enreda en la tela suave y percibe que está tendida en la cama, siente su cuerpo bajo las sábanas. Abre los ojos de nuevo. La rodean sombras, contornos, formas que más bien se dejan adivinar, la penumbra es densa. Frota sus ojos para alejar el velo que los empaña todavía y otra vez el dolor la inmoviliza. Por fin razona que acaba de despertar y aún es de noche.

El techo de la habitación la desconcierta. Ése no es su techo. Alza la cabeza y el dolor la atraviesa de atrás adelante; se agazapa por instinto, se inmoviliza; luego, con lentitud, reinicia el movimiento. Tampoco es su habitación. La luz de la conciencia asoma temblorosa. En realidad está sobrecogida por la extrañeza. Descubre una ventana. La luz del amanecer apenas despunta, las celosías la esconden todavía más, parece que incitan al silencio y al sueño de nuevo, pero un golpe de miedo la obliga a incorporarse a medias. Otra vez el dolor, atrás y adelante. Apoyada sobre el codo, trata de reconocer el espacio que la rodea y la cama donde yace. Bajo la ropa reconoce su desnudez. Y por fin una oscura claridad llega a los ojos y al cerebro, simultáneamente. La memoria acude también. Ésta es la casa de Santiago Montclair, amanece y se encuentra sola, rodeada de silencio. Se pregunta qué es lo que la ha despertado.

Apenas hace el menor movimiento, el dolor insiste. Reconoce el dolor: es una resaca. Se desliza fuera de la cama muy despacio, como intentando engañar a su propio cuerpo, cubriéndose a medias, pendiente del sigilo y también escuchando, tratando de recibir alguna señal, ruido, cualquier chasquido o pisada que revele vida. Pero el silencio es absoluto. Entonces, al ir a ordenar sus imágenes, descubre que la memoria la ha abandonado. No sabe qué hace ni por qué está allí, no sabe qué ha hecho antes de dormir, cómo ha llegado a esa cama y esa habitación. Pero se esfuerza en dominar un primer golpe de angustia, se acerca a la ventana, abre una línea de visión entre las celosías y recibe la casi imperceptible claridad del día, desapacible y gris y a punto de echarse a llover; reconoce la entrada de la casa y le alcanza el recuerdo de su coche arrimado a la acera, la cancela del jardín delantero, la gravilla de la entrada y luego el vacío, la nada. Su memoria está tan desnuda como ella misma. Retrocede, desvalida, y se sienta de nuevo al borde de la cama; un golpe de terror le oprime el pecho y se lleva la sábana hasta la barbilla, como buscando protección.

Soportando el dolor y la confusión se dirige por fin a la butaca donde ha reconocido su ropa. Se viste apresuradamente su traje de noche y revuelve en el montón que forman sus medias, el cinturón, el bolso, en busca de sus bragas; aunque apenas distingue con claridad los contornos de las cosas, no consigue encontrarlas. Busca por todo el suelo, bajo la cama, por el resto de la habitación, y no las encuentra. Desesperada, se sienta en el borde de la cama revuelta; después de pensarlo, enrolla sus medias, la una en la otra, recoge los zapatos, el cinturón y el bolso y sale del cuarto empujada por la necesidad de huir. La aterra la posibilidad de encontrarse con Montclair. La casa continúa en silencio. Llega a la escalera que conduce al vestíbulo y baja con tiento, los zapatos en la mano. En el perchero reconoce su gabardina. De pronto escucha un tintineo de vajilla procedente de la cocina y se detiene con el corazón desbocado; enseguida apresura el paso; supone que ha de ser una criada, pero no recuerda haber visto a nadie del servicio. Alcanza la puerta, que está cerrada con llave. Un sentimiento de pánico la obliga a buscar con la mirada una salida. Entra en el salón y descubre el ventanal que da al jardín. Sin dudarlo, abre las jambas, se sienta en el alféizar, pasa las piernas al otro lado y se deja caer a tierra. Trata de entornar de nuevo las jambas y desiste. A pesar de la grisura y la falta de luz, ésta la hiere en los ojos y al cerrarlos está a punto de marearse. El dolor en la cabeza y la nuca parece estable si no fuerza sus movimientos, pero la luz le ha hecho daño. Se calza los zapatos, atraviesa un camino de gravilla y llega hasta la cancela; tampoco está cerrada. Sale a la calle, una calle de urbanización característica, con filas de chalets escondidos tras los setos donde no se ve un alma. Aún no ha tenido tiempo de pensar con detenimiento en sí misma, salvo que huye apurada y furtiva como un ladrón que escapa del escenario del delito. Rebusca en el bolso y encuentra las llaves. Se introduce en su coche.

Ahora es una sensación de calor que le sube hasta el rostro seguida de unos escalofríos, es la vuelta del dolor en la nuca al apoyarla en el reposacabezas, son las gotas de agua que comienzan a golpear en el parabrisas; unos segundos después se transforman en un aguacero que desfigura la visión. Enciende el motor del coche y pone en marcha los limpiaparabrisas. El esfuerzo repercute de nuevo en la nuca. El dolor de la frente, en cambio, es sordo, pero constante. Piensa. De pronto nota un desagradable escozor bajo el vientre y se revuelve en el asiento; el dolor ataca de nuevo, cierra los ojos y resiste, el escozor ha de ser por el rozamiento con el traje, que está a punto de resbalar por un hombro; entonces se da cuenta de que el cierre lo lleva desabrochado y se lo ajusta al cuello. Acto seguido, aún sin pensar con orden ni claridad, se pone en marcha porque lo único fijo en su cabeza es la necesidad de alejarse de allí. Al arrancar echa una mirada atrás por el espejo retrovisor y le parece ver una sombra en la cancela. Pisa el acelerador en un golpe de pánico y el coche patina. ¿Acaso sería Montclair? O quizá la criada que andaba en la cocina. La lluvia le impide concretar la imagen.

Conduce por la Colonia del Molino, atenta a la señalización para dar con la salida que la encamine hacia el Paseo Marítimo. Para ello ha de bajar, no subir. El aguacero se ha calmado un tanto y el viento desperdiga las gotas aisladas, lo que aumenta la sensación de frío y ambiente destemplado. Sabe que está dando vueltas sin rumbo fijo, desorientada, en pos de la calle central que recuerda como eje de la Colonia que es la que ha de sacarla del lugar. Por un rato no pone atención en otra cosa hasta que, de pronto, a la salida de una calle lateral, se encuentra con la que busca y apenas avanza quinientos metros da vista a la que era la casa de los Piles, cerrada y abandonada. La ciudad aún no ha amanecido cuando entra por el Paseo Marítimo, vacío, tan sólo un par de transeúntes que no se sabe si están de amanecida o de recogida, algún coche y la lluvia que vuelve. El mar de la madrugada tiene un color gris metálico uniforme que la estremece porque transmite inmensidad y frialdad. La arena, húmeda y oscura, deja adivinar que está comenzando la bajamar. Se distrae con la mirada perdida en el horizonte y una bocina la saca de su estupor: el único coche en toda la avenida está justo detrás de ella y el semáforo en verde. Entonces vuelve a sentir el escozor en el vientre y un cansancio enorme en los músculos de los brazos y las piernas.

En su calle no hay sitio para aparcar y debe dar un par de vueltas hasta encontrar un hueco lejos de casa. Al salir del coche siente destemplanza y se pone la gabardina. El frío parece que le despeja la cabeza e incluso el dolor, pero es una sensación momentánea. Camina por las calles bajo una lluvia suave. No hay un alma, su paseo parece un contrasentido, la ciudad aún no ha despertado, los escalofríos se suceden en cadena, el sonido de sus tacones resuena por toda la calle como si pretendiera subrayar su desvalimiento. Al menos se encuentra cerca de su casa. Cuando llega al portal introduce la llave casi furtivamente y se cuela dentro. Se apoya con la espalda contra el portal cerrado y suspira aliviada. Después toma el ascensor, sube y entra en su piso.

Una vez dentro, deja caer la gabardina al suelo y se descalza. La temperatura es buena y reconoce el olor de sus cosas. El dolor de cabeza no cede, el escozor tampoco, el pinchazo en la nuca va y viene, pero espaciando la frecuencia. Intenta moverse lo menos posible para soslayarlo. Contempla el salón, indecisa entre dejarse caer en el sofá o dirigirse a su cuarto. El escozor, que no remite, le recuerda que ha dejado sus bragas en casa de Montclair, quizá la criada las haya encontrado ya.

Había empezado a hacerse preguntas y la sensación de estar flotando fuera del tiempo se desvaneció. Estaba en su casa y el trayecto desde la colonia hasta allí desapareció como un mal sueño. La imagen de sí misma escapando pertenecía ya a un escenario de ajenidad, borroso y mal iluminado, que contrastaba con el acogimiento real, tangible, de su propia casa. Pero no conseguía recordar y reconoció no sin pesar y culpa que estaba afectada por una amnesia alcohólica completa, lo cual le hacía preguntarse por lo que hubiera sucedido esa noche. Lo sucedido era evidente, lo que no sabía, y temía siquiera pensarlo, era si habría sucedido algo más aparte de lo evidente. ¿Sería la criada quien estaba a la puerta de la calle con sus bragas en la mano? No. No había tenido tiempo literal de hallarlas, aquella figura malamente entrevista por el retrovisor en su huida tenía que ser producto de su imaginación. La maldita penumbra, el desconcierto y la prisa no la dejaron buscar a fondo, pero toda la ropa estaba en la butaca excepto esa prenda. ¿Por qué? ¿Llegó a moverse por la casa solamente vestida con las bragas y se desprendió de ellas en otro lugar? ¿Quién recogería la ropa para dejarla en la butaca del dormitorio? ¿Ella misma, Montclair? Por un momento estuvo en un tris de sufrir un desvanecimiento. ¿Las habría encontrado la criada tiradas en la cocina o en el vestíbulo o en el salón? Se dio cuenta de que empezaba a obsesionarse con la imagen de la criada a la puerta de la calle. Se imaginaba recorriendo la casa semidesnuda junto a Montclair y se horrorizó, la sola imagen la hacía palidecer, pero le parecía tan fantasioso que se llamó al orden. Lo que hubiera sucedido, estaba hecho. Nada más confesárselo sintió un hueco en el estómago que la trastornó. De repente recordó que, al pasar por el salón, vio de reojo una champanera con la botella asomando y otra botella vacía tumbada sobre el cristal de la mesa junto a un par copas, pero no recordaba nada a pesar de semejante evidencia. En todo caso, eso quería decir también que la criada aún no había empezado a recoger los restos de la juerga nocturna; posiblemente la figura que viera en la cancela del chalet sería un espejismo, una sombra desfigurada por la lluvia. Ahora suspiró con alivio: estaba empezando a pensar. Sin embargo, tenía tan mal cuerpo que volvió a dudar si quedarse en el sofá o pasar a su dormitorio. El escozor seguía ahí, lo mismo que el dolor. Entonces pensó: «¿a qué se deberá, por qué me pica de esa manera al roce con la tela?» Un reflejo de inquietud la llevó a su dormitorio; allí se descalzó, trató erróneamente de subirse la falda, por fin comprendió y desabrochó el cuello, aflojó el cinturón y dejó que el vestido se deslizara a sus pies. Antes de extraerlos de entre la tela desplomada, con las piernas desnudas llevó la mano y la vista al vientre y al sentirlo se le paralizaron la mente y el cuerpo: donde debía estar el vello sólo alcanzó a palpar y ver la carne desnuda. Espantada, corrió al espejo de cuerpo entero que cubría una de las puertas de su armario y allí se miró. Aún sin poder creerlo prendió la luz y volvió a mirarse. Tenía el pubis totalmente rasurado y, por asociación espontánea, recordó las fotografías que había visto de Jessica Vega en su despacho. Sintió un vahído y tuvo que apoyarse en la superficie del espejo. Sí, estaba completamente rasurada, no la engañaban sus ojos; pero además presentaba unas manchas indistinguibles, trazos negros que no acertó a reconocer hasta que, al fijarse en ellos más detenidamente, le pareció que se trataba de letras, letras escritas en el bajo vientre y en sentido vertical, ordenadas en tres filas. El efecto espejo y la conmoción nerviosa le impedían reconocerlas y cuando al fin pudo irlas deletreando y comprendió su sentido se le empezaron a saltar las lágrimas con tal sentimiento de indefensión y desesperanza, con tal consternación, que se fue dejando caer de rodillas al suelo, presa de la incredulidad, y allí, ocultando la cara entre las manos, arrebujada como si buscara recogerse físicamente en sí misma, ante el espejo en el que aún se miraba sin terminar de aceptar lo que veía, se repitió una y otra vez la leyenda de las letras delatoras de una burla cruel y descarada, las letras que se ordenaban caligrafiadas torpemente sobre el pubis sin vello:

mon
para
dis

Cuando volvió a despertar era ya la media tarde del domingo y la luz del día se estaba yendo sin remedio. La contempló desde la cama. Tenía un sabor pastoso en la boca, la cabeza todavía torpe, pero ya despejada por el efecto conjunto del analgésico y el sueño, y hambre, un hambre díscola o indecisa que aparecía y desaparecía caprichosamente. De pronto recordó lo sucedido y saltó de la cama, corrió al baño y se levantó el camisón hasta la cintura. Sí, las letras habían desaparecido, pero no el escozor y, además, había unas ronchas rojas en el pubis que la molestaban sobremanera. Por la mañana, cuando se hubo repuesto de la terrible emoción que supuso el descubrimiento de la leyenda inscrita en su piel, estuvo frotando salvajemente, dañinamente, aquella parte de su cuerpo con jabón y un guante de baño primero y después con el cepillo de las uñas hasta que la tinta de bolígrafo desapareció bajo una gran mancha roja de carne escocida. Ahora la rojez había remitido y de las letras no parecía quedar rastro. Se le ocurrió pensar que, además del borrado, aquel brutal frotamiento tenía un fin de castigo y penitencia también.

Empezó por encender las luces de la casa, luego se dirigió a la cocina en busca de algo que llevarse a la boca, pero tras una detenida mirada al interior del frigorífico y de la despensera perdió el interés. De vuelta al salón, porque la cama no le apetecía, tomó asiento en su butaca favorita, repasó los programas de televisión sin decidirse por ninguno, tomó el ejemplar de *Fortunata y Jacinta* y lo dejó en seguida y se quedó pensando en nada. El escozor le molestaba mucho, fue al baño a buscar de nuevo una crema suavizante, se la untó aplicadamente y regresó al salón. El silencio le producía malestar, lo mismo que el cuerpo, se sentía fuera de su vida y aún lejos, muy lejos de aterrizar en ella.

Haciendo un esfuerzo, repasó las últimas horas conscientes de la tarde anterior. El bloqueo comenzaba con la llegada a la casa de Montclair, pero antes, la cena en el restaurante, antes incluso, al vestirse para salir a cenar. —¡Los pendientes! —se dijo de pronto—, también me he dejado los pendientes—. Eran su joya más preciada, regalo de su madre, y casi se le saltaron las lágrimas de nuevo. Los pendientes de perlas. Tenía que recuperarlos, tendría que afrontar a Montclair. Si hasta ese momento se había jurado no volver a verlo ni a dirigirle la palabra, ahora se afianzó en la convicción de recuperarlos.

Enterró la cara entre las manos y volvió a abrirlas, como si se hubiera pasado un paño por el rostro. Es verdad que en la cena habían bebido abundantemente; como el tiempo de la cena no estaba sujeto a la amnesia alcohólica, contó las bebidas y se preguntó qué clase de euforia los empujó a beber tanto. A los dos, a ella y a él. Eso le hizo pensar que, al menos en principio, quizá no hubo en Montclair una intención previa de emborracharla; que se emborracharon ambos, conjuntamente. Lo cual modificaba en parte la primera impresión de desolación que la invadiera. Quizá el rasurado del vello fue un juego, un juego entre los dos, y no una humillación deliberada. La humillación existía, sí, de manera innegable, en la escritura: *mon paradis*. Quizá éste fue el último acto antes de caer rendida, o rendidos; pero ¿dónde estaba él? ¿Dónde, cuando ella despertó?

Carecía de respuesta y lo humillante del suceso se anteponía a cualquier otra consideración. De poco le valía que ésa no fuera la intención inicial de Montclair: humillarla; había acabado siéndolo y todo gracias a su propia estupidez. Nunca antes había bebido al punto de la amnesia. Es cierto que ella tomaba uno o dos whiskies a última hora, cuando descansaba en casa del trabajo diario; es cierto que quizá algún fin de semana se animaba más de lo debido porque la soledad necesita estimulantes, se dijo a modo de excusa, pero lo ocurrido era inexcusable. Se preguntaba si habría empezado a caer por la pendiente sin darse cuenta. Temía mucho a esa pérdida de control en su propia vida, la temía como se temían antiguamente los pecados: con deseo y arrepentimiento.

Sexo y alcohol: hasta ahí había llegado. Se lo repitió con una risa amarga, porque, en el fondo, era cierto, aunque al exagerarlo lo hacía sobre todo por fustigarse más que por hacer una gracia. Sexo y alcohol. —Quién te iba a decir a ti —se dijo— que un día acabarías metida en un embrollo como éste. En el lenguaje de sus padres era lo que se llama «una perdida». Volvió a reír, desganada y triste. La turbiedad de su mente se estaba disipando, y aunque eso la ayudaba a sentirse más firme, más cerca de tierra, la dimensión moral y social de lo sucedido aún la aterrorizaba. En cierto modo, estaba en manos de Montclair. Si él quería hacer daño, podría hacer mucho daño. Por fortuna él no estaba implicado en el caso de la muerte de Jessica Vega, ya que eso la hubiera obligado a abstenerse de la instrucción, pero Graciano Meres era empleado suyo y él manifestaba el mayor interés por su estado aunque, de hecho, mañana lunes tendría que soltarlo porque no podía presentar cargos contra él; las intuiciones carecen de justificación jurídica, y aunque ella estaba convencida de que, de algún modo, él estaba relacionado con el caso, no había pruebas materiales ni sospechas suficientemente fundadas.

De repente se percató de que por unos minutos había dejado de pensar en su desdichada situación y esto la animó. Quizá no fuera tan grave. Quizá no hubiera mala intención en la actitud de Montclair. Al fin y al cabo, le debía a ella una noche loca. Este pensamiento vino unido al de una posible relación deseada por parte de Montclair y lo apartó con un gesto de disgusto. La verdad era que Montclair no se recataría en alardear de su conquista y la sola idea de que llegara a oídos del juez Carbajo o del comisario Saludes, o de Quintero, o de cualquiera de los que trabajaban con ella, le ponía los pelos de punta. Un sudor frío asomó a su frente. ¿Cómo era posible que hubiese llegado a tener semejante descuido? Se vio soportando las miradas de decenas de ojos sobre ella, se vio haciendo sus maletas, se vio solicitando un traslado siempre con la angustia de que el suceso traspasara las lindes de G... y se extendiera por toda la profesión. Se le había formado un nudo en la garganta y, a pesar de sus esfuerzos de contención, no pudo evitar romper a llorar. Lloraba con una pena tan honda que sintió una opresión en el pecho y el zumbido del dolor regresando a la cabeza. Estuvo llorando un buen rato, hasta que el cansancio pudo con las lágrimas.

Antes de que se diera cuenta, la noche había caído y el domingo se había esfumado sin enterarse. Al día siguiente tenía que acudir a su despacho. A un primer sentimiento de rechazo siguió pronto otro de rebeldía: ¡No! ¡Iría a primera hora y con la cabeza alta! Si había que aguantar, aguantaría.

No tenía sueño y la noche se anunciaba larga. Pensó en tomar un valium y lo desechó. Intentaría dormir dentro de un rato. Mientras tanto lo mejor era escuchar música. Volvió a probar la televisión para distraerse, pero no había nada. En un esfuerzo por darse ánimo, buscó entre sus cedés y eligió la *Inacabada* de Schubert dirigida por Carlos Kleiber. No quería adentrarse en la noche a solas con sus pensamientos.

El inspector Quintero se sacudió los pantalones antes de entrar en el despacho de la juez De Marco. Llovía a cántaros, se le habían embarrado los bajos y parecía haber embarcado agua en los zapatos a juzgar por el modo en que pisaba. Estaba de evidente mal humor y Mariana sospechó que la lluvia no era el motivo de su enfado, sino un simple agravante.

—Se ha esfumado, ha desaparecido, esto es la recaramba —dijo a modo de saludo matutino.

—Buenos días —contestó impertérrita la juez—. ¿Se puede saber quién ha desaparecido?

—El coche. El maldito coche.

—Ah, ¿lo habían encontrado?

—No. Digo que se ha esfumado, que no está, que no aparece por ninguna parte.

Mariana sopesó su siguiente comentario antes de hablar.

—Usted lo vio la otra noche.

—Como la veo a usted ahora.

—Pero no pudo coger la matrícula —prosiguió cautamente.

—Por culpa de la tormenta. No se veía a un metro.

—Entiendo. Y dígame, ¿a qué distancia se encontraba Jacinto Meres cuando usted lo reconoció entrando en el coche?

Quintero abrió la boca para contestar, pero las palabras murieron ahí mismo. Durante unos segundos permaneció suspenso; luego, como si algo lo hubiera iluminado, habló y lo hizo con hosquedad.

—No es lo mismo una matrícula que una persona.

—Ya, pero ¿cómo sabe que era *la* matrícula?

—Porque era amarilla; y hasta me pareció reconocer un número y una letra, el siete y la uve. Escuche: estoy seguro de lo que vi. Matrículas extranjeras hay más en G... y estábamos dando palos de ciego, pero ahora conocemos el modelo y una parte de la matrícula.

—No lo veo nada claro con tan pocos dígitos —dijo la juez—, pero puede ser. En todo caso, y perdóneme que se lo diga así, es un reconocimiento poco fiable. Mire, Quintero, si me dice usted que ha peinado calles y garajes sin resultado yo creo que vamos a olvidarnos del coche porque, al fin y al cabo, puede estar en cualquier lugar donde no miremos. Es imposible batirlo todo. Por otra parte, hemos soltado a Graciano Meres por la pura imposibilidad de dar un paso más allá de su detención. Sólo tenemos vagas sospechas y ni un sospechoso. Lo que yo me pregunto es qué vamos a hacer ahora. O a lo peor tengo que cerrar aquí la instrucción concluyendo que se trata de un asesino desconocido y archivar el caso. Y si quiere que le diga la verdad, no estoy dispuesta a que suceda así, de manera que vamos a ponernos las pilas y a repasarlo todo. ¿Qué le parece a usted?

El inspector Quintero se encogió de hombros, en actitud desdeñosa.

—No estoy cuestionando su trabajo ni el de sus hombres —siguió diciendo ella—. Lo que planteo es que quizá hemos enfocado mal el asunto desde el principio. Yo no creo en el crimen perfecto, de manera que ha de haber algún hilo del que tirar, aunque por ahora no lo veamos. Datos a tener en cuenta: primero, un cadáver arrojado cerca de la cuneta de la antigua carretera general, a un kilómetro o algo más de su casa, asesinado de manera brutal con una pala como hipótesis más probable y las manos cortadas para evitar o dificultar el reconocimiento. El cadáver presenta heridas defensivas. Segundo, el cadáver es reconocido a la primera por un agente de la Guardia Civil de Carretera, con lo que nos preguntamos para qué demonios le cortaron las manos. Tercero: el día anterior la víctima tiene un altercado con su marido, que la deja finalmente en casa sola, se marcha con un cliente y pasa la noche fuera de casa: el cliente, que podría proporcionarle una coartada, se ha evaporado; él no quiere aportar testimonio de descargo alguno, no sabemos por qué, pero enseguida ampliaremos este punto. Y cuarto: la víctima, al quedarse sola esa tarde, toma el portante, se va caminando por la carretera y desaparece para reaparecer a la tarde del día siguiente tirada detrás de un matojo de helechos. ¿Qué le dice a usted todo esto?

—¿Que estamos ante el asesino de la carretera? —dijo con sorna.

—Ya veo que arde usted en deseos de colaborar, pero de momento me basta con que piense, si es que se anima. —Mariana se dio cuenta de que se estaba metiendo en terreno peligroso, pero esa mañana andaba a la busca de un chivo expiatorio—. El primer agujero que aparece, porque lo de las manos es un enigma, no un agujero, en el relato de los hechos es que Jacinto Meres se largue de casa y pernocte fuera. No sabemos lo que significa, no nos lo quiere decir, pero hay que averiguarlo y yo le voy a dar una pista. Me dijo que conocía el hotel Panamá, ¿verdad?

Quintero asintió con la cabeza; con los labios fruncidos y las manos cruzadas por delante intentaba parecer displicente.

—Pasó allí la noche. La fama que tiene ese hotel es que se trata de un punto de reunión entre homosexuales. Todo muy discreto, conocido y callado. Ahí hay citas de un día, de dos días, de unas horas... No toda la clientela es gay, claro, pero la tolerancia con ellos es marca de la casa. Debe de ser una curiosa combinación de parejas y viajantes de comercio y gente así; desde luego, nada familiar. ¿Qué le dice a usted el hecho de que fuera precisamente allí a pasar la noche Jacinto Meres?

—También pudo ser que no encontrara otro sitio, que le cayera más a mano...

—No me diga.

—Está bien —dijo finalmente Quintero abandonando su postura—. ¿Quiere que lo investigue?

—Me ha leído usted el pensamiento. Quiero saber todo sobre esa noche de Jacinto Meres en el hotel Panamá. Y ahora es cuando quizá nos interesaría el coche famoso, pues si usted lo vio subirse a él, es más que posible que el misterioso cliente fuera su compañero de esa noche. Pero, puesto que el coche se ha esfumado, empecemos por el hotel hasta dar también con el compañero. En cuanto a la científica, ¿ha encontrado algo en el coche de Graciano?

—Ha encontrado de todo, porque ese coche parece un basurero sobre ruedas, pero nada que nos ayude.

—También tenemos el informe del forense. Quiero repasarlo en detalle. A ella la han enterrado ya. Por lo visto sólo estuvieron en el crematorio Jacinto y su hermano. Por cierto, se hacen apuestas: ¿usted cree que Jacinto la quería?

—Yo, fíjese, ahora creo que sí, aunque fuera un matrimonio blanco.

—Es lo que pienso yo también. Bueno, sea como sea, el forense se ratifica en lo de la pala como instrumento del crimen y me gustaría saber por qué hemos dado con el mango y no con la plancha. Ahí es donde yo creo que habría que mirar en la finca del señor Montclair. —De pronto, calló.

—Usted que tiene buenas relaciones... —empezó a decir Quintero, que al ver el gesto de Mariana dejó morir la frase, aunque intrigado, y sonrió como si quisiera esconder sus palabras tras la sonrisa.

Mariana se quedó unos segundos suspensa. No pudo evitar el gesto de contrariedad que se dibujó en su rostro ni la preocupación que asomó detrás al traslucirse o poco menos su pensamiento: ¿a qué venía esa sonrisa? ¿Sabría algo el inspector Quintero de lo sucedido la noche del sábado? ¿Habría estado Montclair presumiendo de su hazaña y estaría ahora ella en boca de todos? Lo cierto era que en lo referente a Montclair sólo había silencio, como si nada hubiera sucedido, cosa que resultaba inquietante. Tragó saliva al tiempo que sentía crecer una opresión en el pecho, pero, haciendo un gran esfuerzo, se contuvo y trató de seguir hablando. De pronto notó que no hilaba bien las palabras y se tomó una pausa para beber del vaso que tenía sobre la mesa. Luego, ya repuesta, logró apartar esos pensamientos de su cabeza. Al volver a mirar a Quintero comprobó que éste la observaba con curiosidad. Quintero no era tonto, no debía darle una sola oportunidad de que apreciara su debilidad.

—Lo único que tenemos —dijo Quintero, que se sentía crecido— es la suposición de que esa Jessica o Elena o como se llame, a lo mejor entró en la finca de Montclair, pero por ahí no saca usted razón para un registro si no tiene un testigo.

—¿Y si nos inventamos un testigo?

Quintero la miró como si se hubiera vuelto loca. Luego pareció considerar la idea y finalmente, con un gesto de cabeza, la rechazó.

—¡Buenos se iban a poner en la central! No conoce usted al comisario Saludes.

—No será la primera vez —dijo la juez entre dientes— que comete alguna ilegalidad...

—Es muy amigo de Montclair, le recuerdo, lo mismo que su jefe de usted, el juez Carbajo.

—De mis relaciones con la magistratura me ocupo yo, gracias —dijo Mariana cortante—. Si hay motivo para emitir una orden ya lo consultaré, o no, con el decano. Usted hágame el favor de sacar a la luz la conducta real de Jacinto Meres. Y otra cosa: ¿ha interrogado ya al guarda de la finca de Montclair?

—Ya hablamos con él al principio...

—No, Quintero, no. Me refiero a apretarle las clavijas. Ése será su segundo cometido y me hace el favor de darse prisa porque no podemos seguir perdiendo el tiempo. Si no le saca nada usted, pásemelo a mí.

Quintero se retiró de peor humor del que había llegado y Mariana de Marco corrió a los servicios para enjuagarse la cara. Estuvo unos minutos inclinada sobre el lavabo, pasándose agua una y otra vez por el rostro hasta que se le enfriaron las ganas de llorar; luego se lavó las manos, se recompuso ante el espejo y volvió a su despacho.

Tenía la boca seca y la lengua se le pegaba al paladar, producto de la evaporación de alcohol que deja una buena borrachera, y aún sentía el recuerdo del dolor en la nuca. No se hallaba en bruma, pero tampoco tenía la cabeza del todo clara. A ráfagas, en medio de su trabajo, aparecían imágenes y preguntas. Las imágenes eran inconexas, excepto si se trataba de imágenes anteriores a la pérdida de memoria, la cena, la euforia de la cena también, evidentemente ya habían bebido mucho cuando salieron del restaurante. Tampoco recordaba el restaurante. Las preguntas, en cambio, rondaban temerosamente su propia seguridad. ¿Dónde estaban sus bragas? ¿Cómo recuperar sus pendientes? ¿Qué habían hecho durante el tiempo de la amnesia Montclair y ella, aparte de lo evidente? Y otra pregunta había venido a sumarse a las anteriores: el tal Murciano pernoctaba en la casa del Molino, según le había dicho Maribel. ¿Estaría anteanoche en la casa mientras Montclair y ella...?

Una nueva imagen la horrorizó: ¿y si hubiera participado también?

Quintero en persona fue a hablar con el guarda de la finca al salir del despacho de la juez. Quizá porque salió ya caliente de allí, quizá porque estaba harto de no conseguir resultados, el caso es que, apenas el otro le dio motivos con su terquedad, lo esposó y se lo llevó al calabozo, donde lo dejó para que madurase antes de iniciar un segundo intento. Se sentía cogido entre dos fuegos; por un lado, la juez y él habían entrado en conflicto desde el primer momento, no le gustaba su temperamento dominante ni lo que él llamaba su «intuición femenina», que le parecía impropia de una investigación seria y meticulosa; Quintero era hombre expeditivo y poco dado a las suposiciones emocionales. Por el otro lado, tenía encima la severa mirada del comisario Saludes, el jefe de policía de G..., que no perdonaba una y al que la repercusión en los medios de comunicación unida a la falta de progreso en las investigaciones, lo tenían en un permanente estado de irritación.

Porque la historia de Jessica Vega había saltado a los medios con su carga de morbo nacional a cuestas. El asunto molestaba a todos. Al comisario porque su carácter altivo soportaba mal la sensación de empantanamiento e ineficacia que se estaba extendiendo; al juez decano porque deseaba resolver y dar carpetazo al asunto cuanto antes para desviar el foco de atención; y a ello se sumaba la preocupación de Montclair porque su finca se estaba volviendo pasto de curiosos y la información sobre la industria del semen de toro ya había llamado la atención de más de un periodista en busca de color local para su crónica. Entre bromas y veras, la finca podía llegar a adquirir un protagonismo indeseado y a la juez no se le escapó el interés de Montclair —que le llegaba por la vía del juez decano— en alejar cuanto antes de allí a los observadores.

Quintero se fue cargando de rencor a lo largo de la mañana y para cuando llegó a la recepción del hotel Panamá estaba en un estado de humor lo suficientemente explícito como para amedrentar a cualquiera que intentase escurrir el bulto. El recepcionista, visiblemente nervioso, se escudó en el gerente para librarse de la amenazadora presencia de Quintero, y el gerente, después de consultar la ficha de la habitación que buscaban y de comunicarse urgentemente con el portero de noche, llegó a la conclusión de que, en efecto, el señor Jacinto Meres había pasado allí la noche del lunes, pero que lo hizo solo. El portero de noche aseguró que el señor Meres se retiró inmediatamente a su habitación a eso de las doce y cuando le llegó el cambio de turno por la mañana estaba seguro de que aún no había dejado el hotel. Confirmó que con alguna frecuencia el señor Meres alquilaba una habitación por horas, siempre acompañado, pero casi nunca por toda una noche. Por su parte, el recepcionista afirmó haberlo visto abandonar el hotel la mañana del martes. Y también declaró que la noche del sábado había vuelto a pernoctar en el hotel.

—¿La noche del sábado? ¿Anteayer? ¿Está usted seguro? —preguntó excitado el inspector.

—Sí, señor. Completamente seguro.

—¿Solo?

—Solo. O, al menos, por la mañana del domingo, que es cuando estaba yo aquí, se fue solo —precisó el recepcionista.

—Oiga, preste atención. ¿Ha visto usted por aquí, por el hotel, un coche Renault Clio de matrícula francesa?

El recepcionista meditó hasta que un gesto de reconocimiento apareció en su rostro. A Quintero le empezaron a sudar las manos.

—¿Lo vio? —dijo apremiándolo.

—Ahora que lo menciona, creo que había un coche de matrícula amarilla, o sea, francesa, aparcado en la calle; no sé si era un Clio o no; por el tamaño, quizá, pero no sabía que perteneciese a algún huésped del hotel. Lo recuerdo porque me llamó la atención y porque lo he visto un par de veces al menos; a esta altura de la temporada no se ven muchos automóviles de matrícula extranjera.

El portero de noche ni recordaba el coche ni sabía de un huésped que pudiera ser su propietario.

—No hay un solo francés en el hotel en estos momentos.

Mariana de Marco despidió a Pelayo Arenas y se quedó sola en el despacho. Le costaba concentrarse. La mañana del lunes estaba siendo un suplicio para ella. Habían transcurrido más de veinticuatro horas desde que abandonara la casa de Montclair al amanecer del sábado pasado y el silencio era cada vez más ominoso. No se trataba tanto de esperar una llamada, pues evidentemente ella no iba a corresponderla, sino que el silencio, por una parte, parecía estar negando lo ocurrido y, por otra, afirmando su propia vergüenza, la que sentía no tanto por haberse metido en su cama como por la situación en sí, la pérdida del control y la convicción, que iba ganando cuerpo a medida que pasaba el tiempo, de que el vello afeitado no había sido un aprovechamiento de su estado por parte de Montclair sino, más que probablemente, un juego, un juego aceptado y llevado a cabo entre dos, incluyendo la caligrafía de las palabras. El muro impenetrable levantado en la memoria por la amnesia la desesperaba.

Tampoco el silencio casaba bien con el carácter de Montclair. Lo esperable era que él aprovechase la ocasión para intentar otro asalto, por mucho que supusiera que ella estaría arrepentida o incluso furiosa. Y lo estaba, pero Montclair no era de esos que se detienen ante una suposición sino que, por el contrario, regresan con decidido sentido de la realidad al territorio que, en el fondo, consideran conquistado. Eso era ella para él, a Mariana no le cabía la menor duda. De hecho, estaba esperando su llamada para desahogarse y echarle encima toda la caballería, estaba esperando ese disfraz de conquistador honrado para pillarlo en falso y descargar en él toda su furia y, por qué no, también toda su vergüenza. Esperaba, vengativa y resuelta a batirse con él, un combate que se demoraba incomprensiblemente. Quizá Montclair era un verdadero conocedor de almas, o simplemente un astuto, y por eso retrasaba la llamada, sabiendo la ventaja emocional que eso le concedía; quizá estaba tratando de desgastarla en un inútil reconcomio que acabara por hacerla bajar la guardia y, entonces, establecer él las condiciones del duelo. Sea como fuere, Mariana soportaba el silencio con arduo esfuerzo.

Porque el silencio no era sólo el de Montclair. Estaba el otro, el de su propia soledad, el de su falta de apoyo en nada ni nadie que no fuera ella misma. Varias veces estuvo tentada de descolgar el teléfono, llamar a Julia, que era la persona de confianza que tenía más cerca, y contárselo todo, pero no podía. Y no podía porque la vergüenza era aún mayor que la necesidad de abrirse. Tener que contar su noche negra se le hacía un mundo: confesar era volver a revivir ante otro el oprobio. Sin embargo, de vez en cuando atisbaba el alivio que podría suponerle el hecho de confiarse a ese otro. Pero, si se sentía incapaz de contárselo a su amiga, ¿cómo iba a confiárselo a un cura o a un psiquiatra, por ejemplo? Lo cierto es que toda su capacidad de autodefensa y autoestima estaba por los suelos. Sabía por experiencia que ésta era una situación pasajera, que en las ocasiones en que se había visto acorralada, hundida o engañada, había acabado por salir adelante, pero ése era un pobre consuelo en esos momentos, porque, cuando una siente que el techo se le viene encima a causa de un desastre consentido o provocado, las únicas respuestas son la desesperación, mezclada con el deseo infantil de que aquello no hubiera sucedido, y resignación a lo inevitable que te sumerge de golpe en la impotencia; porque esto ya no sucede como cuando eres adolescente y el primer amor, sentido y vivido con toda el alma y todo el corazón, se convierte en el primer dolor verdadero, la insoportable ligereza con que lo eterno se convierte en fugaz, lo duradero en humo, la soledad en el recuerdo del ángel que nos abandona para siempre a las puertas del paraíso, sino que ahora se trata de la frustración misma, personal y consentida, al otro lado del paraíso.

La mañana transcurría en silencio, el silencio agobiaba su despacho, la presencia de otros, extraños o conocidos, le producía rechazo. Tuvo que apelar a un verdadero esfuerzo de la voluntad para volver a concentrarse en su trabajo, sabiendo que no lo conseguiría porque estaba a la espera de algo que confirmase que lo sucedido había sucedido, de la misma manera que el reconocimiento de un hecho indigno, por duro y doloroso que éste haya sido, se convierte también en el primer paso para empezar a levantarse. Pero si el reconocimiento del otro se desvanecía en el aire como si nada hubiera sucedido, ¿podría soportar que le arrebatasen también la certidumbre de la vergüenza? ¿Que su ofensor la desconociera de ese modo, con tal desprecio?

—Creo que lo tengo a punto —dijo el inspector Quintero asomando la cabeza por la puerta del despacho de Mariana—. Yo le sugeriría que telefonease al señor Montclair porque sólo con un pequeño empujón el guarda canta. ¿Puede hacerlo?

—¿El guarda ha tenido asistencia letrada?

—Desde el momento en que lo traje aquí. ¿Va a llamar al señor Montclair?

—Yo... —La respuesta se le atoró en la garganta mientras trataba de ganar tiempo—. Sí, puedo intentar hablar con el señor Montclair... en el supuesto de que el señor Montclair no esté también implicado.

Quintero terminó de abrir la puerta y se introdujo en la habitación con el asombro pintado en el rostro. Pelayo Arenas soltó los papeles que tenía entre manos y se quedó mirando también a la juez con gesto de perplejidad.

—¿El señor Montclair? ¿Y por qué iba a estar implicado el señor Montclair? —preguntó Quintero con un deje de agresividad en la voz.

—Porque... no lo sé. No sé si es prudente. ¿No puede usted terminar de sonsacar al guarda?

—No. No puedo —respondió Quintero, molesto.

—Escuche, Quintero —Mariana, haciendo un esfuerzo, intentó reencauzar el asunto—, si necesitamos al señor Montclair para que el guarda hable será porque usted supone que esconde algo. Si esconde algo, está referido a la finca. Si está referido a la finca, el señor Montclair no querrá saber nada del asunto porque lo que al parecer le tiene muy molesto es que la finca se pueda convertir, o se esté convirtiendo, en foco de atención. En otras palabras, que usted se las tiene que arreglar a solas con el guarda y le ruego que no comente esto con nadie y mucho menos con el señor Montclair. Y en cuanto a éste, puede haber dado orden de callar a todo el mundo en la finca, que es lo que yo me temo.

—Allí no están más que el guarda y los operarios a tiempo parcial. No creo que en la finca hubiera nadie además del guarda a la hora en que sabemos que la víctima salió de su casa, así que no entiendo cómo puede haber dado una orden de silencio a gente que no estaba allí. En cuanto al guarda, es un perro de presa demasiado fiel al amo y no se confiará sin una orden suya, pero ¿me puede usted explicar qué razón ha de tener el señor Montclair para negarse?

—Oiga, Quintero —dijo Mariana en un tono que no admitía réplica—, ¿tiene o no tiene usted a punto al guarda?

El inspector Quintero abandonó bruscamente la habitación.

Durante unos instantes, el silencio se apoderó del despacho. La juez y el secretario permanecieron inmóviles en sus puestos, como si una acusación hubiera caído sobre ellos. Finalmente, a un ademán de la juez, el secretario se inclinó sobre los papeles aunque no les prestó atención.

—Si me permite una observación... —apuntó tímidamente el secretario.

—Adelante, no se lo guarde.

—Yo creo que el inspector Quintero está cada vez más crispado y eso no es bueno para la instrucción. Quizá debería usted...

—¿Compadecerlo? —saltó Mariana—. ¿Darle un poco de jabón? Mire, Pelayo, bastante tengo con cuidar de mí misma para tener que hacer además de madrina del departamento de policía. Quintero está irritado porque es un borde y porque, como a otros muchos bordes de esta casa, les molesta recibir órdenes de una mujer.

—Yo sólo pretendía decirle —la interrumpió Pelayo, paciente— que tuviera un poco de mano izquierda con él. Ustedes dos son de temperamento fuerte, ya me entiende, y eso es difícil de acoplar a veces. Usted, que es más lista que él, es la que tiene que ceder, precisamente por eso.

Mariana suspiró:

—No son solamente ellos los que tienen problemas y no sé si soy la más inteligente o la más tonta, pero, en fin, le haré caso y tendré más tiento con Quintero.

—Hoy está usted más nerviosa, o más deprimida —aventuró Pelayo—. La verdad es que este asunto de Elena Sánchez está resultando ser un hueso difícil de roer, como dice mi padre. ¿Por qué no se toma la tarde libre y descansa?

—Porque entonces empiezo a darle vueltas a la cabeza y es peor. Tendría que haber descansado este fin de semana y lo que he hecho es... —se detuvo con un leve sobresalto que no escapó a la mirada de Pelayo—. En fin, que estoy molida y cansada, sí, muy desanimada, pero hay que seguir —añadió incorporándose en su silla y señalando los papeles esparcidos por la mesa.

De repente, Mariana cogió su gabardina y su bolso, anunció a Pelayo que salía a ocuparse de un asunto urgente y que volvería pronto y, dejándolo con la palabra en la boca, abandonó el despacho. Aquella mañana no tenía vistas ni citaciones pendientes.

Salió del edificio en su automóvil y cuando quiso darse cuenta ya estaba enfilando el Paseo Marítimo. El día era tan gris y destemplado como los anteriores, como si una capa de tristeza se hubiera adueñado de la ciudad. Avanzaba entre un tráfico denso y golpes de lluvia traídos por el viento. Cuando llegó al final del Paseo torció mecánicamente hacia la antigua casa de los Piles; pasó entre la casa y la vieja discoteca para entrar de seguido en la Colonia del Molino y, como arrastrada por un impulso invencible, hacia la casa de Santiago Montclair. Estuvo un buen rato dando vueltas, tratando de fiarse de su perdida memoria, sin encontrar la casa; a medida que pasaba el tiempo empezó a comprender lo alocado de su acción y, con alguna resistencia interior, decidió que lo más sensato era darse la vuelta, ahora que aún estaba a tiempo. Había abandonado sin razón alguna su despacho, dejando al pobre Pelayo Arenas descolocado e intrigado, en un pronto que ya se estaba diluyendo y en su mente, cerrada a toda prudencia, se iba abriendo poco a poco la conciencia de lo absurdo de su intención porque, además, tampoco sabía muy bien qué es lo que la había atraído hasta allí. El estado de agitación al que se hallaba sometida en esos momentos no era el más propicio para cerrar los ojos y echarse adelante. Entonces, al doblar una esquina, reconoció la casa.

Se arrimó a la acera y detuvo el coche unos metros antes. Durante unos minutos permaneció a la espera, pero no estaba meditando sino dejando pasar el tiempo a través de sus nervios. De hecho, no quería pensar. Ni se decidía a salir ni se decidía a marcharse de allí, sólo esperaba, quizá una iluminación, quizá un suceso que la obligara a actuar. ¿Estaría Montclair dentro de la casa? Maribel no habría llegado aún de Madrid a aquella hora, posiblemente regresaba en el tren de mediodía. O en avión y, en ese caso, quizá sí estuviera ya en la casa.

¿Se atrevería a entrar? Por otra parte, también existía la posibilidad de que no hubiera nadie excepto el servicio. Montclair tenía sus oficinas en la ciudad, quizá hubiese acudido a la finca. De pronto, en un arrebato y sin pensar en las consecuencias, salió del coche y se dirigió caminando a la entrada; la puerta de la cancela estaba cerrada, como lo estaba la mañana que huyó de allí, tan sólo con un pasador en lo alto; lo levantó, empujó una hoja y se internó en el camino de gravilla, que sí recordaba. Ante la puerta de la casa, se detuvo.

Sin vacilar, pulsó el timbre y esperó. Esperó un minuto antes de volver a llamar, y justo cuando iba a hacerlo, la puerta se abrió y un hombre con el pelo rapado, alto y fuerte, una figura intimidante, apareció ante ella. Mariana se quedó en blanco por unos segundos hasta que una luz se encendió en su cerebro.

—Perdón —dijo con forzada naturalidad—. Preguntaba por la señora Montclair.

—La señora Montclair se encuentra de viaje —dijo una voz a las espaldas del hombre. Una criada había aparecido en el vestíbulo y la miraba con curiosidad mientras el hombre se apartaba a un lado. Mariana comprendió que ya no tenía más opción que la de seguir adelante y meterse en la boca del lobo. Procurando disimular su congoja preguntó por el señor Montclair.

—Precisamente yo iba a reunirme con él —dijo el hombre, que la miraba con descaro—. Si quiere que la acompañe o le dé algún recado...

—Usted —dijo la juez sintiendo que se le desbocaba el corazón—, usted debe de ser el señor Santos Murciano.

—El mismo. —El hombre trocó su gesto agrio en una media sonrisa—. ¿Nos conocemos?

—Oh, no. No. Pero he oído hablar de usted a... a mi hermano.

—¿Puedo preguntarle quién es su hermano? —La criada había retrocedido hacia una puerta que debía de comunicar con las dependencias del servicio, pero seguía con extrema atención todo el diálogo.

—Antonio de Marco —respondió Mariana.

—¡Ah! —dijo el hombre con sorpresa—. Usted es... la juez, Mariana de Marco, ¿no es así?

—Yo misma. —Mariana sonrió destensando el gesto.

—Precisamente hace poco más de media hora que su hermano ha venido a recoger a Santiago y se han ido juntos a G... Yo iba ahora a reunirme con ellos, en cuanto terminase de desayunar. ¿Quiere usted acompañarme? Serán sólo unos minutos.

Para cuando quiso darse cuenta, Mariana ya se encontraba sentada a la mesa de desayuno en el salón. Rechazó el café que le ofreció la criada, que no dejaba de observarla, lo cual le producía una notable inquietud, y pidió una infusión de poleo con la esperanza de serenar su estómago, que lo tenía de punta.

—Tengo entendido que está usted llevando el caso de la modelo esa que han matado. ¿Va por buen camino? —preguntó amablemente Murciano.

Hasta en su amabilidad sintió Mariana un elemento amenazador, una mezcla de peligro y desconfianza que quizá no fuera sino producto del estado de tensión en que se encontraba ella; pero, en todo caso, nada daba a entender que aquel hombre estuviera al tanto de lo sucedido la noche del sábado y, si lo estaba, lo disimulaba extraordinariamente bien. Estuvieron hablando superficialmente del oficio de juez, del tiempo en G..., de las bellezas del campo... y de pronto, movida por algo semejante al vértigo del abismo, Mariana se levantó y se excusó por pasar al baño. Santos Murciano, sin moverse de su silla, asintió con un gesto y ella se levantó, salió al vestíbulo y subió por la escalera aparentando la mayor calma posible.

Una vez arriba, buscó la habitación en la que había despertado. Temía ser sorprendida por la criada o por el propio Murciano, sobre todo si se retrasaba, pero una vez dentro le pareció que, acometida la locura, sólo le quedaba llegar hasta el final. Estuvo buscando en la consola, en las mesillas —aquél era, evidentemente, el dormitorio conyugal—, hasta que pensó con toda lógica en medio de su nerviosismo que lo que buscaba no podía estar allí si esa misma mañana regresaba Maribel Montclair, por lo que salió apresuradamente y se asomó a las otras habitaciones. De pronto pensó que quien podría haber encontrado lo que buscaba sería la criada al limpiar y, sin duda, teniendo en cuenta la clase de piezas de que se trataba, se las habría entregado a su señor, no a su señora. Una de las habitaciones era, a juzgar por su aspecto, una especie de despacho y se precipitó dentro de ella. Los cajones de la mesa estaban abiertos y los revisó con ansiedad, sin hallar nada. Miró tras las puertas del mueble biblioteca y en todo lo que alcanzaba la vista, la tabaquera incluso, pero no encontró lo que buscaba, ni los pendientes ni las malditas bragas negras de encaje. ¿Sería por ellas por lo que la miraba con tanta curiosidad al entrar en la casa? ¿Sabría ella...? Pero no, supiera o no supiera, las piezas se hallaban en poder de Montclair y éste las habría puesto a buen recaudo, quizá en la caja fuerte. Su excitación era tal que no se percató de que la estaban observando.

—¿Buscaba usted algo? —La voz de la criada sonó en la puerta del despacho y Mariana se volvió rápidamente, conteniendo a duras penas su sobresalto.

—No —contestó haciendo un verdadero esfuerzo de naturalidad—. Es decir, sí, estaba buscando el cuarto de baño.

—El baño de las visitas está abajo —dijo la criada con frialdad.

—Lo siento. Tengo la costumbre de buscar siempre junto a los dormitorios. Por cierto, ¿sabe usted —dijo cambiando de conversación para recuperar el dominio de la situación— si la señora regresa esta misma mañana?

—A mediodía, sí, señora.

—Qué lástima. Quería quedar con ella y con la señora Julia Cruz, su decoradora, para conocer la casa y ver, en fin, unas obras que...

—¿No conocía usted la casa? —Mariana creyó advertir una punzada intencionada en la pregunta, pero se dijo que debían de ser sus nervios. Estaba tan alterada que comprendió que tenía que abandonar la casa cuanto antes. Además, a medida que pasaban los minutos, se iba percatando de lo comprometido de su situación y de que lo hecho ya no tenía remedio.

—No. Ella ha prometido enseñármela. Entonces volveré. Me ha dicho que el baño está abajo, ¿verdad?

La criada asintió y se retiró a un lado, dando por hecho que ella salía ya. Luego la acompañó a prudente distancia hasta que se introdujo en el cuarto de baño de invitados. Cuando salió, la criada estaba de guardia. Mariana le dirigió una mirada dura a la que ella respondió mirando a un lado, pero sin moverse. En ese momento Santos Murciano irrumpió en el vestíbulo.

—¿Quiere que la lleve a G...?

—No, muchas gracias. Tengo mi coche fuera.

Santos Murciano la acompañó hasta la calle y allí se despidieron.

—Ni este Murciano es tan feroz —se dijo Mariana

mientras se dirigía a su automóvil— ni la criada tiene por qué saber nada, aparte de que no tenga muy buen carácter. Lo que has de hacer a partir de ahora es controlarte o cometerás algún disparate.

—Sí —continuó diciéndose—, pero ¿qué va a pasar con las cosas que me dejé aquí?

Con un estremecimiento, se introdujo en su coche y se cubrió la cara con las manos para serenarse. El corazón le latía con violencia y por el hueco que había dejado la irracional visita a la casa se coló el miedo. Si la criada era la chismosa que cabía esperar, tanto Maribel como Montclair sabrían de su visita. Incluso Murciano lo comentaría dentro de nada, al encontrarse con su hermano y con el dueño de la casa. No podía hacer nada para evitarlo. Miró al frente y vio a Santos Murciano, de pie junto a su automóvil, que la observaba con atención, como si la estuviera midiendo.

Buscó las llaves del coche en el bolso con torpeza. Sentía la mirada de Murciano fija en ella y, contra su costumbre, no se atrevió a enfrentarlo sino que disimuló entreteniendo las manos en el bolso para darse un respiro, fuerza y confianza. Luego manipuló el espejo retrovisor para comprobar su aspecto y ya más calmada levantó la vista. Murciano seguía al pie de su coche y seguía observándola, lo cual la irritó. Después encendió el motor, avanzó lentamente hasta ponerse a la altura del otro, saludó con la mano al pasar y aceleró.

—Dios mío —se dijo—, qué locura acabo de cometer.

Mariana regresó al despacho y se entretuvo con algunas cosas pendientes. Cuando terminó ya eran las dos de la tarde. Aunque no tenía hambre, salió a almorzar no sin advertir antes al vigilante de la entrada del lugar al que se dirigía. Después, desganada, avanzó hasta un bar próximo donde a veces desayunaba si llegaba con prisa, pidió un pincho de tortilla y una café con leche y se instaló en un taburete a un extremo de la barra. Seguía rumiando su situación cuando, de entre sus pensamientos, emergió la figura de Maribel Montclair. Así que ese día a mediodía estaría de vuelta en casa, tal como les informó a Julia y a ella el viernes pasado y le confirmó la criada. La imagen de Maribel la trastornaba, no porque fuera la esposa de quien era, detalle no despreciable del lío en que se había metido, sino porque asociaba su llegada con la pérdida de los pendientes de perlas. ¡Los pendientes de perlas! ¿Y si aún estaban allí, al alcance del primero que les echara el ojo? La situación era desesperada. Y si los encontró la criada, ¿se los habría entregado a Montclair? Si la fama de Montclair era cierta, y debía de serlo, no sería ésta la primera vez que ocurría algo semejante, el asunto no era novedad para la criada. Mariana no quería ponerse en contacto con Montclair, pero su intención se tambaleaba por momentos, pues disponía de muy poco tiempo para aclarar la situación y recuperarlos tras el loco intento fallido de aparecer por la casa. Era evidente que si él los había encontrado los escondería, lo mismo que con la prenda desaparecida, pero ¿los había encontrado él? ¿La prenda y los pendientes? Le desesperaba no poder apartar su mente de ambos objetos. Dejó de lado el plato del que comía porque se le había cerrado la boca del estómago y empezó a pensar aceleradamente. La gravedad del asunto requería una acción rápida, si es que no era ya demasiado tarde.

Todo ello hacía el silencio de Montclair aún más ominoso. Había transcurrido ya día y medio sin la menor señal de reconocimiento, lo que le parecía sumamente extraño. Seguía sin aceptar que el encuentro con él hubiera sido una encerrona preparada sino algo que se les fue de las manos a los dos, pero a medida que pasaba el tiempo la asaltaban temores que, si en principio los consideró desechables, en las últimas horas estaban empezando a tomar cuerpo como fantasmas que rondan a medida que se van haciendo visibles. Porque, si era una encerrona (¿y por qué iba a serlo? Ella no tenía entre manos nada que afectase a Montclair), el chantaje era la conclusión más obvia, dejar a Mariana en poder de Montclair. Eso significaba... quién sabe... fotografías quizá (el escozor se reprodujo automáticamente), tal vez algún testigo... ¿Habría estado presente Santos Murciano? No, seguro que no, su actuación de hacía un rato era demasiado impecable para ser falsa. Mariana palideció y se aferró a la barra para no perder el equilibrio; sentía un calor sofocante y un sudor frío en la frente y temió caer. Una pareja a su lado la observaba con discreta atención. Mariana trató de disimular su malestar sujetándose con firmeza mientras pasaba el trago. El hombre se dirigió solícito a ella, su pareja lo observaba con expresión preocupada.

—¿Se encuentra usted mal? —preguntó el hombre.

—No es nada, gracias; se me pasa en seguida. Gracias —repitió dirigiéndose también a la mujer, que le sonrió alentadoramente.

Se dijo que estaba empezando a fantasear peligrosamente, que no podía dejarse llevar por la paranoia, que estaba alejándose de la realidad y convirtiendo su situación en un *thriller* psicológico de la peor especie. Sí, pero ¿dónde estaba Santos Murciano, el huésped de Montclair, aquella noche? Maldijo su amnesia con gran preocupación. Al fin y al cabo era el invitado de Montclair y en algún momento tuvo que regresar a la casa. Quizá llegara muy tarde, cuando todos dormían. La sola idea de que hubiese podido asomarse a la habitación donde ella dormía le helaba la sangre en las venas. Presenciar o... No. No podía ser. Estaba empezando a volverse paranoica con el asunto.

—Dios mío —se dijo atribulada—, ¿en manos de quién me he puesto?

Luego, cuando se calmó un tanto, siguió pensando en el chantaje. El pincho de tortilla estaba casi intacto y el café frío. Si la finalidad de aquella salida nocturna, con sus consecuencias, había sido un chantaje, era evidente que estaría relacionado con el caso de Elena Sánchez. ¿De qué necesitaría cubrirse Montclair recurriendo a un chantaje? ¿O a quién estaba encubriendo? ¿A Graciano Meres? Cerró los ojos con fuerza y desechó todas estas hipótesis. Montclair llamará —se dijo—. Me debe mis pendientes y no creo que lo sucedido fuera otra cosa que el producto de un calentón alcohólico que te avergüenza, mucho, pero nada más, mételo en tu jodida cabeza. Nada más.

De pronto sintió una presencia a su espalda y se dio la vuelta sin pensarlo dos veces.

—¡Antonio! —casi gritó al reconocerlo—. ¡Vete a la mierda, qué susto me has dado!

Antonio la sujetó por los hombros mientras ella se debatía enfadada, apoyó su cabeza contra la suya y la besó en el cuello.

—No hables tan mal, va contra tu fama. ¿Dónde se ha visto a un juez soltando semejante grosería?

—¿Qué haces aquí? ¿Cómo me has encontrado?

—Venía a buscarte para invitarte a almorzar, el vigilante de los juzgados me dijo dónde estabas y aquí me tienes.

—¡Otra vez como siempre. Apareciendo y desapareciendo!

—Me encanta parecer misterioso, es un efecto de mucho impacto.

—Pues que sepas que a mí no me impactas nada, sólo me cabreas.

—Otra palabra delicada. Bien. ¿Se puede saber qué te pasa?

—Nada. No me pasa nada. ¿Quieres comer algo? Nos podemos sentar a una mesa.

—No me parece mal, pero antes deja que cumpla mi encargo.

—¿Tu encargo?

—Montclair me ha dado algo para ti. —Al observar el gesto de temor de su hermana, se alarmó—. ¿Te ocurre algo?

—No —balbució ella—. No. Es... la sorpresa. Yo casi no conozco a Montclair y...

Antonio sacó un paquetito del bolsillo de su americana. Estaba envuelto en papel Manila rosa atado con una cinta del mismo color. Mariana lo cogió bruscamente y lo guardó en su bolso.

—¿No vas a abrirlo?

—Calla y no seas cotilla. Ahora mismo vuelvo. Pídete algo y llévalo todo a la mesa.

La vio caminar hacia el fondo del local y dirigirse al servicio de señoras. Con gesto de resignación, se situó de frente a la barra y llamó al camarero.

En el cuarto de baño, Mariana sacó el paquete del bolso, lo desanudó de un tirón, enredando la cinta entre los dedos, se deshizo del papel de envoltura nerviosamente y abrió con torpeza la tapa de la cajita que contenía. Allí estaban, sobre un lecho de algodón, los pendientes de perlas. Mariana aspiró aire profundamente y se apoyó contra la pared de azulejos. Así pues, las aguas volvían a su cauce. Ningún chantaje. Sólo una mala experiencia, ya concluida. A su pesar, reconoció que se sentía agradecida, además de aliviada. Volvió a respirar hondo, con los ojos llorosos y la sonrisa en el rostro. Fotos... Santos Murciano... ¿cómo había llegado a pensar en ello? Ciertamente había estado a punto de volverse loca, pero lo peor ya había pasado.

Salió del baño y localizó a su hermano en una mesa junto al ventanal.

—Vaya cambio, mi niña. Debía de ser un señor regalo.

Mariana se sonrojó.

—Nada. Un detalle... una cosa pendiente, nada de lo que tú crees. ¿Cómo es que te has visto con Montclair? —preguntó inocentemente—. ¿Te ha llamado él?

—Exacto. Me llamó, pasé por su casa a recogerlo y me dijo que tenía algo para ti que, de momento, no podía entregarte en persona; así que me pidió el favor de que te lo trajera. «Lo ha de estar esperando», me dijo al dármelo. Mariana torció los labios al oírlo.

—¿Tienes mucha amistad con él?

—La que se deriva de los negocios, ni más ni menos. Aparte de eso, es simpático, es generoso, siempre te trata bien...

—Sí, eso parece —comentó ella como sin interés aparente—. ¿Y qué sabes de ese tal Santos Murciano?

—Ése es otra cosa. Los dos son de esa clase de *empresarios* —subrayó la palabra con cierta picardía— que se han hecho a sí mismos empezando por abajo; la diferencia es que, en lo tocante a educación, Murciano sigue teniendo carencias, es más tosco, y Montclair, en cambio, quizá por su ascendiente francés, es mucho más sofisticado, más mundano, más pulido. Pero, en fin, uno tiene que tratar con toda clase de gente.

—¿Y de los Meres? Esos que te interesan tanto.

—Sabes que no los conozco, sólo de oídas.

—Pero sabes que son los padres y el marido de esa modelo que ha aparecido asesinada.

Antonio titubeó un segundo:

—Sí, ya lo sé. Estoy informado por Montclair. Trabajan para él, ¿no es cierto?

—El padre. Como te interesabas por Jacinto creí que lo habías tratado.

—¿Yo? ¿Por qué lo iba a tratar? Estás convirtiendo mi curiosidad por tu caso en un interés personal mío. Qué extravagancia.

—No sé. Como el otro día preguntabas por él... Oye, necesito información. Cualquier información me puede valer.

—Por lo que me cuenta Montclair, el padre es un tipo rudo y corto, pero fiel a la palabra dada, al estilo antiguo. Ella, la madre, es una mujeruca de pueblo, pero tiene algo más dentro, ¿cómo dijo?, una especie de astucia campesina; o sea, que es más larga que él, como se suele decir. Pero insisto en que los conozco sólo de oídas. Es un asunto maligno, el de esa muchacha.

—Es curioso que conozcas a todas las personas afectadas por el drama.

—¿Todas? ¿Quiénes son todas? Ni Murciano ni Montclair tienen nada que ver y los otros son una familia que trabaja para Montclair.

—Ya. Pues sabes demasiado de esa familia.

—¿Me estás interrogando? ¿Necesito un abogado? ¿Puedo tomar este filete con patatas ante de ingresar en prisión?

Mariana sonrió a su pesar.

—Puedes, aunque me han dicho que el rancho de la cárcel no es desdeñable.

—Venga, ¿en qué estás pensando?

—Nada especial. Pienso en las coincidencias y en que no me acabo de fiar de ti. No sé por qué. A lo peor porque tu actitud no casa nada con los quince años que me has tenido olvidada. No —reflexionó—, olvidada, no. Desechada.

—Es la vida la que está llena de coincidencias.

—Como la de asomar por aquí precisamente ahora y, por lo que veo, tan integrado en la sociedad de G...

—Ayer llamé a mamá para decirle que estaba aquí, contigo, y se quedó feliz, la pobre. ¿Por qué no la llamas tú?

—Lo haré. Por cierto, ¿no te ha dado Montclair nada más para mí?

—¿Tenía que darme algo más?

—No lo sé. Pregunto.

—Pues te contesto: nada más.

—Muy bien.

Siguieron charlando y almorzando porque Mariana había recuperado el apetito.

Una hora más tarde, en su despacho y después de comprobar que no había habido ninguna llamada para ella, continuó pensando en Montclair. Le había devuelto los pendientes como un caballero, sí, pero ¿y las bragas? ¿Acaso se las había quedado como trofeo? Eso no prometía nada bueno. Eso podía ser, directamente, el fin de su carrera. La vergüenza pública. Sin duda las guardaba tal cual las dejó ella, sin lavarlas, perfectamente reconocibles en laboratorio. Otra vez tintes oscuros en el asunto. Y, además, seguía sin llamar. Debería de haberlo hecho una vez devueltos los pendientes. De nuevo la desazón empezó a hacer presa en ella. ¿Qué venía ahora? Estaba segura de que venía algo y que no era del todo bueno. Y, además, la vergüenza de haber tenido sexo con él iba calando cada vez más en su espíritu. Estaba dispuesta a cualquier cosa con tal de recuperar la maldita prenda olvidada.

Antonio la acompañó hasta el edificio de los juzgados. Allí quería despedirse, pero ella no lo dejó escapar.

—¿Sabes que aún no me has explicado qué haces aquí en G...?

—Venir a verte... y otros asuntos.

—Venir a verme, no. Eso es un añadido. En cuanto a los otros asuntos... en fin, no te voy a preguntar, pero vas a tener que contármelo pronto o tarde. Y, por cierto, no tengo tu dirección ni tu teléfono.

—Ah, ¿no? Te di mi tarjeta el otro día, si no recuerdo mal, cuando coincidimos en la playa. En fin, no me quejaré si la perdiste porque creo que tengo que hacerme perdonar, según tu criterio. En fin, apunta mi móvil.

Mariana apuntó obedientemente.

—Vale —dijo cerrando su agenda—. No pretendas darme un beso porque yo no te he perdonado. Y pórtate bien, que tienes todo el aire de ser un pinta.

—Yo sigo los pasos del tío Alfonso. Será por eso que te caigo bien. Adiós, mi niña.

Mariana se lo quedó mirando mientras se alejaba. ¿El tío Alfonso? El marido de la tía Marisina. Lo recordaba tan lejano... Recordó también que la tía Marisina vivía sola... ¿El tío Alfonso? Pero el tío Alfonso no vivió con la tía Marisina. Una serie de imágenes se mezclaron de manera desordenada en su memoria. El encantador tío Alfonso, sí, su favorito, que desapareció cuando ella era niña; y a esa imagen se sobrepuso la de su padre furibundo, y la de la pobre tía Marisina, como la llamaban todos... ¿Qué había sido del tío Alfonso? ¿Por qué lo mencionaba ahora Antonio? Se volvió hacia la dirección por la que había desaparecido su hermano con un gesto de fastidio e impaciencia a la vez, pero ya no se lo veía por ninguna parte. —Qué rabia, qué mala suerte —se dijo contrariada.

El fiscal Andrade estaba preocupado. Por más voluntad que pusieran Mariana y él, no conseguían hacer avanzar de modo efectivo la instrucción del caso y Andrade veía pasar los días y se desesperaba. Mariana supuso que él también había recibido presiones. Ninguno de los dos estaba dispuesto a cerrar la instrucción en falso, buscando una salida cómoda. Mariana aventuró que quizá, al tratarse de la clase de mujer que era Elena, todo el mundo prefería mirar para otro lado para liquidar el asunto cuanto antes.

—De haber sido una señora bien, seguro que habría orden de hacer lo imposible por esclarecer el crimen, pero a una ex modelo erótica lo mejor es dejarla tirada pensando que, en el fondo, se lo tenía merecido.

—No sea tan tajante, Mariana —le recomendó Andrade—. Nosotros estamos haciendo lo que podemos.

—Yo te digo —apuntó ella— que hay gente a la que le interesa echar tierra sobre el asunto y si pudiéramos saber por qué estoy segura de que resolveríamos el caso en dos patadas.

—Sea como sea, no nos podemos eternizar.

Estaban en el despacho de Mariana, los dos en pie y paseando al tiempo que hablaban, dando vueltas alrededor de sí mismos como si estuvieran en una jaula. Mariana apreciaba la paciencia de Andrade y sabía que él confiaba en ella porque llevaban tiempo trabajando juntos, pero entendía también que así no podían seguir.

Si no lograban arrojar alguna luz sobre el crimen, éste acabaría siendo atribuido a persona o personas desconocidas que, presumiblemente, habrían asaltado a la víctima durante su caminata por la antigua carretera general agrediéndola allí mismo y ocultando su cadáver. E incluso en el caso de cerrar así, ni siquiera podrían decir que habían encontrado el lugar donde se produjo la agresión. Todo lo cual tenía un aire de fracaso y chapuza que la exasperaba y avergonzaba a la vez.

El inspector Quintero era un curtido interrogador y su propia autoestima le exigía doblegar como fuera la voluntad de ocultamiento del guarda de la finca de Montclair. Éste era un hombre adusto, cerrado de carácter y de acento, de edad indefinida, de mediana estatura y recio aspecto. El encierro en el calabozo sólo había servido para despertar su sentido estoico de la existencia, pero el paso del tiempo, la falta de noticias y el extrañamiento que sentía lejos de su guarida habían empezado a ablandarlo. Quintero sabía que iba a ser muy difícil romper la fidelidad perruna que guardaba a su amo, pero empezaba a atisbar un rayo de esperanza que reavivó su orgullo de policía. El guarda, llamado Mercurio, vivía solo, sin pareja conocida y, según los peones de la finca, al menos una vez al mes, recién cobrada la paga, bajaba a G..., al Barrio de Pescadores, se cogía una buena cogorza, se encamaba con una puta y aparecía al día siguiente como si nada hubiera ocurrido. Cuando el inspector Quintero decidió que era el momento, mandó que se lo trajeran a la sala de interrogatorios. Lo sentó a un lado de la mesa, él se montó a horcajadas en una silla enfrente y esperó. Al cabo de unos cinco minutos de silencio, dijo:

—Mercurio, yo no tengo nada en tu contra, que lo sepas. Yo estoy haciendo mi trabajo como tú haces el tuyo —sabía que con dureza sólo conseguiría encerrarlo más en sí mismo, así que se dirigía a él con una tranquila indiferencia— y necesito respuestas. No hace falta que hables mucho, me basta con que digas sí o no a las preguntas que te haga, ¿me has entendido?

Mercurio no miraba nunca a la cara sino siempre de lado o, como en este caso, abajo. Tardó unos segundos en contestar asintiendo con un gesto, sin variar de postura. Estaba sentado con los antebrazos apoyados en el borde de la mesa, las manos posadas una sobre la otra, el tronco adelantado y la cabeza metida entre los hombros.

—Bien —dijo Quintero satisfecho—. ¿Conoces a Elena Sánchez, vecina tuya y mujer de Jacinto Meres?

Mercurio volvió a asentir.

—Entonces quiero que te lo pienses antes de contestar. El lunes pasado, a eso de la media tarde, Elena Sánchez salió de su casa por la puerta del vivero y echó a andar por la carretera general, que pasa ante la puerta de la finca que guardas tú. Iba en tu dirección y, como tú siempre andas por allí, lo que yo quiero saber es si la viste pasar. ¿La viste pasar por delante de la puerta?

—No —dijo el guarda.

—Pero eso no es posible, Mercurio, tuviste que verla. Vuelvo a decirte que no tienes nada que temer, que no se te acusa de nada; sólo queremos saber adónde fue Elena y para eso tenemos que seguir su camino, ¿me entiendes? ¿Acaso abandonaste la vigilancia de la puerta?

Mercurio negó con la cabeza.

—Piensa. Pudo ser así. No siempre vas a estar a la puerta, pudiste distraerte echando un pitillo, yendo a orinar...

—No pasó —dijo Mercurio—. Entró en la finca.

Quintero estuvo a punto de caer de la silla ante esta revelación.

—¿Qué has dicho? ¿Estás seguro? ¿Le franqueaste tú el paso?

—Usted me preguntó que si había pasado y yo le dije que no.

—Cierto, cierto. —Trató de halagarlo—. Has contestado lo que debías, muy bien. De manera que ella entró. ¿Te dijo algo? ¿Qué aspecto tenía? ¿Estaba tranquila, enfadada, tenía prisa...?

—Estaba acalorada y andaba aprisa. Venía andando desde su casa. Se paró a pedirme agua y la arrimé a la cocina para que bebiera.

—¿Y después?

—Después bebió con ganas.

—¿Y después?

—Iba camino del faro y yo le dije que atajara por la finca hasta el camino que corre por la costa. La mujer no sabía que por el otro lado de la finca se puede acortar mucho trecho. Entonces la dejé ir y volví a mi puesto.

Quintero se quedó admirado de escuchar una parrafada tan larga al guarda. En ningún momento había levantado la cabeza ni lo había mirado a la cara. Los peones decían que cuando estaba borracho sí miraba a la cara, pero que entonces era mejor no mirarlo a él.

—Así que —continuó Quintero, ya repuesto de su sorpresa— ella se marchó a través de la finca y tú volviste a tu guardia alrededor de la puerta. ¿Viste si ella tomaba el camino correcto?

—Si lo tomó, yo no lo vi. Yo la dejé cuando se quedó en la cocina lavando el vaso y volví a mi puesto.

—¿Se quedó en la casa? ¿No está prohibida a los extraños?

—Ella era la mujer de Jacinto. Los Meres tienen el paso franco.

—Entiendo. Así que ella se fue para el otro lado y ya no volviste a verla, no regresó a la puerta principal.

El guarda negó con la cabeza. Quintero pensó para sus adentros que ahora sí tenía la juez fundamento para extender una orden de inspección en la finca. Pensó también que aquello traería malas consecuencias porque Montclair era hombre de malas pulgas cuando se le incordiaba, pero, conociendo a la juez, no le cabía duda de que firmaría la orden apenas él le pasara la información obtenida. Le había dicho al guarda que no temiese y ahora se preguntaba si no le habría segado la hierba bajo los pies al sonsacarle. En todo caso, ya estaba hecho y no tenía vuelta de hoja. Se levantó con parsimonia, todavía pensando en ello, y luego rodeó la mesa, tomó del brazo al guarda para indicarle que podía retirarse y, después de llamar al agente que aguardaba al otro lado de la puerta de la sala para que se ocupara de darle la salida, se encaminó al despacho de la juez De Marco.

—Mi querida colega, la veo a usted muy metida en sus pensamientos —dijo el juez Carbajo con una sonrisa complaciente que no preludiaba nada bueno—. Mi querida colega —insistió el decano—, tengo que hablar con usted; aquí mismo si le parece, no es nada importante. Pero pase usted —le dijo señalando la puerta del edificio—, que estaremos mejor a cubierto.

Como si sus palabras fueran proféticas, empezó a caer sobre ellos una serie de gruesos goterones, que se convirtieron de inmediato en lluvia intensa cuando traspasaban el umbral.

—Quería decirle que estamos bastante preocupados por la repercusión mediática que está teniendo todo este asunto de la ex modelo asesinada el lunes de la semana pasada. Como usted sabe bien, basta que alguien ponga el foco de atención en un asunto para que se empiecen a encender las luces y se ilumine la escena sin otro motivo que el morbo y el sensacionalismo, ya lo sé, *pero* —subrayó cuidadosamente esta palabra—, si bien es inevitable, la única respuesta que cabe ante el hecho es la celeridad. Sí, la celeridad. Cuanto antes podamos resolver el asunto, hallar al culpable y pasar al juzgado correspondiente el caso, donde se enfriará a la espera de juicio, antes nos libraremos de esa red de intereses espúreos que se teje pacientemente en torno a todo lo que es o aparenta ser escandaloso y que perjudica nuestra imagen de eficiencia cada día que pasa, ¿me comprende usted?

—Lo comprendo, señoría, y estoy totalmente de acuerdo con usted.

—Y bien —prosiguió el decano—, ¿podemos decir que estamos ya al final de la instrucción?

—Me gustaría poder decirlo, señoría, pero no es así. La instrucción avanza lentamente no por falta de ganas sino por falta de pruebas. Confieso que en estos momentos tenemos indicios interesantes, pero estamos atascados por la dificultad de verificación de los mismos.

—¿Quiere usted decir que ya dispone de una conclusión, aunque sea a falta de pruebas?

—No exactamente, yo...

—Entonces no quiero oír nada más hasta que disponga de una solución satisfactoria de la que, me permito decírselo, parece estar usted bastante lejos. Por lo que deduzco de sus palabras, anda usted más bien perdida y eso significa más tiempo y más escándalo. La pelota del escándalo ha echado a rodar y cada día se hace más grande, más voluminosa y más ruidosa en su carrera, una carrera que puede terminar golpeando las puertas mismas de este edificio. De modo que la conmino a usted a que resuelva y cierre la instrucción en breve plazo o, si no se siente capaz, que haga un esfuerzo. No —dijo con un gesto teatral al observar la reacción ofendida de Mariana—, no lo tome usted como una crítica ni una falta de confianza. Se trata, simplemente, de encauzar el problema de la mejor manera posible. Si usted, que sé que está agobiada de trabajo, no puede dedicarle el tiempo que necesita, nadie se lo va a reprochar. Por otra parte —bajó la voz en tono confidencial—, me han dicho que se comenta que la policía judicial no acaba de estar satisfecha con el curso de la investigación... En fin, como usted verá, hay razones para liberarla de lo que quizá en estos momentos, y sólo en estos momentos, sería una carga demasiado pesada para usted.

—¿Estos momentos? ¿Por qué estos momentos? —se preguntó Mariana mientras trataba de sofocar a la vez su indignación—. ¿Qué es lo que se está diciendo a mis espaldas? ¿Acaso Montclair había dejado caer algo imprudente? El juez Carbajo no podía saber el estado de abatimiento y disgusto emocional en que se encontraba ella a menos que alguien estuviera difundiendo rumores en torno a su malhadado encuentro del sábado por la noche. Pero la actitud de Montclair enviándole los pendientes daba a entender lo contrario, es decir, que él callaba, con la intención que fuera, pero callaba.

»Y en cuanto a la policía, ¿quién sería el traidor, Saludes o Quintero? ¿O quizá Quintero, con algún simple comentario, sin mala intención incluso, había dado una información luego retorcida a su conveniencia por el comisario jefe?

—Entiendo —prosiguió el juez decano mirando a Mariana con toda intención— que usted esté en estos momentos alterada, como puedo adivinar por su expresión, debido a lo que acabo de decirle; pero no quiero que salga de aquí ningún malentendido sino todo lo contrario: es usted quien me preocupa y es por su propio bien por lo que le manifiesto algo que, por otra parte, está en el ambiente. Como usted sabe, mi actitud cuando una situación empieza a estancarse es siempre la de, antes de esperar a que por un concepto equivocado de la discreción, se pudra, abordarla sin miedo y sajar por donde se sana. ¿Me comprende usted?

Mariana sintió que fuerzas contrarias pugnaban por desatar en su interior una tormenta de emociones encontradas cuyo estallido trataba desesperadamente de evitar. Era una situación atroz, de una violencia extrema consigo misma, pues lo personal y lo profesional se estaban fundiendo en una sola forma de ira que su cabeza se esforzaba por controlar. Sintió calor y dolor y creyó que no podría contener su ira, su rabia e incluso sus lágrimas, pero entonces el juez decano cometió un error: dejó que su mirada mostrase, más allá de la hipócrita complicidad que manifestaba, el deseo acechante de que Mariana explotara o se derrumbase; y esa percepción fue suficiente para devolverle el dominio de sí misma aunque a costa de un instantáneo dolor de cabeza que preludiaba una fuerte migraña.

—Veo el verdadero fondo de su intención —dijo desgranando sus palabras con evidente esfuerzo, pero con serena entonación— y le agradezco sus buenas intenciones. En realidad estoy más cerca de la solución de lo que le he dado a entender —había empezado a inventar y no podría echarse atrás ni detener una paulatina aceleración de su mentira improvisada, pues era la válvula por donde escapaba su ira, como el silbido de una *kettel* puesta al fuego—, y espero darle muy pronto buenas noticias, créame. Precisamente ahora me dirigía en busca de una información trascendental de la que ya le hablaré en cuanto la tenga en mi poder. Y muchas gracias por su sinceridad, que es lo que más aprecio yo en las personas.

Dejó al desconcertado juez plantado en la esquina del vestíbulo donde se encontraban y se dio media vuelta camino de su despacho, tratando de mantener la figura y de contener su desmoronamiento. Y justo entonces escuchó la voz del inspector Quintero, que emergía de la zona de calabozos, dirigiéndose a ella en voz alta para decirle, de modo que el decano también pudo oírlo:

—Señoría, aguarde; tengo una muy buena noticia para usted.

Mariana de Marco firmó la tarde del lunes una orden de registro de la finca de Santiago Montclair. Quintero y sus hombres se personaron en la misma urgentemente antes de que declinara el sol y llevaron a cabo un minucioso rastreo. Durante la tarde, el teléfono del despacho de la juez sonó insistentemente en varias ocasiones, atendido siempre por el secretario del juzgado, quien se ocupó de las llamadas del juez Carbajo y del comisario jefe Saludes cumpliendo las órdenes de Mariana de dar largas y evitar ponerla en contacto con ellos. El comisario lo mandó al diablo con palabras soeces en su último intento y el juez le advirtió de los riesgos de su proceder, a lo que Pelayo respondió con una muy bien fingida congoja y la promesa de buscar a su jefa hasta debajo de las piedras. En cuanto a Quintero, que se encontraba trabajando sobre el terreno acompañado por la juez, aceptó silenciar su teléfono móvil cuando ella lo convenció de que lo hiciera a cambio de que ella lo presentase como una orden personal hasta que finalizase la inspección al objeto de evitar cualquier interrupción en el trabajo debido a la premura de tiempo hábil de luz. La excusa era débil, pero Quintero sabía que la juez cumpliría y respondería del acuerdo ante su jefe porque no traicionaba la palabra dada.

La policía científica, avisada de urgencia, no halló rastros de sangre o de lucha en ninguna de las dependencias anexas a la casa, pero sí encontró la plancha de una pala, separada de su mango, escondida en un rincón del gran almacén bajo una pila de materiales abandonados de diversa procedencia. La plancha había sido limpiada, pero tras un detenido análisis se detectaron rastros de sangre en ella y fue enviada al laboratorio. No se encontraron señales del paso de Elena ni rastro alguno de ella ni en las dependencias ni en los prados que conducían al camino de la costa, lo cual era lógico debido a que había transcurrido entretanto una semana de grandes lluvias. Sin embargo, Mariana pudo establecer, interrogando a los peones, que justo después del mediodía un camión perteneciente a Santiago Montclair que se encontraba aparcado allí mismo había salido de la finca, en carga, y desaparecido inmediatamente con destino desconocido. Mariana calculó los tiempos y comprendió que Quintero había comunicado a Saludes el resultado del interrogatorio al guarda y, sin duda, el comisario habría avisado de ello a Montclair. ¿Qué fue lo que salió de la finca? En el gran almacén había toda una serie de contenedores apilados contra una de las paredes, pero Mariana decidió que ése no era su caso y que, tal como estaban las cosas, lo más prudente sería dejarlo pendiente de otra investigación, en el supuesto de que ésta se produjera. En el almacén y en el edificio que daba al lado de la costa tampoco se encontró rastro de nada sospechoso, por lo que dedujo que lo que hubiera salido en el camión era un material perfectamente preparado y aislado y en disposición de ser retirado, no una carga improvisada. También pudo ver a los dos sementales estabulados en la finca, de impresionante presencia, y el laboratorio montado para su explotación. No hubo tiempo de más porque la noche se echó encima, pero el misterio de la ex modelo desvanecida en el aire de aquellos prados dejó de ser tal. Ahora se trataba de reconstruir el crimen y probar su autoría.

Cuando regresó a casa estaba tan cansada que se dejó caer en el sofá, donde quedó dormida. A eso de la medianoche, despertó, se preparó un batido y unas galletas, llenó la bañera de agua y sales y se metió en ella como si deseara desprenderse del cuerpo molido para dejar flotar el alma. El dolor de cabeza había desaparecido con el primer sueño y la tensión nerviosa se fue con él. Cuando percibió que el agua templaba, salió del baño, contempló por primera vez con benevolencia su pubis rasurado, se puso el camisón y se metió en la cama tras apagar el despertador.

La despertó el teléfono, que estuvo escuchando en sueños y que debió de callar y volver a empezar porque entretanto tuvo tiempo de desperezarse despacio y de empezar a adquirir un principio de conciencia de sí misma y del día. Cuando, después de atravesar la casa, se disponía a descolgar el auricular, se percató de que el sonido que la guiaba no era el del teléfono sino el de la puerta del piso. Con cautela se aproximó a la puerta y observó por la mirilla antes de preguntar. Era su hermano.

—Hola —saludó éste alegremente—. Te traigo el desayuno y... Oye, ¿sabes que estás estupenda en camisón corto?

—Pasa, calla y no mires —dijo ella regresando al dormitorio. Cuando volvió, ya vestida para salir a la calle, su hermano había dispuesto el desayuno en la mesa del salón.

—Cada vez estás más raro —dijo ella—. ¿A quién se le ocurre presentarse así a estas horas? Lo tuyo de aparecer cuando una menos se lo espera, paseando por entre las horas y los días como Tarzán por la lianas, es para contárselo a un psiquiatra.

—No tienes muy buena cara, si quieres que te sea sincero. ¿Exceso de trabajo?

—Algo así —contestó con voz apagada.

—Tengo entendido que habéis registrado la finca de Montclair.

—Y yo tengo la sensación de que cada vez que ocurre algo en este caso apareces tú a interesarte por ello y me pregunto por qué.

—Por nada. Pura curiosidad. Afán de conversación. ¿Te molesta?

—Me preocupa.

—¡Qué tontería! Ocurre que, como bien dijiste, conozco a todos los actores del drama judicial que tú diriges: los Meres, Montclair... Es natural que me pique la curiosidad.

En ese momento sonó el timbre del teléfono, esta vez sí, y Mariana se levantó a coger la llamada. Antonio siguió con todo interés sus movimientos mientras ella hablaba en voz baja y vuelta de espaldas con la evidente intención de no ser oída. Se mantuvo unos segundos al aparato y luego, siempre de espaldas, colgó el auricular y se quedó unos instantes en pie junto al teléfono, con la cabeza inclinada sobre él, como si estuviera considerando una duda. Cuando se dio la vuelta, Antonio pudo ver la preocupación reflejada en su rostro, acompañada de un vago gesto de temor. Era indudable que no había recibido una buena noticia.

—¿Algún problema? —preguntó cariñosamente. Mariana pareció salir de un trance cuando oyó sus palabras. Tomó asiento a la mesa y envió una débil sonrisa a su hermano.

—Siempre hay problemas.

—¿Alguien que yo conozca?

—No. Es decir, sí. Tu *amigo* Montclair. No me gusta tu amigo ni la gente que lo rodea, es un tipo peligroso.

—Si no lo fuera, no tendría el imperio que tiene aquí montado, mi niña. Pero yo creo que es un personaje digno de ser tenido en cuenta y, a su manera, es fiable. ¿Era él quien llamaba? No parece que haya dado una buena noticia. Supongo que debe de estar de uñas con el registro de su finca.

—A su manera. Bonito eufemismo. Eso es como hablar del código de honor de los ladrones, esa clase de contradicciones que tanto éxito tienen ahora. En fin, quiere venir a verme a mi despacho. ¿Sabes para qué?

—Ni idea.

—Tiene que volver a telefonearme para explicar no sé qué condiciones. ¿De verdad no sabes nada de esta visita? —preguntó Mariana, andando de un lado a otro de la habitación con evidente nerviosismo. Antonio sintió curiosidad, pero su sexto sentido le dijo que la ocultase.

—¿Qué vas a hacer con los Meres? —preguntó por fin.

—Vigilarlos e investigarlos con el mismo cuidado que a cualquier otro.

—¿También a Jacinto?

—¿Acaso es especial?

—No. Lo decía por saber. No me digas que su figura no es patética.

—Pues reprime tu ansia de saber o, mejor, dirígela a otros aspectos del conocimiento más acordes con la condición de un hombre inteligente. Los chismes déjalos para el periodismo amarillo y rosa, que bastante se está cebando con este asunto. ¿Has terminado? —preguntó levantándose de la mesa—, ¿sí? Pues nos vamos. Deja todo como está, la asistenta lo recogerá cuando llegue. ¡Vivo! ¡Vivo!, que tengo prisa.

Apenas llegó a su despacho, Mariana se encerró en él, tomó asiento, apoyó los codos sobre la mesa y enterró su rostro entre las manos. Así se mantuvo unos minutos, antes de retirarlas y echar una distraída ojeada a su alrededor con aire ausente. Luego abrió su cartera y se dispuso a retirar los papeles de su interior, pero lo dejó al oír el timbre de su móvil y lo abrió; cuando terminó de escuchar tenía la cara desencajada. Volvió a mirar alrededor como si no supiera qué hacer o se hubiera perdido, y al cabo de unos momentos se puso en pie y salió del despacho.

Con paso firme se dirigió al servicio de señoras. No había nadie dentro y se enfrentó al espejo sobre el lavabo. A pesar de haber dormido toda la noche de un tirón tenía aspecto de cansancio. —Se me notan cada vez más los años —pensó. Salvo los grandes ojos, siempre vivos, el resto de la cara aparecía fatigada. Estaba sin maquillar y se apresuró a retocar el rostro con atención, paso por paso, como si estuviera tratando de serenarse; tras desparramar los accesorios sobre la encimera, los fue eligiendo y usando cuidadosamente uno a uno hasta que se encontró aceptablemente compuesta. Luego peinó su corta melena hacia atrás, descubriendo las orejas, y buscó en su bolso unos pendientes que no había cuidado de ponerse en casa. Contemplaba el efecto final cuando se abrió la puerta y entró su compañera Elisa Pérez Díaz, titular del Juzgado de Instrucción número 2 de G..., que le dirigió una mirada de simpatía. Ambas se saludaron y Mariana empezó a recoger sus cosas mientras Elisa se atusaba el pelo. Salieron juntas.

—Hay que ver la expectación que ha despertado tu caso —comentó caminando a su lado por el pasillo.

Mariana contestó, haciendo un esfuerzo, con una frase divertida y un tanto frívola, y ambas se separaron cuando llegaron a sus despachos. Mariana entró en el suyo. Miró la hora, suspiró y se quedó esperando, presa del desasosiego, la prometida aparición de Montclair. Le había anunciado que traía la prenda faltante, pero el nerviosismo y el temor de ella aumentaban por momentos. Temía una trampa y, sin embargo, no tenía otra opción que recibirlo tal como él se lo había pedido. A medida que avanzaba la tarde, Mariana fue acumulando una mayor inquietud, hasta el punto de que su secretario, Pelayo, se preguntó cuál sería la causa de su desasosiego. Entre tanto, Quintero, que desde la primera luz del alba estuvo trabajando con el agente Rico en el reconocimiento de la finca de Montclair, fue capaz de encontrar el lugar del crimen: el primer almacén anexo a la casa, donde se guardaban los contenedores y la maquinaria. Había hecho retirar uno tras otro los contenedores al saber por los peones que debían de haber sido movidos recientemente, y bajo uno de ellos apareció la prueba irrefutable. Allí se había desangrado Elena. El suelo que ocultaba había sido fregado a conciencia con lejía, pero a pesar de ello quedaban marcas de sangre. Por fortuna, Quintero mantuvo aparte a los peones, cuya presencia habría dado lugar a que se extendiera la noticia. Quintero comprendió de inmediato que, sin tener pruebas en firme, el asunto afectaba a Montclair por tratarse de su finca, y a los ojos de la opinión pública el descubrimiento podría resultar demasiado embarazoso y prematuro. Pero ahora la investigación parecía desatascarse y tomar velocidad de crucero y Mariana se dispuso a preparar las citaciones oportunas al hilo de los informes del inspector.

Pelayo Arenas no comprendía la actitud de su jefa aquella mañana: de una parte, el caso se estaba abriendo como una fruta en sazón, lo que a él le producía la sensación de euforia y actividad que conocía bien en ella; de la otra, un gesto constante de incomodidad y disgusto (él habría dicho que, en algún momento, incluso de temor) que aparecía en su rostro, y también en su cuerpo, en forma de incomodidad física, le hacían pensar en algún extraordinario problema interior reciente e inexplicable que hubiera querido aliviar y que se limitaba a contemplar con impotencia. Así fue transcurriendo la mañana, tanto a la espera de que Quintero apareciese a entregar su informe y despachar con la juez como deslizándose, en medio de aquel ambiente extraño y ligeramente morboso y desconcertante, por una pendiente de inquietud que llegó a su final de golpe cuando alguien llamó a la puerta y Pelayo salió a ver quién era. Tras unos momentos fuera, durante los cuales no pudo apreciar el acusado cambio que se produjo en el rostro y las maneras de la juez, reapareció para anunciar al desconocido visitante.

—El señor Montclair está fuera y viene solo. ¿Quiere que pida asistencia letrada?

—No es necesario, se trata de una cita informal. Dígale que pase, Pelayo, y cierre la puerta al salir.

—No me necesita...

—No. —Mariana titubeó un instante—. No es un... interrogatorio formal, no lo voy a necesitar por ahora. Gracias —dijo despidiéndolo.

Santiago Montclair entró en el despacho.

—Adelante —dijo la juez secamente. Después de que su visitante hubo entrado hasta el centro mismo de la habitación, ella se quedó en pie ante él, de brazos cruzados.

—Me gusta tu despacho, tan sobrio —dijo él mirando en derredor—, con tantos legajos, el recinto sagrado de la sacerdotisa.

Mariana acentuó su gesto de preocupación.

—Es usted quien ha querido venir aquí. Ahora dígame lo que desea, por favor.

—Necesitamos un poco de intimidad, así que me parece conveniente que asegures la puerta para que no nos interrumpan.

Mariana no pudo evitar una intensa sensación de alarma. Después caminó hacia la puerta, la aseguró con una vuelta de llave que dejó encajada de modo que no se pudiera abrir desde fuera, regresó a su lugar y volvió a cruzarse de brazos.

—Usted dirá.

—Hum. Ya veo que ha cambiado el tratamiento. Bien, yo haré lo mismo. Quizá sea más cómodo para tratar este asunto.

Mariana asintió. No se había movido de delante de la puerta. Montclair, que seguía de pie en el centro de la estancia, la invitó a sentarse y ella declinó hacerlo con un movimiento de cabeza.

—Quizá sería lo mejor que ambos nos sentásemos.

La veo a usted muy tensa y no es mi intención hacerla sentir así. ¿Me permite?

Acercándose a la mesa, apartó una de las dos sillas donde se recibía a los visitantes y la colocó de espaldas a la ventana. Señaló la otra, que así quedaba frente a la luz del día, indicando a Mariana que tomara asiento en ella, y él se sentó en la primera.

—¿Ha recibido los pendientes? —preguntó cuando ella hubo tomado asiento a su vez. Mariana asintió—. Como podrá ver —continuó él—, no albergo la menor intención de aprovecharme de su olvido aunque debo decir que quizá ahora tenga que arrepentirme, después de que usted ha ordenado registrar mi finca. Pero soy una persona desinteresada y no me gusta aprovecharme de... digamos las debilidades o los excesos de los demás, tan frecuentes. —Mariana apretó levemente los dientes, pero nada más en su rostro demostró que se sintiera aludida. Sólo se preguntaba adónde quería ir a parar. Sentía un temor creciente que no lograba concretar—. Yo mismo cometo excesos, como usted sabe bien, pero no tiene por qué preocuparse porque a mí tampoco me preocupan. Bien, vayamos al grano. Como le dije esta mañana por teléfono, y me excuso por no haberla telefoneado antes, pero ya sabe, problemas, negocios, urgencias... en fin, tengo en mi poder una prenda suya, una prenda íntima olvidada en mi casa o que quizá dejó usted descuidadamente... En todo caso una prenda que a usted no le conviene nada que siga en mi poder.

—Usted sabe perfectamente que me fue arrebatada mientras dormía.

—Mientras dormía la mona. —Acto seguido hizo un gesto de disculpa con la mano—. Perdón —añadió—, es una broma estúpida.

—Es usted despreciable. —Mariana no pudo contenerse. Estaba tensa como un arco a punto de soltar la flecha.

—Por favor, ¿por quién me toma usted? Me imagina aprovechándome de su situación. Lo que sí puedo decir en su honor es que eres... es usted una excelente bebedora, algo poco frecuente en las mujeres.

Mariana lo miraba fijamente sin decir palabra.

—Ya veo que no la halaga mi comentario. Vale. Peor para usted. Yo mismo acabé seriamente perjudicado por el alcohol, como usted sin duda pudo comprobar. En todo caso...

Hubo un gesto mínimo, un rictus casi imperceptible de inseguridad en el gesto de Mariana que, sin embargo, no escapó a la aguda mirada de Montclair.

—Oh, quizá... ¿quizá no recuerda usted bien...?

Mariana no pudo evitar un destello de contrariedad.

—Eso es muy interesante, sí; muy interesante. No lo recuerda —se dijo a sí mismo a la vez que a ella—. La verdad es que no lo habría sospechado. En ese caso, quizá quiera usted que le cuente...

—Le ruego que se limite a hablar del asunto que lo ha traído aquí. Lo demás no me interesa —dijo serenamente Mariana. Ella misma se admiró de ese efecto de serenidad. Tenía unos deseos locos de saber qué pasó exactamente aquella noche y sabía que con su gesto clausuraba cualquier posibilidad de conocimiento, pero se mantuvo firme tratando de dominar los demonios y temores que se le estaban concentrando tan dolorosamente en el estómago.

—Como usted prefiera. A veces, ¿verdad?, es mejor no saber.

—En este caso, sí —dijo Mariana.

Montclair pareció reflexionar.

—Voy a devolverle, como le dije a usted por teléfono, esta prenda —dijo extrayendo de su bolsillo un rebujo de tela de color negro guardado en el puño—. Es una prenda que yo habría podido utilizar públicamente de manera vergonzosa para usted, cosa que sabe perfectamente, pero no lo he hecho. Sin embargo, he de decir que tampoco soy una persona generosa. La generosidad es para otra clase de gente; en mi negocio es sinónimo de estupidez y yo no soy ningún estúpido. Así que se preguntará usted qué clase de condición voy a poner para cumplir con la devolución de la prenda.

Se quedó mirando expectante, con cierto aire triunfal, a Mariana de Marco sentada en su silla, de espaldas a la puerta. Tal como se hallaban situados el uno frente al otro, para Mariana, Santiago Montclair estaba a contraluz, y ella, en cambio, claramente expuesta a la luz. A ella le incomodaba esta disposición y acrecentaba su nerviosismo, que empezaba a temer que no pudiera controlar del todo.

—Bien —dijo sin entonación alguna—. Estoy esperando.

—No se inquiete, estamos terminando. ¿Ha asegurado bien la puerta? ¿Sí? La idea de celebrar esta ceremonia en su despacho es insuperable, mi querida amiga, aunque quizá para darle más emoción deberíamos haber dejado la puerta sin asegurar, al albur de una entrada imprevista. Qué emoción, ¿no le parece? —La tentación de volver la cara hacia la puerta que ella misma cerrara fue irresistible, pero logró contenerla—. En ese caso, aunque no recuerde usted nada de la noche de marras, es seguro que en algún momento debió de encontrar una... digamos una leyenda caligrafiada en una parte muy íntima de su cuerpo... ¿La encontró? —Montclair se había puesto en pie y se dirigió a la puerta. Mariana se alzó en la silla con un ademán imperioso para que se detuviera, pero él giró la llave, abrió la puerta, asomó la cabeza al exterior y volvió a cerrarla, esta vez sólo con el resbalón del picaporte. Abrió los brazos sonriente en actitud divertida y volvió a su lugar. Mariana sintió la boca seca, la lengua pegada al paladar—. ¿Encontró esa leyenda? —volvió a preguntar Montclair.

Mariana asintió con la cabeza.

—¿La conserva?

Mariana negó:

—No.

—Lo suponía —concluyó Montclair con un suspiro—. Bueno. El caso es que fue una idea divertida la del rasurado, ¿verdad? Y tengo que decir que siento una aguda nostalgia de ese juego. De manera que, como soy un hombre educado y respetuoso, pensé que si me mostraba lo que yo quiero volver a admirar otra vez, estaría dispuesto a devolverle la prenda que lo cubría —dijo abriendo el puño y dejando deslizarse unas bragas negras de encaje entre el pulgar y el índice—. ¿Me comprende usted?

Durante un minuto, en el que Montclair permaneció sonriente en esa postura y Mariana se mantuvo en su silla enhiesta y con las palmas de las manos aferradas al borde del asiento de su silla, sólo se percibió la tensa vibración inaudible del espacio de silencio que mediaba entre ambos. Después, sin apartar sus ojos de los suyos, Mariana soltó las manos, lentamente se puso en pie, se recogió la falda hasta la cintura dejando al descubierto las medias hasta medio muslo y unas bragas blancas que deslizó entre sus piernas. Después las guardó en el bolsillo de la chaqueta y tomó asiento en su silla a una indicación de Montclair. Entonces, sin que él hiciera señal alguna, se recogió de nuevo la falda hasta la cintura, se recostó ligeramente en el respaldo para acomodarse mejor y abrió enteramente las piernas.

Montclair permaneció unos minutos como en trance, mirando, y luego, con una amplia sonrisa de satisfacción que le ocupaba toda la cara, dijo solamente, mientras agitaba las negras bragas de encaje:

—Delicioso. Sencillamente delicioso.

Pasaron unos momentos que a Mariana se le hicieron siglos. A duras penas lograba ocultar el temblor de sus piernas. Montclair miraba alternativamente el objeto de su deseo y la puerta a las espaldas de Mariana, y ella pensó que no soportaría aquel martirio en el que la humillación nacía de la crueldad de aquel ser odioso cuya maldad había sido incapaz de sospechar. Fuera, en el pasillo, se oían de vez en cuando pasos y voces y Mariana pensó que si aquello duraba mucho más no podría resistirlo, pero sabía que sólo había un modo de hacerle frente. Respiraba con energía para dar salida a la tensión insoportable, Montclair se fijó también en su pecho que subía y bajaba al compás de la respiración y, de pronto, tras un espasmo y como si la contemplación ya lo fatigara, le lanzó las bragas negras.

—La función ha terminado —dijo él relajándose.

—Sí, la función ha terminado —dijo de nuevo, tras una pausa que ya duraba mucho. En su rostro se advertía placidez y una satisfacción maligna.

—Cada uno ha cumplido su palabra —respondió Mariana en estado de enervamiento—, así que, por lo que a mí respecta —hablaba despacio, pero tratando de mostrar una firmeza que estaba lejos de sentir—, este asunto está total y definitivamente liquidado, lo mismo que la historia que hay detrás.

—Con sinceridad, lo lamento. Lamento oírle decir que la historia está acabada porque creo que tanto usted como yo teníamos mucho que ganar con ella, pero, en fin, si ése es su deseo no voy a tomarla por la fuerza. No mientras las cosas estén como están. Pero le diré algo: ahora es cuando me doy cuenta de que nunca he querido portarme como un caballero; es más, lo único que me apetece ahora es portarme como un rufián. Pero no tema —dijo al advertir un instintivo gesto de defensa en ella—, también puedo decirle que es usted la única persona que ha conseguido que me comporte caballerosamente. Se lo digo como un halago. Si mi mujer supiera que le he dicho esto me arrancaría la lengua. Usted conoce a Maribel, ¿no es así? Por fortuna para usted y para mí, encontré los pendientes a tiempo sobre la mesilla... En fin —concluyó al advertir el gesto de desagrado de ella—, ahora será mejor que me permita salir de aquí antes de que me arrepienta.

Mariana lo miró con un punto de arrogancia por primera vez desde que entrara en la habitación.

—Le permito salir, pero no le aseguro que no vuelva a pasar por aquí de nuevo en fecha próxima.

—Lo estoy deseando —dijo Montclair dando un paso hacia ella.

—No lo deseará cuando ocurra —le aseguró Mariana. Se apartó de él y fue a la puerta, aferró el picaporte y la abrió—. Adiós —dijo acompañando la palabra con un ademán inequívoco del brazo.

—Adiós y no olvide que he sido un caballero —respondió Montclair con un tono entre sardónico y conciliador.

—No lo olvidaré, puede estar seguro —contestó ella con frialdad.

Cuando Montclair salió, volvió a cerrar la puerta y echó la llave a sus espaldas; entonces le fallaron las pierna y tuvo que dejarse caer en la silla y se entregó a un llanto histérico por donde reventaba toda la horrible tensión de la escena que acababa de finalizar. Se quedó allí un buen rato hasta que a la histeria la sucedió el agotamiento. Por fin se puso en pie, con el rostro crispado y los ojos húmedos; luego empezó a llorar otra vez y se mordió el puño para contenerse; de pronto, como recordando algo urgente y necesario, metió las manos bajo la falda, se arrancó literalmente las bragas y empezó a rasgarlas con una especie de tensa meticulosidad.

Al cabo de unos minutos, durante los cuales permaneció de pie, meditando, se agachó y empezó a recoger apresuradamente los restos esparcidos por el suelo, los juntó en la mano y los guardó apelmazándolos en el fondo del bolso. Luego apretó los puños y los dientes, hizo un gesto de determinación, giró y retiró la llave de la puerta y volvió a sentarse ante la mesa, tratando de ordenar con la mirada los papeles que tenía pendientes.

No pudo concentrarse, pero, acaso debido a la tensión del momento, algunas imágenes centellearon en su memoria, imágenes que provenían, al fin, de la noche ominosa. Imágenes ingratas y, entrevistas a la distancia de un par de días, indecorosas, indecentes. —Parece mentira —pensó de pronto— la diferencia entre vivir el sexo y verlo desde fuera, entre vivir el encuentro de dos cuerpos y observarlo en la distancia, con su inevitable juicio moral. Sentía una mezcla de vergüenza y ansiedad al empezar a recordar; eran recuerdos que aparecían de manera vaga, imágenes sin contornos definidos, pero con sensaciones bien evidentes. Aunque la mayor evidencia, la que la relajó en medio del estrés sufrido, fue la conciencia clara de que todo ocurrió entre ellos dos, sin que nadie más participara, sin la temida sospecha de un trío que la habría hecho sentirse absolutamente degradada con la presencia de Santos Murciano en la escena. Al menos —pensó—, es un asunto que queda entre Montclair y yo. Y al calor del alivio comenzó a serenarse lo justo para volver a intentar pensar.

Sin duda, Montclair la había vencido. La humillación era tan grande que ni siquiera sentía deseo de venganza. Había creído que jugaría con Montclair y ahora aceptaba con absoluta mansedumbre que era él quien había jugado con ella. No le dolía tanto reconocer la derrota como la forma en que había sido derrotada, humillada y arrastrada a los pies de un refinado chulo que se había complacido en envilecerla con absoluto deleite y sin el menor escrúpulo. Era una derrota tan contundente que ni siquiera se sentía con fuerzas para reaccionar. Tan pronto pensaba que no había sido más que un mal sueño como se enfangaba en la bajeza a la que se había entregado, todo por recuperar algo que su mala cabeza y su estúpida egolatría le habían hecho perder de la peor manera. Aunque estaba segura de que Montclair se emborrachó, de que estuvo jugando con ella de principio a fin, que la usó como a una pura hembra animal y tampoco recordaba cómo. Toda su experiencia sólo había servido para embarcarla en la peor vergüenza de su vida. ¿Cómo no supo ver la clase de miserable que se ocultaba tras aquella apariencia de hombre de mundo? ¿Qué cuentas tenía él que ajustar consigo mismo para haberla sometido a semejante crueldad? ¿Sería así también con Maribel Montclair? No tenía miedo a las consecuencias sino a su propia debilidad. Sólo tenía reproches para su estupidez, para su mala cabeza. La honorable juez Mariana de Marco había sido reducida a un estado de vejación que la hacía sentirse desnuda ante el mundo, desnuda a los ojos de todo el mundo, violada en lo más íntimo y manchada y engañada, incluso en su propio despacho. Violada, sí, aunque no hubiera sido por la fuerza bruta sino, para mayor oprobio, por la malicia de un enemigo que convirtió su fuerza en debilidad. Mariana contemplaba ahora la confianza en sí misma derramada como el agua de una bella jarra que se rompe por un gesto estúpido.

Pero, a pesar de la humillación, no estaba en su carácter el darse por vencida. La amenaza del chantaje había desaparecido con las prendas devueltas. Montclair podría presumir de victoria, pero ya no podía hacerle más daño, porque se lo había hecho todo y, a partir de ahora, era su palabra contra la suya, aunque bien sabía del valor de la maledicencia. Montclair había desplegado su astucia para intimidarla y para alimentar su orgullo de macho, pero ahora no tenía nada en mano y ella, en cambio, estaba persiguiendo un crimen efectuado en sus posesiones. Ya no podía intimidarla y probablemente en esa confianza pudiera estar su talón de Aquiles. La única respuesta digna que ella podía dar a su depravada insidia era la de mantenerse firme en su puesto. El tiempo pasa —se dijo—, y lo que ahora escuece mañana habrá cicatrizado. Trataba de darse ánimos, de rebuscar en su interior, en su historia personal, razones para romper el estado de abatimiento en el que todo el horrible asunto de su relación con Montclair intentaba postrarla. Volvió a secarse los ojos por enésima vez. Ya hacía un rato que no lloraba, pero las lágrimas siempre parecían estar a punto de desbordarlos. En todo caso tenía que rehacerse cuanto antes, la vida seguía, el trabajo también, lo mismo que el movimiento de los juzgados que oía al otro lado de la puerta. Lo que más le afectaba era la soledad. No podía contar a nadie lo sucedido, a nadie, ni a Julia Cruz ni a su querida y lejana Carmen. —Estoy harta de la dureza de la vida —se dijo—, harta. Y otra vez estuvo a punto de llorar, llevada por la pena.

Volvió a la mesa y volvió a sus papeles. No lograba concentrarse, aunque lo intentó. Le entró un ataque de ansiedad por un cigarrillo y a punto estuvo de salir a pedir uno al primero que encontrase en el pasillo, pero se contuvo. —Si me contengo, porque me fastidio —se dijo—, y si no, porque me desmeleno y hago locuras, el caso es que siempre estoy haciendo lo que no debo.

—Te voy a joder vivo, Montclair; te voy a machacar el día en que vuelvas a cruzarte conmigo. Aunque me cueste la carrera —dijo con rabia.

Una hora más tarde, el inspector Quintero compareció en el despacho con una excelente noticia. Tras el registro completo de la finca de Montclair, el crimen parecía quedar definitivamente circunscrito a esa área geográfica. La muerte de Elena se produjo en el almacén contiguo al edificio principal, que también se utilizaba como casa habitable aunque de uso circunstancial en este aspecto. La juez, tras recibir el informe, estuvo de acuerdo con el inspector en que el cadáver salió de allí rumbo a su destino final, lo cual creaba serias evidencias de implicación en la persona de Graciano Meres si se consideraba de fiar el testimonio que avalaba la presencia de su coche en el lugar donde fue arrojado el cadáver. Según esto, Graciano habría tomado su viejo Golf, introducido en él el cadáver de Elena y llevado éste al lugar donde lo encontraron, no muy lejos de la finca. Las dudas comenzaban a la hora de decidir el curso de los hechos: o bien Graciano la mató en el almacén de la finca de Montclair y la trasladó al punto donde la encontraron, o bien el asesino era otro y Graciano actuó como intermediario con la misión de deshacerse del cadáver, lo que hizo con muy poco tino. En todo caso, Graciano estaba implicado en el suceso y debía responder por ello. La juez dictó inmediatamente una orden de arresto.

—Sin embargo —dijo Mariana al inspector—, usted y yo sabemos que la investigación va a ir más allá de Graciano en cualquier caso.

—Lo sé —contestó él—, pero sospecho que será, más que nada, una cuestión de procedimiento, para atar cabos, como quien dice.

—No está tan claro, Quintero. Piense en la segunda opción. Además ¿qué hacía Graciano en la finca con Elena? Yo creo que él despreciaba a su nuera; no estoy tan convencida de que además deseara matarla, ni siquiera por un arrebato.

—No sabemos lo que pasa por la cabeza de gente tan cerrada como él —arguyó Quintero—. La gente de campo es muy suya. Cargan y cargan hasta que un día estallan y entonces... entonces no hay lógica que valga.

—Sí, desde ese punto de vista tiene sentido lo que usted dice. El hombre estalla y se ceba en la chica. Eso explica la brutalidad de la agresión. Lo que me choca de momento es que no he visto hasta ahora en la actitud de Graciano la causa del estallido y, sea brutal o premeditado, ha de tener una explicación, una razón de ser. Tenemos que encontrarla, eso es lo que quiero decirle.

—Está bien, sí, la entiendo. Iremos paso a paso, pero me juego lo que quiera a que las cosas sucedieron como yo le he dicho.

—Pero vamos a ampliar las citaciones.

—¿Se refiere usted...?

—Me refiero al propietario de la finca, Santiago Montclair, y también al dichoso guarda de la puerta, que está resultando ser un taimado de mucho cuidado. Pero esta vez no le vamos a dejar escurrir el bulto tan fácilmente. ¿Cómo es posible que alguien mate con saña a una mujer en esa finca y el guarda no se entere?

—Cierto —aceptó Quintero—. Él tiene que saber algo de lo que ocurrió aquella noche. Si no la mató él —añadió, como sorprendido de su propia deducción—. Yo me encargo.

—Espere. Preferiría interrogarlo a él primero. Tenemos que ir por él ahora, no conviene darle tiempo a recibir órdenes de su amo. Aunque tal como ha venido declarando, me temo que las tiene bien asimiladas desde el primer momento.

—En cuanto al señor Montclair...

—¿Sí, inspector...?

—Me temo que le va a traer complicaciones.

—¿Un simple interrogatorio? ¿Un rutinario interrogatorio llevado a cabo con toda corrección y respeto a sus derechos de ciudadano del Estado español? No me lo puedo creer.

—Señoría, me parece que usted piensa que estoy en contra suya y no es así. El señor Montclair tiene muy buenos contactos y ningún reparo en utilizarlos cuando viene al caso, pero créame: lo que le he dicho se lo decía con preocupación, no con malicia. El señor Montclair, y yo no se lo he dicho, es una mala persona. Puede que usted y yo no estemos de acuerdo en algunas cosas, o en muchas cosas si usted quiere, pero yo la respeto a usted. Mi comentario ha podido ser desafortunado, ya lo veo, sólo pretendía advertirle que vaya con cuidado, que pisa un terreno resbaladizo; y se lo decía —añadió— con la mejor intención.

—No será la primera vez que piso donde no debo. Sé cuidarme. Pero le agradezco la deferencia. Ya veremos si el señor Montclair puede esconderse ahora tras su fama. Estoy deseando vérmelas con él, créame.

—Entonces no tengo nada más que decir. ¿Quiere que traiga al guarda y lo encierre?

—Sí, exactamente. Así le daremos otro motivo de preocupación al intocable señor Montclair. Tendrá que ponerse a buscar un sustituto con urgencia antes de pasar por aquí y ése no va a ser tampoco Graciano Meres.

Tras extender las órdenes de arresto y la citación a Santiago Montclair, Mariana se quedó meditando la situación. Ahora consideraba muy posible la reconstrucción del crimen y veía con claridad que, quizá exceptuando a Jacinto, los Meres estaban implicados bien por acción en el caso de Graciano, bien por omisión en el de

Remedios, lo mismo que le sucedía al guarda. Eso cuando menos, porque podría haber habido participación directa de los tres en una u otra medida, es decir, participación en el hecho con pleno conocimiento del mismo y de las consecuencias. No iba a ser fácil hacer confesar a los implicados porque eran gente dura y acostumbrada a soportar el dolor y la adversidad; de todos ellos, Remedios era la que probablemente habría tenido una participación indirecta; en cuanto a los otros dos, era impensable que Graciano, solo y sin la ayuda del guarda (o, al menos, sin que éste se percatara), hubiera envuelto tan cuidadosamente el cuerpo como para no dejar huella en su coche, cargado con él hasta el maletero y, por supuesto, entrado y salido de la finca antes y después del asesinato sin llamar la atención. Que el guarda ayudó le parecía indudable. Por unos momentos trató de imaginar la escena: uno o, quizá, los dos rústicos tratando de forzar a Elena, ella defendiéndose y, por fin, el ataque brutal, ciego y descontrolado sobre la víctima que se resistía. No hubo violación, sólo agresión. Una escena digna del peor drama rural.

Y mientras tanto, Jacinto se encontraba en G... celebrando su particular reunión con algún desconocido, quizá el conductor del coche de matrícula extranjera que se desvaneció misteriosamente circulando por las calles de la ciudad. Sin embargo, la oportuna desaparición de Jacinto, ¿no pertenecería también al enredo general?; porque él tenía que saber bastante de lo sucedido, estas historias de clan pertenecen al clan, a todos y cada uno de sus miembros, y Jacinto callaba; por la razón que fuera, callaba. De ser así, le parecía una actitud indigna de alguien que hace protestas de amor hacia la otra persona. ¿Quería proteger a sus padres? ¿Tendría alguna relación con Montclair su silencio? Y en cuanto a Montclair, ¿qué sabía él verdaderamente de lo ocurrido? ¿O estos movimientos de sus subalternos de confianza sucedían a sus espaldas, con él en la higuera? Tras su experiencia,

Mariana era incapaz de pensar que Montclair fuera persona capaz de actuar sin conocimiento y sin motivo.

Lo que se preguntaba, entre curiosa y atormentada, era la razón por la cual, al menor descuido, acababa en los brazos, o en las garras, de personajes que siempre, de un modo u otro, ocultaban un grado de malignidad tan alto como de atracción. ¿Qué era lo que la acercaba a ellos? Le bastó pensar en Rafael Castro,* aquella historia que le reveló brutalmente esta condición suya, para hacerse cruces y rechazar todo trato. Y sin embargo, con el tiempo, reincidía. Era como una maldición que le hubiera echado el hada que no fue invitada a su bautizo.

Pero al cabo del rato, pasada la espantosa escena con Montclair en su despacho, Mariana, por el efecto de reacción de los contrarios, empezó a renacer de sus cenizas y, como el ave Fénix, remontó el vuelo. Sin embargo, no era más que una reacción eufórica. Luego se le ocurrió pensar qué habría sucedido si Quintero se llega a presentar en su despacho una hora antes o Pelayo por unos expedientes y la sola idea la dejó estremecida, pero la exultación de la euforia la borró de inmediato.

* vid. *La muerte viene de lejos.*

De pronto, la sucesión de acontecimientos empezó a adquirir velocidad. Tanto el guarda como Graciano Meres fueron llevados a calabozos y la juez inició los interrogatorios. Empezó con Graciano y, tras exponerle sus conclusiones y sin la menor presión por parte de ella, confesó el crimen. Relató los hechos tal como se los presentó la juez y sólo añadió que ahora, pasado el tiempo, se daba cuenta de que había sido un acto de ofuscación.

—¿De ofuscación? —preguntó un tanto sorprendida Mariana—. ¿Qué clase de ofuscación?

Él dijo que había perdido la cabeza, que ella trató de atacarlo y él, furioso, la arrojó al suelo y allí la golpeó con una pala que cogió en el mismo lugar, en medio de la pelea que entablaron.

—Perdone —dijo la juez—, ¿puede explicarme por qué peleaban?

Graciano empezó a decir que su nuera estaba haciendo daño a su hijo, que era un matrimonio que él no entendía porque ella no había sido más que una puta que se aprovechaba de la simpleza de su hijo para buscar casa y comida y que lo tenía abandonado al hijo.

—¿No sería al revés? —dijo la juez con intención—. Además, tengo entendido que ella lo ayudaba mucho con el vivero; vamos, que metió dinero en él y lo llevaban a medias.

Graciano mostró sus dudas y esto hizo pensar a la juez que tendría que interrogar de nuevo a Jacinto para corroborar las afirmaciones del padre, pero, en todo caso, el asunto no le parecía como para perder la cabeza y matar a su nuera a golpes.

—¿No intentó usted algo más que reprocharle el trato a su hijo? ¿No intentó forzarla y aprovecharse de ella, ella se defendió y acabó matándola?

—Si yo la hubiera querido forzar, la habría forzado —dijo Graciano bruscamente, ofendido. Mariana se puso en alerta.

—¿Si hubiera querido, dice? ¿Debo concluir de esa afirmación que no quiso tener contacto carnal con ella en ningún momento? ¿Que la mató por el solo hecho de ser su nuera?

Graciano abrió la boca, sorprendido, y las palabras con las que pretendió contestar se le trabaron en la lengua.

—Ella... ella era la que provocaba y se reía de nosotros. Ella nos despreciaba. Era una mala mujer. Usted también sabe lo que había sido antes de venir aquí a buscar a mi hijo. Nos hizo daño y tenía que pagar, eso es lo que tenía que pasar. Eso es lo que decía, que la dejáramos en paz para que podría manejar a Jacinto a su gusto —Mariana enarcó las cejas ante el uso del verbo—, para que podría quedarse con nuestro dinero y la finca y todo lo nuestro; ella era como la mala hierba, que ha de arrancarse de raíz.

Mariana observó al individuo con suspicacia. Aquello parecía una declaración recitada, un tópico sin alma; ni en el mejor de los casos atisbaba la ira que debió de incendiar sus emociones para golpear con semejante encarnizamiento a Elena Sánchez. Parecía una lección aprendida, mal sentida y peor expresada. Fuera o no culpable, y todo indicaba que lo era, aquella declaración no se correspondía con la verdad. En vista de lo cual, prefirió rodear la confesión.

—Piense usted, Graciano, a ver si recomponemos la escena del crimen. ¿Cómo es que usted se encuentra con su nuera en la finca del señor Montclair?

Graciano se enredó en una serie de confusas explicaciones de las cuales lo único que pudo sacar en claro la juez De Marco fue que aquél vio marchar primero a su hijo en coche hacia G... y luego a su nuera. Extrañado por la salida de su nuera en tan breve plazo, se decidió a seguirla para ver adónde iba y así caminó tras ella por el arcén de la antigua carretera general hasta que la vio entrar en la finca de Montclair. Según Graciano, el guarda no estaba a la puerta, él supuso que andaría por las dependencias haciendo cualquier cosa y siguió los pasos de Elena. Ella entró en el almacén y Graciano, sospechando que iba a verse con alguien, entró tras ella. Si alguien la esperaba, él no lo vio, pero se dirigió a su nuera para reprocharle su actitud con Jacinto, y la mujer, según Graciano, se rió de él, lo acusó de perseguirla e intentó golpearlo con una pala que había allí tirada. Entonces él le arrebató la pala y, como no se calmaba, primero la abofeteó y después, al morderle ella en un brazo y en el cuello, la empujó violentamente y, ciego de ira y de rencor, la golpeó hasta matarla.

El relato dejó muy insatisfecha a Mariana. Sin duda era verosímil en cuanto a los hechos, pero seguía sin comprender el motivo de la agresión, tanto de ella como de él. El de Elena era del todo incomprensible a tenor de lo que sabían de su carácter y de su relación con Jacinto; el de Graciano tampoco daba pie a un ataque de furia tan poderoso como para acabar con la vida de la mujer. Y, por encima de todo, estaba el hecho de que a la juez le constaba, por propia declaración de Jacinto que daba por sincera, que el matrimonio podía ser un matrimonio blanco, mas un matrimonio bien avenido y en el que existía un verdadero cariño mutuo. Quizá fuera la torpeza de Graciano al explicarse la que inducía a confusión, quizá confundiera los hechos e incluso las emociones en un cerebro bien poco flexible, quizá estaba ocultando una pasión escondida por la mujer, aunque eso le parecía a Mariana más propio de una astucia inmerecida. En cualquier caso, al cabo de una hora larga, miró a Pelayo, que transcribía las enrevesadas declaraciones, y éste le devolvió una mirada de impotencia tan contundente que la animó a dar por finalizado el interrogatorio. El sospechoso quedó a disposición de la juez y lo bajaron a calabozos.

—¿Qué le parece a usted? —preguntó la juez al secretario.

—Que hace usted muy bien en devolverlo al calabozo a ver si se ordena un poco la cabeza porque este hombre es un nudo de contradicciones. ¿Pues no dijo primero que sólo quería reprocharla y luego que fue ella la que lo atacó?

—Sí. La sensación que yo tengo —confesó la juez— es que sus versiones sucesivas se van desmontando y cambiando a medida que le señalamos las contradicciones. No es fiable, pero por arriba están deseando dar carpetazo al caso y en cuanto se enteren de que hay una confesión empezarán a presionar. Hay que salir del atasco como sea. Veremos qué dice el guarda, que es otro pájaro de cuidado. Lo que ahora nos preguntamos usted y yo es que, si la confesión es fingida, ¿a quién encubre? Yo tengo una idea en caso de confirmarse la falsedad.

—Yo también —dijo Pelayo.

Mercurio negó rotunda y tozudamente cualquier relación con el traslado del cadáver. Repitió lo que había declarado anteriormente ante Quintero y se vio con claridad que las versiones de Graciano y él no casaban: o Mercurio acompañó a Elena, le dio agua y la encaminó hacia el otro lado de la finca o Mercurio no estaba a la vista cuando Graciano entró en la finca siguiendo a Elena. Debido a la firmeza del guarda, Mariana optó por dar más credibilidad a su testimonio que al de Graciano Meres. Según ello, Graciano debió de entrar en la finca después de que Mercurio señalara a la mujer el paso hacia la costa. Graciano debió de seguirla a hurtadillas, escapó a la vigilancia del guarda, rodeó la casa y fue por Elena; la atrajo al almacén del modo que fuera y allí intentó violarla, primero, y acabó agrediéndola mortalmente ante el rechazo de ella.

Bien. Hasta aquí, plausible; pero ¿y el cadáver? Por ahí flojeaba la versión del guarda. Era imposible que no se diera cuenta de que Graciano salía de la casa, tomaba el camino a la suya y regresaba con el coche para cargar el cadáver dentro. Vuelto a interrogar, Graciano explicó que había sacado el cadáver a hombros, aprovechando la oscuridad de la noche, después de haberlo introducido en una de las bolsas de plástico negro de las que se usaban para dejar la hierba empaquetada en el campo. Según él, el guarda dormía en su catre, alejado del almacén, y los dos perros lo conocían y no ladraron. Una vez en su casa, lo envolvió bien, limpió cualquier resto o mancha como había hecho en el almacén y lo metió en el maletero del coche. Echó carretera adelante, y en un ensanchamiento del arcén donde había una masa de helechos, lo escondió confiando en que tardarían en pasar por allí y encontrarlo.

Sí, pero ¿por qué cortarle las manos y dónde? Ante la sorpresa de Mariana, Graciano manifestó desconocer que el cadáver tuviera las manos cortadas y ella no lo creyó. Sin embargo, sus protestas de desconocimiento parecían tan sinceras que empezó a dudar. Lo cual ponía sobre el cuadro del crimen un enigma más, justo ahora que empezaban a aclararse las cosas. ¿Quién y para qué diablos le habría cortado las manos al cadáver si no fue el propio Graciano?

—Buenor dia. —La erre madrileña se deslizó imperceptiblemente por el saludo hacia la muda ese final y Amable García sonrió satisfecho a su clienta.

—Buenos días, Amable —respondió Mariana—. ¿Cómo es que un gato como usted tiene un puesto de pescado si Madrid no es puerto de mar? —bromeó.

—Porque nos lo merecemos más que nadie, pero no se puede tener todo. Si uno es perfecto, se ofenden los demás, ¿no te jiba? A ver qué le pongo hoy a su señoría.

—Algo para plancha o para freír porque voy con prisas y tengo invitada a una amiga; pero que sea bueno.

—Bueno no, superior. Aquí lo único malo soy yo, mejorando lo presente.

—Hombre, gracias; usted siempre tan sutil.

—¿Quién, yo? Sutil de cojones, como decía el otro.

Se entretuvo en admirar el arte con que limpiaba un par de chicharros y le abría un besugo y lo preparaba para hacer a la espalda. Le fascinaba ver un cuchillo tan grande penetrando en el hilo del lomo del chicharro para separarlo del cuerpo antes de sacar los lomos, o el modo en que se deshacía de la espina central del besugo sin separar las dos partes.

—Es usted un artista cortando, Amable; lo que no sé es cómo no se deja los dedos con semejante filo. ¿Por qué no usa un guante de esos de cota de malla?

—Porque soy un virguero y porque eso de los guantes es una mariconada.

En el mercado apenas quedaban transeúntes, la hora de cerrar se había echado encima y por aquí y allá se oía el ruido de las persianas metálicas al caer y el eco de las voces de los que se metían prisa resonando en el espacio cubierto de metal y cristal. Mientras Amable empaquetaba los pescados y los metía en una bolsa de plástico, un hombre que pasaba por detrás de Mariana le susurró al pasar:

—Olé los culos bien puestos.

Entonces recordó que llevaba aún las otras bragas en el bolsillo de su traje de chaqueta, exactamente desde la visita de Montclair.

Encontró a Julia Cruz esperando en la calle, recostada en el portal. Subieron enseguida al piso porque la humedad metía el frío en el cuerpo y dejó a su amiga en la cocina mientras escapaba al dormitorio para vestirse decentemente. Luego, mientras una extendía el mantel y ponía la mesa, la otra frió los chicharros; lavaron y cortaron la lechuga, aliñaron la ensalada y se sentaron a comer buscando un poco de relajación.

—No hay nada peor que interrogar a un zopenco —comentó Mariana—. Te parece que va a ser pan comido, pero como no responden a ninguna regla de la lógica mas que a la suya propia, que es tan cerril como su propia vida, te tienes que acabar metiendo en su cabeza a ver si desde ahí puedes sacar algo en limpio y lograr que razonen. Es un esfuerzo agotador.

—¿Es por eso por lo que estás tan tensa?

—¿Yo, tensa? Bueno, sí, un poco. ¿Es que se me nota?

—Jo, que si se te nota. Desapareces el domingo, el lunes tienes una voz tan deprimida que daban ganas de no llamarte y hoy se te ve con mala cara y tensa. ¿Qué es lo que pasa? No me digas que el caso te está afectando tanto.

—El caso... el caso... Ojalá fuera el caso todo mi problema.

—O sea, que hay algo más.

—Hay mucha presión —disimuló. No quería ni rozar el asunto de Montclair—. El caso apunta en una dirección muy comprometida y me están echando los perros encima y...

—¿Y...?

—Y la vida en general.

—No fastidies. No me digas que vas a empezar a deprimirte porque esta vida es una barca, como decía Calderón de la Mierda.

Ninguna de las dos pudo evitar una sonrisa contagiosa.

—Si yo te contara... —dijo al fin Mariana.

—Cuenta, cuenta —la conminó ansiosa Julia.

—Déjalo, es un asunto demasiado personal, pero estoy dolida y humillada y lo mismo decaigo que, de repente, subo y luego vuelvo a caer y así todo el rato, arriba y abajo.... Deprimida, sí, ¿por qué no?

—Lo siento. —Hubo una pausa y comieron en silencio hasta que Julia se decidió a hablar—. Ya sabes que puedes confiar en mí, pero no quiero forzarte. Si te hace falta contar, tú me lo dices y yo escucho, cuando te venga bien. Lo importante es que no te dejes llevar por el desánimo. Nada de depresiones, fuera con ellas: las depresiones son muy poco elegantes y nosotras somos unas divinas.

Mariana sonrió con un velo de tristeza en los ojos.

—Tengo la vida un poco trastornada —empezó a decir de repente—. A veces pienso que es porque soy antipática y me cuesta conectar con los demás. Otras veces pienso que la gente me toma manía por mi carácter. —Calló unos segundos, como meditando—. No estoy a gusto en esta ciudad; no es por la ciudad, que me encanta, sino por el ambiente un tanto enrarecido que advierto a mi alrededor. De repente el trabajo se ha ido poniendo grave, no sé si me entiendes, plomizo como los días destemplados de aquí. Estoy empezando a tomar manía a la gente. Dime: ¿de verdad parezco una frívola y una autoritaria?

Julia se echó a reír francamente.

—Tú es que eres más susceptible que mandada hacer de encargo. Pero ¿cómo se te ocurren esas cosas? ¿Alguien te ha dicho algo? ¿No? ¡Pues entonces! No te puedes pasar la vida suponiendo lo que suponen de ti los demás porque eso es mareante y enfermizo. Lo que siempre me ha gustado de ti es que vas por la vida diciendo «aquí estoy yo»: ¿ahora me vas a decir que era todo fachada? No me fastidies.

—Pero es que me siento muy insegura.

—¡Qué dices! Anda, no me seas mimosa, que yo creo que estás buscando que te trate en plan osito de peluche. Lo que tienes que hacer es salir más...

—Pero si ya no tengo tiempo ni de ir a correr —protestó Mariana.

—Más a mi favor: desde mañana salimos a correr juntas con la luz del alba; y a la salida del juzgado te vienes a donde yo te diga a tomar una copa tranquilamente y a charlar un rato con otra gente que te voy a presentar, pobrecita mía, que te he tenido abandonada últimamente.

—Lo que sea menos buscarme un novio, que es en lo que siempre estáis pensando mis pocas amigas.

—Natural. No digo yo un novio, pero sí que te hace falta gente que te saque de tu ambiente, que es más sórdido que yo qué sé, todo el día con pleitos y delincuentes y cosas por el estilo. —Julia se quedó pensativa— Mira, se me ha ocurrido una persona que está muy bien y te va mucho...

—¡No! ¡Antes muerta!

—¡Cáscaras! ¿Será posible que creas que eres antipática? Serás antipática con la gente maleducada y desagradable, digo yo; la verdad —dijo de pronto con preocupación— es que debes de estar bastante deprimida para pensar así de ti misma. ¿Ves? Por eso te hace falta cambiar de ambiente.

—Puede ser, pero nada de novios.

—¡Qué manía has cogido con los novios! Luego se te deja sola y caes en manos de unos horteras de bolera, como aquél.... ¿cómo se llamaba?

—Jaime Yago.*

—Eso, Jaime Yago. Vaya nombre de niño bien. ¿Ves lo que te digo?

—Pues tenía su morbo.

—Ya. Para ti. A ti es que te gusta cada uno... Si me dejaras elegir a mí por ti, que eres una negada... Por eso necesitas un novio, para dejar de caer en brazos musculosos que no te merecen.

—Oye, que yo me lo pasé bien con Jaime hasta que se acabó. La gente da de sí lo que da de sí.

—No, si lo que buscas es eso... tú misma. A mí es que me gusta que tenga algo dentro del coco; tampoco es que los quiera licenciados en filosofía sino simplemente con algo en la cabeza, con cierta finura, con sus cataplines, no te digo que no... pero, no sé, un poco de enjundia, ¿no?

—Depende de lo que estés buscando.

—Ése es tu punto débil: que, en el fondo, tú estás buscando sólo lo que no te comprometa; o sea: una polla y unas risas. Pero ya no eres una veinteañera, Mariana, y la soledad va siendo cada vez más aplastante, por muchas risas que hagas. Todas tenemos que crecer, aunque nos cree tantos problemas; la vida...

Julia se interrumpió de golpe. Mariana, quieta ante su plato, lloraba silenciosamente y las lágrimas se deslizaban por sus mejillas como gotas de tristeza que fluyeran del alma. Julia se levantó, rodeó la mesa, la recogió entre sus brazos y sintió la conmovedora fuerza con que Mariana la abrazó.

—Mariana, mi amor, lo siento, lo siento de veras, no quería hacerte daño, mi vida, no llores...

—Lo sé —respondió Mariana pugnando por contener sus gemidos—. Lo sé. Es que no puedo evitarlo.

* vid. *Un asesinato piadoso*.

Finalmente, Mariana anuló la citación a Santiago Montclair y la pospuso al día siguiente como medida terapéutica. Lo pensó mucho, pues le parecía un abandono del deber, pero también había decidido cuidarse un poco, y en el combate entre la mujer sensible y la jurista puritana, ganó la sensible, si bien Julia Cruz tuvo que emplearse a fondo para convencerla, después de que Mariana, acuciada por la presión a la que estaba sometida, relatase a su amiga su desventura del fin de semana y la humillación posterior. Julia la escuchó horrorizada y llena de compasión. Al final, Mariana, agotada, se echó un rato en su cama y Julia permaneció junto a ella después de avisar al estudio que esa tarde no pasaría por allí. Aunque procuró distraerse viendo la televisión, cada vez que recordaba el relato de su amiga se desahogaba poniéndose en pie, olvidando el televisor y paseando indignada por el salón arriba y abajo. El día lluvioso —otro día más— no ayudaba en nada; en su deambular, acabó por entrar en la cocina y dejarla como una patena, lo cual la calmó y pudo volver a concentrarse en la televisión con la ayuda de una teleserie de humor americana.

Un par de horas más tarde, Mariana reapareció somnolienta aún, pero descansada. No pudieron evitar el regreso a la conversación precedente y pronto se vieron envueltas en un análisis a fondo de las consecuencias de los acontecimientos. Julia, que admiraba la entereza de Mariana, dispuesta a citar a Montclair, estaba preocupada ante la posibilidad de un chantaje.

—¿Qué puede buscar presionándome? ¿Que lo aparte del caso? No está imputado, se le llama sólo como propietario de la finca donde se cometió el crimen.

—No sabemos hasta dónde puede estar implicado.

—Julia, no compliques las cosas, por favor; bastante penoso me va a resultar interrogarlo para que, encima, empecemos a crearnos fantasmas alrededor.

—Vale. En cualquier caso, te consta que no tiene nada con lo que pueda presionarte... no sé... fotos...

—Julia, por Dios, no me angusties más de lo que ya estoy. Mira, al final he acabado creyendo sinceramente que lo que ocurrió fue debido a que nos cogimos una buena trompa los dos, o sea, que era algo premeditado por parte de Montclair lo de emborracharme y él acabó igual. Seguro que quería echar un polvo, pero no puedo dejar de reconocer, ahora que la bruma alcohólica se va disipando, que yo, con la euforia del *champagne*, no estuviera también por la causa; no deja de ser un tipo peculiar, seductor. Me confié; yo esperaba sonsacarle a sabiendas de que él intentaría llegar conmigo hasta donde pudiera y me confié; reconozco que iba sobrada, pero al final el alcohol pudo con los dos, eso es lo que creo. Lo del *champagne* fue la puntilla, por tanta mezcla. ¿Que intentaba tratarme como un trofeo? Pues sí, te lo acepto. Lo de la humillación en mi despacho fue una idea posterior que revela su verdadero fondo de maldad. Pura maldad, puro regodeo, pura humillación; porque ¿para qué, con qué fin me iba a hacer caer en una trampa?

—Entonces, ¿por qué se guarda las bragas?

—Los pendientes se me olvidaron y las bragas las perdí. Él debió de encontrarlas, y como es un hijo de puta y un sádico, se le ocurrió la idea de joderme de la peor manera posible. Pero al principio yo creo que no hubo premeditación.

—Premeditado no sé, pero que él tenía en mente echar un polvo es seguro. Y con malas artes.

—De acuerdo. Y yo lo tenía que haber supuesto, si vamos a eso. Y lo supuse, no me engaño. Pero, déjate, yo también he usado malas artes cuando me ha interesado un tío.

—¿Seguro que la amnesia está desapareciendo?

—Bueno, hay cosas que no recuerdo aún, que quizá no las recuerde nunca, pero no te empeñes: ni me hizo fotos, ni filmó la escena ni nada por el estilo; eso está bien para las series tipo *thriller* de la televisión. La realidad es mucho más normal y mucho menos sofisticada.

—No estás nada segura. Lo noto. Ten cuidado, no vayas a empezar a encontrarle disculpas.

—Pero ¿cómo voy a disculparlo después de lo que me ha hecho?

—Sí, eso es verdad.

—Además, hay otra cosa que me preocupa.

—¿Otra más? Pero ¿qué fin de semana te montaste?

—No. Es por la escena del despacho —Mariana dudó—. Es... Cuando retiró la llave de la puerta, de modo que pudiera entrar cualquiera... No se cómo decírtelo: me excité. ¡Espera! —dijo al ver la cara de sorpresa de Julia—. No es lo que crees; no fue una excitación sexual; fue como una descarga de adrenalina; a lo mejor por eso soporté esos minutos horribles.

Julia la cogió de la mano.

—Sé lo que quieres decir: era el peligro, ¿verdad? Lo que te excitaba.

—Sí, creo que sí —respiró aliviada.

—Va con tu carácter.

Las dos se quedaron en silencio.

—Será por eso que me gustan guapos y canallas —dijo al fin.

—Será por eso que eres juez. Tú debías de ser una abogada de armas tomar. Lo del peligro es como la atracción del abismo. Ahora mismo estás en él, con el caso de la modelo. ¿O no te están cercando para que te lo quites de encima? Estás pisando callos y eso se paga, pero tú, erre que erre. ¿No ves lo que te ha pasado con Montclair? Y aún pretendes ir por él. Es tu carácter, chica, qué quieres que te diga. Pero ten cuidado, la fascinación por el peligro...

—He pensado mucho en eso y me da miedo, verdadero miedo, pero es una sensación tan... —Apartó la mirada, como si la poseyera un vértigo—. En fin, de lo que hablábamos antes: llegué a pensar como tú, te lo confieso, si cuando me quedé frita pudo tomar fotografías obscenas... lo que quieras. Pero no, yo me levanté, la casa estaba como muerta, nadie andaba por allí, no sé si la criada estaba en la cocina...

—La criada: ahí está la testigo.

—Julia: has conseguido que me calme y ahora parece que quieres que me vuelva a dar un ataque. Por favor, vamos a dejar este asunto de una vez.

—De acuerdo. Perdona. Es que ahora la que está de los nervios soy yo.

Al caer la noche, Julia se llevó a Mariana a cenar a Casa Víctor, se sentaron al fondo del restaurante y estuvieron charlando de cualquier asunto que les desocupara la cabeza de las preocupaciones que habían estado construyendo desde que Mariana se confesara con su amiga. Poco a poco la charla derivó hacia aspectos laterales del caso, como la imagen de Jacinto Meres y Elena Sánchez, que a Julia la había cautivado desde que leyó la información en los periódicos.

—No puedo decirte más de lo que sabes. El resto de la información está *sub iudice* aunque, al paso que vamos, acabará por salir todo a la luz antes de que cierre la instrucción. No sé cómo se las arreglan los de la prensa para enterarse de tantas cosas.

—Habrá soplones en el juzgado.

—Pero ¿quién? ¿Pelayo? Imposible. ¿Quién más?

—La policía.

—No sé, no creo, aunque quién sabe por cuántas bocas corren las noticias. En fin, paciencia. Pero ¿a que es un personaje, Jacinto?

—Sí. ¿Qué tal se entendía con su mujer? Es complicado, ¿no? Un tipo guapo y con pinta de buena persona, aunque un rústico al fin y al cabo, con una sofisticada modelo porno. Y en una pedanía de G... Vamos, que parece de novela.

—Bueno... se entendía de aquella manera.

—¿Cómo de aquella manera? ¿Qué quieres decir?

—Digamos que no con criterios estrictamente sexuales.

—Pero aunque él fuera gay, en fin, no sé cómo decirte, hay maneras de tener contacto...

—Julia, no me preocupa.

—Es por saber.

—Oye, eso es un asunto íntimo.

—Pero ¿él es totalmente gay?

—Él es, definitivamente, de la acera de enfrente.

—¿Exclusivamente gay?

—Oye, de esto, ni palabra; pero ni palabra, ¿me entiendes?

—Sí, sí, lo he entendido.

Se produjo una pausa en la conversación.

—Entonces... —empezó a decir Julia, rompiendo el silencio—. Puede que, después de todo, fuera un matrimonio blanco.

—Puede, no. Lo sé.

—Dos almas perdidas que, de pronto, encuentran una oportunidad de protegerse mutuamente —dijo Julia con una entonación soñadora—. Es fantástico, me encanta.

—A mí no me encanta nada —respondió Mariana—. Me dan pena los dos.

—Eso es porque no lo entiendes. Yo los entiendo perfectamente. Es emocionante, es entrañable. No me extraña que Jacinto te haya parecido una persona tierna. ¿Cómo sería ella?

—Julia, no idealices.

—¿Y el animal que la mató? Tienes que cazarlo, Mariana, por la memoria de la chica.

—Oye, que tú no has visto las fotos de ella. Yo no digo que fuera una mala persona ni nada por el estilo, pero es que aunque fuera un ángel... hay cosas que no se hacen impunemente; los actos tienen consecuencias. No creo que fuese sólo la fatalidad lo que la matara; en todo lo que hacemos hay siempre una consecuencia inevitable. Mírame a mí. Yo no creo que en el asunto de Montclair haya sido una sencilla muchacha engañada sino una mujer que vive como vive y actúa como actúa y a la que por eso mismo le puede pasar lo que me ha pasado. Fuera caretas, Julia; yo soy una persona honesta, decente, digna, todo lo que tú quieras, pero lo que me ha ocurrido me ha ocurrido por mi mala cabeza.

—Eh, no te pongas así, no te azotes como si fueras una penitente. Todos somos personas complejas, no de una sola pieza.

—¡Pues eso estoy diciendo! —exclamó Mariana levemente irritada.

—Vale, *my lady*, aquí lo dejamos.

—Y además me está sentando mal la comida —dijo Mariana con gesto de incomodidad—. Voy a pedir una infusión y nos vamos.

—¿Quieres algo para dormir esta noche? —dijo Julia preocupada.

Mariana estaba pasando una mala noche porque detestaba la farmacopea del sueño. Dormía a ratos, se despertaba con frecuencia, volvía a dormir... cada vez que abría los ojos se daba cuenta de que no descansaba y que a la mañana siguiente estaría molida de cuerpo y de espíritu. No se hallaba bajo el efecto de un insomnio, aunque lo pareciese, sino de la intermitencia del sueño. El rechazo al uso de un sedante o un somnífero era un acto de la voluntad que lindaba con la cabezonería, pero ya era tarde para rectificar. Pensó en levantarse de la cama y sentarse en el sofá del salón a leer. La pereza se lo impidió. Cada vez que despertaba empezaba a dar vueltas a sus problemas, al caso que instruía, a su propia vida en general, y de nuevo emprendía la tarea de conciliar el sueño, apagar su mente, perderse en la inconsciencia. En el silencio escuchaba el repiqueteo de la lluvia en los cristales, a rachas irregulares como su propia somnolencia. Arrebujada bajo la ropa de cama, apreciaba la cálida caricia de la sábana, cuya abrigada suavidad le hacía sentirse a salvo del tiempo destemplado que sonaba en el exterior. La fría luz de la calle contorneaba los volúmenes de la habitación y fijaba algunas líneas como trazos de albayalde.

Se dio otra vuelta y cerró los ojos. Pensó en su hermano. ¿Qué diablos hacía en G...? Era evidente que no había venido por ella, tampoco estaba de vacaciones, aparecía y desaparecía a su antojo y buscaba algo, sí, buscaba algo que ella no era capaz de discernir. Pensó en su madre, tan sumisa ante el padre como ante la distancia de sus hijos, pensó en su padre con un golpe de nostalgia, había sido un hombre autoritario y dominante, que procedía de un equivocado sentido de la rectitud. Mariana visitaba a su madre por Navidad y también aprovechando alguna escapada a Madrid para ver a las pocas amistades con las que se mantenía en contacto. Qué extraño se le hacía este estar en tierra de nadie, desatados los lazos familiares, distanciada de su entorno natural, aquel en el que había crecido, el colegio, la universidad, el bufete... Ahora, bajo las sábanas se arrebujaba aún más como si ellas recogieran lo que quedaba de un mundo que fue suyo, convertida en una trashumante.

Había algo en la presencia de Antonio que la inquietaba, pero no acertaba a vislumbrar lo que era. Quizá la nostalgia, quizá la cercanía de la conciencia familiar que representaba su figura, quizá una añoranza del hogar donde había crecido. Sin embargo, todo ello no era sino un cúmulo de sensaciones prendidas con alfileres y también una necesidad de sentirse arropada en un momento tan difícil como el que estaba viviendo. En medio de todo ello, su hermano actuaba como la banderola de un barco que aparece y desaparece tras las olas de un mar agitado. Pero ahí estaba y decidió antes de volver a coger el sueño que al día siguiente lo buscaría y lo ataría a la pata de la mesa de la cocina hasta que quedara saciada de explicaciones y de recuerdos compartidos.

Él le había dado su teléfono, pero en algún rincón de su memoria debía de estar una dirección en G... que ahora no le venía a la cabeza. ¿O no le había dado su dirección? Era igual, lo asaltaría a primera hora de la mañana, cuando estuviera en la cama durmiendo con esa lasitud propia de la gente alegre y despreocupada. Luego tendría que enfrentarse a Montclair, lo que le producía un rechazo intenso, no por miedo sino por incomodidad.

Además, ¿qué tenía que ver su hermano con él? ¿De dónde venía esa relación? En fin, negocios. Ésa era la palabra mágica: negocios, bajo la que se amparaba todo aquello que no tenía una definición y una misión concreta. Pues bien, que durmiera largo y tendido en su habitación de... ¿en qué hotel dijo que estaba? Mañana hablarían. Podía invitarlo a almorzar...

Abrió los ojos de golpe y se sentó en la cama, completamente despierta.

El hotel Panamá.

Tercera parte

Santiago Montclair se presentó a su cita de primera hora de la mañana sin abogado, con chaqueta *sport* de mezclilla, pañuelo de seda al cuello y mocasines de piel vuelta. A Mariana le pareció un gesto de arrogancia, pero se guardó su opinión. Ella vestía con su traje de chaqueta clásico, cerrado sobre el sujetador y sin blusa, por lo que su escote era de lo más sugerente; también iba cuidadosamente maquillada y no quedaba traza alguna en su rostro del abatimiento padecido. Los dos se observaron con educada fiereza, como dos gallos de pelea que se miden antes de saltar el uno sobre el otro.

La juez empezó por preguntarle sobre sus movimientos el día del crimen, a lo que respondió que se encontraba en su oficina de G... hasta las ocho de la tarde aproximadamente, salió a tomar una copa antes de volver a su casa y llegó a eso de las diez para quedarse allí hasta la mañana siguiente; ni ese día, lunes, ni el martes, pasó por la finca de su propiedad y nadie le comunicó ninguna anomalía o hecho destacable en ambos días. La noticia de que su finca se consideraba el lugar del crimen la recibió tras ser citado por la juez y no debido a la citación sino a la llamada que él mismo efectuó al juez Carbajo solicitando información al respecto.

—No había necesidad alguna de que telefonease usted al juez Carbajo —dijo Mariana—, porque en la citación se hace referencia a la causa.

—Estaba sorprendido —arguyó Montclair con gesto de inocencia—. No conseguía relacionar mi persona con el caso en cuestión.

—Dice usted que pasó la noche del lunes al martes en su domicilio. ¿Puede alguien corroborarlo? —continuó la juez sin inmutarse.

—Naturalmente —respondió Montclair—, estaba en la cama con mi esposa, tras haber cumplido con el rito del matrimonio. Yo soy un hombre de orden.

Mariana levantó las cejas por todo comentario. La respuesta era, evidentemente, una encubierta declaración de intenciones y un acto de insolencia, pero ella se mantuvo fría y distante.

—¿Alguna de las personas que trabaja para usted en dicha finca le comunicó a usted que viera u oyera algo fuera de lo normal esa noche?

—No tengo costumbre de comentar con mis empleados las incidencias de cada día; de eso se encarga el señor Graciano Meres y él no me dijo nada en absoluto. De hecho, me asombra que lo que usted dice que ha sucedido haya podido suceder en la finca.

—Pues ha sucedido sin lugar a dudas y he de decirle que resulta muy extraño que nadie se diera cuenta de un asunto tan grave como es el homicidio de una persona que, según el resultado de la autopsia, se defendió enérgicamente de su agresor.

—La finca es muy grande. Poca gente, aparte del guarda, debía de haber en ella a esas horas, si es que había alguna.

—Supongo que sabe que su empleado Graciano Meres se ha autoinculpado.

—Lo sé. Mi abogado se ocupa de ello.

—¿Y aún sigue diciendo que todo este asunto le resulta ajeno?

—Ajeno ya no, puesto que usted dice que el suceso ocurrió en mi finca y que uno de mis hombres de confianza es el culpable. Sorprendido, sí que estoy, y mucho. No me lo acabo de creer.

—Lo creerá cuando hayamos puesto en claro las responsabilidades de cada uno en este drama.

—¿Me está amenazando usted? —dijo Montclair, arrogante.

—Le estoy informando —respondió Mariana impertérrita.

—Escuche, señoría, no sé para qué me ha citado usted hoy aquí y, por lo que deduzco de este interrogatorio, no tiene usted nada contra mí...

—Señor Montclair, yo soy la juez de Instrucción en este caso y puedo interrogar a quienquiera que me parezca que puede aportar información al respecto. El sentido de mi interrogatorio sólo lo interpreto yo y usted se limitará a contestar a mis preguntas o a acogerse al silencio. ¿Ha comprendido usted lo que le he dicho?

—Perfectamente, señoría. Ahora es cuando requiero asistencia letrada y exijo que se llame a mi abogado para que se persone en este despacho antes de continuar el interrogatorio.

—Así se hará. Señor secretario, tenga la bondad de avisar al abogado del señor Montclair, él le dirá cómo localizarlo, para que se incorpore de inmediato. Mientras tanto, señor Montclair, permanecerá usted en la antesala hasta que se presente su abogado. Aún nos queda mucho por aclarar.

Mariana cerró la carpeta abierta ante ella en la mesa mientras los otros dos abandonaban el despacho. Se levantó y acudió a la ventana, como si necesitara luz, y se quedó mirando al enésimo día de cielo gris plomizo y rachas de viento y agua que azotaban el cristal. Habría agradecido que el tiempo ayudase a levantar el ánimo, pero desde que empezara la instrucción éste había decidido ponerse en contra, dispuesto a sumarse a los múltiples y azarosos problemas que aquélla le estaba ocasionando. Con la mirada perdida en el espacio exterior, volvió a preguntarse si Montclair dispondría de algún arma con la que intimidarla. Ahora bien: ¿para qué querría intimidarla si ella no lo acusaba de nada en concreto? Lo cierto es que lo había llamado para fijar unos cuantos aspectos laterales del escenario del crimen... y para mantenerlo a raya, aunque esto último era un añadido colateral. Si él intentaba presionarla sería o bien un intento de proteger a sus empleados o bien un indicativo de que tenía un papel más importante del que ella suponía. De hecho, esto la hizo pensar. No le parecía propio de él que se afanase de tal modo en cubrir al guarda y a Graciano; al fin y al cabo, si un empleado tuyo comete un delito nada hay que te obligue a protegerlo de sus consecuencias.... salvo que el alcance de las consecuencias pudiera llegar hasta el protector.

Consideró esta posibilidad. Quizá debiera comprobar los pasos de Montclair entre el lunes y el martes de la semana en que se descubrió el crimen. Según los empleados, la tarde y noche del lunes Montclair no apareció por el escenario, pero ésa era la declaración de dos hombres fieles y a sueldo. La policía, por su parte, buscó el rastro de Elena por la finca, pero quizá no había comprobado si alguien más se encontraba en ella además de los mencionados. Claro que éstos, si mintieron antes, mentirían igual ahora; pero el resto del personal —y a media tarde aún quedaría por allí alguno de los peones— puede que ni se sintiera tan ligado al amo ni hubiera recibido indicaciones de éste.

Al rato, la llegada del abogado de Montclair interrumpió sus pensamientos. Cuando Montclair reingresó en el despacho presentaba un aspecto de superioridad desdeñosa que la hizo temer por unos segundos que tuviera algún as en la manga; por toda respuesta, ella lo miró de un modo tan severo, con tal carga de advertencia, que notó cómo él se ponía en guardia a su vez, con gesto intrigado. —No —pensó ella—, no tiene nada contra mí. Es sólo un farol.

—¿Quién maneja el movimiento de contenedores en su almacén?

—El capataz.

—Debajo de uno de ellos estaban los restos de sangre de la víctima. Se había cubierto deliberadamente. Para ello hubo que mover contenedores de una pared a la de enfrente. Muy trabajoso.

—Son gente dura, el capataz y los peones; no hay problema.

—Creo que me está entendiendo perfectamente. Quien movió esos contenedores lo hizo para cubrir el suelo después de haberlo limpiado. ¿De quién era esa orden?

—No lo sé. Puede preguntarle a mi capataz. Pero... ¿dice usted que lo hicieron esa noche? Eso es extraordinario porque allí ya no quedaba nadie. No pensará usted que el bruto de Mercurio se dedicó a llevarlos de un lado a otro... ¿Está usted segura de que esa sangre era de la víctima? ¿No pudo ser de algún animal sacrificado? Se ha comentado que apenas eran rastros.

Mariana se mordió los labios. Alguien le había ido con el soplo del estado en que se encontraban las huellas. ¿El comisario jefe?

—Si sus hombres tienen la costumbre de sacrificar a los animales a palazos, es posible —dijo cáusticamente la juez—. También disponemos del arma del crimen, descubierta en su almacén.

—Buen trabajo —dijo Montclair con una sonrisa.

El resto del interrogatorio transcurrió sin incidencias y sin que el interrogado aportase nada nuevo a lo ya sabido. Mariana de Marco se lo quitó de encima rápidamente. Su cabeza estaba a la vez en otro sitio; concretamente, en su hermano pequeño.

—¿Qué pasa, mi niña? ¿Sabes que en G... se vive estupendamente?

—Déjate de mi niña y de fingir tanta felicidad, que soy mayor que tú, y siéntate.

A pesar de su aire jocundo, en la mirada de Antonio de Marco se transparentó una lucecita que avisaba de haberse puesto en guardia. Tomó asiento en una de las dos sillas destinada a los que eran interrogados por la juez, la cual permaneció en su sitio al otro lado de la mesa con semblante serio.

—Antonio —empezó a decir—, me vas a contar ahora mismo por qué estás y qué haces en G... Sin excusas. Prefiero oír la verdad de tu boca y no tener que contártela yo.

Antonio cambió de faz. Se diría que había estado esperando desde el primer momento en que se presentó en G... que llegara esta pregunta y así lo expresó con un gesto de reconocimiento y fatalidad a la vez. Sin embargo, no empezó a hablar inmediatamente sino que se tomó su tiempo, como si éste debiera compensar ahora la larga espera por la explicación demorada. Porque lo que también le pareció a su hermana durante el silencio que siguió a su pregunta fue que Antonio no había venido por azar sino por su propia voluntad y con un fin premeditado; el azar pudo estar, en todo caso, condicionado por el aprovechamiento de un viaje para ponerse a tiro de la pregunta de su hermana. —Fuera lo que fuese lo que la respuesta desvelara, Antonio —pensaba ella— vino para que yo lo incitase a hablar; y aparecía y desaparecía, lo mismo que un ave sin nido, con esa intención, aleteando delante de mí.

—¿No te lo imaginas? —preguntó él a su vez.

—Aún no —contestó ella, dubitativa.

—¿Qué es lo que te ha empujado a hablar conmigo? Tengo curiosidad.

—Si quieres saber la verdad, te diré que el hecho de que te hospedes en el hotel Panamá. No creo en las casualidades.

—Oh.

—No sé si sabes la fama que tiene y tampoco sé si sabes que ahí pernocta de vez en cuando Jacinto Meres por la misma razón de esa fama, pero no he olvidado que más de una vez me has preguntado con el mayor interés por la situación de Jacinto Meres y es posible que no sea casualidad. Es más, tú lo conoces. No vayas a negarlo.

—Así es. Ya sabía yo que en algún momento te darías cuenta. Sí —prosiguió en tono decidido—, conozco a Jacinto Meres. Lo conozco desde hace un par de meses. Nos conocimos en París este verano. Él estaba con su mujer, la que han asesinado, una mujer muy guapa, por cierto, aunque ya no era la de los momentos estelares de su antigua profesión. Yo estaba en París perdiendo el tiempo por un mal cálculo de mis fechas de viaje y él había dejado a su mujer en el hotel después de una mañana agotadora de turismo. Una pareja estupenda.

—Los dos lo parecían, en efecto.

—Sí, lo parecían y lo eran, pero yo me estaba refiriendo a él.

—¿A él? ¿Y eso?

—Porque era una pareja estupenda. Para mí, quiero decir.

Mariana, que se disponía a hablar, se quedó muda con la boca semiabierta y contemplando a su hermano con tal mezcla de incredulidad y pasmo en la cara que Antonio no pudo por menos de echarse a reír.

—¡Pero hermana! ¿No lo habías sospechado aún?

Mariana balbució algo incomprensible mientras movía la cabeza de un lado a otro con un gesto negativo de estupor.

—Pues así es. Sin embargo, tengo que dejarte en claro una cosa: no soy homosexual sino bisexual y, en cuanto a preferencias, para que te hagas una idea, me gustan los hombres-hombres y las mujeres-mujeres. Siempre fui muy acaparador. Recuerda cómo te quitaba las cosas en casa cuando éramos pequeños, lo quería todo para mí.

—Yo... Antonio... A ver... no me tomes el número cambiado... Yo... Yo no tengo nada contra los homosexuales excepto...

—Excepto que sean maricones —interrumpió Antonio con una carcajada.

—¡Calla, estúpido, no es eso! Quiero decir excepto si incumplen las mismas reglas que no tolero que incumpla nadie.

—Magnífico. Yo respeto las leyes y las cumplo. Y respeto al prójimo... que me respeta a mí, claro está. Y no mato, ni robo, ni torturo... bueno, lo de robar no lo sé, ya sabes que hoy en día el mundo del dinero tiene fronteras muy difusas... pero —continuó alegremente— nunca podrá decir de mí nadie que he robado a un pobre. Al menos —meditó— directamente.

—¿Quieres decir —preguntó Mariana, que empezaba a recuperarse de la impresión recibida— que tienes una relación sentimental con Jacinto Meres?

—Eso es lo que creo haberte dado a entender —respondió Antonio—. Discontinua, pero sentimental.

—Y dime... —en la voz de Mariana, su hermano apreció un tono trémulo—, ¿por casualidad no habrás venido hasta aquí en coche, un coche con matrícula francesa?

—Sí, así es; pero no es mío, es un coche que alquilé en

Burdeos porque tenía que pasar por un par de sitios antes de venir aquí.

—¡Oh, Dios mío! —gimió ella.

—¡Eh! Acabas de decir que no tienes nada en contra...

—No es eso, pedazo de alcornoque, es... que Jacinto Meres, persona clave en el caso que estoy instruyendo, es un sospechoso evidente que resulta ser tu amante y tú estabas con él el día y la noche del crimen y yo... Yo...

—¿Tú, qué?

—¡Yo no puedo seguir con el caso! —gritó Mariana furibunda—. ¡En este momento me convierto en parte interesada por ser tu hermana y tengo que abstenerme de continuar con la instrucción y pasársela a otro, o sea, a otra, a mi compañera Pérez Díaz.

—¿Y qué problema hay con esa juez, es enemiga tuya?

—¡No me lo puedo creer! —Mariana se llevó las manos a la cabeza con un gesto tan dramático de desesperación que impresionó vivamente a su hermano. Éste se puso en pie y corrió a su lado para calmarla, pero Mariana se desasió de él, se puso en pie, se alejó hasta la ventana y se quedó apoyada en el cristal, golpeándolo débilmente con ambos puños. Antonio permanecía petrificado junto a la mesa. Por fin, Mariana se dio la vuelta y encerró su cara entre las manos. Por entre los dedos asomaron un par de lágrimas.

—Mariana, yo no sabía... yo no podía prever... —Antonio hablaba desconcertado y compadecido a la vez, y era evidente que se sentía culpable aunque aún no acabara de asimilar la cabal improcedencia de su conducta.

—Tú no tienes la culpa —dijo al fin Mariana secándose los ojos con las manos mientras se acercaba a la mesa de nuevo—. Es la fatalidad, Antonio, es la fatalidad.

Buscó un pañuelo en el bolso, se secó las lágrimas y trató de recomponer la cara y la expresión. Ofrecía la viva imagen del desconsuelo.

—Por favor, no dejes que entre nadie ahora.

—Descuida —dijo Antonio, apesadumbrado, colocándose ante la puerta.

Se produjo un silencio sólo roto por las maldiciones en voz baja de Mariana, que poco a poco se fueron espaciando hasta quedar en nada. Caminando penosamente regresó a su silla, se tomó un respiro, se arregló el pelo y la cara con la ayuda de un espejito de bolsillo y el pañuelo, y cuando hubo terminado se volvió hacia su hermano, que permanecía indeciso, apoyado en la puerta.

—¿Y ahora qué vas a hacer? —preguntó él.

—Formalizar mi abstención y despedirme del caso —contestó ella—. Menos mal que cae en manos de Elisa y al menos se lo paso con alguna confianza. Podía haber sido peor. —De repente una idea pareció cruzar por su cabeza y se encaró con su hermano—. ¿Quién te mandaba a ti venir a G..., desgraciado, si nunca me has hecho caso ni te has ocupado de mí? Hay gente como tú que es... —buscó la palabra— malvadamente inoportuna, ésa es la verdad.

Estaba tan ofuscada que Antonio de Marco optó por dejar que descargara la tormenta.

—¡Inoportuno, inoportuno, inoportuno! —continuó ella—. No sé si voy a poder perdonarte esta intromisión, esta... —Se exasperó aún más al no encontrar la palabra adecuada y acabó por encerrarse en un mutismo exacerbado. Respiraba hondo y fuerte y se veía a las claras que le estaba costando mucho calmarse. Por fin, se echó hacia atrás en el respaldo, alzó un brazo con el gesto inconfundible del que da por terminado el asunto que lo conmueve y volvió la cara, siempre apoyada en el respaldo, hacia su hermano.

—No sé qué pensar de ti, de verdad. No sé qué pensar —dijo bruscamente.

Y luego, con una voz casi inaudible, sólo para sí misma:

—Esto es lo que estaba esperando Montclair, maldita sea mi suerte.

Y luego, con una evidente tristeza:

—Pobre Elena.

De pronto, como saliendo de una ensoñación, se volvió iracunda hacia su hermano.

—Por cierto, que pasas a ser un sospechoso y ahora, antes de que la juez Pérez Díaz te interrogue, me vas a contar a mí con pelos y señales lo que ocurrió la noche del martes en que murió Elena.

—O sea —dijo Antonio—, que soy un auténtico sospechoso.

¿Habría debido abstenerse ya tras la noche nefasta en casa de Santiago Montclair?, se preguntó angustiada más tarde. Sin embargo, entonces aún no tenía indicio alguno de que Montclair estuviera directamente implicado en el caso; de hecho, ni en esos precisos momentos podría decirse que estuviera implicado. Los hechos habían sucedido en su finca, sí, pero eso era una coincidencia. Tampoco su interés por la suerte de sus empleados podía considerarse sospechoso. Se le ocurrió pensar si la cita de aquella noche no fue una trampa preparada para cubrirse las espaldas y apartarla del caso tirando del escándalo, pero este pensamiento lo desechó enseguida por demasiado novelesco y porque revelaría alguna clase de temor sospechoso por parte de Montclair, temor que escondería algo turbio, una mayor implicación en el crimen, por ejemplo. Sin embargo, ahora que se encontraba fuera del caso porque éste señalaba también a su hermano como posible cómplice si Jacinto fuera el asesino de su esposa, no lograba deshacerse del todo de la hipótesis anterior. Claro que si Montclair necesitara apartarla del caso no le habría devuelto las prendas sino al contrario. ¿O quizá lo único que buscaba fuera tener una baza para presionarla si sucedía que la investigación lo comprometiera de alguna manera? Sí, pero en tal caso volvía a las mismas: no le habría devuelto las prendas. Además, otra consideración se imponía: ¿cómo explicar el motivo de su abstención? Enrojeció sólo de imaginarlo. Era de todo punto impensable.

Se dijo que tenía que pensar con serenidad. El acoso había sido una pura exhibición de prepotencia, una necesidad de saciar su satisfacción de macho dominante, una maldad que ocultaba formas mucho más oscuras de perversión. Lo cual la hizo pensar de nuevo en Maribel Montclair. ¿Serían sus relaciones las normales de un matrimonio y daría él rienda suelta a su lado oscuro fuera de casa? ¿Y si no era así? Se preguntó por el precio que pagaba Maribel para estar a su lado, un precio perverso en cualquier caso. Mariana suspiró hondo y prefirió alejar todos esos pensamientos. Ahora estaba simplemente atónita por la bisexualidad de su hermano e igualmente atónita ante las increíbles casualidades de la vida. Si Montclair buscó tenerla en sus manos, era su hermano el que conseguía echar abajo toda su dedicación al caso y la quitaba de en medio por un caprichoso golpe de infortunio.

Y no podía dejar de pensar que quizá el azar no fuera tan caprichoso, que a lo peor toda la suma de acontecimientos no era una suma sino una cadena, una cadena de la que le habían estado escondiendo varios eslabones.

Y ahora ya no tenía remedio. El azar o la pericia intencionada o la mala suerte o todo ello a la vez la apartaban del caso para siempre. Tenía el presentimiento de que la muerte de Elena nunca sería aclarada, de que la confesión de Graciano Meres obtendría toda la credibilidad necesaria para dar carpetazo al asunto y que todo volvería a ser como era antes, como antes de que el horror, irrumpiendo como una piedra que revienta la cristalera de un salón, rompiera la benevolencia del paisaje que se observaba a través de ella, el cual ahora, repuestos de la impresión, se disponían a restañar y a reparar como si nada hubiera ocurrido, lo mismo que un cristalero profesional recoge los restos de la rotura, desclava los junquillos del marco del ventanal, coloca un cristal nuevo y recupera la confortable visión de la vida y el correr del tiempo que se observaba antes del incidente.

Sólo que ella se había quedado fuera.

—De modo que tu hermano es homosexual —dijo Julia admirada.

—No, Julia, mi hermano le da a todo, hombre y mujeres. Es bisexual.

—¡Cáscaras! Quién lo iba a decir. Y yo que estaba pensando en echarle los tejos...

—Se los puedes echar. Te digo que también le van las mujeres.

—Sí, ya, pero me da como reparo, ¿sabes?

—A mí sí que me da reparo. Me ha quitado el caso —dijo Mariana rencorosa.

—Mujer, él no ha sido. Las circunstancias...

—¡Una mierda las circunstancias! Ni siquiera ha venido a verme a mí sino a ese tierno mozo de pueblo. De verdad, Julia, cuando pienso en todo lo que me ha ocurrido en estos cuatro últimos días se me llevan los demonios. Es que no puedo creerlo.

—Por lo menos te llevan los demonios, otras personas estarían sufriendo un ataque de depresión.

—¡Pero cómo me voy a deprimir con la mala leche que tengo ahora!

—Eso es lo que estoy diciendo.

—¿Y qué va a pasar? Mi compañera Elisa tiene que estudiarse a toda prisa el caso, habrá un parón, el culpable, quienquiera que sea, podrá esconderse mejor o fugarse si las cosas se ponen feas... en fin, un desastre.

—¿Tú tenías ya idea de quién podría ser?

—Sólo sé quién no ha sido. Jacinto, por ejemplo; estoy casi convencida de que habría sido incapaz de matar a su mujer. El padre, Graciano, sí encajaría, pero no ha sido; justamente su manera de declararse culpable y sus contradicciones lo eliminan como autor, o es tan listo que me supera. Remedios, la madre, podría haber sido la urdidora porque esa mujer sí que es lista, tiene esa listeza del campesino astuto y escondido, pero ni ella puede haber cometido el crimen, porque es poca cosa —ruin, como dice ella— y porque le falta fuerza; y tampoco puede haber sido la inductora si el resto de la familia no ha podido ser el brazo ejecutor. Total: ¿quién queda?

—¿Y si ha sido Montclair? —aventuró Julia—. Estaba intrigando para que se cerrase el caso cuanto antes, ¿no? A ti te encantaría, reconócelo.

—¿Ahora que no puedo trincarlo? Ni me menciones esa posibilidad porque me llevan los demonios sólo de pensarlo. En fin, te puedes imaginar que me encantaría que lo encerraran, pero eso no es razón para atribuirle el crimen. ¿Por qué iba a matar a Elena?

—Por lo clásico: porque trató de aprovecharse de ella y ella se resistió.

—No, pero... ¿y si ella, Elena, hubiera descubierto algo comprometedor en la finca de Montclair? ¿Te he contado que poco antes de que yo firmara la orden de registro un camión de Montclair, cargado de no se sabe qué, salió echando virutas de la finca? Nadie sabe nada, puede que el camión estuviera haciendo un simple alto en el camino y su carga fuera de lo más normal, pero ¿no es extraño? Y además: ¿cómo supo que iba a haber un registro a fondo de *toda* la finca?

—Sería bueno saber quién pudo darle el chivatazo.

—Alguien de la policía o del juzgado. No quiero dar los nombres que se me vienen a la cabeza.

—¿Por qué?

—Por si te vas de la lengua.

—¡Oye! ¡Tú! ¿Por quién me tomas? Ni que fueras el detective de la Continental.

—¿Qué? No. Estoy hablando como juez.

—Pues no te favorece, ni el modo ni la comparación.

—Pero ¿qué tal mi teoría? Verás: la finca de Montclair da a la costa: allí se puede desembarcar cualquier clase de mercancía ilegal y hacerla llegar a los almacenes. Una vez allí, se clasifica, se prepara y se distribuye por medio de los camiones. ¿Qué tal? Ahora supongamos que Elena, cuyo terreno linda con la finca de Montclair, ha visto algo que no debe ver y, o bien se lo reprocha a Montclair...

—... o bien trata de chantajearlo —concluyó Julia.

—Esa parte no me gusta. No sé por qué, pero no veo a Elena en ese papel.

—Porque eres una romántica. Yo, en cambio, que leo mucha novela policíaca de la buena, lo veo de lo más natural. Piensa en Dinah Brand, mismamente, o en Brigid O'Shaughnessy.

—¿Quiénes son?

—Mujeres de Dashiell Hammett.

—No lo he leído.

—Pues esas mujeres con doblez, capaces de lo mejor y de lo peor, siempre a lo suyo, pero sin perder la veta sentimental... esas mujeres existen en la vida real también. Tú has decidido que Elena era una víctima inocente...

—Alto ahí. Yo no he dicho nada de eso. Sí, me cae bien, siento simpatía y compasión por ella. Tampoco es tan normal que una mujer de vida alegre, una modelo porno, sufra una crisis religiosa y rompa con todo y siga su camino. Es ese temple lo que me atrae de ella.

—Eso... y la depilación —dijo Julia con malicia.

—Anda, vete a... —Calló y miró a su amiga severamente.

—Déjame bromear —suplicó graciosamente Julia—, que estás muy seria.

Mariana mantuvo la mirada severa durante unos segundos y luego sonrió con gesto de complicidad.

—Todavía me escuece —dijo, y las dos se echaron a reír.

—Vale —dijo al cabo de un rato Julia—, descartamos a Montclair. ¿Quién nos queda?

—El guarda de la finca, Mercurio, un perro de presa con escopeta al hombro.

—¿Mercurio? ¿Se llama Mercurio? No te puedo creer —comentó Julia muy divertida.

—Mercurio, así es. Un ceporro de mucho cuidado. Si ése intenta forzarla y ella no se deja yo creo que se la come cruda. No. Encubre a alguien, quizá al mismo Graciano, pero él no ha sido.

—Más sospechosos, a ver: tu hermano...

—¡No fastidies!

—¿Y si tuvo un lío con Elena? ¿Y si tuvo un lío con los dos?

—No estarás hablando en serio...

—No. Era hablar por hablar.

Mariana se quedó un rato pensativa.

—Oye —manifestó con un deje de inquietud—, si tiene un lío con Jacinto, lo mismo podría tenerlo con Elena. No digo que la matase, no, por Dios, pero sí que podría ser que, no sé, que...

—¿Que se tratara de un *ménage à trois*?

—¿Cómo lo ves?

—Pues complicado, si quieres que te diga la verdad. ¿Sabes desde cuándo están... digamos en relaciones Jacinto y tu hermano?

—No lo sé, no lo entiendo. Sabía que no fue aquí, pero, ahora que lo preguntas, me parece recordar que se conocieron en París y Jacinto iba acompañado por Elena. A lo mejor allí empezó todo; quiero decir, lo del trío, porque con Jacinto me consta que empezó entonces.

—Pues nada como preguntárselo. Pero déjame decirte una cosa: ¿no crees que si estuviera también liado con Elena tu hermano estaría más conmovido por su muerte? Por lo que cuentas, no parece que lo esté. O no más de lo que se corresponde con la desaparición de un ser querido para tu amante o pareja o lo que sean.

—Mi hermano no se conmueve ni consigo mismo; o a lo mejor consigo mismo sí, pero lo suyo es puro egotismo; su misma relación con Jacinto... Jacinto está verdaderamente apenado y, sin embargo, no he visto a mi hermano apenarse por él, por lo que está pasando. Sí, se ha interesado, se interesaba sibilinamente, preguntándome y haciéndose el tonto; es como si le resbalara o como si quisiera sacudirse el lado penoso del asunto, una actitud bastante infantil, por cierto... En fin, Julia, desde que me ha ocurrido lo que me ha ocurrido soy capaz de imaginar cualquier cosa excepto a mi hermano apesadumbrado por alguien que no sea él. Y mira que soy capaz de imaginar fantasías.

—En tu caso, incluso de vivirlas —dijo Julia—. De noche —apuntilló.

—Eh, déjate de hacer bromas sobre lo mismo.

—Es puro cariño.

—Menos mal. Si llegas a tener mala leche...

—Olvídate. Ya ha pasado. Montclair tampoco ha hecho el gesto de volver a molestarte ni a insistir ni a nada.

—A ver, ya tiene lo que quería: sacarme del caso.

—¿De verdad crees que quería sacarte del caso?

—Cariño, esa presión que estaba recibiendo no era porque le cayese mal a Carbajo o al comisario jefe. Nos llevamos mal, pero no tan mal.

—Puede que tengas razón. ¿Y esa juez, Elisa, qué tal es?

—Una buena juez, normal, clase media, fiable como juez.

—Entonces seguirá tu camino. No veo la ventaja.

—No lo sé. Puede que Elisa, que es previsible y contemporizadora también, trate de cerrarlo cuanto antes. Tiene una confesión. Yo sólo sé que no querían que hurgara mucho en el asunto. Ésa es mi sensación.

—Tú y tus intuiciones. Así es como acabas fantaseando.

—¿Y si hubieran sido varios? —reflexionó Mariana, súbitamente iluminada.

—¿Qué quieres decir?

—Varios. Un corro de gente. No un agresor sino varios, uno de los cuales perdió la cabeza y los otros lo encubren.

—Vaya bandazo, de golpe pasas de buscar un culpable a culpar a todos. Venga, deja de darle vueltas al asunto, que te vas a volver loca. Mira: ha salido el sol, por fin. Alegra esa cara.

—Y encima, eso. Ahora que me quedo sin caso, sale el sol.

Se había quedado un día esplendoroso, con un cielo azul brillante atravesado tan sólo por algunos jirones de nubes blanquísimos y un aire tan limpio y transparente que invitaba a recrearse en la nitidez del paisaje que se abría ante los ojos de Mariana, de pie en el Paseo Marítimo, situada frente al mar, sin saber qué rumbo tomar, si hacia el Alto del Cerro, al Oeste, o hacia el río Viejo, al Este. Tras la interminable serie de días de lluvia y grisura, la población se había concentrado bulliciosa en el Paseo, donde los conocidos se saludaban al pasar, el buen tiempo propiciaba el buen semblante, las voces adultas alternaban con el griterío de los niños y los jóvenes se cambiaban risas y gritos como en una verbena. Mariana caminaba distraída, cavilosa, y de cuando en cuando un saludo de alguna persona conocida la sacaba de su concentración. En esos momentos sentía un rencor general hacia la vida, hacia sus superiores, hacia su hermano pequeño, hacia Montclair y su gente, hacia los Meres e incluso hacia sí misma. Se sentía sola y desprovista de amparo y como una extraña en G... De pronto, sus relaciones, su modo de vida, los lugares que frecuentaba, todo, todo le parecía una farsa, un mundo ajeno en el que ella se había introducido pensando que había algo suyo ahí cuando, en realidad, no había nada de nada, nada que pudiera sentir suyo. Era una persona desprendida de su tronco como una hoja al viento, con un crédito que decía «juez» y una profunda carencia de afecto y arraigo. Iba de aquí para allá tratando de buscar acomodo, hacerse valer y respetar, siempre empezando en un lugar nuevo con la única compañía fiel y constante de sus libros y sus discos y algunos muebles y utensilios.

Echó a andar al azar. Quizá hubiera debido pasar por casa para vestir su equipo de *jogging* e ir a correr por la playa, que estaba semivacía, en lugar de sumarse a la multitud de paseantes, pero no se sentía con fuerzas. Pensó que era otra demostración de debilidad, que se estaba dejando llevar por el desánimo en todos los órdenes de su vida. Los acontecimientos recientes no invitaban al optimismo, la humillación sufrida a manos de Montclair era una herida dolorosa y abierta; su relevo, por mucho que fuera un golpe de mala suerte gracias a su hermano, no dejaba de ser mala suerte. Mariana no era supersticiosa y no quería serlo aunque estaba tentada de creer en alguna especie de maleficio incitado. Si la intuición existe —se decía—, ¿por qué no otra suerte de fuerzas ocultas flotando en el aire? ¿Y por qué no un conjuro? La energía de una voluntad mental dispuesta a mediar en la vida de otra persona debería de poseer una influencia aún más poderosa que la de una intuición.

De pronto, entre la gente que venía de frente distinguió dos figuras que le llamaron la atención.

Julia Cruz, vestida con su habitual desenfado con unos pantalones vaqueros y un jersey holgado, seguía teniendo, con la ayuda de su corte de pelo a lo chico, un aspecto andrógino realmente encantador. A su lado caminaba un hombre de unos cuarenta y tantos años, alto y desgarbado. Mariana se fijó en seguida en sus impecables zapatos ingleses de piel vuelta y en el toque de elegancia *casual* de su vestimenta. Tenía un rostro firme, de líneas muy marcadas en contraste con unos ojos pequeños, pero muy vivos y dispuestos a abrirse camino por una cara tan definida. Cuando Julia los presentó vio cómo la sonrisa de reconocimiento endulzaba su rostro.

—Mariana, te presento a Juan Usúa, médico, precisamente le venía hablando de ti.

—No me esperaba yo una mujer tan atractiva —dijo Juan Usúa convincentemente.

—Yo te lo dije —intervino Julia—, pero como eres un escéptico...

—Bien, vale ya de adulaciones —protestó complacida Mariana—. Ya veo que os habéis echado a la calle, como todo el mundo.

—Había que salir —dijo Juan— porque ya estábamos cogiendo moho. ¿Qué tal si seguimos los tres juntos y nos vamos a tomar unos vinos al Barrio de Pescadores?

—Por mí, genial —dijo Julia.

—Yo os acompañaré con un refresco, si me admitís.

—La pobre —comentó Julia a Juan refiriéndose a Mariana— tiene un problema con el alcohol que le hace perder la cabeza y cometer disparates.

Mariana le dirigió una mirada furibunda.

—Eso es mentira —afirmó tajante dirigiéndose a Juan; y luego, a Julia—: ¿cómo se te ocurre decir semejante barbaridad? Mira que eres antipática cuando quieres.

—Y tú, además de la memoria, estás perdiendo el sentido del humor —respondió Julia sonriente—. ¿No ves que era una broma?

—Una broma un poquito maligna —precisó Mariana, aún contrariada.

—Sólo hay una manera de resolver este embrollo —dijo Juan tomando la palabra—, beberás con nosotros y saldremos de dudas.

—Un par de vinos nada más, para que no des el espectáculo —añadió Julia.

—Mira que eres mala —bromeó Mariana dando un cariñoso golpe en el brazo a su amiga—. ¿Por qué me haces esto?

—¡Cáscaras! Porque te quiero —respondió Julia.

Algo más animada, Mariana retrocedió el camino andado, en compañía de la pareja, y los tres dirigieron sus pasos hacia el Barrio de Pescadores. Pronto se vio que las dos mujeres tenían la costumbre de frecuentar la zona.

—Es estupendo ir de bares con Juan porque te da la sensación de estar disfrutando de la vida bajo vigilancia médica —dijo Julia—. Por cierto que Juan te podría echar una mano para levantarte el ánimo. Ella —comentó a Juan— acaba de abstenerse de un caso interesantísimo por su mala cabeza y necesita a alguien que le ponga en orden el sistema nervioso.

—Por mi mala cabeza, no, por mi hermano pequeño —precisó Mariana—. Mi mala cabeza me proporciona algún que otro disgusto, pero no tiene nada que ver con este asunto.

—De acuerdo, pero sí tiene que ver con tu desánimo, que en cuanto se te deja sola te entra la depre y yo nunca te había visto así.

—Pues acostúmbrate. No es la primera vez que me pasa.

—¿Se puede saber de qué habláis? —preguntó Juan Usúa.

—De nada —cortó Mariana—. Cosas que no pertenecen al ámbito de lo público. Asuntos privados.

Juan Usúa se encogió de hombros y cambió prudentemente de conversación.

Después del paseo, Mariana se acercó a los juzgados para ver a Elisa Pérez Díaz, la juez que había tomado el relevo de su caso. Sabía que la encontraría allí a esas horas de la tarde porque ella misma se lo había comentado, ya que aún continuaba estudiando la información acumulada hasta el momento.

—Hola, Elisa, ¿puedo pasar?, he venido por si necesitabas mi ayuda, alguna aclaración, algo.

Mariana sabía que aún no se había desprendido del caso y notó en la mirada de Elisa que ella lo había advertido.

—Mira, Mariana, ya sé que estás fastidiada y a mí en tu lugar me ocurriría lo mismo, pero tienes que aceptar las cosas como son y alejarte de todo lo que concierne a este asunto. Te lo digo por tu bien. Ya me las arreglaré yo sola y, además, cuento con Andrade para que me eche una mano. Gracias, de verdad —continuó diciendo—. Has hecho una labor excelente. —Señaló los papeles que tenía ante sí en la mesa.

—Sí, de acuerdo, tienes razón. Sólo te pido un favor: que me avises cuando vayas a dar por cerrada la instrucción. Sólo eso.

—Lo haré, pierde cuidado.

Mariana salió del despacho y se dirigió al suyo. Al cabo de unos minutos, como si el aire del despacho la ahogara, salió bruscamente y se dirigió a la calle. El sol ya se había puesto y las luces de las farolas empezaban a encenderse. La gente caminaba apresuradamente, como si temiera que, tras la tregua, el mal tiempo fuera a irrumpir repentinamente en la ciudad y fuera necesario recogerse cuanto antes. Al pasar por el mercado recordó que no tenía nada en la nevera y entró para hacerse con algo de fruta y proteínas.

—Hoy me trae usted muy mala cara —le dijo Amable— y me coge por los pelos, porque ya iba a cerrar.

—Estaba muy ocupada, Amable. Mala vida llevo.

—Yo soy de los que opinan —empezó a decir el hombre mientras empuñaba una tajadera— que las mujeres no tienen constitución física para el trabajo de hombres y por eso acaban atacadas de los nervios.

—Pero mire que es usted borde, Amable. ¿Me meto yo con su oficio? Las mujeres tenemos más aguante y más coraje que ustedes, que están todo el día de cháchara con la clientela. Pues no olvide el dicho, que en su caso es muy apropiado, de que por la boca muere el pez.

—Pues sí, pero yo, aquí me ve usted, estoy tan orondo y usted, en cambio, se me está quedando en los huesos. Y se lo digo porque me intereso por mis clientes, no se vaya a creer que la estoy regañando ni metiéndome donde no me llaman.

—Ande, venga, póngame algo para cenar.

—Eso, cualquier cosa, como si fuera lo mismo un calamar que una lenguadina, ¿ve usted lo que le digo? Me quedan un par de salmonetes terciados pescados esta mañana, ¿qué le parece?

—Demasiadas espinas.

—Ah, pues sin espinas se tendrá usted que entregar al lenguado. Muy buen lenguado de costa, si le apetece.

Cargada con un par de bolsas, Mariana continuó camino hacia su casa. Era cierto que no lograba desprenderse del caso y también que no había creído que le importara tanto. Tendría que hacer un esfuerzo. Después se le ocurrió que su hermano Antonio debía de saber más de lo que había admitido. Sí, lo llamaría, lo invitaría a cenar esa misma noche si es que no estaba con su novio en el Panamá, maldito antro. Además, aún tenía que exigirle muchas explicaciones acerca de sus hábitos sexuales.

Santiago Montclair aparcó su coche delante de la puerta principal del aeropuerto de G... El aeropuerto se encontraba a considerable distancia de la ciudad, en una población ajena a la que tenía acceso por autovía. Salió con tiempo temiendo un atasco hasta la autovía y ahora el tiempo le sobraba. Del asiento del copiloto bajó Santos Murciano embutido en un traje de color verde, con la camisa abierta, el pelo cortado al cero y unas gafas Ray-Ban innecesarias a aquella hora de la tarde. Entretanto, Montclair había abierto el maletero y extraído una maleta de cuero que entregó a Murciano. Éste se dirigió al interior del vestíbulo mientras el otro volvía al coche y se alejaba con él en busca del aparcamiento.

Cuando regresó al vestíbulo, Murciano lo aguardaba ante el mostrador de primera clase y juntos se dirigieron al bar. Pidieron unas cervezas y se sentaron a una mesa a esperar la llamada de embarque.

—Bien —dijo Murciano—, espero que a la jueza esa se le hayan bajado los humos. Ahora lo que vale es que la nueva cierre el caso cuanto antes. ¿Qué tal es, por cierto?

—Más tranquila... pero poca cosa, un ratoncito. La otra, la verdad es que era una mujer de bandera. Difícil de tratar.

—Demasiado carácter. Tiene que ser un coñazo como enemigo. Ésa sí que tiene un buen polvo.

—A mí me lo vas a decir.

—Ah, pero ¿es que traga? A buenas horas me lo dices, cabrón.

—Se la puede hacer tragar, pero no le va tu estilo. De todas formas, si hubieras estado aquí el sábado pasado, a lo mejor la habrías probado.

—Así que tú... —dijo Murciano con admiración—. Eso es lo que digo yo. Follar siempre es follar, déjate de carajadas. Pues ten cuidado con la nueva, te lo aviso, porque las modosas son muy ordenadas y cuando menos te lo esperas se ponen en plan quisquilloso y antes de darte cuenta te la han jugado en plan inocente.

—Descuida. Ésta cierra el caso en dos días. Lo tienen todo claro y no se van a romper la cabeza. ¿Qué más quieren? Según tengo entendido aceptan la declaración de Graciano como lo que es, una confesión de culpabilidad en toda regla. Así es como va a quedar. Todo en orden.

—Perfecto, pues. Va por ello —dijo alzando su vaso de cerveza. Brindaron los dos muy sonrientes y Murciano sacó unos cigarrillos. Durante un minuto fumaron en silencio, mirando alrededor con aspecto satisfecho.

—Ya me hubiera gustado —dijo Murciano saboreando su cigarrillo— echarle un tiento a la jueza esa de los cojones. Es verdad que está de buen ver —comentó—, ¿cuántos años tiene?

—No lo sé —dijo Montclair—, cuarenta o por ahí. Se conserva bien.

—Gallina vieja... —canturreó Murciano.

—Le gusta beber —dejó caer Montclair.

—Conque sí, ¿eh? Me estás poniendo cachondo. ¿Y si nos volvemos?

—Tú ocúpate de lo que te tienes que ocupar y ya veremos lo que se puede hacer cuando vuelvas.

—Así que le gusta el *drink*, ¿eh? —dijo Murciano pensativo.

—Sí, señor. La tendrías que haber visto como la he visto yo.

—No me jodas. ¿La noche del sábado?

—Secreto profesional. —Montclair guiñó un ojo y ambos rieron.

—Todo el mundo tiene su debilidad, eso es algo que nunca falla, sólo se trata de descubrirla y utilizarla. La juez De Marco bebe. Bien. Está bien saberlo —dijo luego Murciano—. Eso no es bueno para la salud. En unos años estará hecha una ruina. A las mujeres el alcohol las destroza.

—Pero mientras dure...

—Pues nada, cabrón, aprovecha antes de que se estropee el material. ¿A qué estás esperando?

—Tiene temple, te lo aseguro, y eso es un escollo.

—Según para qué. Para un buen polvo debe de ser como conducir un Ferrari.

—Ja, ja, muy bueno, Santos, muy bueno. Te habría gustado montarla.

—Seguro. Ya me está gustando.

La primera llamada a la puerta de embarque interrumpió la conversación. Santos Murciano apuró el último trago de su vaso, se puso en pie, abrazó a Montclair y se despidieron calurosamente.

Antonio de Marco caminaba por la calle a cuerpo gentil, con sólo una bufanda anudada al cuello por todo abrigo extra. La noche había caído ya cuando pasó por delante del edificio de los juzgados; al ver alguna ventana iluminada pensó en Graciano Meres encerrado allí dentro. La noticia de su apresamiento le llegó por Jacinto, que estaba muy afectado. También a él le afectó la imagen del padre apaleando a su nuera sin compasión, pero, tanto en su caso como en el de su amante, lo que les dolía y movía a conmiseración no era la figura del padre sino la de la mujer. El contraste entre la delicadeza de ella y la brutalidad del padre, la propia visión de la escena y el recuerdo de aquella muchacha que emprendió un camino equívoco para acercarse luego a una especie de santidad personal, les dejó, a cada uno a su manera, gravemente impresionados. A Antonio, sobre su habitual ligereza en el trato con la vida, le conmovió profundamente el dolor de Jacinto, las sentidas lágrimas que derramó en su hombro, la imperiosa necesidad de protección y consuelo con que se aferró a él; escena que se repitió, estando ambos en su casa, cuando apareció su madre, Remedios Meres. Antonio no dejó de observar la protección maternal que ejercía sobre el hijo, así como, lo que ya había advertido anteriormente, la súbita transformación de mujeruca de pueblo en una persona de mirada viva y sorprendente seguridad y temple. Era, como Graciano, una mujer silenciosa, pero donde el otro exhibía su rusticidad de una manera torpe y hosca, ella dejaba entrever la verdadera autoridad.

¿Estaría Jacinto bajo el punto de mira de su hermana? ¿Y de la nueva juez? Antonio estuvo cubriendo siempre la figura de Jacinto para desviar la atención en cualquier otra dirección hasta que percibió que Mariana recelaba de él con tanto preguntar sobre el caso y resolvió callar y mantenerse a la espera. De cierto no sabía si la candidatura de Jacinto a la autoría del crimen había sido considerada seriamente, y la noticia de la autoinculpación de Graciano lo relajó. Pero no dejaba de preguntarse por qué Graciano había matado a su nuera y, sobre todo, por qué lo había hecho de manera tan brutal; una cosa es que fuera un hombre rudo con la mollera ya petrificada y otra muy distinta que tuviera un motivo suficientemente consistente para hacer lo que hizo. Porque lo que en realidad se preguntaba Antonio era por qué no lo había hecho antes, por qué no la había matado antes, por qué justamente ese día y no otro. La pregunta se caía por su peso, pero era pertinente, se dijo. La madre de Jacinto sabía, eso saltaba a la vista, que su hijo era homosexual. El padre... quizá no. Ahí dudaba. La reacción de la madre aceptando el hecho o, por lo menos, aceptando al hijo era consecuente. La del padre sería terrible, proporcionada a su rústica mentalidad; pero sin duda habría dirigido su violencia contra Jacinto de haberlo sabido, no contra la nuera. Esto no lo había hablado nunca con él, es decir, la idea de que su padre no supiera nada de sus inclinaciones sexuales, aunque le costaba creerlo. Es imposible ocultarlo salvo que uno se aleje del lugar y cambie de vida y asentamiento. Jacinto era débil y apegado, sin duda uno de sus encantos, por lo que no se habría separado de la finca ni de la madre... ni, posiblemente y a pesar de no coincidir con él en nada, del padre. Luego este último, aunque corto de entendederas, tendría que haber sospechado de lo que ocurría a sus espaldas. El olfato sustituiría a la inteligencia.

Todo lo cual le daba que pensar. Además, un tercer elemento turbador pertenecía a la escena del crimen: el guarda de la finca, Mercurio, un auténtico pedazo de tocino, fiel como un perro al amo. ¿Cómo es que Graciano pudo dar muerte a Elena sin que se enterase Mercurio y ante sus mismas narices? ¿O acaso se enteró? Eso explicaría por qué estaba detenido también, pues su silencio lo convertía en cómplice. ¿Sería verdad que el crimen tenía un componente sexual y que en ella habrían participado quizá los dos, Graciano y Mercurio? Esta posibilidad le hizo sudar, no concebía una situación más atroz que la de la pobre muchacha en manos de aquellos dos animales. Sí, habría que aceptar la realidad de los hechos, no había otra explicación. Fuera sexual o simplemente vengativo, el asesinato de Elena Sánchez, alias Jessica Vega, era obra de uno de ellos o de los dos.

La venganza se le antojó un motivo insuficiente. Quería decir que Graciano, enterado de la homosexualidad de Jacinto, atribuyera en su confundida cabeza la debilidad de su hijo a la influencia nefasta de la mujer. Quizá, aun sabiendo que ella no sería la causa de su inclinación sexual, el matrimonio celebrado implicaba un aprovechamiento de la situación por parte de ella, que así se escondía de su pasado y se arrimaba a un infeliz para no ser molestada en su intimidad y, de este modo, se cubrían el uno al otro. Elena no deseaba relaciones sexuales, eso ya lo supo él meses antes, cuando tuvo los primeros contactos íntimos con Jacinto y pretendió incluir en el lote a Elena. Lo hizo a su manera, de forma directa, y la forma en que eludió el asunto Elena le reveló que era una mujer experimentada pese a su juventud. Sólo más tarde conoció de labios de Jacinto la verdadera historia, el pasado de Elena como Jessica y el acuerdo de protección mutua al que llegaron ambos. A Antonio le pareció realmente ingenioso y ajustado el acuerdo porque ella, criada de niña en el campo, era la compañía perfecta para compartir, si no la cama, sí el vivero y el ritmo y el modo de vida asociado a la finca, el campo y los espacios abiertos. La única duda que a él le quedó fue la de cuánto tiempo aguantaría sin tener una relación sexual, aunque fuera esporádica, porque ésa sería la cuña que rompiese la madera, pero, al menos hasta el momento, nada hacía sospechar que la necesidad hubiera desbordado las precauciones. Jacinto era consciente de la situación y, aunque de algún modo la había ayudado a satisfacer sus impulsos más imperiosos, sabía que, lo mismo que él, ella buscaría dar salida a sus instintos fuera de casa. Sin embargo, desde un principio negó, ante la interpretación tentativa que Antonio le propuso para explicar el crimen, que ella tuviese relación extramatrimonial alguna. Lo daba por cierto y probablemente tenía razón, se dijo Antonio, lo cual descarnaba aún más lo siniestro del crimen.

Sin darse cuenta, Antonio había llegado a la calle donde vivía su hermana. Se detuvo en la esquina, como si necesitara despejarse de sus pensamientos antes de seguir adelante. Ella lo había no invitado sino conminado a cenar y él acudía como un cordero, sabiendo que esa noche tendría que dedicarse a esquivar en la medida de lo posible incómodas explicaciones, aun a costa de soportar la presión de un severo rapapolvo.

—De todos modos —se dijo antes de entrar en el portal—, tengo que hablar con Jacinto. Puede que sepa más de lo que parece sobre la muerte de Elena.

Mariana de Marco obligó a su hermano a preparar la champanera con agua y hielo mientras ella se ocupaba de abrir una botella de Belondrade & Lurton. En el último minuto, cuando ya se despedía del pescadero, recordó que tenía la botella en casa y se llevó también medio kilo de percebes. Estaban los dos en la cocina; sobre el fuego se calentaba la plancha en la que iba a preparar los lenguados. Estaba dispuesta a disfrutar de una cena feliz con la sensación de tener todo el tiempo por delante para recorrerlo lenta y voluptuosamente. En el equipo de sonido del salón se escuchaba a Duke Ellington al piano, un cedé que contenía varios de sus raros solos de piano, regalo de López Mansur con la advertencia de que era muy difícil encontrar grabaciones del Duque en piano solo o, con otros músicos detrás, de piano solista y protagonista. La verdad era que Mansur, que debía de estar utópicamente enamorado de ella, siempre se descolgaba con pequeñas joyas musicales que Mariana agradecía con la misma sensibilidad que se comunican dos almas unidas por el gusto a lo selecto y exclusivo. Ahora, Ellington interpretaba *Swampy River* con la misma alegría y delicadeza con que confesó una vez que la música era su dama, y Mariana descorchaba la botella con ademán relajado al compás de la música.

—Por fin te veo contenta —dijo Antonio siguiéndola con los ojos—. Estás arrebatadora, mi niña, ya era hora de que pudiera verte así de animosa.

Mariana extrajo enérgicamente el corcho de la botella y, depositándola en la champanera, dirigió a su hermano una mirada ceñuda.

—Estoy totalmente deprimida —dijo provocadora.

—Ya veo. Pues te diré que me gustas mucho así de deprimida.

—Es que estoy llena de cualidades —dijo acercándose al puchero donde empezaba a hervir el agua. Comprobó que el fuego de la plancha estaba al mínimo y tomó el plato de percebes con una mano y el colador con la otra.

—¿Listo? —preguntó.

—Listo. Llevo los platos a la mesa —contestó Antonio poniéndose en pie. Mariana volcó el plato de percebes en el puchero humeante, esperó a que el agua volviera a hervir y consultó su reloj.

—Tres minutos —dijo—. No te olvides del vino.

Cuatro minutos más tarde, sentados a la mesa, compartieron el delicioso aperitivo con la mayor concentración. Hablaron de asuntos banales y se entretuvieron. Luego Mariana se levantó de la mesa para hacer los lenguados dejando a su hermano la tarea de recoger los platos usados.

—La clave del uso de la plancha está en calentarla con un fuego mínimo durante mucho tiempo —explicó.

—¿Y no da lo mismo menos tiempo a fuego fuerte?

Mariana miró a su hermano con gesto de compasión y no se dignó contestarle. Antonio se encogió de hombros cómicamente y se entretuvo en colocar la vajilla ya usada en el lavaplatos. Después le largó un azote a su hermana en el trasero al regresar a la mesa.

—¡Eh! —protestó ella—. No te aproveches.

—Es que estás estupenda y, además, el incesto está de moda.

—Pues te quedas con las ganas de ponerte al día.

—¿A ti no te va el morbo? —dijo Antonio que, al observar el gesto de contrariedad que cruzó por el rostro de su hermana, se apresuró a cambiar de tema—. Por cierto, el vino es de primera; qué raro, ¿no?, vino blanco español de esta categoría.

—Tú es que no estás al loro. Este país ha cambiado mucho, Antonio, en todos los órdenes. En vinos blancos también, ya te enseñaré yo, que eres un mundano de pega. ¿No has probado nunca nuestros blancos viejos, el Tondonia blanco, por ejemplo? Oro puro, una joya. Tendrías que venir más a menudo por aquí. Mira —dijo señalando el pescado—, ya empieza a sudar. Trae los platos.

Los lenguados eran inmejorables y estaban al punto. Comieron y Antonio recogió la mesa mientras ella preparaba el café y después se sentaron en el salón, Antonio a fumarse un habano después de abrir la botella de malta que trajo consigo.

—Éste es un malta de la isla de Skye —explicó— que combina extraordinariamente bien con las ostras, así que aquí queda para que te entregues a disfrutar de tu marisco favorito en cuanto tengas la oportunidad.

—Mi hermano el gourmet —dijo ella sirviéndose una copa.

De repente el Duque empezó a atacar los primeros compases de *Melancholy*.

—Bueno, Antonio, vamos al grano. —Mariana se había acomodado en el sofá con las piernas recogidas y los pies descalzos—. Desde que se descubrió la muerte de la mujer de Jacinto Meres, has estado rondándome, a ratos y a tu aire, pero siempre con la intención de obtener información sobre el caso de la muerte de Elena Sánchez Vega, alias Jessica Vega. Ni siquiera te he preguntado, no sé si por respeto o por pudor, desde cuándo estabas por aquí zascandileando sin haberte presentado a verme; pero no te estoy reprochando nada, sólo ordenando las cosas. En fin, que había otros asuntos que te interesaban más que yo, lo cual es lógico si echamos la cuenta de la cantidad de tiempo que llevamos sin saber el uno del otro.

—El mismo tiempo que tú —le recordó Antonio.

—Sí, da igual, ya te digo que no estoy en plan de reprochar nada. Me ha dolido un poco que tardases tanto en dar señales de vida, pero son cosas que pasan. Lo que me importa ahora, que gracias a tu presencia y a tu relación con Jacinto me he reducido al papel de mera observadora, es saber hasta dónde estás metido en este lío. Me refiero a tu relación amorosa, o simplemente sexual, o lo que sea. ¿Es Jacinto tan inocente como pretende aparentar? ¿Estuviste la tarde de aquel lunes en su casa y te lo llevaste luego a G...? ¿Qué pasó entre ellos? ¿Discutieron? ¿Tenían problemas de relación? ¿Tenía ella una relación extramatrimonial?

Antonio levantó la mano pidiendo una tregua.

—Demasiadas preguntas —dijo Antonio agitando su habano en el aire—. Ya no recuerdo la primera...

—Si Jacinto es tan inocente como aparenta.

—Supongo que te refieres a la muerte de su mujer. Bien, te aseguro que él no sólo no ha tenido nada que ver sino que ha recibido esa muerte con verdadero dolor.

—Se puede tener que ver simplemente ocultando o callando algo; pero de ser el autor tú tendrías que saberlo.

—Tampoco aciertas. Jacinto y yo nos separamos de Elena, que conocía perfectamente la condición sexual de su marido, esa tarde y, sí, en efecto, nos fuimos juntos. Ella estaba molesta, es verdad; yo no presencié la discusión, pero luego él me dijo que a ella no le había gustado nada que nos fuéramos juntos a G... De hecho, él pensaba volver a casa a la noche, pero no lo hizo; fue como... digamos que como un castigo. No tengo la menor idea acerca de si se rompió algún pacto tácito entre ellos, pero estaba irritado por el hecho de que interfiriese en nuestro encuentro y, al mismo tiempo, tenía mala conciencia por haberla dejado con la palabra en la boca. El caso es que decidió quedarse a pasar la noche en el Panamá.

—¿Puedes jurarlo?

—¿Tanto lo necesitas? Si no te fías de mí...

—¿Por qué tendría que fiarme? ¿Qué tanto sé o he sabido de ti para que apeles a tu dignidad? No sé quién eres, Antonio, ésa es la cruda verdad. Pero déjame seguir: ¿no la telefoneó Jacinto para decirle que esa noche no volvería? Qué raro, ¿no? Si estaba preocupado por ella...

—Que yo sepa, no. Quizá es que le pudo el rencor por la discusión.

—Ah. Así que se quedó... y hasta la mañana siguiente, en que vuelve a casa, no la encuentra y se queda tan ancho.

—Fue un golpe muy duro para él, imagínatelo: dejarla sola en casa y descubrir el horror al día siguiente.

—Ya veo: descubrir que mientras él se lo estaba pasando bien a ella la estaban machacando con una pala. Pero tuvo todo el día para preocuparse porque la policía no fue a darle la noticia hasta bien avanzada la tarde.

—No seas cruel.

—¿Sabes qué hizo él entre el despertar del día siguiente y el atardecer en que le comunicaron la desgracia? A mí me sigue pareciendo incomprensible que no se pusiera a buscarla nada más regresar a su casa.

—Él pensó que ella había salido.

—No me lo creo. Vuelve a casa, ve que la cama está intacta y ¿piensa que ha salido? Por favor...

—La verdad es que pensó que se había largado a ponerle los cuernos.

—¿Había algún candidato?

—No lo sé, no se lo pregunté, por cortesía.

—¿Lo llevaste tú de vuelta?

—No. Volvió en taxi.

—¿A qué hora fue eso?

—Yo qué sé. Desperté tarde y él ya se había ido. Llamé a su habitación y no contestó nadie, así que supuse que habría vuelto a su casa.

—Qué pasión, ¿no?

—A ver: modera tus sarcasmos o me largo.

—¿No lo volviste a ver aquel día?

—No. Me llamó para decirme lo que había ocurrido y yo quise ir a verlo, pero me aconsejó que no lo hiciera; por razones obvias.

—¿Te llamó por la noche, entonces? ¿No hablasteis en todo el día después... después de haber pasado la noche juntos?

—No. Yo tenía una cita a la hora del almuerzo con Santos Murciano por el asunto que me ha traído hasta aquí y que, por supuesto, no pienso contarte porque no te incumbe ni como hermana ni como juez.

—Ya no soy la juez del caso, como sabes. Bien, ¿tampoco sabes lo que hizo él a lo largo del día hasta que le comunicaron el hallazgo del cadáver?

—No.
—Ni siquiera habéis hablado de ello...
—No.
—¡Anda ya! Él ha tenido que vaciarse contigo, por Dios, Antonio, que no es el hombre de hielo.
—Hemos hablado mucho, sí, pero no de lo que hizo durante el día. Ese día está en blanco, por así decirlo, ni tengo idea ni ganas de tenerla. Mi preocupación era saber si lo estabas implicando en el asunto y hasta qué punto era sospechoso.
—¿Sospechoso? Tú sí que me pareces sospechoso.
—Y ahora que lo sabes, ¿te fías?
—Sólo sé que serías un imbécil si lo encubrieras.
—¿Y si lo ayudé?
—Tendría gracia. —Mariana sonrió débilmente—. Por lo menos estaría más justificada mi abstención.
—De todo esto deduzco que no tenéis ni idea de la autoría del crimen.
—Graciano Meres ha firmado una confesión.
—¿Graciano, eh? —dijo Antonio cautelosamente.
—¿Ahora te enteras? ¿No te ha dicho nada tu amigo?
—Por Dios, Mariana, deja ya los sarcasmos de una vez. Sí, sí que lo sabía. Y no tengo nada que ver ni que ocultar respecto al crimen.
—¿Ves como sí que hablas con Jacinto? ¿Ves como sí te cuenta cosas?
—Pero ¿por qué Graciano?
—Eso mismo me pregunto yo —dijo Mariana. Estaba mirando atentamente a su hermano y, de pronto, observó un repentino cambio en su semblante, como si algo hasta entonces oculto a su entendimiento llenara su mente de manera prefecta y rotunda. Ella reflejó de inmediato en su rostro la reacción de Antonio y éste retrocedió hacia su interior instantáneamente; cautela y un último resto de sorpresa fue lo último que sorprendió ella en sus ojos antes de que éstos recobraran la serenidad.

—¿Algo que yo no sepa? —se aventuró a preguntar ella.

—Nada importante —respondió él—. Nada importante.

Siguieron unos minutos de silencio en los que cada uno volvió a su copa fingiendo no haber vivido el momento anterior, pero sabiendo que ambos quedaban atados por él.

—Sólo una cosa —dijo Mariana—. Habla con Jacinto y mira a ver si sabe más de lo que te ha dicho. Los secretos de familia, querido mío, son una caja de sorpresas.

—Hum...

—No te estoy diciendo que lo traiciones, sólo que le sonsaques. Quizá no sea el hombre que buscamos, pero tiene que saber más de lo que dice. Para mí es importante, Antonio, *muy* importante saber.

—Tengo la impresión —dijo Antonio— de que no has recibido de muy buen grado el descubrimiento de mi... de mis inclinaciones sexuales. No te lo reprocho, aunque me gustaría saber qué tienes contra la bisexualidad.

—Te equivocas —respondió ella vivamente—. Yo no tengo nada contra que seas bisexual. Lo que ocurre es que me ha sorprendido, eso es lo que ocurre, que me ha cogido de sorpresa. Entiéndelo, no sé nada de ti más que por referencias y, de repente, apareces por aquí sin avisar y resulta que te estás tirando a un sospechoso de un caso cuya instrucción estoy llevando yo. Digo yo que es como para sorprenderse. ¿O no?

—Dicho así, parece más bien una comedia de enredo que una realidad —comentó Antonio—. Vale. Acepto la respuesta. ¿Estás segura de que es sólo eso?

—Segurísima. Lo que me pregunto es a quién habrás salido tú de la familia.

—Al tío Alfonso. Me parece evidente.

Mariana hizo un gesto de extrañeza.

—Otra vez con el tío Alfonso. Yo casi no me acuerdo de él y soy mayor que tú.

—Si no te acuerdas será porque no quieres porque eras su favorita. Eras tan favorita que yo creo que papá lo apartó para que no ejerciera malas influencias sobre ti.

—¿Papá? ¿Apartarlo? Pero ¿qué dices? No me acuerdo de nada.

—A ver. El tío Alfonso era un calavera de película que le hacía la vida amarga a la pobre tía Marisina. Él te adoraba y tú, no lo niegues ni te hagas la tonta, lo adorabas a él. De hecho, he llegado a pensar que papá lo sacó de la familia por celos. Ya sabes que toda hija, con el primer hombre con el que tantea y ensaya las artes de la seducción, es con el padre. Bueno, pues tú hiciste lo que todas, pero con el tío Alfonso.

—¿Yo? —interrumpió Mariana aspaventada.

—Tú. Era un escándalo —Antonio sonrió perversamente con toda intención—, total, que papá, que era un severo y un hombre de honor español, no sé cómo, pero obligó al tío Alfonso a largarse y dejar a la tía Marisina. La pobre yo creo que, pese a las calaveradas de su marido, lloró la ausencia, porque era un seductor nato que así la dejaba convertida en falsa viuda. Ya sabes, esas cosas que pasaban en las familias tradicionales.

—Pero ¿qué me estás diciendo? —protestó Mariana—. ¿Que papá separó al matrimonio y la tía Marisina no volvió a verlo?

—Si volvió a verlo, sería a escondidas, porque él no regresó nunca. Y ahora viene lo bueno. ¿Quieres saber cómo me enteré de esta historia?: por el tío Alfonso —dijo Antonio y se echó hacia atrás en el sofá para contemplar a gusto el efecto de su revelación. Mariana fue a hablar y se quedó sin voz.

—Impresionante ¿verdad?

—Pero papá... el tío Alfonso... mamá. —Mariana balbuceó el comienzo de varias frases sin dar continuidad a ninguna y al final resolvió callar y quedarse mirando a su hermano con el estupor pintado en el rostro.

—Lo encontré en París —prosiguió Antonio— igual que decían que era, pero viejo. Tú y yo éramos pequeños cuando sucedió aquello. El Alfonso que yo he conocido respondía bien al dicho de que el que tuvo, retuvo. También retenía los estragos de la vida alegre. Era un señor. No tenía un duro ya, vivía en un pequeño apartamento por Montmartre, cerca de la Place du Tertre, y me invitó a ostras y vino blanco. Yo lo he ayudado desde entonces, porque dependía demasiado del azar, del sablazo y de alguna antigua amante. No sabes qué arte tiene para dar sablazos; yo me los dejaba dar sólo por disfrutar del espectáculo.

—¿Aún vive? —preguntó Mariana temblorosa. A medida que hablaban se iba acordando de él con claridad creciente y una mezcla de pena y gratitud estuvo a punto de aflorar a sus ojos. De pronto, reaparecía en su vida, lo mismo que su hermano, y todo ello le producía una conmoción sentimental que se enredaba en su interior como un manojo de nervios. A gran velocidad pasaban imágenes por su mente, provocando un impacto tras otro.

—Me has vuelto la memoria del revés —acertó a decir, muy emocionada.

—Puedes llorar si quieres.

—Lloraré lo que me dé la gana.

—Vaya, no te enfades, mi niña. Son muchas cosas para asimilarlas de una vez. A mí me costó lo mío. De hecho, buena parte de lo que he ido sabiendo se debe al tío Alfonso.

—Podías haberme avisado de que ibas a soltar esta bomba, ¿no? —dijo Mariana medio compungida—. Y, además, yo no soy tu niña.

—Aún vive, pero está fatal. Lo hemos metido en una especie de residencia.

—¿Hemos? —inquirió Mariana.

—Aún le quedan amigos. Pocos y averiados. Sin embargo, con dinero suficiente para hacerse cargo de los gastos. Lo querían... lo quieren mucho, ya te lo dije, es un seductor.

—Me gustaría verlo.

—Ven un fin de semana a París. Ahora que volvemos a ser hermanos te puedo alojar en mi casa. ¿Qué te parece disponer de un apartamento en París?

—Guay del Paraguay —dijo en son de burla Mariana—. Lo aprovecharé o no, ya veremos, pero gracias, de verdad. —Se quedó pensativa—. Así que mis artes de seducción las ensayé con el tío Alfonso. La verdad es que lo recuerdo, pero por alguna razón lo tenía olvidado; o no, escondido. Qué guapo era y qué elegante. Ya ves, se me ha debido de pegar la figura, pero no del todo porque a mí me van los castigadores de medio pelo, los castigadores provincianos que se las dan de mundanos. Aunque te diré que una vez conocí a un asesino que... —se detuvo.

—¿Te liaste con un asesino? —preguntó Antonio admirado y escandalizado a la vez—. Eso no lo he hecho yo nunca.

Mariana rió con una risa triste, melancólica.

—¿Sabes? Creo que, por alguna razón que no logro explicarme, a mí me va la gente turbia, como si sintiera una extraña fascinación por el mal. Y me da miedo.

Antonio se acercó a ella.

—A mí, a veces, me ocurre algo parecido. ¿De qué lado de la familia viene eso? De nuestro padre, desde luego que no.

—Del tío Alfonso, será —comentó con sorna Mariana—, genes de parentesco político, mira tú. Olvídate de los genes. Esto es algo aprendido. Papá, con ser tan severo y autoritario, era un hombre recto, la rectitud era su forma de vida.

—La rectitud puede ser muy dañina —dijo Antonio secamente.

—Yo supongo que lo fue para él aunque fingiera. Todos fingimos. Mamá fingió que era feliz, la tía Marisina fingió que era viuda, yo he fingido ante ti y tú has fingido ante mí. No hacemos las cosas bien y eso se paga con la inestabilidad y el dolor, que también fingimos no tener. Yo paso por ser una juez inaccesible y de carácter fuerte y si supieras lo que me acaba de ocurrir hace nada... En fin, cosas de la vida.

—¿Qué es lo que te ha ocurrido?

—Nada. No quiero hablar de ello.

—Es bueno desahogarse, yo lo practico mucho.

—No me digas.

—Inaccesible y de carácter altivo puede que lo seas, pero borde, eres un rato borde, mi ni...

—¡Chis!

—Vale.

De repente, los dos se echaron a reír.

—Creo que me he puesto muy solemne —confesó Mariana.

—No, solamente trascendente, aunque por poco te quitas la máscara y cantas *La Traviata* de corazón, pero te has detenido a tiempo. Eso es también parte de nuestra educación, la capacidad de contenerse.

—Depende de en qué momentos. Yo soy estupenda en la cama, por ejemplo.

—Eso sí que es una confesión inesperada.

—Para que veas. ¿Y tú?

—Yo ya te lo dije: hombres y mujeres, no desdeño nada; y dado que mi campo es más amplio que el tuyo, considero que estoy por delante de ti en comportamiento erótico.

—Si no fueras mi hermano ya veríamos quién es el que tiene mejor comportamiento. Pero no te hagas ilusiones que, de eso, conmigo, nada.

—Porque eres una antigua.

—Y tú un descarado sin alma ni vergüenza.

Estuvieron largo tiempo hablando y recordando historias de familia, que Mariana acogía con un inesperado calor y fruición. Se daba cuenta de que en todos estos años, salvo los encuentros, periódicos y alejados entre sí, con su madre y con la tía Marisina, los recuerdos familiares no eran material de conversación con nadie más que consigo misma y el hecho de poder sacarlos al exterior, como ahora estaba haciendo con su hermano, le producía una sensación de abrigo y pertenencia ciertamente grata.

—¿Otro whisky? —preguntó Antonio mostrando su vaso vacío.

—No, muchas gracias, pero sírvete tú.

—Qué raro; tú nunca te niegas a una segunda copa.

—De momento, tengo una gran prevención hacia el alcohol.

—¿Tienes problemas?

Mariana se cubrió los ojos con la mano, como si quisiera desprenderse de una veladura que los cubriera.

—Creo que será mejor cambiar de tema. A propósito: ¿puedes decirme algo concreto respecto de tus ocupaciones profesionales? Para mí eres un misterio andante.

—Si tú no quieres hablar de tu rechazo al alcohol, ¿por qué te iba a corresponder yo hablando abiertamente de mi trabajo?

—Porque tu trabajo es un misterio y, en cambio, mi rechazo al alcohol procede de algo que tú conoces previamente como es el que yo tenga la costumbre de tomarme uno o dos whiskies antes de irme a la cama.

—No sabía que tuvieras esa costumbre.

—Vale. Eso se llama salirse por la tangente.

—Creo que ya te lo dije. Yo vivo de encauzar o enlazar negocios. Soy una especie de relaciones públicas y trato con toda clase de gente. Unos son mejores y otros peores. Pero no me dedico ni a asuntos mafiosos, ni al tráfico de drogas, ni al blanqueo de capitales...

—Yo no he insinuado siquiera que fueses un delincuente, pero si todos tus contactos son con gente como Santos Murciano o Montclair, me preocupo por ti.

—Tranquila, no entro en nada ilegal.

—Pero a lo peor entras en asuntos paralegales.

—Caray, cómo afinas.

—¿Te parece irracional mi inquietud?

—Me parece maternal.

—¿Tan malo es que alguien se preocupe por ti?

—No es malo, es inconveniente. ¿Qué te parecería si yo te siguiera a ti? Alguien me contó, por ejemplo, que te vio el pasado sábado por la noche, muy animada, yo diría que demasiado animada, del brazo de Montclair. ¿Por qué tú sí y yo no?

Mariana acusó el golpe con un involuntario fruncimiento de labios y sintió que se le empañaban los ojos. —No llores, por Dios, ahora no —se dijo interiormente mientras hacía un tremendo esfuerzo de contención. Pensó que el gesto no habría pasado desapercibido a su hermano y eso la violentó aún más.

—Todos cometemos errores —dijo poniéndose en pie, camino del cuarto de baño. Antonio se sirvió otro whisky.

Al día siguiente, Mariana de Marco salió muy pronto de su casa después de haber dormido de manera intermitente. Durante la mañana estuvo ocupada con las vistas que tenía pendientes para ese día, pero a mediodía se despidió del despacho, regresó a su casa, comió de sobras de los días anteriores y, sin más dilación, se enfundó unos pantalones vaqueros y un grueso jersey, tomó su coche y enfiló la antigua carretera general, camino de la finca de Montclair. Antes de llegar a ella, sin embargo, al divisar la entrada al vivero de Jacinto Meres, tuvo un pronto y de un volantazo se metió en la explanada de gravilla del aparcamiento para visitantes.

No había nadie a la vista, ni en el almacén que también hacía las veces de invernadero, donde se alineaban hileras de tiestos sobre unas grandes tablas apoyadas en borriquetas, ni en las plantaciones de exterior. Mariana anduvo entre los parterres hasta que descubrió al fondo y junto a la linde con la finca de Montclair a Jacinto Meres recorriendo una fila de frutales jóvenes de un extremo a otro. Se dejó ver y al cabo Jacinto la reconoció y saludó con la mano. Mariana se quedó esperando donde estaba y volvió la vista hacia la casa paterna, que se alzaba dominante sobre una ligera pendiente. Tampoco allí parecía haber nadie salvo el peón que descargaba de un tractor haces de paja o de hierba seca.

—Buenos días —dijo Jacinto cuando estuvo en presencia de la juez—. ¿Viene usted a interrogarme otra vez?

—La verdad es que no —contestó Mariana—. Ya no llevo el caso. Venía de paso y se me ocurrió acercarme.

—¿Ha dejado el caso? ¿Cómo es eso?

—¿No le ha informado nadie? ¿Ni siquiera mi hermano?

Jacinto se sonrojó.

—La verdad es que sí, perdone —dijo turbado.

—Pues sí, así es. Esta mañana me he dado cuenta de que no había tenido tiempo de venir a ver con calma esta finca y la finca de al lado y ahora he decidido darme una vuelta por aquí.

—Puede ver lo que quiera. Está usted en su casa.

—Muchas gracias. Dígame, Jacinto, ¿cómo ve usted la autoinculpación de su padre?

—Le ruego que me disculpe, pero no quiero hablar de eso. Se trata de mi padre y de mi mujer. Es demasiado doloroso. No sé qué decirle.

—No tenía razones para llegar tan lejos, hasta el extremo de matarla a golpes, ¿no le parece a usted?

—Sí, así es. A mi padre no le caía bien Elena; es decir, ni bien ni mal. Es una desgracia.

—Eso es lo que yo he acabado por deducir.

—Ya —dijo Jacinto, como si quisiera desembarazarse de la conversación.

—Pero si insiste en la culpabilidad, le van a caer muchos años y con la edad que tiene...

—El abogado dice que no cumplirá una condena larga, se lo aseguró al señor Montclair...

—Ajá, el abogado es un conocido del señor Montclair.

—Sí, bueno, en realidad... —Jacinto titubeó—. El señor Montclair se encargó de buscarle abogado a sus expensas.

—A sus expensas —comentó Mariana—, vaya, vaya...

—No es extraño aunque a usted se lo parezca; el señor Montclair siempre se ocupó bien de sus empleados, los tiene todos en la Seguridad Social...

—Lo que se dice un patrono legal. Muy bien.

Se produjo un silencio sostenido.

—Jacinto —habló al fin Mariana—. Ya no parece usted tan afectado por la muerte de su esposa. Los primeros días, cuando lo interrogué, sí que estaba afectado, pero ahora habla de ello como si hubiera sucedido hace mucho tiempo y a una persona lejana, además. ¿No la echa de menos?

—Mucho. Día a día. No quiero que piense usted mal por mi condición. Yo la quería y cada día que pasa se me agranda el hueco que ha dejado. De hecho —continuó diciendo en voz baja, como para sí—, estoy pensando en arrendar o vender el vivero y marchar, no sé adónde, pero marchar.

—La procesión va por dentro —sugirió Mariana.

—La procesión... —empezó a decir Jacinto. Mariana vio cómo se empañaban sus ojos y volvía la cara y sintió compasión de él. Adelantando un paso, lo tomó por el hombro en un ademán de consuelo. Jacinto lo agradeció con un movimiento de cabeza. Así permanecieron unos segundos hasta que ella retiró el brazo.

Mientras se dirigía a su coche iba meditando sobre la situación de Jacinto. El pobre muchacho debía de estar sumergido en un mar de confusión. La esposa, el padre, su condición homosexual descubierta o, si no exactamente, reflejada en el espejo de la familia y en el de Mariana misma, la soledad de la madre, la sensación de vacío e inercia de la finca y el vivero... Todo se juntaba. Sin embargo, el misterio proseguía y Mariana guardaba la sensación de que todos menos ella, incluido el hombre con el que acababa de hablar, sabían lo que ocurrió y cómo ocurrió. La misma sobriedad con que Jacinto aceptaba la presumible condena de su padre también le resultaba misteriosa. La situación parecía haberse resuelto desde que ella dejara la instrucción, resuelto en el sentido de haberse encajado las piezas y despejado la incógnita de los culpables, Graciano y el guarda que no hizo nada por evitar la muerte de Elena. Todo el mundo estaba satisfecho; los medios de comunicación, una vez ofrecida la noticia de la detención del presunto asesino, habían enterrado el caso como un drama rural más. Y nada de eso era cierto, ella lo sabía bien aunque no dispusiera de pruebas ni de una explicación lógica. Al final triunfaban el o los que buscaban tapar el asunto. ¿Por qué?

Mariana entró en su coche y lo puso en marcha.

Al atravesar el portón de entrada a la finca de Montclair un peón salió de ninguna parte y se acercó apresuradamente a ella mientras le hacía señas para que retrocediera. Mariana hizo caso omiso y continuó avanzando por el camino asfaltado que se dirigía a la casa principal. Cuando el peón estuvo ante ella con inequívoca actitud de impedirle el paso, ella lo apartó apretando con firmeza la mano sobre el hombro del otro al tiempo que le decía:

—Soy la juez de instrucción de G... Haga el favor de retirarse y abrir paso y si tiene alguna duda sobre mi presencia aquí avise usted al señor Montclair y él le informará.

El peón, intimidado por el aire de seguridad y mando de la juez, se echó a un lado mientras llevaba la mano al bolsillo, del que extrajo un teléfono móvil. Mariana siguió avanzando con paso firme y sólo se volvió a mirar atrás cuando el peón, a grandes gritos y con el teléfono abierto en la mano, la advirtió que el señor Montclair deseaba hablar con ella.

—Sí, dígame, Montclair. Estoy en su fortaleza.

—Ja, ja. Eso veo —contestó él por el auricular—. ¿Hay alguna razón por la que deba dejarla entrar así por las buenas? Le recuerdo que usted ya no está interesada en el caso como juez.

—Precisamente por eso, considéreme una paseante curiosa. Es una finca espléndida.

—Cierto. Lo es —respondió Montclair—. Pero ya sabe usted que está vedado el paso a todo aquel que no trabaje en ella. Veo que ha impresionado usted a mi peón, pero se hubiera jugado la vida si quien llega a estar a la puerta es Mercurio, el guarda.

—A lo mejor por eso mismo me he acercado hoy, ya que lo tenemos entre rejas. Como usted bien ha dicho, yo ya no pinto nada en este caso, así que supongo que habrá perdido usted todo recelo y no tendrá inconveniente en que admire durante un rato sus posesiones. Sólo quiero hacerme una idea. ¿Me concede el privilegio?

—Con gusto, sí, pero no me fío un pelo de usted. No sé lo que busca, pero busca algo y eso me incomoda. De todas formas, no voy a dar el espectáculo de mandar echarla, así que le permito fisgonear siempre que sea por poco tiempo. Usted no puede investigar sino sólo, digámoslo así, pasear. ¿Me he explicado con claridad?

—Con toda claridad —contestó Mariana mientras pensaba para sí: —Ponte a mi alcance y te enseñaré el camino del infierno.

La casa era una construcción moderna que remedaba las casas solariegas de la zona, cuyo uso, sin embargo, estaba más cerca del de un almacén con oficinas que el de una casa particular propiamente dicha. Pese a ello, en el primer piso disponía de las comodidades de una casa habitable; a él se accedía por una escalera lateral de la planta baja. Esta última estaba ocupada por lo que parecían ser compartimentos de trabajo llenos de archivos y separados por paneles de cristal. Mariana se limitó a echar una ojeada y luego subió al primer piso. Éste era un piso casero y bien amueblado, de cuyo aspecto impecable dedujo que debía de haber sido utilizado recientemente. ¿Acaso como residencia de invitados? Al parecer, según su hermano, el negocio de Montclair soportaba un razonable trasiego de amistades o compromisos y, quizá como deferencia, ofreciera el uso de la casa a los más importantes. Su hermano no parecía ser uno de ellos; aunque, quién sabe, al fin y al cabo él tenía sus razones para preferir el hotel Panamá.

A escasos metros de la casa principal se alzaba un galpón donde se almacenaba la hierba para el invierno. Allí era donde habían asesinado a Elena y ocultado la plancha de la pala. Lo recorrió con curiosidad, se detuvo en el lugar donde le describieron que cayó el cuerpo y se entretuvo imaginando la escena. La idea de la agresión sexual entre los montones de hierba seca apilada le pareció un tópico de brutalidad rural. Conjeturó cómo se habría producido todo, desde la entrada el galpón hasta el arrastre del cadáver hacia el coche, y se reafirmó en la imposibilidad de que todo el macabro suceso hubiera ocurrido a espaldas de Mercurio. Cuando volvió a salir, el ganado pastaba disperso en la lejanía, en una zona acotada por el pastor eléctrico. A unos quinientos metros se encontraba el local donde se estabulaba a los animales. Algo preocupada por si Montclair llamaba de nuevo, avanzó apresuradamente hacia la parte más en alto de la finca y cuando llegó a ella pudo contemplar la caída de los prados hacia el mar y una casa cuadrada que parecía otro almacén. Ciertamente, la finca era de una extensión considerable y se podía conectar desde ella con la carretera paralela a la costa, pues ésta hacía prácticamente de linde.

Al regresar, divisó una construcción al otro lado de la casa habitable, solitaria y rectangular, hacia la que se prolongaba el camino de asfalto que en principio creyó que moría en la casa principal. La construcción se hallaba en la vertiente delantera de la finca, a unos cien metros de la casa, y comprendió que aquélla debía de ser la factoría de semen de toro de la que hablaba todo el mundo. Avanzó hacia ella, movida por la curiosidad, pero apenas sus pasos evidenciaron el punto de destino elegido, un personaje que no parecía un peón vulgar sino alguien más cualificado, probablemente el capataz, apareció a la puerta como si hubiera estado aguardando tras ella y exhibió una tan decidida actitud de rechazo que prefirió darse la vuelta preguntándose qué habría realmente entre esas cuatro paredes. Mientras se alejaba, recordó que el inspector Quintero dirigió el segundo registro de la finca, primer registro a fondo, por tanto debió de acceder también al edificio misterioso; pudo haber insistido, pero era sólo una cuestión de curiosidad malsana y enseguida desechó la idea: su interés anecdótico por los famosos sementales se iba a tomar como una intromisión y, en las actuales circunstancias, quedaría en una posición más bien desairada.

Entonces recordó a Alameda. El inspector Alameda había solicitado el traslado a Santander coincidiendo con el nombramiento de Saludes como comisario jefe. Al principio le pareció un acto gratuito. No entendía las razones que lo motivaban y lo consideró una traición caprichosa. Con Alameda había trabajado tan bien o mejor que con el capitán López de la Guardia Civil. En cambio, ahora, sin saber bien por qué, había entrado con el pie izquierdo en la nueva remodelación, y fuera por su torpeza o por la inquina de algún miembro de la cúpula policial o por ambas cosas, algunos de los casos en los que tenía que contar con su colaboración se le habían hecho muy cuesta arriba. Sí, ella no tenía precisamente un pronto concesivo ni diplomático, pero se consideraba franca y abierta y de carácter risueño a pesar de todo. Ah, sí, echaba mucho de menos a Alameda, con su perenne abrigo y su pinta de roedor.

Por fin llegó a la puerta, seguida por el peón que la recibiera al principio, se despidió de él con un gesto abrupto, entró en su coche y tomó la dirección de G... La visita no dejaba de ser un acto de voluntad sin sentido, pero salió de allí con la sensación de llevarse algo entre sus pensamientos.

Mariana se detuvo en el cruce que daba entrada al Paseo Marítimo, esperando para girar y entrar en él. El coche que estaba detrás de ella la apuró con el claxon. No había paso, así que decidió no darse por enterada, pero el ocupante del otro coche siguió pitando. Mariana decidió no perder los nervios y se mantuvo inflexible, esperando el hueco. El problema era que la fila de automóviles que tenían preferencia sobre el suyo no terminaba nunca. En otra situación, ella habría ido metiendo el morro de su coche hasta obligar a los de la fila dominante a cederle un espacio para pasar, pero ahora, justamente por el fastidio que le causaba el tipo que tenía detrás, decidió cumplir estrictamente con la norma de circulación y esperar su turno con toda paciencia. Le divertía encabronar al que le pitaba desde atrás. El tipo no se arredró y continuó haciendo sonar su claxon, esta vez con una cadencia que evidenciaba una cierta rechifla, por lo que, al cabo de un par de minutos, sacó la cabeza por la ventanilla, miró hacia atrás y le hizo un gesto chulesco con el brazo, una especie de invitación a comprender que ella estaba en regla y el otro no era más que un triste pelmazo; a la invitación siguió un claro gesto de desprecio cuando él volvió a insistir y de pronto, entre el ruido y la sorda irritación que el asunto le producía, escuchó una voz que la llamaba.

—¡Mariana!

Dudosa, volvió a asomar la cabeza por la ventanilla y entonces vio al hombre, que había hecho lo mismo y la saludaba alegremente con la mano.

—¡Juan Usúa! ¿Qué haces detrás de mí?

—Seguirte incondicionalmente —contestó Usúa a gritos. En ese momento se abrió un hueco ante ella y Mariana, con unos reflejos de gata, levantó el pie del embrague y obligó al coche a cruzar como un rayo. Juan Usúa la siguió por la pura empatía del mismo acto reflejo. Unos metros más allá, ya dentro de la calzada paralela al paseo, Mariana encontró un espacio libre, se arrimó a la acera y esperó a su perseguidor.

—Te había tomado por uno de esos histéricos del volante —dijo después de que ambos se besaran en las mejillas a guisa de saludo.

—Espero que no te haya molestado. Es la clásica broma que no te la piensas y luego resulta ser una estupidez. ¿Te apetece una copa, un té?

Juan Usúa pertenecía a la categoría de médicos acogedores, que eran los que Mariana más apreciaba. No médicos aduladores, ni muy simpáticos, ni optimistas, sino acogedores, es decir, aquellos que por una misteriosa pero evidente empatía te comunican confianza con su atención. Usúa era médico generalista destinado en el Hospital General de G..., aunque por poco tiempo, pues su traslado a Madrid ya tenía fecha. Era viudo con dos hijas, la mayor estudiaba medicina precisamente en la Complutense de Madrid y la menor acababa de empezar primer curso de Derecho en la Universidad de Vetusta.

—Pero cambiará la matrícula a Madrid y allí nos reunimos los tres. El triunfo de la familia.

Alto y desgarbado, de pelo castaño oscuro canoso en las sienes y despejado en la frente, esta vez vestía un jersey de ochos color canela y pantalones claros de pana fina; calzaba los mismos zapatos ingleses que tan grata impresión le causaron a Mariana el día en que se conocieron, de cordones y piel vuelta, y ella se preguntó cómo se las arreglaba para que no se le arruinaran con la lluvia persistente de G...

Pidieron unos vermuts con ginebra, pero ella se arrepintió de inmediato y lo cambió por una copa de mosto; cuando el camarero trajo el pedido pensó que se excedía en las precauciones y cambió el mosto por una copa de vino blanco de Rueda que negoció con el mozo hasta que dio con un verdejo que la satisficiera. Cumplido el encargo, se encaró con Usúa desplegando su mejor sonrisa.

—Veo que estoy tratando con una entendida —dijo el médico.

—Oh, no. No. Sólo me estaba cerciorando, ¿sabes? No me vayas a tomar por una dama sofisticadamente exhibicionista.

—Jamás se me ocurriría —contestó él, jovial.

—Ya. Creo que mientes, pero no lo haces mal.

—¿Qué tal va tu aireado caso de asesinato? La prensa parece que cede.

—Con tanto aireo, el caso ha volado.

—¿Volado?

—Sí; que ya no me encargo de él; he tenido que abstenerme.

—¡Caramba! ¿Y eso por qué?

—Es larguísimo de contar, así que te lo ahorro. En esencia: que hay una persona indirectamente involucrada con la que tengo relación de familia y por honestidad y porque no tengo ganas de que me recusen, me he abstenido.

—¿Así que te podrían recusar?

—Bueno. Que el caso no esté cerrado no quiere decir que yo no pueda ser parte interesada, precisamente por esa relación. No puedo hablar porque el asunto está *sub iudice*, pero digamos que, aparte de todo, hay gente que no me mira con buenos ojos.

—¿Celos profesionales, quizá?

—No exactamente. Que caigo mal.

—¡No lo puedo creer!

—Gracias, pero no me hagas la pelota.

—No pretendía halagarte, pero sí veo que eres bastante susceptible.

—Mucho. Y tú, ¿qué tal con tus colegas?

Juan Usúa rió silenciosamente; tenía un gesto simpático al reír.

—En todas partes cuecen habas, aunque en mi caso no existe la recusación; todo lo más, algún pelmazo o pelmaza pide cambiar de médico y yo accedo siempre, encantado de librarme de ellos.

—Qué suerte. Oye, ¿qué haces esta noche?

—¿Yo? —contestó Usúa sorprendido—, cenar en casa con mi hija.

—Pues te invito a cenar —dijo decidida; y en seguida añadió—: puedes traer a tu hija si te apetece.

—¿Sabes que eres muy directa?

—Sí —contestó tajante Mariana, con un gesto infantil de seguridad.

—Y generosa. Lo de incluir a mi hija... Pero mejor lo dejamos para mañana, si te viene bien; más personal, ¿no?

—Y más romántico.

Juan la miró con un gracioso gesto de reprensión.

Como se temía Mariana, la juez Pérez Díaz estaba dispuesta a cerrar la instrucción implicando a Graciano Meres como autor material del crimen y a Mercurio el guarda como encubridor o quizá ni eso. Mercurio seguía sin soltar palabra, terco como una mula, pero las conclusiones de la juez no dejaban lugar a dudas. Mariana entendía a la juez, pues hacer lo contrario de lo que hacía era como empeñarse en corregir la realidad; pese a lo cual, Mariana de Marco seguía firmemente convencida de que Graciano era el chivo expiatorio, que su culpabilidad, clara a ojos de la ley, carecía de sentido a ojos de la psicología y que el silencio de Mercurio era no solamente terquedad sino también la imposibilidad mental del hombre de defender con un mínimo de éxito la versión de la complicidad o el encubrimiento. Definitivamente —pensaba—, Elisa ha optado por la línea fácil y por no complicarse la vida. Ella no creía que Elisa fuera tan complaciente como para concluir la instrucción a gusto de quienes estuvieran interesados en que el asunto se cerrara en falso. Nadie, de no ser ella, Mariana, se habría lanzado por la vía especulativa hasta dar con la que pudiera ser, o no ser, la verdadera solución. Hasta el fiscal Andrade estaba deseando, con las pruebas en la mano, acabar con algo que, de no ser por la abstención forzada de Mariana, se hubiera extendido en el tiempo para desesperación de todos. —Por eso tengo la fama que tengo

—pensaba ella—. La verdad es que soy un incordio, lo acepto, pero sé que tengo razón.

—En lo que al ejercicio del Derecho se refiere —le había dicho Andrade—, las intuiciones y las sospechas no son decisivas, sólo lo son las pruebas. —Y lo cierto era que tenían una confesión en mano, firmada y ratificada. ¿Cómo era posible que no viesen que la autoinculpación de Graciano no se sostenía en pie? Evidentemente, no querían verlo.

A pesar de ser media tarde, Mariana eligió salir a correr para oxigenar el cuerpo y la mente. La playa estaba en bajamar y podía acercarse a la orilla sin sentir encima el peso de la gente que consumía el atardecer caminando por el Paseo Marítimo o acodados en la barandilla observando a los pocos que pisaban la arena. El mar estaba calmo en su retirada y el cielo presentaba jirones de nubes blancas acá y allá. Por la arena transitaban varios paseantes con perro y unos pocos corredores como ella. También podía verse a algún bañista intrépido desafiando al frío. Pensó en Antonio. Debía de estar a punto de irse. ¿Sería posible que supiera algo relacionado con el caso y no se lo hubiera contado a ella? La misteriosa relación de su hermano con Montclair y Murciano, la sospechosa coincidencia de los tres en G..., daba a entender que aquello no era una reunión casual sino una cita concertada, es decir, que Antonio estaba demasiado cerca de ellos como para no saber más cosas acerca de la tragedia de la finca. Reconoció que apenas sabía nada de su hermano, los largos años de distanciamiento lo habían convertido en un extraño para ella al que, sin embargo, por la costumbre del contacto y el cariño de la infancia y la adolescencia, no podía dejar de querer y del que no podía dejar de sentirse familia. Pero era un fresco, un fresco sin remedio.

—¿Sabes que tu hermano me ha tirado los tejos? —le dijo Julia el día anterior.

—Es un frívolo como no hay dos —respondió Mariana por todo comentario.

—Pues sí, para que veas lo animado que es.

—Y tú ¿qué hiciste?

—¿Yo? —dijo Julia—. Nada. No me va la promiscuidad. Yo varío de hombre lo que haga falta, pero de uno en uno. Además, que eso de que esté con Jacinto y venga luego por mí, no sé cómo decirte, me da cosa.

—Sí, a mí también me daría.

Sin embargo, no le produjo extrañeza que su amiga Julia, con su aspecto ligeramente andrógino, el pelo corto y claro, las pecas repartidas por todo el cuerpo y siempre en vaqueros, atrajera a Antonio. Si le gustaban hombres y mujeres, el híbrido que representaba Julia debía de parecerle el colmo de la lujuria. La verdad era que tenía un cierto aspecto de chico, incluso en los rasgos de la cara, pero su femineidad era tan evidente como su desparpajo. Le encantaba su amiga.

—Siento —dijo de pronto Mariana con un tono confesional— que G... me está aplastando. No sé si se me ha quedado pequeña o si realmente el círculo en que me muevo profesionalmente se ha estrechado tanto que respiro cada vez con más dificultad. Antes no era así, todo me parecía más alegre y jubiloso. No tiene la culpa la ciudad, la ciudad es la misma; es el tono de las gentes que me rodean el que me crea sensación de asfixia. A lo mejor es inevitable, a lo mejor es algo que tiene que ocurrir, aquí o en cualquier otra parte...

—No me digas que piensas marcharte.

—No sé qué decirte. Quién sabe.

Ahora, mientras corría tan cerca del mar que iba dejando huellas líquidas en la arena mojada, volvió a pensar en la idea de abandonar G... o, al menos, empezar a mirar puestos vacantes o con perspectiva de estarlo pronto. Las ciudades pequeñas son propensas a la rutina y la rutina sólo tiene gracia para aquellos que pertenecen a ella, es decir, aquellos cuya infancia transcurrió en ella. Mariana era una transeúnte que pronto o tarde acabaría por marcharse; de hecho, desde unos años atrás su sensación continua era la de estar siempre de paso.

—Pues búscate un novio formal de aquí, te casas y ya verás como empiezas a sentirte integrada.

—Cásate tú, que estás tan soltera como yo y vives de toda la vida aquí. Hay que fastidiarse, la consejera.

—Yo es que no he encontrado al hombre de mi vida.

—Ni yo lo voy a conseguir aterrizando hoy aquí y mañana allá. La verdad es que estoy harta. Ojalá no existieran los hombres.

—Bueno, siempre quedan las mujeres. No es lo mismo, claro, pero tienen su encanto.

—Me estoy poniendo del peor humor —dijo Mariana, cortante.

Siempre de paso. Siempre interesándose por las desventuras de la gente, porque lo cierto era que por el despacho de una juez pasan toda clase de desventurados, algunos que incluso mueven a risa por lo grotesco de sus desgracias. Otros que son verdaderos sinvergüenzas, gente sin escrúpulos. Toda una fauna para quien quisiera estudiar el género humano. Pero el resultado final era de desazón, de cansancio ante una humanidad embebida en sus cosas y ajena a las de los demás. Ella, que siempre había despreciado los comentarios despectivos acerca de la raza humana, en los momentos de desfallecimiento estaba tentada de sumarse a ellos. Todo el mundo parecía bueno, razonable, civilizado, hasta que rascabas un poco o se ponían en una situación de dificultad. Entonces se veía aparecer la condición servil, rencorosa, mezquina e ignorante de la mayoría de las personas. Incluso de aquellas que, en un primer momento, la habían movido a compasión. Y así día tras día, cada día recibiendo una nueva ración de egoísmo, de codicia, de insolidaridad. Llevaba demasiado tiempo refugiándose en sus pocas amistades, ninguna como la de Julia o la de su añorada Carmen, cada día inevitablemente más lejana, o incluso de las hermanas Abós, tan diferentes pero, al fin y al cabo, amigas de toda la vida, ese extraño lazo inexplicable y precioso a la vez. Sí, quizá fuera la ciudad, el ir de ciudad en ciudad buscando siempre un alma cercana para descansar de la batalla diaria y de la soledad tan acentuada por esa clase de vida.

Al menos en las ciudades grandes cabía jugar al anonimato porque aquí, en G..., estaba siempre a la vista de todos. No había manera de dar un paseo de incógnito, como si fuese lo que en realidad era, una forastera, pero con todas sus consecuencias, que le diera un aire de turista que causase curiosidad, pero no reconocimiento.

—Le das demasiado a la pelota —le comentaba Julia— y eso no es nada bueno. Tienes que relajarte. Aunque tú no lo creas o no lo sientas así, lo cierto es que vives bastante encerrada. Y no lo entiendo, porque si fueras una adusta... Tú eres simpática; un poquito seria a veces, pero simpática y muy tratable. Y comprendo que hay mucha gente que no te gusta demasiado o no te dice nada. Qué quieres: total, para pasar un rato distraída tampoco necesitas a Rita Levi Montalcini, digo yo.

—Sí, guapa, encima con sarcasmos.

—¿Lo ves? ¿Ves como te estás convirtiendo en una ceniza?

Mariana apretó a correr como si la persiguiera el diablo. Al llegar al otro extremo de la playa se detuvo exhausta, respirando con violencia por la boca. Así estuvo expectorando un rato, hasta que empezó a recuperar su pulso normal. El sudor se extendía por delante y por detrás de la camiseta. Dio la vuelta y empezó a caminar para alejarse del final de la playa, donde desembocaba el río Viejo. Finalmente se detuvo en la orilla, mirando al mar con los brazos en jarras. Al cabo de unos minutos, se agachó para desatarse las zapatillas. Después se despojó de las mallas y de la camiseta. Debajo llevaba un minúsculo bikini. Dejó la ropa amontonada sobre la arena y acto seguido fue dando pasos por el agua hasta que se zambulló y nadó en paralelo a la playa. Cuando salió, estuvo paseando y dando saltos para calentarse y secarse a la vez; luego se embutió en la camiseta, que le llegaba casi a medio muslo, extrajo el sujetador del bikini por debajo y también la braguita. Vistió las mallas, calzó las deportivas y echó a andar a paso vivo braceando enérgicamente. Algunos espectadores siguieron con interés los movimientos, pero estaba suficientemente lejos para que apreciaran nada en detalle.

El inspector Quintero estaba en la barra del bar La Yola, cuando Mariana pasó por delante, de vuelta de la playa, pero no le pareció oportuno entrar con su vestimenta deportiva y el bikini guardado en el puño, de modo que echó a correr hacia su casa, que estaba a dos manzanas, subió, se puso lo primero que encontró, unos pantalones y un acogedor jersey grueso de cuello vuelto, su preferido, y bajó a escape. Mientras caminaba a paso vivo trató de arreglarse el pelo todavía húmedo con los dedos, pues ni siquiera se dio tiempo a peinarlo.

Quintero seguía en la barra del bar. Estaba a un lado, en la esquina, con aspecto reconcentrado, apoyado en el pasamanos de madera y mirando su copa como si mantuviera alguna complicidad con ella.

—Precisamente estaba pensando en usted —dijo cuando ella le tocó discretamente en el hombro y él se volvió y la reconoció.

—Y yo se lo agradezco —reconoció ella— y espero que fuera para bien.

—Llevo todo el día dando vueltas a lo mismo y ya no sé qué pensar —confesó él, rebuscando en los bolillos de la chaqueta en busca del paquete de cigarrillos. Encendió uno y se volvió hacia Mariana—. Estoy venga a pensar en el caso de la chica asesinada, ¿sabe usted?

—Tampoco yo he dejado de pensar en ella, pero, al parecer, ya está todo resuelto.

—Ésa es la cosa —dijo Quintero—. Que no me gusta ese final. No me gusta un pelo. Estaba preguntándome si usted no tendría razón después de todo.

—¡Pero yo no tengo ninguna razón! —exclamó Mariana—. No tengo ninguna explicación del crimen.

—A eso precisamente me refiero, a que no hay explicación. Verá usted: cada vez que pienso en la declaración de culpabilidad de Graciano Meres me la creo menos. Esa confesión es muy oscura y, sobre todo, carece de móvil. Yo no me creo que odiase tanto a su nuera; en todo caso, a quien despreciaría es a su hijo, por maricón. A ella también, por supuesto, pero eso no es motivo suficiente para una agresión tan brutal. Y mucho menos me creo que le entrase un ataque de lujuria y pretendiera violarla. Graciano no es de ésos, Graciano es como Mercurio, si quiere follar se va de putas, pero lo de agredir a la nuera para beneficiársela... que no, que no cuela. No quieren verlo porque no han metido la cabeza en el caso.

—¿Se lo ha dicho a la juez?

—No. ¿Para qué? El fiscal y la juez quieren pruebas y yo no tengo pruebas sino deducciones. Con eso no se resuelve un caso.

—Quién sabe —meditó Mariana—. Yo podría hablar con Elisa...

—¿Y desmontarlo todo? Ni en sueños.

—O sea —dijo Mariana cambiando el tercio—, que empieza usted ahora a aceptar que mis intuiciones no son veleidades femeninas.

—Yo nunca he dicho eso.

—Vamos, Quintero, no me fastidie. Usted desconfiaba abiertamente de las sensaciones que yo tenía sobre el asunto.

—Bueno, no eran más que eso, sensaciones, ¿no? Mire, no es que yo crea en su intuición, ni antes ni ahora; es que, bien mirado, la declaración de Graciano no se sostiene. Lo que pasa es que no tenemos otro clavo al que agarrarnos, lo cual invalida la pretensión de seguir ahondando. Lo que me jode de verdad de este asunto es que no hay otra alternativa, es como si alguien lo hubiese preparado tan bien que no quedara resquicio alguno. Porque la declaración de Graciano ha tenido que ser preparada, por el abogado o por quien sea, pero esa repentina confesión...

—Entonces el blanco es Montclair, que es quien le proporciona el abogado. ¿Usted cree que Graciano asumiría el asesinato por tapar a un tipo como Montclair?

—Bueno, lo primero es que yo sí que no veo qué razón tendría Montclair para matar a la chica. Y en cuanto a Graciano... pues mire: si le cubre el señor Montclair no pasará mucho tiempo entre rejas, eso se lo aseguro. Con los beneficios, el cumplimiento parcial de condena... En fin, ya sabe usted.

—Yo creo que la motivación de Montclair pudo ser la tradicional —lo interrumpió Mariana—. Que se la quería tirar.

—No. Montclair no es así, es más fino. Él las conquista con dinero, con espectáculo, pero sin necesidad de violencia. Ese hombre lo tiene todo, ¿a qué se va a meter a romperle la cabeza a esa mujer? Yo creo que la habría conseguido en cuanto se lo hubiera propuesto, como buen castigador que debe de ser: una cena, unas copas, mucha labia y, cuando la tuviera cuadrada, entrar a matar, como los toreros.

Mariana escondió la cara para que el inspector no advirtiese el repentino enrojecimiento que la invadió. Ella sintió un golpe interior que le subía hasta los ojos y tuvo que disimular frotándolos como si le molestara una picazón. Quintero, que ahora hablaba mirando de frente a la fila de botellas al otro lado de la barra, no advirtió el cambio que se había operado en el gesto de Mariana. Cuando se volvió a mirarla, se sorprendió:

—¿Se encuentra usted bien?

—Sí —contestó ella—, muy bien. Es que se me ha metido humo en los ojos.

—Ah, perdone —dijo él apartando el cigarrillo—. Siento haberla molestado. Es el maldito vicio.

—No pasa nada. Oiga —había conseguido reponerse a duras penas—, ¿han seguido los movimientos de Montclair de aquel día? Yo no lo hice porque no pensaba en él como autor del crimen, pero teníamos que haber comprobado su coartada.

—Lo hemos hecho. La juez lo interrogó a él y yo al servicio. El servicio, una pareja, duerme en un anexo de la casa, como unos guardeses. Montclair durmió esa noche en casa, lo que confirma su mujer. Ese día almorzó con su invitado...

—¿Murciano?

—Ése. Luego se fueron cada uno por su lado. Montclair a su casa y Murciano no tengo ni idea, supongo que a sus negocios porque no volvió con Montclair. Debió de volver de madrugada pero no lo sabemos porque el servicio se retira pronto, salvo que haya una fiesta o algo así. De todos modos, da igual.

—¿Y a Murciano le han tomado declaración? ¿Y a la esposa? Tenía que estar en casa. ¿O cenó con ellos?

—Al Murciano ese ni le hemos visto el pelo, aparte de que ya no está aquí. Y la mujer no suelta prenda. Pero, ahora que lo dice, lo que sí sé es que estaba de muy mala leche; algo había habido entre ellos.

—¿Entre Montclair y ella?

—Sí. Estaba que bufaba y, aunque trataba de disimularlo, apenas se podía contener. No sé, a lo mejor sí que había algo entre la víctima y el señor Montclair; pero, insisto, en todo caso, no daría lugar a una agresión tan brutal. No. El señor Montclair no es de ésos.

—¿Nos consta que no sea un maltratador?

—Es que una cosa es ser un maltratador y otra matar de esa manera.

—Una cosa puede llevar a la otra, no me fastidie, Quintero. Aparte de que parece que eso del maltrato a usted no le impresiona nada.

—Oiga, no se me ponga feminista. Yo estoy contra el maltrato. Antes me cortaría una mano que levantársela a mi mujer. Sólo señalo un distingo, no estoy haciendo un juicio moral.

Mariana exhaló un suspiro.

—Es increíble que estemos tan a ciegas —comentó.

—Por eso la juez va a cerrar la instrucción y no se lo reprocho. Que a mí, personalmente, no me guste el desenlace es sólo una opinión, una especie de malestar personal; me jode; lo tomo como un fracaso.

—Así que, aprovechando que Murciano no está, los Montclair se montan una buena pelea. Lo mismo Montclair le estaba poniendo los cuernos una vez más y ella se enteró y le metió una bronca de las de esposa despechada. A lo mejor por eso están de malas. Ella en casa por las tardes, aburriéndose delante del televisor, y el otro de juerga con su compinche.

—Sin olvidar a su hermano de usted —dijo Quintero.

Mariana saltó como un resorte.

—¿Cómo que a mi hermano?

—Que vino con el tal Murciano. Es evidente que andan en negocios los tres juntos. Verá: el señor Montclair suele recibir a gente con la que hace sus negocios, los instala en la finca casi siempre...

—A mi hermano no —interrumpió Mariana. Estaba evidentemente inquieta por el curso que tomaba la conversación—, y a Murciano tampoco, porque duerme en casa de Montclair.

—No, bueno, su hermano se fue al Panamá porque... —Quintero se interrumpió.

—Dígalo, dígalo, Quintero: porque está liado con Jacinto. ¿Cómo me va a importar que lo diga si es lo que me ha llevado a abstenerme del caso?

—Bueno, pues eso —continuó Quintero tras un titubeo—, que, cuando no es él el que sale de viaje, es el que recibe a los que viajan hasta aquí. Tiene muchos más negocios de los que están a la vista.

—Sí, porque lo que es el del semen de toro, me río yo. Eso es una tapadera de algo. Blanqueo de dinero o lo que sea.

—Pero el semen de toro existe y lo vende; por lo visto, deja dinero.

—Bah. Eso son *peanuts*. Lo entendería si fuese aficionado al ganado, pero no lo es ni por asomo.

—¿No quiere usted una copa? —dijo de pronto, como cayendo en la cuenta, el inspector.

—No, gracias. Estoy retirada. —El inspector la miró ligeramente sorprendido.

—¿Ni una caña de cerveza? —preguntó.

—No. Ya sé que tengo la costumbre de tomar algo cuando acaba el trabajo, pero es que estoy retirada. Malas experiencias, me sienta mal —añadió como disculpa.

El inspector puso cara de escamón y pidió otro cubalibre para él.

—No sé dónde estábamos —dijo Mariana—. ¡Ah, sí!, en mi hermano. ¿Es que ha habido sospechas sobre él?

—Ninguna que lo señale. Además, según Jacinto, estuvo con él toda la noche.

—¡Toma! Jacinto se ha desahogado de una vez.

—No. El que habló fue su hermano cuando fui a verlo y entonces el otro se relajó por fin. Entre la muerte de su mujer y el asunto... —titubeó de nuevo— de su condición, estaba histérico. Su hermano, en cambio, estaba tan campante.

—Pobre Jacinto. Mi hermano, en cambio, es un descarado.

—De manera que nada —concluyó Quintero con pesar—, no hay sospechoso mejor que Graciano.

—El que Graciano tapa, por ejemplo —dijo Mariana.

—¿Montclair? No insista. Y aunque lo fuera, no sacaríamos nada en limpio. No hay fisuras; hay incredulidad por el resultado final, pero no fisuras.

—No esté tan seguro. —Una luz se acababa de encender en los ojos de Mariana, una luz clara e inequívoca que pertenecía a lo que quienes la conocían denominaban «la famosa intuición de Mariana». Lo cierto era que por unos minutos pareció estar con una parte de su mente en otro lugar, y el inspector se la quedó mirando con curiosidad—. ¿Sabe lo que le digo? —dijo con verdadera animación—. Que me voy a tomar una copa. Pídame un escocés con hielo y soda; si es que tienen soda, porque en estos bares ni saben lo que es eso ni recuerdan los tiempos del sifón.

Mariana apenas durmió esa noche. De cuando en cuando se despertaba y siempre con una idea fija a la que no dejaba de dar vueltas. Por fin, ya avanzada la madrugada, cogió el sueño, pero, en cuanto abrió los ojos apremiada por la luz de la mañana, la idea se le arrimó como un perro a su amo. Entró en la ducha, se entretuvo lo mínimo pese a que su placer era calentarse con el agua a punto de escaldar, eligió un traje de chaqueta y pantalón, desayunó como de pasada un *croissant* del día anterior y un vaso de leche fría porque el tiempo no daba para más y llegó a su despacho a la hora en punto con la lengua fuera. Había un asunto que atender de urgencia, una nueva causa, un robo con resultado de lesiones, cuya instrucción cayó en su juzgado, mas no conseguía concentrarse en ella y hubo de hacer un verdadero esfuerzo para no dejarse llevar por lo que le exigía su instinto de cazadora.

Cuando terminó de tomar declaración a las personas afectadas, Julia Cruz vino a darle un respiro.

—Hoy tengo el día vago —dijo nada más asomar por la puerta—, y como la vagancia es más bien aburrida me dije: voy a ir a ver a mi amiga Mariana.

—Para que me distraiga —completó la frase Mariana—. Muy bien, ¿qué tengo que hacer? ¿Bailar? ¿Cantar? ¿Juegos malabares? ¿Sacarte a pasear?

—¿Qué tal un aperitivo? Ah, no, que tú ya no bebes.

—¿Que no bebo? ¿Quién te ha dicho a ti eso?

—Tú misma. A ver si ahora, además de perder el caso Meres, vas a haber perdido la memoria.

—Ah, ¿te refieres a la promesa que dije que había hecho de no volver a probar una gota de alcohol? Bueno, tenía mis motivos, pero ahora tengo motivos para lo contrario. De todas formas, yo no dije nada de no beber sino de no darme a la bebida, que es bien distinto.

—Ya lo creo. No sabía que te dabas a la bebida.

—Eso fue... Bueno, déjalo, da igual.

—Entonces, ¿tomamos un aperitivo sí o no?

La conversación continuó en un bar cercano a los juzgados donde Mariana solía desayunar cuando llegaba con el tiempo justo.

—¿Sabes? —dijo Mariana nada más acomodarse ambas en la única mesa junto a la cristalera que daba a la calle—, creo que sé lo que pasó realmente con Elena Sánchez o Jessica Vega, como prefieras llamarla.

—¿De verdad? Cuenta, cuenta.

—No. No cuento hasta que pueda probarlo, pero es una idea que, cada vez que lo pienso, me parece más factible. Es más: estoy segura de que es la verdad.

—¿Y cómo vas a probarlo si estás fuera del caso?

—Ahí está el problema. Tendría que contárselo a Elisa, pero a ella no le van a bastar mis elucubraciones, pedirá algo más consistente. Para ella supone echar por tierra la instrucción y empezar de nuevo. No, no creo que me hiciera caso. Necesitaría... necesitaría hacer hablar a Mercurio.

—Los dioses no te van a ayudar.

—Mercurio es el guarda de la finca de Montclair. ¿No te acuerdas de que ya te quedaste una vez fascinada con ese nombre?

—Es verdad. Mercurio.

—Él tiene una clave. La otra la debe de tener, en buena lógica, Graciano, pero ése dispone, aunque poco, del suficiente cacumen para comprender por qué no debe hablar. Mercurio, no. Mercurio obedece órdenes como un perro y no se cuestiona nada más. Es como si estuviera bajo una influencia hipnótica y lo que habría que hacer es sacarlo de ella, pero ¿cómo?

—Poniendo un cuchillo en el cuello al hipnotizador; es lo primero que se me ocurre.

—Sí, pero me temo que el hipnotizador se juega mucho en esto y, desde luego, no se dejará amedrentar así como así. Él sólo tiene que perder, como todos los demás. Ésta, mi querida Julia, es una historia de encubrimientos semejante al juego de las fichas de dominó puestas en pie y en fila india: en cuanto caiga la primera, caen todas las demás.

—En resumen: que tienes un caso casi resuelto que quedará impune porque te retiraron de él. Ahí está la gracia de la justicia, que, aunque sepas a ciencia cierta lo ocurrido, tienes que probar que ocurrió así. A la sociedad civil eso se nos hace duro de tragar, pero ni modo, como dicen los mexicanos.

—La culpa la tiene el jodido Jacinto. Si no se hubiera ido de casa esa noche...

—¡Vaya manera de hablar una juez! Sí que debes de estar frustrada, sí...

—Tengo que hablar con mi hermano, a lo mejor a él se le ocurre algo.

—Tu hermano está a punto de irse.

—¿Mi hermano?

—¿No lo sabías?

—¡No puede irse, es parte del caso!

—No me digas que también está implicado.

—Es posible que sea una de las fichas de dominó.

—¿Tu hermano? Estás loca. Aunque, ahora que lo pienso, se está yendo todo el mundo: tu hermano se va, porque me lo dijo ayer, que estuvimos tomando una copa...

—O sea, que has acabado saliendo con él.

—A tomar una copa porque, aunque sea bisexual, no pienso ir más allá de una copa. O dos —dijo después de meditarlo—. Es muy simpático.

—Bueno, ya me ocuparé yo de él. ¿Quién más se va?

—Se ha ido el amigo ese, Valenciano, o Murciano, o como se llame; y se va Montclair.

—¡Qué dices! —exclamó Mariana muy alarmada.

—Me lo ha dicho Maribel esta mañana, porque también he ido a verla; que Santiago se va por no sé qué negocios. Yo me pregunto si no se van juntos tu hermano y él.

Mariana recogió su bolso apresuradamente, se levantó de la mesa y advirtió a su amiga, antes de cruzar la puerta de la calle:

—Paga tú y luego te llamo. Y entérate por Maribel de cuándo se va Montclair y en qué medio de transporte. Yo voy ahora por mi hermano, pero te llamaré; deja el móvil encendido.

Mariana volvió al despacho, ordenó el trabajo que faltaba por hacer y pidió a Pelayo el favor de localizar a su hermano de inmediato y citarlo para la hora del almuerzo. Por un momento le tentó la idea de acudir al despacho de Elisa Pérez Díaz, pero se contuvo al recordar sus propias palabras: —A ella no le van a bastar mis ideas, necesita pruebas más consistentes. Pruebas, pruebas, pruebas; ése venía siendo el *leitmotiv* de toda la investigación. No había pruebas antes ni las había ahora. Todo se iba a resolver con una confesión de parte, pero ni una prueba que la corroborase. Y lo peor era que, además, se iba a resolver mal.

Les llevó más de una hora localizar a Antonio de Marco y, cuando lo consiguieron, explicó que ya tenía un compromiso para comer ese mediodía, por lo que se excusaba. Esta actitud hizo que Mariana, furiosa, cogiera ella misma el teléfono con un enfado de mil demonios y obligara a su hermano a deshacerse de su compromiso y acudir al lugar en que lo citaba y a la hora en que lo citaba, sin aceptar excusa ni dejar el menor resquicio a cualquier intento de escapatoria. Pelayo Arenas la escuchó seriamente impresionado mientras trataba de pasar desapercibido.

—¿Nunca has visto poner en su sitio a un hermano? —le preguntó Mariana con un ceñudo gesto de seriedad. Pelayo no supo qué contestar, inseguro acerca de la verdadera intención de la pregunta.

Una hora más tarde, Mariana se sentó a esperar a su hermano en un pequeño restaurante cercano al puerto, un rincón de comida casera llamado El Candil. Allí solía reunirse a menudo con algunos amigos, todos de la pandilla de Julia, para charlar y comer a gusto. Antonio llegó al cabo de un cuarto de hora, de no muy buen humor.

—¿Qué pasa? ¿Te han dado hoy algún disgusto? —preguntó ella.

—No me hace ninguna gracia que me eches una bronca delante de tus subordinados, ¿sabes? —le reprochó.

—No estabas en el despacho. No sabes si había alguien conmigo o no.

—El tipo al que le quitaste el teléfono de las manos, el que estaba hablando conmigo. No lo vuelvas a hacer.

—No lo volveré a hacer si te comportas como debes. Soy tu hermana mayor y cuando yo digo que te necesito con urgencia es por algo. Yo no pido nada por frivolidad —respondió ella incisiva—. Tengo que hablar contigo. Y no pongas esa cara de enfurruñado porque no te va. Se ve que no tienes costumbre de recibir órdenes.

—Mejor para mí. Yo soy mi jefe.

—Ja, ja. No me hagas reír que tengo el labio partido, guapo. *Todo* el mundo tiene jefe, desgraciadamente, en especial los que se creen que no lo tienen, hasta que se ven obligados a decir amén. Antonio, no me vaciles porque yo no soy un ligue de esos a los que tienes que seducir con tus encantos y tu palabrería. Vamos a comer y ahora te cuento.

Eligieron de entre los platos cantados por el camarero, sin pedir carta.

—No me voy a meter en tus negocios —advirtió Mariana de inicio—, pero me gustaría saber dos cosas; la primera, qué tienes tú que ver en realidad con esos dos pájaros de cuenta con los que te tratas, Murciano y Montclair. La segunda, por qué te hospedas en el hotel Panamá cuando todos sabemos que Montclair aloja a sus amigos en la casa de la finca.

Antonio la escuchó, sorprendido al principio y sonriente después.

—Estamos negociando un trato a tres bandas y no puedo decirte más —advirtió—, un trato entre la flota de camiones de Montclair y la de Murciano para cerrar un acuerdo amplio de movimientos de mercancías con unos socios franceses. Montclair domina el norte, Murciano el sur y ellos tienen una implantación europea fuerte, no sólo en Francia.

—Y tú haces de francés.

—Por delegación, sí.

—Supongo que ahí hay mucho dinero.

—El mundo del transporte por carretera, ya sabes, en todo el mundo...

—Ya. Jimmy Hoffa y sus muchachos.

—Aquéllos eran otros tiempos.

—Posiblemente ahora será todo más refinado. Las posiciones dominantes, mi querido hermano, tienden a ser autoritarias, excluyentes y codiciosas. Eso no cambia.

—¿Me estás previniendo contra las malas compañías?

—¿Yo? Dios me libre. Segunda pregunta.

—Ah, lo del hotel. No veo que sea muy difícil de imaginar.

—Tampoco me parece que sea necesario meterse en un antro para satisfacer las inclinaciones sexuales de uno —contestó Mariana—. Y en cuanto a ti, dudo que disfrutes de lugares como ése. No digo que esté mal sino que tú eres de cuatro estrellas para arriba, imagino.

—Sí, la verdad. Me gusta el lujo. Pero a veces hay que descender a donde habita el común de los mortales.

—Ya. Tu visión de la realidad te exige estar en contacto con la masa para no perder comba, ¿no es así? Qué lucidez la tuya, cariño.

—¿A que sí?

—Pero la casa de la finca es estupenda, yo la he visto, está equipada con todo y en estado de habitabilidad permanente y, por si fuera poco, tú tienes coche para desplazarte, no necesitas andar a base de taxis. Y, por cierto, ¿dónde tienes escondido el coche?

—¿Escondido? Tu delirio avanza lento pero seguro. El coche lo tengo estabulado en el parking del Paseo porque esta ciudad es pequeña y es un engorro andar en automóvil por ella sin necesidad. Estoy perfectamente instalado, mi niña, el hotel al pie del Barrio de Pescadores y el aparcamiento a dos pasos.

—¿No te ofreció Montclair la casa en la finca?

—No.

—Qué raro.

—Raro, ¿por qué?

—No sé, desaprovecharla así...

—Me parece que ya sé por dónde vas y puedo adelantarte que te equivocas.

—¿Tú crees?

—Lo que yo crea importa poco, es la realidad la que importa y los hechos son los que determinan la realidad.

—¿Los hechos preparados o los hechos sucedidos?

—Mariana, ahora te aconsejo yo: deja estar las cosas.

—Me das un disgusto serio. —Mariana cambió el tono, ahora era dolido y decepcionado—. Lo que tú decías sobre los jefes que tenemos encima se cumple. Unos nos aguantamos, al menos hasta un límite tolerable, que es lo normal, y otros, más necesitados, disfrazan su servidumbre de libertad personal, pero es un espejismo. Yo no voy a dejar estar las cosas si puedo, porque aquí hay un cadáver de una muchacha a la que todos consideran una puta extravagante, pero que es, o era, un ser humano que, cuando menos, demostró que no toleraba ni jefes ni indignidad.

—¿Cuándo se dio cuenta de su indignidad? ¿Después de años de exhibirla a pelo en todas las revistas porno conocidas? —dijo Antonio con sarcasmo.

—Pues así debió de ser. No que se diera cuenta, claro, sino que tomara conciencia de que aquello era realmente una indignidad. Tú serás todo lo bisexual que quieras, pero eres un machista de la cruz a la flecha. Mucha gente cumple oficios indignos porque no tiene otra salida o porque no le da tanta importancia. Hasta que piensa y se la da: entonces es cuando tratará de salir del agujero. Así es la vida, así somos todos. Deploro descubrir tu manera de pensar sobre esa mujer y sobre este asunto, no me lo esperaba. Quizá ahora tenga una explicación al hecho de por qué no nos hemos visto con alguna frecuencia: porque nuestros intereses divergen radicalmente, me parece.

—Lo siento. Siento haberte defraudado. Quizá no haya sido una buena idea hacerme ver, pero estaba aquí y... te echaba de menos, ya ves. Nostalgia familiar, supongo, la infancia compartida y todo eso.

—Sí, bueno, no trates de ablandarme. Yo te quiero, Antonio, y espero de ti algún rasgo de nobleza que me quite la desolación que tengo encima en este momento. Somos hermanos y no vamos a dejar de serlo, pero me has dejado hecha polvo.

—Lo siento de veras. —Parecía muy compungido.

—En cambio, me has arrojado luz sobre el crimen. Quería asegurarme y ya veo que no me equivoco. Y te lo digo: voy a actuar. En nombre de la justicia, desde luego, pero especialmente en nombre de Elena Sánchez Vega.

—No vas a poder hacer nada, ya lo verás; ya lo has visto, en realidad. No creas que no lo lamento; por ti, naturalmente. No tienes pruebas y nunca las tendrás —concluyó Antonio con gesto triste.

—No me conoces bien —dijo ella.

Cuando se separaron, Antonio la vio alejarse y lo sacudió un ramalazo de compasión y ternura y también de admiración por su hermana. Al verla pisando con firmeza la acera le pareció tan desvalida y tan decidida a encaminarse hacia un muro contra el que se estrellaría que apretó los puños con un gesto de reconcomio.

—No tendrías que haber sonsacado a Jacinto —se dijo con fastidio.

Esa misma tarde, Mariana cogió su coche y se echó a la carretera rumbo a Santander. Antes de salir telefoneó al inspector Alameda, de la policía judicial de aquella ciudad, para concertar una cita. Alameda, preocupado por el largo trayecto de ida y vuelta que ella tenía que hacer, propuso encontrarse en Llanes. Las obras de la Autovía del Cantábrico estaban bastante avanzadas, pero Mariana tenía que superar el tramo de carretera de un solo carril por sentido que iba de Llanes a Torrelavega y a Alameda le pareció poco caballeroso obligarla a hacerlo de noche. Así fue como se encontraron, en un bar que daba al bello espectáculo del puerto marinero adentrándose en la ciudad. En cuanto lo reconoció, a Mariana le dieron ganas de abrazar a Alameda, pero si bien no lo hizo, como nunca antes lo había hecho, sí se mostró muy efusiva con él. Alameda seguía teniendo el mismo aspecto: pequeño, embutido en su sempiterno gabán negro que le colgaba hasta las pantorrillas, con los zapatones de punta redondeada y la gorra de visera, el perfil afilado y el bigote gris y disparado a ambos lados, todo lo cual le daba ese aire característico de detective y roedor a la vez que a ella le resultaba tan entrañable.

—Mira que pedir el traslado a Santander —le reprochó— y dejarme sola en G... Todavía no se lo he perdonado.

—Tenía mis motivos —respondió él.

—Ya. No me cuesta mucho imaginarlos.

—¿Y a usted qué tal le va?

—A mí fatal porque no me he ido como usted.

Alameda sonrió entre dientes.

—Ha hecho bien, aunque me pese —continuó ella—. La verdad es que estoy metida en un lío y no tengo ayuda de ninguna clase, más bien lo contrario.

—El inspector Quintero —empezó a decir Alameda— trabaja con usted, ¿no es cierto? No es mala persona. Un poco huraño y creído, pero fiable. Y listo.

—No como usted. Si usted hubiera estado donde le correspondía, otro gallo me cantara ahora.

—¿También Quintero está en contra suya?

—Oiga, ¿cómo sabe que tengo a gente en contra en G...?

—Me lo imagino. Le vuelvo a recordar que yo pedí el traslado.

—No es sólo la policía, es también el juez decano y... en el embrollo en que me encuentro, también alguna fuerza viva.

—O sea, que está usted actuando a su estilo.

—Peor. He tenido que abstenerme cono juez instructora. Estoy fuera del caso.

—No me diga más: estaba usted instruyendo la causa por el asesinato de la actriz porno esa que se convirtió. Sí —reflexionó Alameda—, le pega mucho, es un asunto que ni pintado para usted.

—No se convirtió, Alameda, tuvo una crisis religiosa y se retiró. Y no era actriz porno sino modelo erótica.

—Que lo mismo dará.

—Parece mentira que usted, que hila tan fino a la hora de investigar un caso, me diga que da lo mismo una cosa que otra. Créame: es un personaje dramático y singular, un personaje que merece la pena. A mí me habría gustado conocerla.

—No me extraña nada. Y deduzco que se lo ha tomado usted muy a pechos, digo a pecho. —Alameda corrigió la mirada, que había descendido hasta el torso de Mariana.

—Deduce usted bien —respondió Mariana a la vez que se cerraba instintivamente la chaqueta—. Ya sé que es uno de mis defectos, pero...

—¿Quién no tiene defectos?

—Total, que por eso he venido a verlo, Alameda. La verdad es que lo echo mucho de menos, se lo confieso.

—Me halaga usted, pero ¿qué pinto yo en todo esto? Mi destino me exime de meter la nariz en el caso y, además, yo sólo sé de él por los periódicos... Vaya, también por comentarios de compañeros, pero muy generales, lo típico entre gente del cuerpo.

—Primero déjeme contarle.

Mariana le contó de principio a fin toda la historia, desde el momento del descubrimiento del cadáver hasta su abstención del caso, añadiendo además los antecedentes. Alameda siguió la explicación con gran interés, subrayando con el brillo de sus ojillos los momentos más significativos de la actuación de la juez. A pesar de la distancia con que se trataban, y de la distancia en años entre uno y otra, en la actitud y atención con que el inspector atendía a las explicaciones de la juez no era difícil deducir que simpatizaba mucho con ella. Cuando terminó, se la quedó mirando con un punto de admiración.

—Sigue usted siendo una persona valerosa —comentó finalmente.

—Para lo que me sirve...

—Oiga, me ha encantado el relato que me ha hecho, pero, aparte de que se guarda algo, lo que me pregunto es qué puedo hacer yo por usted.

Mariana sonrió maliciosamente.

—Sí, tiene usted razón. Me he guardado algo. En realidad, me he guardado la solución del caso.

—¡Nada menos! —exclamó cómicamente Alameda.

—El problema, mi querido inspector, es que no hay prueba alguna que la corrobore. Reconozco que en la instrucción ha habido algo de lentitud, o de indecisión, por mi parte; reconozco que debí haber entrado a saco en la finca de Montclair desde el primer momento, tuviera o no motivo suficiente, porque así no habría dado tiempo a que se borraran las huellas y se recompusiera la escena. Tampoco sé si habría sacado algo en limpio. Sea como fuere, el caso es que el asesino y sus encubridores pudieron armar su línea de defensa sin obstáculo alguno y por eso estamos como estamos: con una falsa confesión que será decisiva en la instrucción y también en el juicio.

—Vuelvo a preguntarle a usted: ¿dónde entro yo en este embrollo?

—Usted puede hacer dos cosas por mí. Una, darme su opinión. Dos, hablar con el inspector Quintero.

—¿De qué le ha de valer mi opinión?

—Nosotros, Alameda, hemos trabajado juntos y sé por dónde respira. Estoy segura de que ya se ha formado una opinión sobre el caso. Necesito saber cuál es, si coincide con la mía.

—¿Me va a hacer trampa?

—No, en absoluto. Le he contado todo lo que sé e incluso he dejado caer, sin subrayarlos, algunos detalles que usted quizá haya cogido al vuelo o quizá se le hayan pasado por alto, pero, si no se fía de mí, puedo escribirle un nombre en un papel para que vea que no me escondo.

—Lo escribiré yo, el nombre principal —dijo Alameda. Tomó una servilleta del bar, extrajo el bolígrafo del bolsillo interior de su chaqueta escondida bajo el gabán y garabateó unas letras. Luego lo giró ciento ochenta grados para que quedase mirando hacia Mariana.

—¿Verdad que sí? —dijo ella al leerlo, con la cara iluminada de felicidad.

—Es lo que dice la lógica, pero no tiene mérito: usted me ha regalado todo su trabajo.

—Para esto es para lo que necesito que hable con Quintero. Está medio convencido, pero no tanto por mis argumentos, hasta el punto de que no me he atrevido a darle un nombre, porque él tampoco se sentiría a gusto con la solución. Pero si usted me ayuda, si le da un pequeño empujón, sé que me hará caso porque lo respeta a usted.

—A usted también, tenga la seguridad. Lo conozco bien. Pero no descarte a su hermano —dijo Alameda.

—¿A mi hermano? ¿Usted cree que...?

—Yo sólo creo en las causalidades. Para lo demás están las pruebas.

De regreso a G... tras un viaje incómodo bajo la oscuridad de la noche que la obligó a conducir tensa y concentrada, Mariana, que se disponía a echarse en el sofá de su pequeño salón, estuvo buscando entre su colección de compactos algo relajante. Eligió las *Variaciones Goldberg*, compartiendo el destino que les diera Bach, a saber: que el clavicordista Goldberg las interpretara para entretener el insomnio del conde Von Keyserlingk, aunque en este caso estaban ella, haciendo de condesa, y el genio extravagante, Glenn Gould. Además, en consonancia con su nueva y traumatizada línea de conducta, superó la tentación de prepararse un whisky con soda y se tendió a escuchar. No tenía sueño porque la atención puesta en la conducción la había desvelado, pero sí sentía cansancio. Al cabo de unos minutos pasó al dormitorio para desvestirse y ponerse el camisón y una bata por encima, por si se quedaba dormida sin darse cuenta. Al desvestirse se encontró con aquella parte rasurada de su cuerpo y pensó en Jessica Vega y sus mil poses. Ya no le escocía y ahora lo consideraba normal y hasta cierto punto la agradaba o, al menos, no se lo reprochaba. Hizo un esfuerzo de concentración por extraer de alguna parte de su memoria el relato completo de los hechos acaecidos aquella noche, que se le resistía tenazmente, y otra vez volvió a rendirse ante su amnesia alcohólica. No podía olvidar la humillación del despertar como no podía olvidar la visita de Montclair a su despacho dos días después, pero ahora pensaba que, dentro de todo, había tenido suerte, pues otro cualquiera habría alardeado de su hazaña y él, en su prepotencia, lo dejó reducido al ámbito de ellos dos. Es verdad que durante un tiempo la atormentó la idea de que Santos Murciano, como invitado de Montclair, hubiera estado presente e incluso participado en la juerga, pero la evidencia de algunos fragmentos de memoria recuperados se lo había sacado de la cabeza. De todos modos, detestaba a Montclair tanto como no se perdonaba lo sucedido, pero la marca que se lo recordaba, en cambio, la contemplaba con benevolencia.

¿Qué podía esperar de Quintero? Realmente poco, lo reconocía, pero fuera de él no podía esperar nada. Su compañera Elisa Pérez Díaz, aunque la trataba con el respeto debido, era evidente que se sentía molesta por la actitud de Mariana, una actitud que debía de considerar de intromisión y también de resistencia a abandonar el asunto del que Mariana había decidido abstenerse por propia voluntad, además de la evidencia de que la afectaba directamente. Era de suponer que Elisa comprendiera la inquietud de Mariana por el resultado final de la instrucción, pero como las posiciones de las dos eran divergentes en cuanto a la explicación de los hechos y a la autoría del crimen, no resultaba difícil concluir que Elisa se sentiría incómoda y, en cierto modo, fiscalizada por Mariana; pero ésta no podía evitarlo. Como le dijo su amiga Julia: «lo que pasa es que te has encoñado con el caso».

Y era cierto. Una juez no debe actuar así, pero no por eso dejaba de ser menos cierto. Y si Elisa conociera la otra parte de la verdad, la de la aventura de aquella noche con Montclair, con toda seguridad que la despreciaría. Porque tanto lo de su hermano como quizá lo de Montclair eran causa de abstención, quizá la segunda más bien incierta tal como estaba la investigación en aquellos momentos. Entonces fue cuando se le ocurrió que la intención de Montclair aquella noche era definitivamente premeditada. Ofuscada por lo sucedido y, posteriormente, por la implicación de su hermano, no había asumido el hecho de que la noche pasada con Montclair la inhabilitaba para seguir adelante con el proceso de instrucción por la amenaza que contenía, y en parte ésa debió de ser la intención de Montclair, cubrirse cuando las sospechas lo alcanzaran a él: chantajearla para cambiar de juez y vuelta a empezar, pero ya sin tener detrás un perro de presa como Mariana. Se sentó en el sofá muy excitada. ¿En qué habría estado pensando hasta ahora? ¿Acaso la inmediata amnesia alcohólica la pudo afectar hasta ese punto? Montclair había hecho un movimiento preventivo de defensa delante de sus narices y ella ni se lo había olido. Luego, las sospechas que se alargaban hasta Antonio de Marco cumplieron mucho mejor la misma función que aquella para la que se preparaba Montclair, pero la noche de juerga estaba perfectamente medida, como las botellas de *champagne* puestas a enfriar. Que probablemente Montclair estuviera tan borracho como ella no cambiaba un ápice la razón del encuentro. Sólo faltó que se hubieran tomado fotografías para llegar hasta el chantaje si fuera necesario: Montclair habría cubierto así todos los frentes. Pero no lo hizo, la premeditación no llegó a tanto. Qué terrible si se hubieran cumplido sus temores acerca del hipotético papel que temió que Murciano hubiera desempeñado, cuando la amnesia era absoluta. Pero, aun descartada su participación, Mariana se estremeció y empezó a palidecer y a sentir un sudor frío en las sienes. Hasta ese momento Montclair parecía haberse contenido, pero resultaba imposible adivinar las intenciones de gente con corazón de hielo.

Se pidió calma a sí misma. Eran las dos de la madrugada y a la mañana siguiente la esperaba un arduo trabajo. Lo conveniente sería dormir, pero ahora menos que nunca estaba dispuesta para el sueño. Se dijo que estaba empezando a fantasear, que todas esas ideas eran producto del insomnio, que si Montclair tuviera otras bazas ya las habría expuesto. O no, pensó. Qué necesidad tenía de mostrar todas sus cartas. El proceso sería largo y si las cosas le iban mal, asunto difícil a juzgar por cómo estaba siendo arropado, aunque posible, podría intentar vengarse, simplemente vengarse de ella; de ella, que a su vez estaba tratando de sacar a la luz la verdad de los hechos por encima de la instrucción oficial si fuera necesario. Sí, se estaba metiendo en una aventura de consecuencias imprevisibles. Quizá, en cierto modo, eso era lo que Antonio había intentado advertirle. ¿Y si volviera a hablar con Antonio? A lo mejor él podría sospechar cuáles eran las verdaderas bazas a jugar por Montclair. ¿Y qué había querido decir en realidad Alameda al referirse a su hermano? Pero hablar con Antonio a calzón quitado suponía confesarle lo que había ocurrido, lo cual le daba vergüenza y la humillaba de nuevo. Reconocer ante su hermano lo sucedido aquella noche después de los reproches que le había hecho tan sólo unas horas antes... se sentía sucia y falsa, como una farisea pillada in fraganti, para mayor escarnio. Además, ¿por qué le había devuelto sus cosas Montclair? Al hacerlo renunciaba al chantaje. ¿O había un plan detrás de ello...? En este punto sintió que se le iba la cabeza y cerró los ojos, agotada.

A la excitación siguió el enervamiento y poco a poco, con la mente aún arrebatada por tantas ideas concurrentes, se fue quedando dormida allí mismo hasta que un escalofrío la despertó más tarde. Abrió los ojos, se vio tumbada en el sofá del salón y, sin mediar pensamiento ni palabra, con la mente en blanco, se levantó, fue al dormitorio, se metió en la cama y siguió durmiendo.

Cuando Mariana consiguió hablar con Quintero, Alameda ya la había telefoneado unas horas antes. Como ella sospechaba, Quintero tenía nuevas informaciones. La juez Pérez Díaz le había encargado realizar un minucioso repaso de las horas transcurridas entre la salida de Elena de su casa y el hallazgo del cadáver al día siguiente, y esta vez saltó algo que hasta entonces nadie había visto ni cuestionado: que la única coartada de Montclair era la que le proporcionaba su mujer, Maribel Montclair, porque Murciano llegó muy tarde a la casa, después de la hora en que se cometió el crimen, y su testimonio *sólo* era válido a partir de esa hora, no antes, lo que le produjo a Mariana un alivio definitivo. Además había aparecido un testigo inesperado, fruto de la paciencia de Quintero y sus hombres; un testigo que paseaba a su perro y que vio salir un automóvil de la casa de Montclair en la Colonia del Molino, que por los datos aportados parecía ser el suyo. ¿Quién o quiénes iban en el coche a esas horas? La juez Pérez Díaz entendió que ambos esposos habían mentido y ordenó a Maribel Montclair que se presentase en su despacho. Del interrogatorio se dedujo que, si su marido había abandonado la casa, ella pudo no enterarse por estar dormida, lo que le valió una reprimenda de la juez por haber derivado con su anterior testimonio las investigaciones a una vía muerta. Ahora se seguían los pasos de Montclair y, por si acaso, de Santos Murciano en la tarde y la noche del crimen.

—¿Ve usted? —comentó excitada Mariana—, yo sabía que algo no cuadraba en las conclusiones a las que estábamos llegando.

—Tampoco usted se lanzó sobre esa posible pista —recordó Quintero.

—Ni yo ni nadie. Nos engañaron con la confesión de Graciano.

—No se ha descartado la culpabilidad de Graciano Meres. Sigue siendo la hipótesis más probable. Si me permite una opinión, yo creo que la juez Pérez Díaz está llevando bastante bien la investigación.

—Seguro —respondió Mariana—. Nosotros estábamos enfangados en ella y la juez ha aportado otra mirada al caso, al llegarle de nuevas; pero mis intuiciones iban por el camino correcto. ¿Qué va a hacer la juez ahora? ¿Llamar a Montclair?

—En mi opinión, Montclair está en un apuro. Yo no creo que sea un asesino porque, de tener que valerse del crimen, lo encargaría a un sicario. Montclair no se mancha las manos. La cuestión es saber si ese sicario ha sido Graciano Meres. Pero ¿por qué iba a querer él matar a Elena?

—Porque Elena supiera algo que lo comprometía. Insisto en que las fincas son colindantes y en que en la de Montclair hay cosas que no están claras. Pero no, Graciano no ha sido el ejecutor, tenga la seguridad. Este crimen, inspector, es un crimen pasional, no hay más que verlo. Si Graciano resulta ser, efectivamente, el asesino, lo será porque trató de forzar a su nuera, ésta se defendió y él, en un ataque de ira, le destrozó la cabeza con una pala. En tal caso la mató como Graciano, no como sicario.

—Pues usted dirá quién lo hizo si no.

—Ahí está la clave del enigma. Hay más posibilidades: ¿qué le parece Mercurio como candidato? Veamos: lo normal sería que Graciano estuviera tranquilamente en su casa, quién sabe si ya dormido y todo, lo viniera a despertar el amo diciéndole que se vistiera rápido y trajera el coche a la finca para ocuparse de un asunto, sin más. Él baja, toma el coche, sube a la finca de Montclair y allí se encuentra con Mercurio manchado de sangre y Montclair organizando la escena para que desaparezca el cadáver. Es una buena posibilidad.

—Pero eso significa que la complicidad se desplaza ahora a Remedios Meres. Es imposible pensar que Graciano salga de la casa sin que ella se entere: saltar de la cama, coger el teléfono, arrancar el coche... todo eso la ha tenido que pillar despierta.

—Recuerde que le dije que ésta era una especie de interminable historia de encubrimientos. Se lo dije, ¿sí o no? —El inspector asintió—. Ésta es la cuestión: ¿quién empieza la cadena? ¿Mercurio cuando Elena entra por la tarde en la finca, pasea para tranquilizarse o quién sabe si por curiosidad y, de repente, se ve asediada por el guarda, que se encuentra solo en la finca y que decide que la ocasión la pintan calva? Es un tipo bastante corto y después de la agresión se quedaría desconcertado, volviendo poco a poco a la realidad y sin saber qué hacer. Cuando Mercurio tiene órdenes es un auténtico robot, pero cuando se trata del resultado de una acción suya no sabe cómo reaccionar. Es posible que dejara pasar un tiempo hasta que se le ocurrió, ya de noche, llamar a Montclair agobiado por la falta de solución y Montclair, espantado, le dice que no toque nada, que va para allá.

—Es una reconstrucción plausible. Yo sospecho que la juez Pérez Díaz está más o menos en esa línea.

—¡Pues se equivoca! —exclamó triunfalmente Mariana—. Se equivocan todos porque, con tantos datos como hay ahora, no ven lo más evidente.

Quintero dejó caer los hombros y se quedó mirando a la juez De Marco con gesto paciente.

—Hay que ver lo que le gusta a usted ser protagonista —dijo al fin.

—¿Protagonista? ¿Cree usted que yo estoy en la Judicatura por una cuestión de protagonismo? ¡Pues vaya una imagen que tiene usted de mí!

—No me negará usted —dijo con calma y buenos propósitos Quintero— que le gusta llamar la atención cuando tiene un buen asunto entre manos. Yo no se lo reprocho, pero hay que ver cómo nos está vacilando a todos.

—No. Estoy solucionando el caso, que es lo que importa. Si le echo un poco de teatro es en compensación por el descrédito con que me han obsequiado. Es humano, ¿no le parece a usted?

—Suponiendo que su tesis sea cierta, que hasta el momento no es más cierta que las otras que se vienen barajando y, en particular, la que sigue la juez Pérez Díaz, ¿tendrá la bondad de señalar al culpable de una vez por todas? Con tanta cháchara lo único que estamos haciendo es perder el tiempo.

Mariana sonrió, abrió las manos como quien subraya una evidencia y luego dijo:

—¿Quién va a ser?: el único que queda.

Quintero abrió la boca y se quedó así suspenso durante unos momentos. Después hizo una mueca burlona y lo desdeñó con un movimiento del brazo que, sin embargo, se quedó a medio camino, como si reculara. Un punto de preocupación apareció en su rostro. Mariana observaba divertida estos cambios. Por fin Quintero, con un gesto inequívoco de comprensión, habló:

—¿Acaso ha comprobado usted los movimientos de Murciano?

—No. Lo que he comprobado cuando he pasado por la finca es que el piso de invitados estaba en activo. Ni usted ni yo ni nadie nos hemos dado cuenta de lo que eso significaba: que no sólo estaba acondicionado para pernoctar. Allí se alojan los invitados o clientes de Montclair, pero la primera planta admite otros usos. Ni siquiera cuando se encontró la pala en el almacén se relacionó el asesinato con alguien que pudiera estar usando la planta. Es la vieja técnica del cuento de Poe: el mejor lugar para esconder algo es el que está a la vista. Murciano era el invitado de Montclair, sí, pero pernoctaba en la finca, como tantos otros; no en su casa de la Colonia del Molino, sino en la finca. Se mudó a la casa cuando ocurrió el desastre, para alejarlo Montclair del lugar del crimen; por eso le sentaba tan mal a Maribel tenerlo en casa, porque no quería alojar en ella, en *su* casa, a los horteras amigachos de su marido. Murciano estaba tan a la vista que nadie reparó en él a efectos del crimen. Pero reconozca que es el mejor candidato. Un hombre con una sexualidad violenta y una mujer deseable y sola en la finca. A lo mejor incluso conocía el historial de ella y eso lo excitó aún más. Y Murciano es de los que si te cogen no te deja escapar. Era un bocado demasiado tentador para alguien que está aburrido, sin nada que hacer esa tarde y piafando como un caballo. Cuando Elena entró allí aún habría luz, pero al rato la noche empezó a caer. Me imagino al hombre acechando los movimientos de ella desde una ventana y, cuando la ve regresar, decide no desaprovechar la ocasión, baja por ella, la atrae hasta el almacén y allí intenta hacerlo por las buenas. Ella se resiste, pelean, la fuerza o, quizá, no la fuerza y por eso mismo se encela aún más. ¿Cómo va a tolerar él, el macho por excelencia, que una hembra se le resista? Y cuando pierde el control, toma una pala que encuentra allí mismo y la golpea hasta matarla. ¿Qué tal? —finalizó Mariana, excitada y triunfante.

Quintero se la quedó mirando expectante.

—¿Cree usted que eso se va a poder probar? Es sólo una conjetura, no tiene base real donde apoyarse.

—Lo sé, pero es así. Así fue —comentó lacónicamente Mariana.

—Tendría usted que hablar con la juez Pérez Díaz. Le va a interesar su versión de los hechos.

—Tendríamos que hacer cantar a Mercurio. Él ha tenido que presenciarlo.

—O no. Si sólo escuchó movimiento, no hay prueba.

—¿Y Graciano? Su coche llevó el cadáver hasta el lugar donde lo encontramos —propuso Mariana.

—El testigo reconoció el coche de Graciano porque le pareció que era el de Graciano, era un vecino de Hontanar de Vieda. Pero no aportó la matrícula. Un abogado pondrá en duda que fuera el mismo coche. El modelo es bastante común, es un modelo que se vende mucho.

—Éste es un modelo antiguo.

—Aquí en estos lugares los coches se aguantan hasta que se caen de viejos; pudo ser otro. El abogado logrará presentar una duda razonable. Oiga, me gusta su teoría, me gusta mucho, pero está montada en el aire, o sea, en su imaginación... es decir —intentó rectificar—, perdone, no quería ofenderla...

—No me ofende, pero más que en mi imaginación alocada yo creo que está fundada en el sentido común, en la deducción lógica. En fin —dijo Mariana desalentada—, tiene usted razón. A mí también me costaría cerrar la instrucción con estas deducciones. Pero ha de haber un modo. Es una historia de encubrimientos encabalgados, ¿no? Pues tiene que haber una fisura en alguna parte.

Quintero se quedó pensativo, parecía estar buscando algo en el fondo de su memoria.

—Las manos —dijo al fin.

—¿Qué?

—Las manos. Usted lo dijo nada más ver el cadáver: ¿por qué le han cortado las manos?

—Sí, es verdad. Al principio pensamos que sería por dificultar la identificación del cadáver, pero fue muy gracioso que el agente motorizado la reconociese a la primera.

—No tiene sentido.

—Pero debe tenerlo, ¿verdad?

—Exacto.

—Y puede que ésa sea la clave.

—¿Por qué no?

—¡Ah, seguro, seguro que lo es! —exclamó Mariana excitada—. Piense, Quintero, piense. ¿Por qué le cortaron las manos a Elena? Y le diré otra cosa: eso no pudieron hacerlo en el lugar donde la encontramos. Eso ha tenido que ocurrir en el lugar donde se cometió el asesinato, o sea, en el almacén de la finca de Montclair. Puede que estén allí.

—Imposible. En primer lugar, porque registramos a conciencia la segunda vez. Y, además, por pura lógica, esa a la que usted es tan aficionada: si se las cortaron fue con un fin. Ese fin —concluyó con autoridad— no sería el de dejarlas por ahí tiradas. Lo más normal es que se deshicieran de ellas.

—¿Cómo? No han aparecido.

—No las hemos buscado. Tendrían que haber aparecido por casualidad y hay tantos sitios donde han podido deshacerse de ellas...

—Cierto —meditó Mariana—. Sin embargo...

—Lo más probable es que las hayan enterrado. Si las encontramos, no nos dirán nada.

—Ya, pero eso no explica por qué se las cortaron. ¡Demonios! —protestó—, cada vez que llegamos a una explicación surge un nuevo supuesto que la desbarata.

—Sí —concluyó filosóficamente Quintero—. Eso es lo malo de andar a ciegas. Pero —siguió pensando— yo que usted hablaría con la juez Pérez Díaz. Ella la estima a usted y yo no puedo decirle que hemos tenido esta conversación. A lo mejor, con su ayuda, se pueden dar algunos pasos más para esclarecer el asunto.

—Nada se pierde con intentarlo —arguyó a su vez Mariana.

La juez Pérez Díaz, que era de temperamento sosegado, sentía aprecio por Mariana, tanto en lo profesional como en lo personal. No puede decirse que fueran amigas, pero el contacto por compañerismo hacía las cosas fáciles entre ellas. Sin embargo, participaba de una opinión extendida en el ambiente judicial de G... que consideraba a Mariana de Marco persona un tanto fantasiosa. Elisa Pérez era una juez concienzuda, pausada, que a veces se retrasaba en el trabajo por puntillosa, que no por perezosa. Mariana, al contrario, era un torbellino con un rendimiento que sobrepasaba el ciento cincuenta por cien en cumplimiento de objetivos, que arrastraba una fama de independiente con ideas propias que en algunos sectores no sentaba nada bien y que hacía que, pese a su dedicación, se la considerase un tanto anárquica. Elisa estaba adscrita a una asociación profesional de tendencia conservadora y Mariana no pertenecía a ninguna asociación aunque su tendencia era, desde luego, más afín a una corriente progresista. La creciente judicialización de la vida política española, que descargaba en los jueces conflictos políticos que debieran ser resueltos dentro del propio ejercicio de la política, venía mediatizando cada vez más los nombramientos a las diversas instancias del Poder Judicial, razón por la cual los alineamientos y enfrentamientos adquirían a menudo un tono competitivo impropio de representantes de un poder del Estado. En esta tesitura, la posición de Mariana de Marco era la más débil pues no disponía de otra salvaguarda o apoyo que el de su propia competencia como juez y la estima de algunos de sus colegas.

Elisa la escuchó con paciencia y atención. Lo cierto es que le impresionó el relato que hizo Mariana del desarrollo de los hechos y las conclusiones a las que había llegado, pero también le manifestó su desconfianza en tales explicaciones. Frente a la hipótesis de su colega se alzaba la insoslayable confesión de Graciano Meres que, en sus términos, ella consideraba creíble. Este intrincado caso que las ocupaba, primero a la una y luego a la otra, es posible que hubiera adolecido de algún desconcierto a la hora de realizar la investigación, pero el resultado era innegable, y si la instrucción dejó que desear en algún punto, principalmente por la pérdida de una visión de conjunto que dio lugar a alguna desviación parcial en detrimento del núcleo central del asunto, lo cierto era que había acabado dando con un resultado satisfactorio.

Mariana, que esperaba una acogida más favorable a su tesis, no ocultó su decepción y Elisa dio por concluida la conversación dejando entrever que no deseaba volver a hablar más del asunto. Regresó a su casa con la pesadumbre de haber fallado de manera total y absoluta y justo cuando llegaba al portal empezó a llover de nuevo, tras la pausa solar de los dos últimos días, y tuvo que renunciar a salir a correr por la playa a desfogar su frustración. Encerrada en el salón, contemplando la monotonía de la lluvia en los cristales, melancólica como el poeta de las soledades, dejó pasar la tarde. Tres veces intentó escuchar música y las tres acabó por abandonar. Una especie de apatía se fue apoderando de su cuerpo y sólo salió de ella para dirigirse al baño a darse una ducha con la intención de despejar el ánimo y refrescar la mente. Mientras se duchaba reconoció, primero al tacto y después con la vista, el triángulo desnudo del pubis y tuvo que hacer un severo esfuerzo para dominar las lágrimas una vez más. Después se entretuvo en lavarse la cabeza con tan feroz energía que más parecía un castigo contra ella misma, y al final emergió de entre el vaho que cubría por completo el pequeño cubículo de aseo y empezó a secarse. Agradeció que el espejo estuviera empañado para no tener que volver a contemplar la marca de su ignominia y finalmente se envolvió en la toalla y tomó asiento en el borde de la bañera.

Sí, había sido una estúpida imprudente al pensar que no corría riesgo alguno con Montclair, una estúpida y una alocada. El problema no era que la presencia de su hermano provocara su abstención de aquel caso, el problema era que se había emborrachado de mala manera con Montclair cuando hubiera debido mantener las distancias con él en cualquier caso. Por supuesto que todo lo ocurrido aquella noche era accidental, sí, pero no era inocente; porque lo suyo no fue inocencia sino una mezcla de inconsciencia y arrogancia. Pensó que podía enredar y superar a un tipo como él y recibió una buena lección; de nada le valía saber que él estaba tan borracho como ella porque sus intenciones eran bien diferentes. La abstención empezó ahí, no en la implicación de su hermano. Era cierto que Montclair aún no era sospechoso de otra cosa que de ser el propietario de la finca donde se llevó a cabo el crimen, pero ella buscaba un acceso a la finca y quizá a una información más sustanciosa con un método detestable que no debió de usar nunca. Montclair podía tener algo que ver, aunque sólo fuera como testigo o como receptor de información procedente del interior de la finca, con el asesinato; eso era tratar con un presunto implicado en la instrucción del caso de manera improcedente. Por eso se merecía lo que le estaba ocurriendo: que nadie la creyera; que Santos Murciano se fuera a salir con la suya habiendo segado la vida de una muchacha que trataba de hallar su sitio en el mundo con valentía; que todo el sistema social diera por buena aquella falacia y que cada uno de los implicados siguiera con su vida como si nada hubiera ocurrido, como si una degolladura en la carne de lo cotidiano, producida por la amputación de una vida y la comisión de un delito de sangre, se cerrara del mismo modo que la tierra vuelve a cerrarse sobre sí misma después de un seísmo.

También se sentía herida en su condición de juez. Pensó que quizá ella no valía para esa función, que probablemente su sitio estaba donde estuvo antes, en el ejercicio de la abogacía. Lo cierto era que, en esos momentos, se sentía perdida.

Salió del baño hacia su dormitorio. Extrajo el camisón de debajo de la almohada y se lo puso y después sacó una bata del armario para cubrirse con ella porque sentía un escalofrío interior que tanto podía atribuir al destemplado final del día como a su misma aflicción. En la cocina se entretuvo en prepararse unos canapés de pan y paté de una lata abierta que halló en la nevera y se fue con ellos, y con una botella de cerveza y un vaso, de nuevo al salón. Después de acomodarse eligió encender el televisor. No le importaba lo que estuvieran ofreciendo, no sentía interés por nada, sólo quería conseguir imagen plana en el cerebro con la ayuda de las imágenes que por azar el televisor pusiera ante sus ojos.

Y de pronto, sin saber por qué, quizá por la postura tendida en que se hallaba, se alzó el camisón y volvió a contemplar su pubis rasurado. El vello estaba empezando a asomar, muy levemente aún, y por segunda vez lo contempló con simpatía. Abrió ligeramente las piernas e, indecisa primero, lentamente después, pasó los dedos por la superficie rasurada. No lo había hecho desde aquel amanecer en que salió de casa de Montclair y ahora descubría que le satisfacía la desnuda suavidad de aquella parte siempre escondida. Aceptó como una revelación que era una parte íntimamente encantadora de su cuerpo. Y entonces comprendió por fin la alegre desenvoltura, la imagen de vitalidad y frescura con que lo desvelaba Jessica Vega, la atracción que había sentido, y que le avergonzaba confesarse, por aquel triángulo mágico.

—Hola —dijo Julia Cruz.

Mariana besó a su amiga y las dos se dirigieron a la puerta de la calle. En el *hall* del edificio de los juzgados apenas había animación debido a lo avanzado de la hora. Los de seguridad siguieron apreciativamente con la vista a las dos mujeres, la una de traje sastre gris con unos tacones que realzaban su figura y la otra con *leggins*, cazadora y zapatillas tenis y su aspecto andrógino; hacían una pareja singular, llamativa, discordantemente simpática. Ambas eran de la misma altura, pero con los zapatos Mariana sacaba unos centímetros a su amiga. También el modo de caminar era distinto y no sólo por el efecto de la ropa y el calzado: el cuerpo de junco de Julia contrastaba con las expresivas formas de Mariana; cada una a su manera, eran dos mujeres de cuerpo largo y esbelto.

—Me temo que hoy has tenido un mal día —aventuró Julia.

—Peor que malo —respondió Mariana—. El caso Jessica Vega se cierra con las conclusiones previsibles y yo he tenido una mañana agotadora; estoy desbordada otra vez; esto del ejercicio de la judicatura es propio de Sísifo: no bien subes la piedra hasta la cumbre, ya estás otra vez cuesta arriba empujando la siguiente.

—Hay días y días —comentó Julia.

—Afortunadamente.

El tiempo había hecho una nueva pausa, y aunque el cielo estaba cubierto, no amenazaba lluvia por el momento.

—Me he enterado de que le has hecho una propuesta a Juan Usúa.

—¿Yo? —protestó Mariana deteniéndose bruscamente—. ¿Quién te ha dicho eso?

—Ah, lo siento, no puedo revelar mis fuentes. ¿Es verdad que te lanzaste a invitarlo a cenar así por las buenas?

—¡Eso! —dijo Mariana con un tonillo despectivo—. Se me ocurrió de pronto, el otro día, porque sí, estábamos hablando, no sé. Al final se quedó en nada, como te puedes imaginar.

—O sea, que no te ha tomado la palabra.

—¿Qué palabra? Yo lo dije por decir; esa noche había quedado con su hija y hasta le propuse que se uniera la niña también, así que te puedes hacer una idea de mi interés por la cena. Mira, a mí no me metas en líos. No quiero saber nada de hombres por mucho tiempo.

—Ah, ¿sí? Pues tendrás que darte al lesbianismo, como ya te dije una vez, o meterte a monja.

—Pues quién sabe, tal como pinta la cosa...

—Para ejercer de juez, mejor lo primero.

—Depende, ser una monja seglar que todas las mañanas sale del convento, o de la casa de oración, y se recoge de nuevo al término de su jornada laboral también ha de tener su encanto.

—Tú verás lo que haces, pero a mí Juan Usúa me parece un encanto de hombre.

—Casamentera.

—Mejor sería decir: buena amiga. Toda la vida quejándote de tus guapos castigadores que no valen un pimiento...

—Según para qué —interrumpió Mariana, divertida.

—... y para uno que vale la pena, te pones negativa. Pero, en fin, por lo menos te he hecho sonreír. No sé si te has dado cuenta de la cara de palo que llevas desde que hemos salido del Juzgado.

—Es que estoy hecha polvo, Julia, y muy cansada de todo. Vaya vida de mierda que me ha tocado en suerte.

—Olvida la suerte —dijo Julia e hizo una pausa—. O no —continuó—, tu suerte es la de ser como eres.

—Pero ¿por qué las amigas me aprecian tanto y, en cambio, los hombres sólo están a ver qué pillan?

—Porque eliges bien a las amigas y mal a los amigos.

—Será por eso —dijo sarcástica Mariana.

—A propósito: voy a terminar de amargarte el día. ¿Sabes que Antonio se ha marchado?

Mariana se detuvo, miró a su amiga y se le empañaron los ojos.

—Hoy me matáis entre todos —dijo buscando un pañuelo en su bolso para contener las lágrimas que amenazaban con aparecer—. De verdad, Julia: ¿tú crees que me merezco esto? ¿Que me busco yo misma los disgustos?

Julia la tomó por la cintura y Mariana apretó su rostro contra el de Julia en un gesto de necesidad y acogimiento. Luego se separó y siguieron andando.

—Ay, corazón, qué mala es la deprimencia. No pensé que te heriría tanto la marcha de tu hermano. Lo siento, no debía decírtelo.

—Es igual. De todos modos... nunca me ha querido, ni a mí ni a nadie.

—Ahí te equivocas, cariño. Yo creo que para él ha sido una felicidad recuperarte.

—¿Y tú qué sabes? —dijo Mariana ásperamente—. ¿Qué pasa? ¿Que has vuelto a verlo? Porque a ti sí que parece que le ha alegrado conocerte.

—No digas tonterías, Mariana, no seas infantil. Me llamó esta mañana, antes de irse.

—¿Lo ves? ¿Ves lo que te digo? Es que ni una llamada, ni para decir adiós aunque fuera por teléfono. Ya ves qué clase de felicidad siente.

—No se ha atrevido. Mira dentro de ti a ver si encuentras la razón. A lo mejor no es sólo cosa de él.

—Sí, claro, siempre yo. Yo soy la que tiene la culpa de todo lo que me pasa, ¿no? Cuando te lo he dicho antes me has contestado que no, que soy estupenda, que me merezco todo lo bueno, que... Tú y tus compasiones.

—Mariana, no te pases.

—Da igual, si me paso como si no, de todos modos me equivoco siempre...

—Eres una artista dándote pena a ti misma, ¿sabes? ¿Por qué no paras y me dejas decirte lo que te tengo que decir?

—¿Otro sermón? No, muchas gracias.

Julia cogió el bolso que llevaba colgado en bandolera, lo abrió y se puso a rebuscar dentro. Por fin extrajo lo que parecía un sobre blanco y lo agitó delante de la cara de Mariana, después de asegurar el cierre.

—Toma, guapa. De tu hermano. Me llamó para que te diera esto. A ver si espabilas.

Mariana, sorprendida, tomó el sobre, lo rasgó nerviosamente, extrajo una hoja manuscrita y la leyó con creciente atención. Al terminar, se llevó las manos a la cara para ahogar un grito. Después abrazó y besó a su amiga efusivamente. Julia se dejó hacer, sonriente y perpleja.

—¡A una hermana mayor no se la llama «mi niña»! —protestó Mariana con la voz velada por la emoción volviendo a mirar la carta.

Mi niña:

Perdona que me despida con estas líneas, pero enseguida entenderás que lo haga así. Tengo que salir de viaje precipitadamente porque las circunstancias lo aconsejan. Me hubiera gustado decirte adiós de otra manera. La verdad es que todo este asunto de la mujer de Jacinto se ha convertido en una especie de trampa en la que todos nos hemos pillado los dedos. ¡Con lo estupendo que hubiera sido reencontrarnos con la normalidad que yo esperaba! Pero la mala suerte se ha cebado en nosotros, maldita casualidad.

Estoy seguro de que no te descubro nada si te digo quién es el autor de la muerte de Elena porque a estas alturas ya lo debes de saber. Tengo que decirte que has hecho una instrucción de primera, que eres la única que iba tras la pista correcta y lamento haberte estropeado el trabajo; ya sabes que no era mi intención sino las circunstancias. Incluso te dejo que me reproches que trate con gente así, pero la vida, a veces, no te deja elegir. No me preguntes cómo sé lo que sé y ten piedad de Jacinto; si puedes, déjalo fuera porque él no ha sido más que un espectador y un hijo angustiado. Es posible que el contenido de esta carta pueda traerme problemas, personales y sentimentales, pero no estaba dispuesto a consentir que te ganaran. Es la familia, que tira.

Dile a la policía que busque las manos de Elena en un

congelador tipo industrial que tienen los Meres. Remedios, que es, como tú bien decías, una mujer muy ladina, las guarda allí. Ya descubrirás por qué. Supongo que, a estas alturas, la gloria será para tu colega, pero también sé que a ti lo que más te importa es estar en paz con tu conciencia.

Tu hermano que te adora,

Antonio

Julia Cruz y Juan Usúa estaban sentados a una de las mesas de la terraza del café Noriega. Un golpe de sol había elevado la temperatura ambiente y la terraza estaba llena de gente deseosa de tomar un aperitivo al aire libre después de las jornadas de lluvia y destemplanza de los últimos días. La ciudad de G... lucía otra vez al sol su mejor cara entre el bullicio de las conversaciones, las carreras de los niños por el Paseo de Jovellanos y las descaradas palomas tratando de acercarse a los platos de patatas fritas que estaban sobre las mesas.

Cuando Mariana de Marco se unió a ellos, más contenta que un jilguero como explicó más tarde Julia Cruz, el renacido sol otoñal del mediodía estaba en su apogeo.

Traía noticias que los otros dos, apercibidos y expectantes, estaban deseando recibir acerca de los últimos movimientos del caso del crimen de la modelo.

—Lo que ahora tiene a todos los partícipes de la investigación tirándose de los pelos —dijo nada más llegar y sentarse—, y me incluyo a mí misma en el lote, es por qué nadie supo dar importancia al hecho de que Murciano utilizara la casa de la finca como picadero. No llegó a alojarse allí, contra lo que yo creí hace poco. De hecho, la utilizaba como picadero solamente, pero aquella tarde estaba allí. De haberse alojado en la casa, como tantos otros invitados, se habría tenido en cuenta su posible presencia a la hora del crimen. La verdad es que solía ir ya de tarde-noche y sólo el guarda estaba al tanto de sus correrías. La idea se me ocurrió cuando visité la casa y vi cómo estaba preparada para hacer vida en ella. Me pregunté si Santos Murciano no viviría allí, como invitado que era, y entonces confirmé que estaba alojado con Montclair; pero si era, como se dice vulgarmente, un pichabrava, tendría sus asuntos, los cuales no podía cumplir con Maribel Montclair en casa; la finca, en cambio, era un lugar idóneo, fuera de toda mirada indiscreta. Saltar de ahí a considerar la posibilidad de que hubiera coincidido con Elena el día del crimen fue todo uno y, paso a paso, deduje lo que había que deducir. Lo único malo, que pudo adelantar mucho, fue la cerrazón ciega y perruna de Mercurio.

—¿Eso se ha podido demostrar? —preguntó Julia.

—Se ha podido demostrar porque Montclair, abrumado por las pruebas que se le han puesto sobre la mesa, empezando por las manos cortadas, ha liberado de su compromiso al guarda de la finca y a Graciano Meres y entonces éstos han contado la verdad. ¿Que cuál es la verdad? —dijo Mariana radiante—. Ahora mismo os la cuento.

Llamó al camarero, que estaba atendiendo una mesa vecina, y le pidió una manzanilla y más patatas fritas.

—Vayamos —dijo— al lunes nefasto. Elena, después de que Jacinto se va a G... con mi hermano, se queda sola en su casa. Al rato, decide salir a pasear y se echa a la carretera. Al pasar por la finca de Montclair, decide entrar en ella, yo supongo que para darse un paseo hasta el otro lado, el que da al mar; allí la vista es maravillosa. No sé cuándo —prosiguió después de una pausa— se acerca a la casa, o quizá la rodea por el lado del almacén... En fin, el caso es que se da de manos a boca con Murciano, o bien éste ya le había echado el ojo y, como el lobo a Caperucita, le salió al paso. Lo que sigue lo dejo a vuestra imaginación, pero en un momento dado, ella se resiste, Murciano se cabrea, luchan y el macho, herido en su amor propio por esa resistencia, agarra una pala y le destroza el cráneo. Una vez hecho y aplacada la furia, esconde el cadáver y el arma y se encierra en el piso. Como es un prepotente, supongo que se atizó un par de copas y se lo tomó con calma hasta que le pareció que podía localizar a Montclair. Para su mala fortuna, el móvil de Montclair estaba apagado, pero las llamadas están registradas. En fin, debió de pasar un mal rato hasta que localiza a Montclair en su casa. Para entonces ya se ha echado la noche encima. Montclair se levanta, se viste y acude presuroso a la finca, donde se encuentra con el panorama que os he descrito. ¿Qué hacer? Murciano tiene la imaginación de un bisonte, pero Montclair no. Rápidamente telefonea a Graciano, y entre él y el fiel guarda se ocupan de limpiar las huellas del crimen, envolver el cadáver y meterlo en el maletero del coche de Graciano. Éste se larga y suelta el cadáver no mucho más allá, donde lo encontramos, acaso apurado por la premura de tiempo y los nervios. Entonces es cuando pactan la versión de los hechos.

Montclair le promete lo que sea a Graciano a cambio de confesarse culpable y le explica que, con su abogado personal ocupándose directamente del asunto, los años de cárcel no van a ser tantos, estará bien cuidado y lleno de ventajas, podrá pernoctar fuera pronto los fines de semana y, me imagino, le entrega una sustanciosa cantidad de dinero. Perfecto, ¿no? Ahora sólo falta que aparezca la tonta de Mariana de Marco a dar el visto bueno a la trama.

Mariana paladeó su vino. Estaba disfrutando.

—Pero... —dijo Juan Usúa adelantándose con gracia a la siguiente revelación—. «El hombre propone.... y Dorothy Malone», como se decía en mi juventud.

—Cierto —contestó Mariana—. Mis dudas los desconciertan y deciden hacer causa común contra mí; Montclair y sus influencias.

—Buen combate.

—Más bien sucio y sordo combate. En fin, a lo que íbamos. Todo el asunto se les pone de cara gracias, entre otras cosas, a mis indecisiones a la hora de actuar. Pero, entre tanto, ha ocurrido algo asombroso: una vez que los conjurados cierran el pacto, Remedios, la ladina, que sin duda acompañó a los hombres en el encuentro en torno al cadáver, una vez que se quedan solos le dice a su marido que le corte las manos al cadáver y se las entregue. ¿Para qué?, diréis vosotros.

Julia y Juan pusieron cara de para qué.

—Muy sencillo —explicó Mariana triunfalmente—, porque ella observa que ha habido lucha entre Elena y Murciano y las manos son una prueba decisiva, pues lógicamente han de contener muestras de la piel de su agresor entre las uñas. Remedios tiene la listeza del campesino revirado y, además, ve la televisión. Todas esas series negras que ahora se llevan tanto. No es una mujer especialmente inteligente, pero es lista y astuta y con eso basta. Guarda las manos en su congelador con la idea de usarlas como chantaje si las promesas hechas a su marido no se convierten en realidad. El enigma que casi nos vuelve locos aparece ahora diáfano a la luz de estas explicaciones. No se cortaron las manos para evitar la identificación, se cortaron como prueba de salvaguarda si se diera el caso de que su patrón los traicionaba, a ella y a su marido. Porque entre las uñas de las manos de Elena se encuentran epiteliales con el ADN de Santos Murciano. Lucharon y ella se quedó con la identidad de su asesino entre los dedos.

—Perdóname —dijo Usúa—. Ya sé que todo esto a mí me coge de lejos, pero me gustaría saber si tienes algo más que una suposición.

—Claro que sí —respondió descuidadamente Mariana—. En primer lugar, está el vecino que dijo haber visto el coche de Graciano en el lugar de los hechos; en segundo lugar, el joven paseante que vio salir a Graciano de su casa en plena noche y que ha sido encontrado a raíz de las últimas revelaciones; en tercer lugar, el hallazgo de las manos faltantes; en cuarto lugar, el testimonio de Remedios...

—Basta, te creemos —dijo Usúa con gesto cómico.

—En quinto lugar —concluyó Mariana—, el guarda también ha hablado, visto que todo el tinglado se venía abajo. Total: misterio resuelto. Gracias a mi hermano. El que está totalmente machacado ahora es Jacinto Meres; de un solo golpe ha volado todo su edificio sentimental. Da pena verlo.

—¿Y Montclair? —preguntó Julia.

—Saldrá de ésta, pero saldrá tocado. Es encubridor del crimen, eso no hay quien lo borre por mucha influencia que tenga.

—Que se joda —dijo Julia vengativa. Mariana sonrió al oírla.

—De manera —dijo a su vez Juan— que la pobre Elena salió de la explotación sexual a la que estaba sometida por causa de una crisis de identidad para acabar muriendo a manos de un adicto al sexo. Qué destino más duro.

—Lo peor es que el otro se ha escapado. Qué deuda tendría Montclair para ayudarlo a escapar... —dijo Julia.

—Se ha emitido una orden de busca y captura internacional, así que más pronto o más tarde darán con él. Es cuestión de paciencia. Ahora, por cierto, lo gracioso es que Elisa se ha quedado con los honores y las medallas y no ha hecho la más mínima referencia a que fui yo quien le indicó dónde estaban las manos, aparte de haber sido yo la que se negó a admitir la solución-trampa que nos había preparado Montclair y en la que ella se había metido de cabeza. Y ahora, de puertas afuera es la emergente juez Pérez Díaz la que ha resuelto el caso; ni una sola mención de gratitud a nadie. Yo me cruzo con ella y la miro y ella pone cara de circunstancias. En fin, nadie se resiste a apuntarse un tanto y la que ha quedado como una inútil soy yo. Para que veáis —dijo tomando aire— lo que hace la codicia.

—¿Y tu hermano...? —preguntó Julia.

—Mi hermano no queda afectado, yo creo que ni siquiera van a seguir la pista de su coche porque ya no tiene importancia; no lo necesitan ni siquiera como testigo, excepto que tuviera que confirmar la coartada de Jacinto para la noche del crimen, porque ni se le menciona en la instrucción. La verdad es que calló sabiendo, pero... La condición sexual de Jacinto va a quedar a salvo, sospecho.

—Pero Antonio...

—A mí no me preguntes cómo se enteró de lo de las manos en el congelador de los Meres ni desde cuándo lo sabía porque no quiero saberlo; entiendo por su carta que se lo sacó a Jacinto, pero no sé cómo ni en qué momento. Lo cual me ha traído a la mente una conversación que tuve con Pelayo, ya no recuerdo en qué momento, en la que le insinué que el estado de atontamiento de Jacinto se debía tanto a la muerte de su mujer como al hecho de que lo atormentaba algo más, algo muy grave que ahora sabemos lo que era. Tiene que ser un golpe brutal aceptar que tus padres están complicados en la muerte de tu mujer y tener que callar por el lazo de familia; sólo me pregunto si él sabía que fue Murciano el asesino o si sólo conocía el papel de sus padres en ese horror. Quien sí debió deducirlo es Antonio, en cuanto Jacinto se desahogara con él. Lo cierto es que, sin la información de mi hermano, Montclair y Murciano estarían libres y Graciano Meres purgando en la cárcel un crimen que no cometió, pero encubrió. Y, por cierto, tampoco sé cómo dar con Antonio; para mí, ha vuelto a desaparecer... hasta quién sabe cuándo. ¿Os parece ésa una manera de tener un hermano?

—La familia, ya se sabe —dijo Juan Usúa—. En cuanto a ti, parece que has renacido.

—Lo que me recuerda que os debo una cena. A los dos. —Mariana inclinó la cabeza para mirar a Juan con picardía y añadió—. Y ya que estamos, ¿qué te parece si apuntamos a tu hija también, aunque no hayas quedado con ella?

—Seguro que la aburrimos —dijo Julia.

—¿Con una historia como ésta entre manos? Yo creo que se va a divertir de lo lindo —dijo Mariana.

Mariana y Julia estaban sentadas en la hierba aprovechando el sol de la tarde ante la imponente presencia del *Elogio del Horizonte* de Chillida. Detrás, el mar aparecía tan abierto, extenso y azul que toda medida palidecía ante la inmensidad de lo que estaba ante sus ojos. La vida se extendía en la distancia como si fuera el sentido del mundo. Las dos amigas contemplaban el espectáculo sumidas en un mudo sentimiento de admiración.

—No se acaba nunca —dijo Julia refiriéndose a la vista que se desplegaba ante ellas—, es como estar suspendida del cielo de la vida.

—Es verdad. No lo había pensado —reconoció Mariana. La brisa agitaba su cabello levemente y animaba su rostro como si le trajera luz—. Me estaba acordando de Elena Sánchez Vega, de su vida absurda, de su refugio aquí, de su relación con ese simple de Jacinto Meres, que todavía debe de seguir atontado. Ella es la única persona interesante de este drama siniestro, sola y perdida en el entorno de una familia hostil. Me pregunto si Jacinto y ella habrían llegado a unirse de haber aceptado los padres de él, sobre todo Graciano, su condición; porque la madre se lo tomaba de otra manera, no como el honor del cortijero —reflexionó—. En fin, quizá Elena hubiera dado con algún proxeneta encubierto o quizá con un buen hombre, aunque, pensando en el hombre medio de este país, dudo mucho que alguien la aceptara con todo su pasado. Aquí hay una costra social que nunca se acaba de caer.

—¿Serás capaz de irte un día de aquí? —dijo de pronto Julia, mirando a su amiga.

—Un día me iré, de eso estoy segura. Es el destino. Tú también te irás.

—Puede ser, en estos tiempos de movilidad. Pero también es muy probable que un día me retire y ese día volveré aquí si es que por alguna razón, profesional o sentimental, he tenido que dejar esta ciudad, porque en todo caso éste es el lugar adonde yo quiero retirarme y el lugar donde, si pudiera elegir, elegiría para ir abandonando despacio este mundo; pero despacio, ¿me entiendes? Día tras día, sin ninguna prisa ya, apurando la vida.

—Entonces es posible que yo te acompañe, sobre todo si seguimos tan solas como estamos ahora.

—No hay que pensar en eso. Solas o acompañadas.

—Quién sabe. La compañía obliga.

—Si no te importa que te lo pregunte, dime una cosa: ¿por qué te separaste de tu marido? —dijo Julia.

—¿Sabes lo más gracioso? Que fue él quien se separó. De repente un día me anunció que no podía seguir conmigo, que nuestra vida estaba agotada, que necesitaba libertad y empezar otra vez. Y yo, que era tan tonta como cabe suponer, le dije que lo comprendía. Me comí todos mis sentimientos y se lo puse en bandeja sin rechistar, como una heroína a la que le toca cerrar la obra con una escena conmovedora. Entonces, casi sin darme cuenta, me encontré con una mano delante y otra detrás y las cuatro cosas que me correspondían de cuando empezamos a vivir juntos, nada más. El trabajo conjunto de todos esos años se lo quedaron él y sus socios del bufete, y para cuando logré abrir los ojos a la realidad, yo estaba trotando por la ciudad como un gato callejero. Entonces fue cuando empecé el aprendizaje de la vida, yo, que me creía la persona más estable del mundo.

—Nunca se es estable.

—El único territorio que pisa el ser humano moderno es el de la inseguridad, ésa es la realidad. Antes, la duración y la estabilidad eran valores apreciables que permitían pisar suelo firme. Ahora no es así. Hemos tenido que aprender a vivir con la incertidumbre como referencia. Por eso quizá soy juez, para intentar que la justicia sea un contrapeso a la incertidumbre. Lo cual, querida, es una ilusión que sólo a veces se cumple.

—Pero a veces se cumple, ¡cáscaras! —dijo Julia.

—Sí —contestó Mariana contemplando el horizonte—, a veces se cumple. Hay días en que se cumple. A ésos es a los que llamo los días felices.

Madrid, 2009-2010.

Este libro se acabó de imprimir
en los talleres de Industria Gráfica Cayfosa, S.A.,
de Santa Perpètua de la Mogoda (Barcelona),
el día 7 de abril de 2011.